KB128483

통하지 않는 그녀

§ 통하지 않는 그녀 2 §

2017년 8월 18일 초판 1쇄 인쇄
2017년 8월 22일 초판 1쇄 발행

지은이 § 이경미
발행인 § 곽동현
기획&편집디자인 § 신연제, 이윤아
발행처 § (주)조은세상

등록 § 2002-23호(1998년 01월 20일)
주소 § 경기도 연천군 미산면 청정로 1355
Tel § (02)587-2977
e-mail romance@comics21c.co.kr
블로그 http://goodworld24.blog.me

값 11,000원

ISBN 979-11-6171-204-8 | ISBN 979-11-6171-202-4(set)

통하지 않는 그녀 2

이 경 미
장 편 소 설

GOOD

WORLD

ROMANCE

NOVEL

(주)조은세사

Contents

23

"깨, 깼어요?"

숨이 멎을 것만 같았지만, 래미는 억지로 미안한 표정을 지었다.

"……."

루이는 그녀에게 시선을 고정시킬 뿐 아무런 대답도 하지 않았다.

"일부러 깨우려고 한 건 아닌데, 미안해요."

래미의 손을 움켜쥐고 있는 루이의 손아귀에 힘이 꽉 들어갔다. 그가 그제야 입술을 움직였다.

"왜 자꾸 나를 자극하지?"

흑요석 같은 루이의 눈동자는 그 어느 때보다 날카롭게 빛나고 있었다. 래미는 계속해서 두근대는 심장을 억누르려 애쓰며 조금 새침하게 대꾸했다.

"자극하는 거 아니에요."

"지금 이 행동이 자극하는 게 아니면 뭐야."

"그냥, 당신 머릿결이 너무 예뻐서 한번 만져보고 싶었거든요. 낯설어서 그런지 잠도 안 오고…… 루이 씨는 잘도 자네요.”

어쩌면, 마음속 한구석에 깨우고 싶은 심술이 있었는지도 모른다. 그녀는 싱숭생숭해서 잠도 못 자는데 루이는 너무 태연한 것 같아서.

그런데…… 잘못 깨웠다!

루이의 한 손이 어느 틈에 그녀의 등을 감싸고서 그대로 끌어당겼다. 신음소리도 내지 못한 채 래미는 루이의 가슴팍으로 엎어지고 말았다.

“음.”

루이의 입에서 흘러나오는 진한 숨소리에 뭔지 모를 오싹한 느낌이 드는 찰나였다.

순식간에 두 사람의 위치가 바뀌었다. 래미를 침대에 누인 루이가 곧장 그녀 위로 올라온 것이다. 심장이 제 것이 아닌 것처럼 마구잡이로 널뛰어 댄다.

래미는 가쁜 숨을 몰아쉬며 루이를 응시했다. 루이의 얼굴은 평소처럼 무표정했으나, 그녀를 내려다보고 있는 눈동자만큼은 그 어느 때보다 뜨거웠다.

“이미 놈이 날뛰기 시작했어.”

알아들을 수 없는 그 말에 래미가 의아하게 바라보았으나 루이는 말을 이었다.

“내가 너를 너무 원한다는 걸 알거든.”

이미 말의 속뜻 같은 건 의미가 없었다. 그녀를 원한다는 그 말만이 커다랗게 뇌리에 자리 잡을 뿐이었다.

“루이 씨, 나는…….”

래미가 뭐라고 하기도 전에 루이가 작은 턱을 움켜쥐고서 고개를 숙여 왔다.

8　2

입술이 맞닿고 입 안으로 곧장 뜨거운 혀가 침범해 들어오자 아찔한 감각이 그녀를 덮쳤다.

'나…… 이래도 되는 걸까…… 이대로 계속…….'

짜릿한 전율이 온몸으로 퍼지는 동안 머릿속에 가득했던 걱정과 물음표가 하나씩 지워진다.

입 안의 속살과 예민한 점막들을 세심하게 자극하는 농염한 키스에 래미는 점점 적극적으로 그에게 응했다.

각도를 바꾸느라 살짝 떨어졌던 입술이 빈틈없이 밀착되고, 다시 서로를 맛보는 농염한 과정이 몇 번이나 반복되었다.

한참이나 삼킬 듯 그녀의 입 안을 잠식하고 있던 루이가 이윽고 떨어졌다.

"이것만으로는 안 돼. 부족해."

잔뜩 거칠어진 그의 음성만큼이나 래미 역시 가쁜 숨을 몰아쉬었다. 이미 키스만으로는 부족하다는 것을 그녀도 잘 알고 있었다.

"싫으면 말해. 지금이면…… 멈출 수 있어."

그렇게 말하고 있지만 그의 손은 끊임없이 그녀의 달아오른 귓불과 얼굴을 어루만지고 있었다.

그녀도 루이의 손길을, 입술을 그리고 숨결을 조금 더 느끼고 싶었다. 래미는 부풀어 있는 입술을 혀로 축이고서 말문을 열었다.

"루이 씨."

"응. 말해."

"……나, 사랑해요?"

저도 모르게 물어놓고 그녀는 곧장 고개를 도리도리 저었다.

"취소, 그 질문 취소하고 바꿀게요. 나, 좋아하죠? 진심으로."

루이는 가만히 그녀의 머리를 쓰다듬었다.

"네 생각하는 것보다 훨씬 더 많이."

그렇게 대답한 그가 그녀의 이마에 입술을 눌렀다가 떼어냈다.

루이와 시선을 마주한 래미가 느릿하게 말했다.

"나도 당신이 좋아요. 계속…… 같이 있고 싶어요."

루이의 입술이 희열을 담고 올라가자 래미는 복잡 미묘한 감정을 고스란히 담고 있는 눈을 감았다.

뜨겁게 그녀를 응시하고 있는 그가 너무 아름다워 어지럽기도 했고.

"눈 떠."

곧장 루이의 음성이 따라붙는 바람에 래미는 작게 숨을 흘리고서 눈꺼풀을 밀어 올렸다.

그녀의 눈을 들여다보며 그가 안정시키듯 계속 머리를 쓰다듬는다.

"두려워?"

솔직히 두려움이 일지 않는다면 거짓말일 것이다. 하지만, 래미는 고개를 작게 내저었다.

"루이 씨라서 두렵지 않아요."

수줍음이 한껏 담긴 목소리로 말한 래미는 팔을 뻗어 그의 목을 감았다. 화답하듯 루이의 입술이 곧바로 그녀에게로 내려앉았다.

다시금 시작된 진한 입맞춤에 래미는 점차로 두려움을 잊어갔다. 누구의 것인지 모를 거친 숨소리가 커다란 침실을 가득 메운다.

계속해서 그녀의 입술을 진하게 음미하며 루이는 래미가 입고 있는 헐렁한 셔츠 속으로 손을 밀어 넣었다.

보들보들한 피부가 그의 기분을 더욱 상승시킨다. 세어보듯 갈비뼈를 어루만지자 래미가 움찔 몸을 비틀었다.

"······간지러워요."

슬쩍 입술을 떼어내며 말했지만, 곧장 그의 것이 따라붙어서는 연한 속살을 잡아챘다. 무아지경으로 키스를 나누던 래미는 어느 순간, 흠칫했다. 루이의 손이 브래지어 속으로 파고들어 가슴을 움켜쥐었기 때문이다.

민망함에 래미의 얼굴이 발갛게 달아올랐다. 하지만, 그것도 잠시, 그가 일깨워주는 감각에 취해 래미는 조금씩 생각들을 날려버렸다.

그녀를 집어삼킬 것만 같은 키스가 더욱 진해지고, 루이의 손도 더 노골적으로 움직였다. 끊임없이 분홍빛 돌기를 문지르는 통에 래미의 입에서는 거친 숨결이 흘러나왔다.

한참이나 양쪽 돌기를 번갈아가며 뾰족하게 만든 그가 잠시 손을 거두어 들였다. 키스까지 멈추고서 입술을 떼어낸 루이는 래미의 셔츠를 머리 위로 벗겨냈다. 이미 흐트러져 있는 브래지어도 끌러 옆으로 치웠다.

그의 손에 의해 꼿꼿하게 고개를 내밀고 있는 부분을 루이가 만족스럽게 응시하자, 래미는 부끄러우면서도 알 수 없는 기대감에 희미하게 몸을 떨었다.

고개를 숙여 래미의 입술에 쪽 소리가 나게 입을 맞춘 루이가 천천히 아래로 향했다. 부드러운 목을 혀로 핥은 다음 궤적을 그리며 더욱 밑으로 내려가 방금 전까지 손이 머물렀던 가슴을 한 입 베어 물었다.

"아······."

낯선 감각에 래미의 입에서 곧장 신음이 새어나왔다. 타액과 혀로 인해 돌기가 더욱 아릿하게 달아오르자 그녀는 시트를 꽉 움켜쥐었다.

치아를 세워 유두를 잘근거리며, 루이는 래미가 입고 있는 헐렁한 바지를 아래로 끌어내렸다. 이제 래미의 몸을 가리고 있는 거라곤 작은 팬티가 전부였다.

분홍빛 돌기에 끊임없이 가해지는 자극과 민망함 사이에서 어찌할 줄 몰라 숨만 몰아쉬는 사이 루이의 손이 조금의 망설임도 없이 팬티를 아래로 끌어내렸다.

헉, 소리가 절로 튀어나올 것 같은 당황스러운 느낌에 래미는 다급히 루이의 팔목을 움켜쥐었다.

"루이 씨, 잠깐만요."

머금고 있던 가슴에서 입술을 뗀 루이가 이내 고개를 들어 래미와 시선을 마주했다. 욕망과 소유욕으로 점철된 채로 무섭게 번뜩이고 있는 루이의 눈동자를 본 래미는 심장이 쿵, 내려앉는 기분이었다.

그녀를 태워버릴 듯한 그 뜨거운 눈빛에 래미의 가슴이 마구잡이로 떨려댔다. 루이가 그녀를 간절히 원하고 있다는 게 날것 그대로 생생히 느껴지는 탓이다.

잠시 동안 작게 호흡을 들이켜던 래미는 잡고 있던 루이의 팔목을 스르르 놓았다. 그가 더 지체하지 않고 팬티를 끌어내려 그녀의 몸에서 분리시켰다.

우유빛깔의 가녀리고 예쁜 나신을 머리부터 발끝까지 훑는 루이의 눈이 더욱 까맣게 물들었다. 루이는 손을 뻗어 래미의 얼굴을 가만히 어루만졌다. 그녀가 한숨을 흘리며 눈을 감았다.

그의 손이 목을 타고 내려와 가슴으로, 다시 배로 그리고 허벅지와 종아리를 거쳐 자그만 발까지 가볍게 어루만졌다. 뒤이어 지금껏 한 번도 닿은 적 없던 여성으로 향했다.

움찔, 본능적으로 허벅지를 모으기는 했으나 래미는 여전히 속눈썹을 내린 채 눈을 감고 있었다.

고슬고슬한 수풀을 어루만진 루이의 손이 더욱 깊숙한 곳으로 향했다.

금세 부드러운 여성에 차갑고 기다란 손가락이 닿자, 여전히 가시지 않는 부끄러움으로 인해 래미는 작게 입술을 깨물었다.

"또 입술 깨문다. 부끄러워하지 마."

루이가 래미의 귓바퀴를 혀로 핥으며 낮게 속삭였다.

"그게 내 마음대로 되나요, 뭐…… 앗!"

흠칫거리며 항변하던 래미는 넘어갈 듯 짧은 신음을 뱉어냈다. 갈라진 틈으로 파고든 손가락이 예민한 살점을 건드리기 시작했기 때문이다. 느릿 느릿, 조심스레 아직은 숨어 있는 여성을 어루만졌다.

생소하고도 끈적한 감각에 래미는 머릿속이 아찔해지는 듯했다. 자꾸만 발가락에 힘이 들어가고 무릎은 슬며시 벌어졌다.

고개를 숙여 다시 젖가슴을 머금은 루이가 손가락을 조금씩 빨리 움직 이자 래미는 저도 모르게 몸을 움찔거리며 입술을 열었다.

"아, 아……."

야구동영상에서나 봤을 법한 높은 신음을 흘리고서 얼굴을 붉히기도 잠 시, 계속해서 꽃살 사이의 살점을 문지르는 손길에 래미는 정신을 차릴 수 가 없었다. 아랫배에 불길이 치솟을 것처럼 화끈거리고, 여성은 뜨겁게 젖 어들었다.

뭔가 활화산처럼 터질 것만 같고, 숨이 턱까지 닿을 무렵이었다. 루이의 다른 손이 흥건히 젖은 여성의 통로를 깊숙이 비집고 들어갔다.

"앗."

래미의 하체에 바짝 힘이 들어갔다. 이미 충분히 유연해지긴 했어도 생 소한 이물감으로 인해 긴장이 되는 건 어쩔 수 없었다.

"긴장하지 말고 그냥 즐겨."

래미는 대꾸 대신 바짝 말라버린 입술을 축였다. 침입한 손가락까지

내벽을 긁어대는 통에 더욱 자극이 되고 있었다. 자신의 몸에 이런 감각이 내재돼 있었나 싶을 정도로 그녀는 빠르게 함락되어 갔다.

끊임없이 여성 속을 휘젓고, 도도록한 살점을 문지르는 손길로 인해 이제 긴장감 같은 건 저 멀리 사라지고 없었다. 오로지 루이가 선사해 주는 감각에 취해 래미는 미간을 찡그린 채 몸을 들썩였다.

달아오른 여성이 더없이 예민하게 부풀어 오르자 루이가 손가락을 더욱 빨리 흔들었다. 한 번도 경험해 본 적 없는 쾌락의 물결이 파도처럼 그녀를 덮쳐왔다. 그녀의 미간이 더욱 구겨지고 고개가 뒤로 젖혀졌다.

"어떡해…… 아, 아……."

절정에 도달한 래미가 침범한 손가락을 마구 옥죄며 짧은 신음을 연거푸 뱉어냈다. 진저리가 쳐질 정도의 강한 쾌감에 본능적으로 엉덩이가 들린 채 움찔거려진다.

"그만…… 루이 씨, 이제 그만……."

쾌락의 여운이 오싹거림으로 바뀌고 나아가 래미가 어쩔 줄 몰라 작게 흐느껴서야 루이는 괴롭히던 손가락을 거두어 들였다.

그제야 래미는 긴 한숨을 흘리고서 조금 텅 빈 눈으로 루이를 응시했다. 래미와 달리 아직 시작조차 하지 않은 루이의 눈은 더욱 깊은 욕망으로 번들거렸다.

그가 래미에게 시선을 고정시키고서 찐득하게 젖어 있는 손가락을 혀로 핥았다. 색기 가득한 그 모습에 래미의 심장이 터질 것만 같았다.

입고 있던 가운을 벗어던져 나체가 된 루이가 래미에게로 몸을 겹쳐왔다. 차갑고 단단한 그의 몸이 한껏 달아오른 그녀의 몸을 식혀주었다.

루이가 고개를 숙여 성마르게 래미의 입술을 머금었다. 래미 역시 입술을 열고 그의 키스에 열렬히 응했다. 서로의 혀가 얽히고 타액을 주고 받는 동안 래미는 다시금 달아오르기 시작했다.

잠시 키스를 멈추고서 입술을 뗀 루이가 탁해질 대로 탁해진 눈으로 래미를 응시했다.

"이제, 너를 가질 거야."

래미는 그저 얼굴을 빨갛게 물들인 채 고개만 끄덕였다.

"아프고 힘들겠지만 참아줘."

이번에도 래미는 빠르게 고개만 끄덕거렸다. 만족스럽게 입술을 올린 루이가 이내 래미의 다리를 벌리고서 그 사이에 자리를 잡았다. 욕망으로 가득 찬 거대한 남성이 여전히 젖어 있는 여성의 샘으로 향했다.

뜨거운 입구가 맞닿자 루이의 입에서 거친 숨결이 뱉어졌다. 마음 같아서는 단번에 좁은 통로를 차지하고 싶었지만, 래미를 배려해 그는 느릿하게 전진했다.

조금씩 그의 것이 뜨거운 여성 속으로 삼켜질수록 표현할 수 없을 만큼 아찔한 쾌감이 루이를 집어삼켰다.

마치 불기둥을 받아들이는 것 같은 홧홧한 통증이 중심부에서부터 온몸으로 퍼졌다. 래미는 아픔의 신음을 뱉지 않기 위해, 루이를 밀어내지 않기 위해 그 시간을 기꺼이 참았다. 루이의 이마에 일어난 핏대가, 지금 그가 얼마나 그녀를 배려하며 인내하고 있는지를 여실히 보여주고 있었으니까.

마침내 더 들어갈 수 없을 정도로 여성 속이 꽉 채워지자 루이는 잠시, 움직임을 멈추고서 심호흡을 했다.

"많이 힘들어?"

잔뜩 긴장한 얼굴에 미소를 지으며 고개를 살래살래 저은 래미가 수줍게 팔을 뻗어 루이의 등을 끌어안았다. 힘들 텐데도 티 내지 않는 래미가 안쓰럽기도 하고 사랑스럽기도 해 루이 역시 그녀의 작은 몸을 으스러져라 껴안았다.

잠시 동안 래미를 끌어안고 있던 루이는 더 참을 수가 없어 몸을 움직이기 시작했다. 바짝 조여 오는 뜨겁고 좁은 여성이 그의 인내심을 자꾸만 바닥내고 있었기에 계속 멈추어 있을 수가 없었다.

"앗."

루이의 남성이 빠져나갔다가 다급히 여성 속을 채우는 바람에 이번에는 래미가 신음을 토해냈다.

"미안. 미안해."

래미의 얼굴에 자잘한 키스를 흩뿌리며 끊임없이 사과를 하고 있었지만, 루이의 움직임은 점점 더 빨라졌다. 래미를 위해 참아야 한다는 걸 잘 알지만, 자신을 뜨겁게 옥죄며 끌어당기는 좁은 통로로 인해 마음대로 되지 않았다.

"괜……찮아요, 아, 앗."

말이 채 끝나기도 전에 그가 그녀의 젖가슴을 입에 물고서 더욱 깊숙이 파고들었다가 빠지기를 반복했다. 래미의 입에서 거푸 신음과 한숨이 튀어나왔다. 그저, 아픔뿐만이 아니라, 조금 전 맛보았던 희미한 쾌락까지 다시 고개를 든다.

래미가 본능적으로 움직임에 동참하며 엉덩이를 들썩이기 시작하자, 아찔한 쾌감이 루이를 더욱 한계치로 몰아붙인다. 루이는 래미의 턱을 붙잡고서 다급히 입술을 집어삼켰다. 곧장 감겨오는 연약한 혀를 빨아들이며 그는 조금 거칠게 키스를 퍼부었다.

서로의 거친 호흡을 삼키는 두 사람의 움직임이 더욱 빨라졌다. 점점 무아지경으로 상대를 탐닉하며 이 순간을 만끽했다.

밤이 점점 깊어졌지만 후끈 달아오른 방 안의 열기와 사랑의 행위는 한참 동안이나 식을 줄 모르고 이어졌다.

아직 해가 뜨지 않은 새벽녘이었다. 루이는 한 팔을 머리에 괴고서 쌔근쌔근 잠든 래미의 모습을 바라보았다.

그의 눈매가 설핏 굳었다. 눈가에 말라 있는 눈물 자국. 드러난 목덜미에 새겨진 진한 자국들.

아마 이불에 가려진 그 아래도 크게 사정은 다르지 않을 것이다.

놈이 자꾸만 날뛰는 바람에, 너무 거칠고 집요하게 래미를 안아버렸다. 아니, 괴롭혔다는 표현이 딱 맞다. 그럼에도 래미는 끝까지 그의 등을 껴안고서 놓지 않았다.

처음이라 많이 힘들었을 텐데도 그를 밀어내지 않고 오롯이 받아들여준 것이다. 이제야 래미의 고통이 느껴져 가슴 한쪽이 쿡쿡 쑤셔온다.

루이는 래미의 얼굴에 어지러이 흐트러져 있는 머리카락들을 한쪽으로 쓸어주었다. 그런 다음 고개를 기울여 반듯한 이마에 입술을 눌렀다가 떼었다.

어느새 이렇게 마음이 커져버렸을까.

이제는 도래미가 없는 세상은 생각할 수가 없다. 래미를 응시하고 있는 루이의 눈동자가 더없이 짙어졌다.

"너는 내 거야."

구불거리는 머리카락 한 올도, 굳게 감긴 저 눈도, 살짝 벌어진 채 숨을 뱉어내는 저 작은 입술도…… 머리부터 발끝까지 모조리 그를 위한 그만의 것이었다.

커튼을 비집고 들어온 햇살에 래미는 끔뻑끔뻑 눈을 떴다.

샹들리에가 걸린 천장이 눈에 들어오자, 여기가 루이의 침실이라는 사실이 확 인식된다. 그리고 간밤에 있었던 은밀한 일도.

래미는 기분이 아주 이상했다. 매일 눈을 뜨면 마주하는 아침인데, 어제, 그제와는 다른 느낌.

꼭 아침이라는 것을 처음으로 맞는 것처럼, 여전히 꿈속을 헤매는 것처럼 마음이 붕붕 뜬다.

달콤한 밀크초콜릿이 알고 보니, 지독히도 쓰고 깊은 다크초콜릿이었다는 것. 하지만, 그 다크초콜릿에 중독되어버릴 것만 같았다.

그리고 정말 어른이 된 것만 같은 기분.

"잘 잤어?"

바로 곁에서 들려오는 감미로운 루이의 음성. 래미는 빙글 몸을 굴려 옆으로 돌아누웠다.

한쪽 팔로 머리를 받친 채 그녀를 내려다보고 있는 루이가 시야에 들어왔다.

사랑스러움이 담뿍 담긴 부드러운 시선에 래미는 조금 수줍은 표정으로 그를 마주 보았다.

물결치는 그의 은발이 햇살에 반짝인다. 래미는 가만히 손을 뻗어 매끄러운 그의 머리칼을 만지작거렸다.

이렇게 이 남자의 은발을 만질 수 있는 여자는 단언컨대, 세상에 그녀밖에 없을 것이다.

자부심과 함께 폐부 깊숙한 곳에서부터 행복감이 넘실거려왔다.

"루이 씨도 잘 잤어요?"

그가 대답 대신 묘한 미소를 짓는다.

"왜요?"

영문을 몰라 속눈썹을 깜빡거리는데, 루이가 스윽 손을 뻗어와 그녀의 코를 살짝 쥐었다가 놓았다.

"갑자기 내 코는 왜…… 헉."

뇌리를 스치는 생각으로 인해, 초콜릿이고 나발이고 래미는 쑥 현실로 끌어당겨졌다.

가끔, 아주아주 가끔 피곤하면 작게 코를 곤다는 소리를 어머니에게서 들은 적이 있다.

거기다, 어제는 여러모로 너무너무, 미친 듯이 피곤했지 않은가!

"서, 설마, 나, 코, 코 골았어요?"

그가 이번에도 답하지 않고 옅은 미소만 보였다.

래미의 얼굴이 순식간에 확 달아올랐다.

"그, 그게, 내가 매일 그런 건 아니고, 너무 피, 피곤할 때만……."

"귀엽던데."

제길슨! 100퍼센트 골았다는 뜻이다!

"많이 시끄러웠어요?"

"아니."

래미는 여전히 뜨끈한 얼굴로 흘겨보듯 루이를 응시했다.

"그런데, 왜 못 잔 건데요."

"너무 귀여워서 그거 지켜보느라."

"으억!"

비명을 내뱉은 래미는 손바닥으로 루이의 입술을 막았다. 핵폭탄급 오 글링을 어쩌면 저렇게 아무렇지도 않게 던질 수가 있단 말인가!

그녀와 달리 뻔뻔할 정도로 표정 변화를 보이지 않은 채, 루이는 닿아 있는 손을 움켜쥐고서 손바닥에 입술을 갖다 대었다.

손바닥에 이어 맥이 뛰는 손목 안쪽까지 입술로 누르고서 루이가 손을 놓아주었다.

그가 손을 뻗어 이불 밖으로 살짝 드러난 래미의 둥근 어깨를 문지르며 물었다.

"아침 메뉴로 뭐가 먹고 싶어?"

래미의 입매가 장난스럽게 올라갔다.

"으음, 당신?"

영화나 소설 같은 곳에서 숱하게 봐온 장면들이었지만, 한 번쯤 해보고 싶었다.

민망한 농담에 마주 보고 쿡쿡 웃는 다음 장면을 상상하며.

하지만. 그러나. 버뜨!

흔한 농담인데, 루이는 조금도 농담으로 받아들이지 못했다. 루이의 눈동자가 순식간에 진해지는 것을 본 래미가 다급히 덧붙였다.

"농담! 농담인 거 알죠?"

"……."

어깨를 만지작거리던 손이 피부를 간질이며 점점 아래로 향했다. 래미는 잔뜩 당황한 얼굴로 루이를 바라보았다.

"아, 아침부터 이러기 있기 없기?"

"있기."

짤막하게 대꾸한 루이가 이내 그녀의 위로 올라왔다.

루나에서 처음으로 맞는 아침은 더없이 역동적이고 화끈했다.

루나에 온 뒤로도 래미의 일과는 크게 달라진 것이 없었다.

오전과 오후에는 가져온 노트북으로 작업을 했고 저녁에는 루이와 함께 밥을 먹고.

……물론, 밤은 꽤 많이 달라졌지만.

타닥타닥타닥. 노트북 자판을 두드리는 소리가 조용한 방 안에 울려 퍼진다.

래미는 창가에 놓인 티테이블에 앉아 부지런히 연재 마무리를 하는 중이었다.

수정해서 보내놓은 기획안에 대해서는 아직 연락이 없었으나, 지금 연재 중인 것만이라도 빨리 끝낼 참이었다.

그런데…… 그런데!

"하아."

한숨을 흘리며 손을 멈춘 래미는 시선을 들었다.

"루이 씨, 계속 거기 앉아서 내가 작업하는 거 감시하고 있을 거예요?"

아까부터 계속 테이블 맞은편에 앉아 있는 루이 때문에 래미는 도무지 집중을 할 수가 없었다.

"감시라니. 지켜주는 거지."

당치도 않다는 표정으로 루이가 팔짱을 꽉 끼자 래미는 어이없는 웃음을 흘렸다.

"이 방은 안전하다면서요."

"안전해."

"그런데 왜 붙어 앉아 있는 건데요?"

그러자 루이가 흘끔 그녀를 향해 턱짓을 해보였다. 마치, '네가 여기 있으니까'라고 하는 듯이.

"오늘은 루나에 안 내려가요?"

"당분간 낮밤 예약 다 안 받아."

"아니, 왜요?"

그가 이번에도 그녀를 콕 찍어 턱짓을 해보였다. 래미의 입술이 턱 벌어졌다.

기승전래미인 것이다.

서늘함 속에 숨어 있는 루이의 뜨끈뜨끈한 시선을 오롯이 받고 있는 게 그녀도 싫지 않았지만…… 나는 일을 해야 한다고요!

▷　　▷　　◆　　◁　　◁

눈을 감은 채 거실의 소파에 앉아 있던 치우는 어느 순간 눈을 번쩍 떴다. 발산했었던 자신의 기운들이 주인을 찾은 다음 점차로 가까워지고 있는 게 느껴진다.

그의 입매가 비스듬히 올라갔다.

"슬슬 목을 조일 때가 다가오는군."

치우는 휴대전화를 들고서 태소에게로 통화를 연결시켰다.

―네, 형님.

"도래미의 감시는 확실히 하고 있지?"

―저, 그렇지 않아도 오늘내일 형님께 연락을 드려야 하나 생각하고 있던 참이었습니다.

"왜. 특이사항이라도 있어?"

―그게, 목표물이 며칠째 집 밖으로 나오고 있지를 않습니다.

"응? 도래미가 집 밖으로 안 나온다고?"

―정확히 말씀드리자면, 여자의 집이 아니라, 그 애인이 살고 있는 집입니다.

치우의 표정이 살짝 구겨졌다.

"도래미는 그놈 집에 수시로 드나든다면서."

―그랬죠. 근데, 며칠 전에 들어간 뒤부터는 나오는 걸 본 적이 없습니다. 혹시, 해서 교대 중이었던 다른 녀석들에게도 알아봤지만, 그 집 밖으로는 한 발짝도 나오지 않았답니다.

"그럼, 도래미가 아예 놈의 집에 들어앉았다는 뜻이군."

―아무래도 그런 것 같습니다.

무릎 위에 놓인 한쪽 손을 툭툭 가볍게 두들기며 잠깐 생각에 잠겼던 치우가 눈을 번쩍 떴다.

"혹시, 애완견 말고 도래미를 쫓아다닌다던 다른 놈은? 아직도 도래미 주변을 서성거리고 있어?"

―아닙니다. 도래미가 그 집으로 들어간 뒤부터는 흔적도 보이지 않습니다.

태소의 대답에 치우의 한쪽 눈썹이 치켜 올라갔다가 원래대로 내려왔다.

"그래. 일단, 알았다. 다시 연락하마."

―감시는 어떻게 할까요? 계속할까요?

"계속하도록 해."

―알겠습니다.

통화를 끊은 뒤 치우는 조금 어이없는 웃음을 흘렸다.

"수상한 놈이 도래미를 쫓아다닌다는 걸 알았을 때부터 눈치를 챘었어
야 했는데."

그 수상한 놈은 분명, 루이의 짓이다. 도래미를 공포로 몰아넣어 제 집
으로 들어올 수밖에 없게끔 만든 것이다.

공포심과 스트레스를 잘만 이용하면, 구구절절 이유 따위를 설명할 필
요도 없다.

애완견이 열심히 지키고 있을 테니, 조금 난폭하게 굴어도 큰 문제는 없
을 거라 여겼을 테고.

도래미처럼, 애완견 역시 제 주인의 짓이란 건 꿈에도 모르고 있을 것이
다.

"제 마음대로 하기 위해서는 무슨 짓이든 할 놈이라니까. 천하에 없는
몹쓸 악당 같으니라고."

소파에 깊숙이 등을 기대어 천장을 응시한 치우는 이내 작게 중얼거렸다.

"안 나오면, 나오고 싶게 만들지, 뭐. 그전에 실컷 즐기라고."

행복이 절정에 달했을 때 맛보는 불행이 더 고통스러운 법이니.

▷　▷　◆　◁　◁

찰싹, 찰싹! 루나의 2층 저택에서 차진 소리들이 울려 퍼졌다.

"오예, 싹쓸이! 고객님, 피 한 장 주셔야죠?"

"어우, 뭐야. 복만 씨, 완전 타짜 같아. 저번 판부터 계속 쪽에, 쌍피까지
다 쓸어 가고. 잘 못 친다는 거 사기지?"

그랬다. 래미와 복만은 침실 한구석에 담요를 깔고서 일명, '맞고'에 돌
입한 상태였다.

래미가 잔뜩 울상을 지으며 화투 피 한 장을 복만에게 내밀었다.

"아닙니다, 고객님. 저는 정말 룰만 알지, 잘 못합니다. 이거 다 운빨입니다, 운빨."

복만이 태연하게 피 한 장을 챙기면서 어깨를 으쓱해 보이자, 래미는 입술을 쭉 내밀었다.

"몇 판을 내리 이기는 게 무슨 운빨이야."

"그럼, 이제 그만할까요?"

래미의 눈썹이 휙 치켜 올라갔다.

"장난해? 내가 여태까지 잃은 돈이 얼만데. 자그마치 6870원이라고. 복만 씨, 지금 따고 배 째라야?"

"그럼, 말씀 그만하시고 얼른 치세요."

"알았어, 알았다고. 기다려 봐."

래미는 한껏 눈에 힘을 주며 손 안에 남은 패를 살폈다. 바닥에 아무것도 없으니, 도무지 뭘 내놔야 할지 감이 오지 않는다.

"어허, 장고 노노입니다."

복만의 재촉에 콧잔등을 살짝 찡그린 래미가 장미 그림이 있는 피를 쓰윽 뽑을 때였다.

"청단 조심해야지."

갑자기 뒤에서 들려온 소리에 래미는 휙 뒤를 돌아보았다. 뒤쪽 티테이블에 다리를 꼬고 앉은 루이가 시야에 들어왔다.

처음, 그녀의 고스톱 제안에 그딴 걸 왜 하냐고 휙 방을 나가더니, 언제부터 저기 있었단 말인가.

놀라기도 잠시, 래미는 퍼뜩 복만이 따 놓은 패들을 보았다. 루이의 말대로 정말, 퍼런 띠 두 개가 떡하니 보였다.

"어머, 깜짝이야. 진짜잖아."

래미는 장미 대신 퍼뜩 다른 걸 내놓았다.

"어우, 바둑도 아니고 훈수 두기 없습니다, 주인님."

"내가 뭘."

복만이 잔뜩 아쉬운 표정으로 입을 삐죽거리자, 루이는 들고 있던 책을 펼쳐 들었다.

배시시 웃은 래미는 손으로 하트를 커다랗게 그려 루이에게 보였다. 루이의 입술 끝이 슬쩍 올라간다.

그 뒤로도 래미가 조금 불리한 패를 쓰려고 할 때마다 루이가 슬쩍슬쩍 끼어들어 그녀를 도와주었다.

그러다 보니, 한 판도 제대로 복만을 이기지 못했던 래미가 내리 세 판을 이겨 버렸다.

기가 막힌 복만이 천 원짜리와 동전 몇 개를 세어 래미에게 내밀며 눈을 세모꼴로 떴다.

"와, 지금 2대 1로 저 멕이시는 거예요? 이거, 너무 불공평한 거 아닙니까? 그러지 마시고, 주인님께서도 돈 걸고 하시던가요."

"내가 그딴 천박한 걸 왜 해?"

고스톱의 룰에 통달한, 고고한 남자 루이의 대꾸였다.

"어우, 저 안 할랍니다. 정말, 서러워서 커플 사이에 못 있겠네요."

이마를 구기며 복만이 몸을 일으키자 래미는 눈을 동그랗게 떴다.

"어, 복만 씨, 지금 따고 튀는 거야?"

기가 막힌 표정으로 복만이 손바닥을 쓰윽 펴 보였다.

"저 내리 세 판 지고 겨우 890원 땄는데요?"

"아아. 그랬어?"

"네에, 그랬습니다."

"복만 씨, 다음에는 카드로 할까? 내가 포커는 웬만큼 쳐서 주인님의 훈수 없어도 되는데."

"아이고, 됐습니다. 저 노름 안 해요."

890원을 주머니에 넣고서 툴툴대며 복만이 나가자, 래미는 킥킥 낮게 웃었다.

흩어진 패들을 모으며 래미는 루이에게로 시선을 주었다.

"근데, 루이 씨는 언제 고스톱을 배운 거예요?"

"난 그런 거 안 배워. 그냥, 저절로 알게 된 거지."

너무도 당연한 듯한 대꾸에 래미는 반쯤 기막힌 웃음을 흘리고서 모은 패를 척척 섞었다.

"그럼, 나랑 몇 판만 치면서, 잘하는 법 좀 가르쳐 줄래요? 명절에 친척들이랑 모여서 치면 꼭 내가 제일 많이 지거든요."

"싫어. 그딴 거 안 한다니까."

역시나 고고하신 대답이 흘러나왔다. 타짜의 고니랑 붙어도 이길 것 같은 남자가 저러니, 괜히 얄밉다.

가만히 눈을 흘기던 래미의 뇌리에 순간, 생각 하나가 스치고 지나갔다 그녀의 입술이 비스듬히 올라가고, 눈매는 슬쩍 가늘어진다.

래미는 은근한 표정으로 루이를 바라보았다.

"가르쳐 주는 건 됐고, 나랑 성인 버전으로 안 칠래요?"

루이의 한쪽 눈썹이 위로 향했다.

"뭐?"

"지는 쪽이 하나씩 벗기."

쿵.

루이의 손에 들려 있던 하드케이스의 두꺼운 고서가 사정없이 바닥으로 떨어졌다.

마치, 유령이라도 본 것처럼 루이의 표정이 멍해졌다.

좀처럼 흐트러진 얼굴을 한 적 없는 루이가 입술을 슬쩍 벌린 채 눈만 끔뻑거렸다.

"싫으면 말든…… 어우, 깜짝이야!"

의자에 있던 루이가 갑자기 쑥 복만이 앉았던 곳에 나타나는 바람에 래미의 입에서 비명이 튀어나왔다.

본격적으로 자리를 잡고 앉은 루이가 조금 성마른 투로 툭 내뱉었다.

"패 돌려."

커다랗게 웃음이 튀어나올 것 같았지만, 래미는 아무렇지 않은 척 패를 돌렸다.

뒤이어 다시, 찰싹! 찰싹! 차진 소리가 방 안에 울려 퍼졌다. 그리고 채 몇 턴이 되지도 않았을 때였다.

"7점. 스톱."

어느 새 점수를 낸 루이가 그렇게 말했다. 래미는 입을 턱 벌린 채 믿을 수 없는 눈으로 루이가 따 놓은 것을 보았다.

삼광에 홍단 그리고 띠 하나 더. 확실히 7점이었다. 일부러 최소한의 턴으로 딱 7점만 맞춘 것처럼.

"뭐, 뭐야. 말도 안 돼. 난 겨우 피 몇 장이 다인데……."

말끝을 흐리며 시선을 들던 래미는 흠칫 어깨를 굳혔다. 그녀를 뚫어질 듯 응시하고 있는 루이의 눈이 마치, 레이저를 쏘고 있는 것처럼 강렬했기 때문이다.

벗어라, 벗어라, 육성이 지원되는 것 같은 기분은 그냥 느낌 탓이겠지.

"고, 고 안 해요? 그래도 고스톱의 묘미는 원고 투고 쓰리고인데, 그냥 7점만 딱 내면……."

"스톱. 무조건 스톱."

가당치도 않다는 듯 루이가 그녀의 말을 단박에 자르고서 시선을 부딪쳐 왔다.

그 엄청나고도 확고한 의지에 래미는 헛웃음이 나올 지경이었다. 래미는 들고 있던 패들을 담요 위에 툭 내려놓았다.

그녀가 턱을 살짝 들어 조금 야릇하게 눈을 뜨자, 그의 눈동자가 더욱 진해진다.

루이에게서 시선을 떼지 않은 채 래미는 입고 있는 티셔츠 허리 부분으로 손을 내렸다.

꿀꺽. 그의 목울대를 타고 마른 침이 삼켜졌다.

숨마저 죽이고 있는 루이를 보니, 좀 더 애태우고 싶은 마음이 굴뚝같았지만, 래미는 봐주기로 했다.

그녀는 이내 허리에 머물던 손을 아래로 내려 군더더기 없는 행동으로 한쪽 양말을 쑥 벗어 들었다.

"양말도 벗는 거니까, 벗은 거 맞죠?"

루이의 입매가 그대로 굳었다.

래미는 그제야 참았던 웃음을 확 터트리며 루이를 놀렸다.

"천박해서 고스톱 같은 건 안 친다더니, 타짜가 따로 없네요, 뭐. 푸하하하! 무조건 스톱이래, 무조건. 솔직히 말해 봐요. 도대체 고스톱을 얼마나 많이 친 거예요?"

마구 싱글거리던 래미는 루이의 얼굴이 심상치 않게 구겨지자, 슬그머니 웃음을 집어넣었다.

오늘은 여기까지.

"어머, 벌써 시간이 이렇게 됐네? 그만 놀고 일해야겠다."

'일'을 강조하며 슬금슬금 엉덩이를 뒤로 물려 루이의 반경에서 벗어나려는 찰나였다.

"으앗!"

불시에 날아온 루이의 큼지막한 손이 발목을 휙 낚아채는 바람에 래미는 그대로 뒤로 발라당 뒤집어졌다.

머리를 바닥에 찧을 거라 예상하고 눈을 질끈 감았지만, 무언가 부드럽게 뒤통수를 감싼 덕에 그녀는 충격을 받지 않았다.

어떻게 된 거지?

속눈썹을 밀어 올린 그녀는 곧바로 상황 파악을 했다. 어느새 몸을 날린 루이가 그녀의 뒷머리에 손을 대어 충격을 막은 것이다.

하지만, 덕분에 하드웨어는 멀쩡했지만, 소프트웨어는 그렇지 못했다.

루이가 그녀 위에 올라탄 것 같은 자세가 되었으니까. 아니다. 올라탄 것 같은 자세가 아니라, 올라탄 게 맞았다.

"그냥 가면 안 되지."

옴짝딸싹 못하게 그녀를 옭아맨 루이로 인해 이번에는 래미가 마른침을 꼴깍 삼켰다.

"그냥 안 가면 뭐하게요?"

그의 입술이 비릿한 웃음을 머금었다.

"나머지 양말 한쪽, 셔츠, 바지, 위아래 속옷 두 개. 다섯 판은 더 쳐야지."

다섯 판을 연달아 지는 상황이 뇌리에 그려지는 통에 래미의 얼굴이 발갛게 달아올랐다. 그런 래미를 내려다보는 루이의 새까만 눈동자가 더욱 짙어졌다.

잠시, 시간이 멈춘 것처럼 그의 눈에서 시선을 떼지 않던 래미가 새침하니 입술을 움직였다.

"어차피 해봤자 당신이 이길 텐데요, 뭐."

"그래서?"

"루이 씨, 귀 좀."

루이가 묘한 표정으로 고개를 낮추어 귀를 가져가자, 래미가 작게 속삭였다.

"……밤에 하는 거, 지금 한 번 더 하면 되죠."

그러면, 자동으로 벗게 될 테니까.

앙큼한 그 말에 루이의 이성이 그대로 무너지고 말았다.

지이이잉. 지이이잉. 래미의 전화기가 진동을 해댄다. L출판사의 번호가 깜빡이는 것을 확인한 래미의 심장이 쿵, 내려앉았다.

수정한 기획안을 강치우에게 보낸 지 며칠만의 전화였다. 그런데 치우의 번호가 아니라, 출판사에서 직접 전화가 왔다.

"여보세요?"

—안녕하세요, 작가님. L출판사 박 편집장입니다.

"네, 네. 안녕하세요. 편집장님."

—하하. 잘 지내셨습니까.

"네, 덕분에요."

형식적인 인사 뒤 박 편집장이 곧장 본론으로 들어갔다.

—작가님께서 보내 주신 기획안은 잘 봤습니다. 조금 전, 내부 회의도 마쳤고요.

"헉. 이렇게 빨리요?"

―네. 원고가 아니라 기획안이다 보니 조금 빨리 결정이 됐습니다.

출판사에서 직접 연락이 오는 순간, 조금 짐작은 하고 있었지만, 그럼에도 긴장이 되는 건 어쩔 수 없었다.

"편집장님, 잠깐만요."

고개를 돌려 몇 번 커다랗게 심호흡을 한 다음에야 래미는 전화기로 입술을 가져갔다.

"이제 말씀하셔도 돼요."

―하하. 긴장하지 않으셔도 됩니다. 작가님 글, 출간 진행하기로 결정됐거든요.

래미는 하마터면 들고 있던 휴대전화를 그대로 떨어뜨릴 뻔했다. 긴장하지 말라니, 출간이 확정되니 더 떨리기 시작했는데.

래미는 겨우 정신을 다잡았다.

"정말요? 진짜로 제 글이 출간되는 건가요?"

―네. 정말입니다.

래미는 주먹을 꽉 쥐어 기쁨의 비명이 튀어나오려는 것을 겨우 삼켰다.

"고맙습니다. 앞으로 잘 부탁드립니다."

―하하하. 저희야말로 잘 부탁드립니다. 작가님, 우선 계약부터 진행을 해야 하는데 말이죠. 언제 시간 되십니까? 시간 괜찮으실 때 출판사로 오셔서 조건 등, 계약 전반적인 것들에 대해 논의했으면 좋겠는데요.

"제가 직접 가야 하는 건가요?"

―저희와는 첫 계약이시니, 아무래도 조율할 것도 있을 테고요. 겸사겸사 이렇게 작가님도 뵙고 그러는 거죠, 뭐. 하하.

"그렇군요. 그럼, 언제 찾아뵐까요?"

─저희야 내일이라도 오시면 좋죠. 내일 오후에 시간 괜찮으시겠습니까?

"네, 시간 괜찮아요. 그럼, 내일 오후에 찾아뵙겠습니다."

─네. 기다리겠습니다.

생각보다 담담했던 통화가 끊어지고, 래미는 잠시 동안 얼이 빠진 것처럼 서 있었다.

믿기지가 않는다. 무려, 출간이라는 것을 하게 된다니.

물론, 기획안만 통과가 된 상태니, 이제부터 시작이라는 걸 잘 알고 있었다. 하지만, 그럼에도 래미는 세상을 다 가진 것만 같은 기분이었다.

그때, 닫혀 있던 문이 열리는 소리가 울렸다. 그녀가 먹고 싶다던 간식을 만들러 갔던 루이가 돌아온 듯했다.

"간식 다 만들었어. 가자."

있는 멍, 없는 멍, 다 때리고 있던 래미는 루이의 음성이 들려와서야 쓰윽 기계적으로 고개를 돌렸다.

붉게 달아오른 얼굴과 끔뻑끔뻑거리기만 할 뿐, 초점이 잡히지 않는 래미의 눈을 본 루이가 성큼 안으로 들어왔다.

"왜 그래."

"꺄아아아아!"

순간, 래미가 비명을 지르며 팔짝팔짝 뛰어 대는 바람에 루이의 눈썹이 휙 치켜 올라갔다.

"어떡해, 어떡해! 어떡하면 좋니!"

정신 나간 사람마냥, 혼잣말을 중얼거리며 조금 더 팔팔 뛰어대던 래미가 돌연, 그에게로 쪼르르 뛰어 왔다.

그러곤 루이의 허리에 팔을 꼭 두르고서 가슴팍에 얼굴을 살며시 묻었다.

조금 의아한 표정을 짓고 있던 루이는 부드럽게 래미의 등을 감싸 안았다.

"그냥 이렇게 있는 것도 좋긴 한데, 무슨 일인지 말해주면 안 될까."

래미는 가슴팍에 묻었던 얼굴을 들어 루이를 올려다보았다.

"루이 씨, 있잖아요. 나, 나, 출판 계약을 하게 됐어요. 항상, 인터넷에 연재만 했었거든요. 근데, 근데 이번에는 진짜, 종이책 출간 계약을 하게 된 거 있죠?"

루이의 얼굴에 잠시 놀라움이 떠올랐다가 이내 기분 좋은 미소로 바뀌었다.

"축하해. 도래미 작가님."

딱 루이다운, 담담하기 그지없는 말투였지만, 래미는 조금도 서운하지 않았다.

루이의 따스한 눈빛과 부드럽게 등을 어루만져 주는 손길이 그 어떤 미사여구 가득한 말들보다 훨씬 더 진한 감동을 주었으므로.

"축하 파티하자."

루이의 제안에 래미는 살짝 민망한 표정을 지었다.

"에이, 무슨 파티씩이나 해요."

"내가 다 준비할게. 너는 일하고 있으면 돼."

"그래도."

"내가 해주고 싶어서 그래."

래미는 못 이긴 척 배시시 웃었다.

"응, 알았어요. 대신, 확실히 계약서에 도장 찍은 뒤에요."

"알았어."

빙긋 웃어 보인 루이가 팔을 풀고서 그녀의 손을 이끌었다.

"그전에 간식부터."

행복한 얼굴로 고개를 끄덕거린 래미는 루이의 손에 이끌려 나갔다. 하지만, 표정과는 달리 그녀의 머릿속은 금세 복잡함으로 물들었다.

지금 이 상황에서 계약을 하러 출판사에 간다고 하면 과연 루이가 허락을 해줄지 의문이었기 때문이다.

절대, 안 된다고 말할 게 분명했다. 솔직히 그녀 역시도 루나 밖으로 나가는 게 신경 쓰이는데 루이는 오죽 하겠는가. 그렇다고 일생일대의 기회를 놓치고 싶지도 않았다.

흐음. 어쩌지?

24

"우왕, 맛있어! 루이 씨가 만든 간식은 어떻게 하나같이 다 맛있을 수가 있죠?"

애플타르트를 한 입 먹은 래미가 부르르 떨며 온몸으로 맛을 표현했다.

"간식만?"

"응. 간식만."

장난스러운 대꾸에 루이가 짐짓 미간을 찌푸려 보이자 래미는 쿡쿡 웃음을 흘렸다. 그러다 방금 막 생각이 난 것처럼 래미는 손뼉을 짝 쳤다.

"아, 맞다. 나, 내일 나가야 해요."

"뭐?"

"오후에 출판사로 가서 계약해야 하거든요. 나가도 되죠?"

루이의 얼굴이 설핏 굳었다.

"밖은 아직 위험해서 안 돼. 호시탐탐 놈이……."

"루이 씨가 같이 가서 지켜주면 되잖아요. 루이 씨가 함께 있으면 안전하니까."

래미가 말가니 바라보며 하는 말에 루이는 잠시 말문이 막혔다. 그가 낮에는 안 나간다는 걸 뻔히 알면서도 아무렇지도 않게 함께 나가자니.

음, 이럴 때 보면 래미도 꽤나 앙큼한 쪽이었다.

래미를 못 나가게 한다면, 루이로서는 두 가지를 한꺼번에 거절하게 되는 셈이다. 래미의 외출과 그가 함께 가서 지켜주는 것.

"이건 내 일생에 있어서 아주 중요한 일이잖아요. 밖은 위험하다면서요. 그러니까, 루이 씨가 같이 가서 나, 지켜줄 거죠?"

이제 완전히 나간다는 전제를 두고 하는 말에 루이는 조금 어이없는 웃음을 흘렸다.

원래 두 가지를 한꺼번에 거절하는 건 힘든 법이다. 더군다나, 다른 사람도 아닌 래미에게.

그는 래미에게 너무도 약했다. 실망하고, 속상해 하는 그녀의 모습은 보고 싶지 않았다. 결국 루이는 그녀에게 항복하고 말았다.

"나 대신 복만 데리고 가."

"어머, 정말요?"

역시나. 래미는 그가 함께 가지 않는다 해도 전혀 실망하지 않는다. 그저, 나가는 게 목적인 것이다.

"나가면 항상 복만과 붙어 있어야 돼."

"응, 응. 알았어요. 꼭 붙어 있을게요."

아이처럼 기뻐하는 래미를 보며 루이는 속으로 한숨을 흘렸다. 사실, 아무리 복만이라도 상대가 치우라면 래미를 지킬 수가 없다.

래미가 외출할 수 있도록 그 스스로가 단단히 조치를 취해 놓는 수밖에.

그 역시 함께 가고 싶은 마음은 굴뚝같았으나, 여전히 한낮 외출은 정말 싫었다.

자정을 훌쩍 넘긴 늦은 시각이었지만, 래미는 좀처럼 잠이 오지 않아 계속 이리 뒤척, 저리 뒤척거리는 중이었다. 아무래도 계약을 할 생각에 너무 설레서 그런 모양이었다.

래미는 빙글 몸을 굴려 침대 사이에 드리워진 커튼을 슬쩍 옆으로 밀쳤다. 역시나. 은발의 루이는 반듯하게 누워 숙면 중이었다.

"부럽다, 진짜."

루이와 함께 지내면서 알게 된 의외의 사실이 몇 가지 있는데, 그 중 하나가 루이의 수면이었다.

베개에 머리만 딱 대면 잠이 든다는 것이다. 늘 침대에 누워 오만 잡생각 끝에 겨우 잠드는 그녀와는 너무 달랐다.

커튼 틈으로 루이의 얼굴이나 실컷 감상하다가 자야겠다 생각하며 물끄러미 그를 응시했다.

"우리 루이 참 잘 자기도 하지."

빙긋이 웃으며 소리를 죽여 중얼거리는 순간, 루이의 은색 눈썹이 움찔, 움직였다.

래미는 다급히 입을 합 닫았다. 지금 그를 깨우면 뒷감당하기가 너무 힘들어지니까.

'에잇, 얼굴 감상은 끝.'

커튼을 닫으려 조심스레 손을 뻗는데, 또다시 루이의 눈썹이 휘었다. 이번에는 눈썹뿐만 아니었다. 길게 드리워진 속눈썹마저 파르르 떨린다.

뒤이어 미간을 찡그리고서 거친 숨을 뱉어냈다. 마치, 지독한 악몽을 꾸기라도 하는 것처럼.

도대체 무슨 꿈을 꾸길래.

처음으로 보는 광경에 걱정이 된 래미는 몸을 일으켜 루이의 침대로 다가갔다.

침대에 걸터앉아 가까이서 보니 작게 신음까지 흘리고 있다.

그럼에도 깨어나지 못한 채 하얀 얼굴만 구기고 있자, 래미는 조심스레 루이의 어깨를 흔들었다.

"루이 씨, 괜찮아요? 루이 씨…… 웃."

눈을 번쩍 뜬 루이가 돌연 손을 뻗어 그녀의 어깨를 움켜쥐고서 사정없이 끌어당겼다.

헉, 소리도 내지 못하는 그녀를 바짝 당긴 루이가 얼굴을 응시했다.

아직 꿈속에서 빠져나오지 못한 듯 멍하니 바라보고만 있자, 래미는 가만히 그의 얼굴을 쓸었다.

"루이 씨, 나예요. 래미."

흐릿하던 초점이 조금씩 돌아오고, 루이가 속눈썹을 몇 번 깜빡였다.

"이제 정신이 좀 들어요?"

"……응."

루이가 작게 고개를 끄덕인 루이는 그제야 자신이 래미의 어깨를 거세게 옥죄고 있음을 깨달았다.

"미안."

루이가 어깨를 놓아주자 래미는 자세를 바로 하고 앉았다.

"오늘은 일부러 깨웠어요. 가위에 눌린 것 같아서요. 악몽이라도 꾼 거예요?"

"……기억 안 나."

그렇게 말하는 루이의 얼굴이 너무도 쓸쓸하고 서글퍼 보여 래미는 어쩐지 마음 한구석이 짠해졌다.

그녀는 손을 뻗어 루이의 이마를 쓸어준 다음 창백한 얼굴도 어루만졌다.

"더 자요. 이제 겨우 자정이 지났거든요."

루이는 얼굴을 쓰다듬는 래미의 팔목을 움켜쥐고서 입술로 가져갔다.

손바닥에 몇 번 입술을 누른 다음 그가 의아한 표정을 지었다.

"자정이 지났는데, 넌 왜 안 자고 있어."

"그냥. 잠이 안 와서요."

루이는 덮고 있던 이불을 슬쩍 들추고서 자신의 곁을 툭툭 쳐 보였다.

"이리 와."

순식간에 래미의 얼굴에 당황스러운 기색이 떠올랐다. 그녀는 고개를 흔들었다.

"아, 안 돼요. 나, 진짜 오늘은 너무 피곤해서……."

"안 해. 잠만 잘 거야."

루이의 대꾸에도 래미는 믿을 수가 없어 미간만 구겼다. 잠만 잔다고 꼬드겨서는 밤새도록 괴롭힌 게 어디, 한두 번이어야지.

"진짜. 약속해. 지금은 그냥, 너만 있으면 돼."

루이의 쓸쓸한 표정과 애원하는 듯한 말투에 래미는 작게 입술을 깨물었다.

"정말, 잠만 자는 거예요. 알았죠?"

"응. 약속."

결국, 루이에게 넘어간 래미는 이불 속으로 들어가고 말았다.

여전히 어두운 얼굴을 한 루이는 그녀가 곁으로 오자마자 허리를 휘감고 끌어당겼다. 그는 체온을 온전히 느끼기 위해 래미를 품에 꼭 가두었다.

"이거면 돼. 지금은."

스스로에게 다짐하듯 작게 중얼거린 루이는 그녀의 정수리에 턱을 괴고서 눈을 감았다. 조금 답답함이 밀려왔지만, 래미는 얌전히 그의 품에 안겨 있었다.

오늘따라 루이의 고독함이 더욱 진하게 밀려와 그녀의 감성을 건드린다.

도대체 무슨 꿈을 꾼 건지, 언제쯤이면 루이가 살아온 이야기를 들을 수 있는지 진한 궁금증이 이는 밤이었다.

기다리고 기다리던 다음 날 오후. 외출 준비를 거의 끝낸 래미를 보고서 루이가 슬쩍 미간을 찡그렸다.

"……화장했어?"

핑크빛 립스틱을 바르고서 음파음파를 반복한 래미가 그를 돌아보았다.

"네. 왜요?"

동그랗게 말려 올라간 속눈썹을 깜빡이는 래미의 모습이 더없이 사랑스럽다.

고작 계약 하나 하러 가면서 뭘 저렇게 예쁘게 하고 간단 말이야. 아마, 속내를 그대로 말하면 미친놈에 얼간이 취급을 당하겠지.

"아냐."

루이는 조금 못마땅한 얼굴로 그냥 고개를 내저어 보였다.

완전히 준비를 마친 래미가 핸드백을 들고서 방을 나서자 루이는 말없이 뒤따랐다.

루나의 홀에 대기 중이던 복만이 내려온 두 사람을 보고서 벌떡 몸을 일으켰다.

"이제, 출발하면 되는 건가요?"

"응. 지금 가면 여유 있게 도착할 수 있을 거야. 나 때문에 복만 씨가 고생하네."

"어유, 아닙니다. 간만에 외출해서 저도 좋습니다."

복만에게 눈웃음을 보인 래미는 루이에게로 몸을 돌렸다.

"그럼, 다녀올게요."

여전히 무뚝뚝한 표정을 한 채 루이가 래미의 허리를 감고서 당겼다.

"조심히 다녀와."

"출판사에 가서 계약만 하고 금방 올 건데요, 뭐. 그리고 복만 씨 옆에 딱 붙어 있을게요."

고개를 끄덕인 루이는 조금 더 래미를 껴안고 있다가 놓아 주었다.

"가."

"응. 다녀올게요. 참. 축하파티 해준다는 거 잊으면 안 돼요."

루이가 미소와 함께 이번에도 고개를 끄덕이자 래미는 그에게 손을 흔들어 보이고서 루나를 나섰다.

"저도 가보겠습니다."

걱정 말라는 듯 믿음직스럽게 고개를 꾸벅 숙이고 복만까지 가 버리자, 루나에는 고요함이 찾아 왔다.

그리고 그 순간, 루이의 몸이 홀에서 흔적도 없이 사라졌다.

찰나 만에 루이가 모습을 나타낸 것은 루나에서 조금 떨어진 곳이었다.

"헉!"

막, 휴대전화를 들고서 목표물인 래미가 움직인다는 보고 전화를 하려던 태소의 눈앞이었다.

순식간에 루이가 태소의 휴대전화를 낚아챘다.

너무 놀라 입만 쩍 벌리고 있는 태소를 서늘하게 응시하며 루이가 입술을 움직였다.

"감히 나를 대낮에 나오게 만들다니."

래미를 따라온 거리를 다닐 수는 없더라도, 그녀를 위해 이 정도는 감내해야 했다.

그래도 감시하는 이곳에 오가는 사람이 없어서 다행이었다. 사람들이 있었으면, 쥐도 새도 모르게 끌고 가 이놈을 죽여 버렸을지도 모른다.

"어, 어떻게 여기를……."

"네가 감시 중인 걸 몰라서 지금껏 그냥 둔 거라고 생각하는 모양이군."

태소는 루이에게서 느껴지는 엄청난 기운에 몸을 바들바들 떨었다. 이런 강력한 느낌은 난생처음이었다.

어떻게 이런 기운을 가진 자가 있을 수 있지?

본능이 도망치라고 외쳐댔으나 발이 바닥에 딱 붙은 듯 꼼짝을 할 수가 없다.

"처, 처음부터 내가 감시 중이라는 걸 알고 있었다는 뜻입니까?"

숨이 막힐 정도의 위압감에 태소의 입에서는 저도 모르게 존대가 튀어나왔다.

"그렇다."

"아, 아니, 그, 그럼 어째서 그냥 두고 본 겁니까."

루이의 입술이 슬쩍 비틀려 올라갔다.

"귀찮아서."

너무 터무니없는 대답에 어이없는 표정을 짓던 태소는 다음 순간 이어진 루이의 말에 할 말을 잃고 말았다.

"지켜본들 어쩔 건데. 너나 그놈이나 내 손톱 하나도 못 건드릴 텐데."

오만하기 짝이 없는 말이었지만, 루이의 무지막지한 기운을 마주하고 보니, 허언도 아니었다.

돌연, 까맣던 루이의 눈동자 색이 변하더니, 찌를 듯이 태소의 시선을 옭아맸다.

금세 태소의 정신이 몽롱해지고 혼미해지기 시작했다.

"놈은 지금 어디 있나."

대답하면 안 돼, 대답하면…….

"……살고 있는 ……아파트에 있을 겁니다."

"아파트가 어딘데."

"……한강 부근에 있는 ……D아파트입니다."

입이 멋대로 움직이고 정신은 더더욱 혼돈 속으로 빠져든다.

"놈에게 목표물이 이동 중이라는 걸 보고했나?"

"……아닙니다. 보고하려던 찰나…… 핸드폰을 빼앗겼으니까요."

루이는 가만히 고개를 주억거렸다.

래미가 이동 중이라는 것을 강치우는 알지 못한다는 것이다.

목적지 역시 모를 테니, 위해를 입힐 수도 없다. 일단은 래미가 안전하다는 뜻이다.

루이의 오드아이가 더욱 거세게 빛났다.

"그놈 목적이 뭐지? 내 앞에 나타난 이유."

"……당신을 죽이기 위해서라고…… 으으으으……."

루이의 강한 정신지배를 받던 태소가 갑자기 입에서 거품을 토해내며 마구 몸을 부르르 떨기 시작했다.

루이의 눈이 슬며시 가늘어졌다.

"이미 놈이 손을 써 둔 상태였군."

44 2

치우가 아닌 타인에게 정신지배를 받게 되면 이상증세를 보이도록. 태소에게 더 강한 힘을 쓴다면, 아마 뇌가 터져 죽을 것이다.

루이는 태소에게 가했던 정신지배를 조금 낮추었다.

미친 듯이 괴로워하던 태소가 점차로 평온을 되찾아 갔다.

"너는 지금 아무것도 보고 들은 것이 없다. 네가 감시 중인 목표물은 아무런 움직임도 보이지 않는다."

"……예. 평소처럼 목표물은 저택 안에 있습니다."

루이는 태소에게 휴대전화를 쥐어 준 다음 이내 그곳에서 자취를 감추었다.

다시 루나로 온 루이는 팔짱을 낀 채 느릿하게 홀을 서성였다.

그의 얼굴이 잔뜩 침울하게 가라앉았다.

"나를 죽이는 게 목적이다…… 확실히 앙갚음을 하기 위해서 나타난 건 맞군."

그럼에도 지하의 결계를 건드린 건 아직도 의문이었다.

뭐, 그래 봤자, 놈 혼자서는 결계를 깰 수가 없으니 그다지 신경 쓸 일이 아니었다.

루이는 왔다 갔다 하던 발걸음을 뚝 멈추었다.

"그냥, 마음껏 놈을 죽여 버릴 수 있으면 속이라도 편할 텐데."

빌어먹게도 그는 결코 그럴 수가 없었다.

시시하고 보잘것없는 손톱만큼의 양심 때문에. 그래서 40여 년 전에도 놈을 도륙할 수가 없었다.

지금껏 강치우는 그 스스로가 도망을 친 거라 자부하고 있을 테지만, 그것은 착각이었다.

숨을 끊기 직전, 루이가 놓아준 것이다. 죗값을 조금이라도 덜어보고자.

루이의 입가에 쓰디쓴 웃음이 걸렸다.

출판사로 향하는 복만의 핑크 지프 안.

"복만 씨, 예전부터 궁금한 게 있는데…… 루이 씨는 왜 낮에는 안 나가?"

"그건 저도 잘 모릅니다."

곧장 흘러나온 대꾸에 래미는 조금 실망스러운 표정을 지었다.

"복만 씨라면 알고 있을 거라 생각했는데. 복만 씨도 모르는 게 다 있네."

그걸 칭찬으로 들은 복만이 커다랗게 웃었다.

"하하. 제가 조금 박식하긴 하죠?"

뭐래니, 진짜. 그게 박식이랑 무슨 상관이라고.

어이없는 웃음이 흘러나올 것 같았지만 래미는 계속 대화를 시도했다.

"완전 많이 박식하지. 관음차도 다 알고. 그래서 조금 실망이긴 해. 복만 씨라면 루이 씨에 대해 모르는 게 없을 거라고 생각했는데."

정면을 보며 운전하는 복만이 살짝 콧잔등을 찡그렸다.

"그렇게 유도신문 하셔도 전 모릅니다. 때가 되면 주인님께서 직접 말씀해 주시겠죠. 그런 거 저한테 묻지 마세요, 고객님."

그러니까, 그냥 닥치고 기다리라는 뜻이다.

"어, 어. 알았어. 안 물을게."

본전도 못 찾은 래미는 머쓱한 얼굴이 되고 말았다.

'복만 씨, 한 번씩 은근히 쌀쌀맞다니까.'

괜스레 입술을 조금 삐죽거리던 래미는 이내 본전 생각나 복만을 빤히 응시했다.

"근데, 복만 씨는 리트리버야?"

"예?"

"셰퍼드는 좀 이미지에 안 맞고. 웰시코기? 아닌가? 몰티즈?"

래미가 기억 속에 있는 견종들을 총출동시키자, 복만은 어이없는 표정을 지었다.

"하. 웰시코기라뇨? 제가 어딜 봐서 그 땅딸보랑 닮았습니까? 몰티즈는 또 뭡니까? 저는 순수 토종 진도…….'

잔뜩 억울하다는 듯 늘어놓던 복만이 이내 합, 입을 닫았다.

반면에 본전을 찾은 래미의 입은 스리슬쩍 벌어졌다.

"우와, 복만 씨, 진도 명물이었구나. 어쩐지 충성심이 그냥, 끝내준다 했어."

"……."

그 후로 복만은 입을 꾹 닫은 채 운전만 했다고 한다. 그랬다고 한다.

혼자 저택에 남은 루이는 부지런히 파티 준비를 하는 중이었다.

풍선을 불어 천장에 둥둥 띄워 놓았고, 꽃 대신 형형색색의 허브들로 식탁을 장식했다.

방금 막 오븐에서 나온 제누와즈를 식혀 두고서, 최고급 와인을 가지러 지하로 가려 할 때였다.

한쪽에 놓아둔 휴대전화의 벨소리가 울려 퍼졌다.

그에게 전화를 할 사람이라고는 래미밖에 없기에 루이의 입가에 미소가 걸렸다.

"음?"

휴대전화를 집어든 루이의 눈썹이 위로 향했다. 뜬금없이 복만의 엘리 모른 번호가 찍혀 있는 것이다.

뭔가 묘한 기분에 루이는 통화를 연결시켰다.

"왜. 무슨……."

—주인님, 큰일 났습니다!

루이가 채 말을 다 하기도 전에 다급한 복만의 음성이 터져 나왔다.

—고객님께서, 사라지셨습니다! 아무리 연락해도 연락도 안 됩니다!

커다랗게 들려온 말에 루이의 미간이 사정없이 구겨졌다.

"갑자기 그게 무슨 말이야. 도래미가 사라지다니."

—흑흑…… 그놈 짓인 것 같습니다.

루이의 모든 움직임이 뚝 멎었다. 순간적으로 눈꺼풀도 멎었고, 심장도 멎었고, 숨도 멎는 듯한 기분이었다.

▷   ▷   ◆   ◁   ◁

래미와 복만이 출판사에 도착한 것은 2시간 전쯤이었다.

지하 주차장에 차를 세워 놓은 뒤 두 사람은 엘리베이터를 타고 출판사가 있는 층까지 올라왔다.

"고객님, 저는 여기에 있겠습니다."

복만이 출판사 사무실 출입구에 멈추어 서며 말했다.

눈치껏 행동해 주는 복만에게 안도하는 한편, 래미의 얼굴은 금세 미안함으로 물들었다. 사실, 사무실 안까지 따라오면 어쩌나 조금 걱정이 되기는 했었으니까.

아무래도 계약이라는 어려운 자리에, 떡하니 복만을 달고 들어가면 출판사에서 그녀를 얼마나 개념 없이 보겠는가.

"여기 있으면 추울 텐데. 괜찮겠어?"

"전혀 안 추우니 걱정 안 하셔도 됩니다."

"괜히 복만 씨만 고생시킨다."

래미가 팔을 다독여주자 복만이 씨익 웃었다.

"아닙니다. 괜히 그 천적 때문에 고객님께서 불편함을 겪으시는 건데요. 그리고 저는 답답한 사무실보다 여기가 훨씬 더 편합니다. 그러니까, 얼른 들어가 보세요."

"응. 그래. 최대한 빨리 나오도록 해볼게."

복만에게 손을 흔들어 보이고서 래미는 이내 사무실 안으로 들어갔다.

래미가 완전히 문 안쪽으로 모습을 감추자 복만은 팔짱을 낀 채 복도에 등을 기대고 섰다. 혹시, 수상한 인물은 없나 촉각을 곤두세우고서 출입구를 지켰다.

—강 사장님, 방금 막 작가님 도착하셨는데요.

박 편집장의 전화를 받은 치우는 잔뜩 의아한 표정을 지었다.

도래미가 출판사에 이미 도착했다는데도 태소에게서 아무런 연락이 없었기 때문이다.

원래라면 도래미가 저택 밖으로 나오는 순간, 보고를 해왔을 것이다.

"알겠습니다. 금방 갈 테니, 계약이나 하고 계세요."

—그러죠.

박 편집장과의 통화를 끝낸 치우는 곧장 태소에게로 전화를 걸었다.

—네, 형님.

"거긴 별일 없나?"

—예, 형님. 전혀 움직이지 않는데요? 계속 저택에만 틀어박혀 있기로 작정을 한 듯합니다.

태소는 래미가 저택 밖으로 나온 것을 전혀 모르는 눈치였다.

"그래? 알았다. 계속 수고해다오."

전화를 끊고서 치우는 이마를 찌푸렸다.

"그 못된 놈이 태소에게도 마수를 뻗쳤군."

이미 자신에게 정신 지배를 받고 있는 태소를 조종할 수 있는 건 루이, 그놈밖에는 없다.

"애인님께서 외출을 한다니, 똥줄이 타들어 갔던 모양이군."

무릎까지 떨어지는 긴 코트를 휘릭, 걸친 치우는 만족스러운 표정을 지었다.

"오히려 잘됐지, 뭐."

놈은 태소를 조종해둔 걸로 안심하고 있을 것이다. 태소의 보고를 받지 못한 그가 도래미의 이동을 전혀 눈치채지 못할 거라 여길 테니까.

"그런데, 어쩌나. 네 애인님을 불러낸 게 난데."

꿈에도 모르고 있을 것이다. 쿡쿡쿡, 웃음을 흘리며 치우는 밖으로 향했다.

아파트에서 그리 멀지 않은 출판사 주차장에 도착한 치우는 핫핑크 색깔의 지프 옆에 차를 세웠다.

"지프에 핫핑크라니. 귀엽네."

피식 웃으며 차에서 내린 치우는 이내 엘리베이터로 향했다.

얼마 지나지 않아 도착한 엘리베이터를 타고 목적지가 있는 층으로 온 치우는 우뚝 걸음을 멈추었다.

저만치 출판사 사무실 출입구에 떡하니 애완견이 버티고 서 있는데 포착되었기 때문이다.

"호오. 저렇게 있으니 꽤 늠름해 보이네? 뭐, 보디가드로서는 최고긴 하지. 물론, 상대가 나라면 소용없겠지만."

작게 중얼거리고서 입술을 꾹 다문 치우가 뚜벅뚜벅, 멈추었던 걸음을 옮겼다.

그 발걸음 소리에 복만이 시선을 주는 찰나, 치우는 휙, 몸을 날렸다.

채 방어태세를 취하기도 전에 복만의 코앞에 당도한 치우는 검지를 뻗어 이마를 쿡 짚었다.

"오늘도 푹 자고 있으면 된단다."

복만은 선 채로 잠이 들어버렸다.

치우는 그런 그의 양쪽 어깨를 꾹 아래로 눌렀다. 주르륵 무너진 복만이 바닥에 엉덩이를 대고 앉았다.

"그래. 잠은 그렇게 자야지."

남들이 보기에는 쭈그리고 앉아 졸고 있는 것만 같은 모양새였다.

만족스러운 미소를 머금고서 치우는 사무실 안으로 향했다.

밖의 상황을 전혀 알 리 없는 래미는 박 편집장이 내민 계약서를 살피는 중이었다.

한참 동안 눈 아프게 들여다보던 래미는 계약서를 덮고서 박 편집장을 보았다.

"저, 이거 집으로 가져가서 더 살펴본 다음에 도장 찍어도 될까요?"

"왜 그러십니까? 계약서에 무슨 문제라도 있나요?"

"아뇨, 아닙니다. 좀 더 꼼꼼히 보고 결정을 내리고 싶어서요."

막상, 계약서에 적혀 있는 선인세며, 원고의 인도 날짜 등 구체적인 사항을 보니, 조금 더 신중할 필요가 있을 것 같아서였다.

게다가 애매하고 헷갈리는 항목들이 몇 개 있어, 시간을 들여 제대로 확인해 보고 싶기도 했다.

박 편집장의 얼굴에 약간 곤란한 듯한 기색이 서렸다.

"아…… 오신 김에 계약을 하고 가시면 여러모로 편하실 텐데 말이죠."

"그건 그렇지만, 첫 계약이니만큼 꼼꼼히 살펴볼게요."

"하하. 작가님께서 그래야 마음이 놓이신다면 그렇게 하셔야죠."

다행히도 박 편집장이 양해를 해주어 래미는 계약서를 봉투에 담았다. 계약서 봉투를 큼지막한 크로스백에 넣으며 래미는 몸을 일으켰다.

"저는 이만 가보겠습니다. 계약서는 더 살펴보고 연락드릴게요."

박 편집장이 이번에도 당황한 표정을 지으며 엉거주춤 일어났다.

"어이구, 벌써, 가시게요? 오셨는데 차라도 한 잔 하고 가셔야죠."

"아닙니다. 일행이 밖에 기다리고 있어서 빨리 가봐야 하거든요."

"아니, 저 그래도……."

그때, 노크 소리가 나더니 문이 열렸다.

"아, 작가님 계셨네요?"

아주 반가운 얼굴로 치우가 회의실 안으로 들어오고 있었다.

아까는 코빼기도 안 보이더니, 어디 다녀온 건가?

"안녕하세요, 편집자님."

가볍게 묵례를 하는데, 안도의 한숨을 푹 흘리고 있는 박 편집장의 모습이 슬쩍 들어왔다. 마치, 치우가 와 줘서 다행인 것 같은 낌새였다.

뭔가 묘한 기분이 들었지만, 치우가 성큼 다가와 커다란 손을 쑥 내미는 바람에 래미는 생각을 날렸다.

"오랜만에 뵙네요, 작가님."

마지막으로 본 지 몇 개월이 지난 것도 아닌데, 오랜만은 뭐고, 갑자기 웬 악수?

"하하."

어색하게 웃은 래미는, 치우가 무안할까 봐 내밀고 있는 손을 가볍게 맞잡았다.

따닥!

"앗."

래미는 황급히 잡고 있던 치우의 손을 놓았다. 마치, 벌에 쏘인 것처럼 손바닥에 따끔함이 일었기 때문이다.

"작가님, 괜찮아요? 방금 정전기 일어난 것 같은데."

"방금 그게 정전기였어요? 어우, 난 뭐에 쏘인 줄 알았네요."

놀란 얼굴로 손을 주물거린 래미는 크로스백을 척하니 걸쳤다.

"어? 계약하러 오신 거 아니세요?"

"네, 맞아요. 계약서 받았으니 그만 가봐야죠."

"벌써요?

"벌써라뇨, 아까부터 와 있었는데요."

그렇게 말한 래미는 박 편집장에게 고개를 숙여 보였다.

"커피는 나중에 마실게요. 안녕히 계세요."

"예, 작가님. 들어가세요. 연락 기다리겠습니다."

래미가 회의실을 나서자 치우가 곧장 따라붙었다.

"아니, 커피도 한 잔 안 드시고 가시는 거예요? 너무 섭섭한데요?"

"일행이 밖에 기다리고 있어서요."

"오, 일행 분은 그때 말씀하셨던 그 남자친구?"

"아니에요. 그냥 아는 동생이에요."

래미는 출입구 앞에서 발걸음을 딱 멈추고서 치우를 돌아보았다.

"참, 제 손수건은요?"

치우의 짙은 눈썹이 아주 미세하게 꿈틀했다.

"아, 어쩌죠? 작가님께서 계약하러 오는 날이 오늘인 걸 모르고 안 가져왔는데요."

"떼어먹으려고 그러시는 건 아니죠?"

"하하. 그, 그럴 리가 있나요."

"다음번에 뵐 때는 꼭 주세요."

"네, 네. 꼭 드리죠."

"그럼, 저는 이만 가보겠습니다."

새침하게 말한 래미는 몸을 돌려 문을 열었다.

그리고 사무실 밖으로 나갔을 때였다. 생각지도 못하게 쭈그려 앉아 있는 복만이 눈에 들어왔다.

"복만 씨, 왜 이러고 있어? 너무 오래 서 있어서 다리 아프구나?"

하지만, 복만에게서는 아무런 대꾸도 나오지 않았다. 다급히 다가간 래미는 자세를 낮추고서 복만을 살폈다.

"복만 씨."

가만히 어깨를 흔들자 아래로 향하고 있던 고개가 옆으로 툭 떨어진다.

그것을 본 래미의 입이 턱 벌어졌다.

"뭐야, 복만 씨, 지금 자는 거야? 어머, 어떡해. 얼마나 피곤했으면 이 추운 데서 잠을 자고 있어? 복만 씨, 복만 씨, 일어나 봐."

조금 더 거세게 어깨를 흔들었지만, 복만은 완전히 깊은 잠에 빠진 듯 고른 숨만 쌔근쌔근 흘릴 뿐이었다.

"작가님, 왜 그러십니까?"

뒤에서 들려온 치우의 음성에 래미는 고개를 돌렸다.

순간, 어지럼증이 몰려오는 바람에 래미는 작게 머리를 흔들고서 치우를 올려다보았다.

"아, 그게 제 일행이 여기서 이렇게 잠이 들었지 뭐예요. 아무리 깨워도……."

래미는 말끝을 맺지 못한 채 가만히 눈을 깜빡였다.

뭐지? 갑자기 왜 이렇게 어지럽지?

그녀를 내려다보고 있는 치우의 얼굴이 두 개, 세 개로 보인다. 래미는 미간을 찡그리며 초점을 잡으려 애썼다.

하지만, 그럴수록 어지럼증은 점점 심해지고, 시야는 더 희미해졌다.

그런 그녀의 눈에 치우의 입술이 비스듬히 올라가는 게 들어왔다.

뭐지…… 왜 웃지…… 사람이 어지러워서 정신을 못 차리고 있는데……
왜 저 남자는 웃고…….

래미는 더 이상 생각조차 할 수도 없었다.

눈앞이 캄캄해지는 것을 느끼는 순간, 머릿속도 함께 퓨즈가 나가버렸다.

"흐음. 어둠의 힘 계열은 안 듣는데, 독성분은 잘 듣네."

조금 전 회의실에서 악수를 할 때 래미가 느낀 따가움은 정전기가 아니었다. 독성 계열 성분이 묻어 있는 미세한 침이었다.

뚜벅뚜벅 다가간 치우는 자세를 낮춰 래미를 안아들었다.

"너는 조금 있으면 깰 테니, 그때까지 푹 자고 있으면 돼."

여전히 잠에 빠져 있는 복만에게 중얼거린 치우는 지하 주차장으로 향했다. 가는 동안 마주친 사람들의 기억들을 태연하게 지우며.

주차장에 도착해 래미를 조수석에 앉힌 치우는 이내 차를 출발시켰다.

목적지를 향해 앞으로 나아가는 치우의 이마에 내천 자가 짙게 드리워졌다.

"도래미가 그 애완견한테 복만이라고 했던가."

복만, 복만, 복만…… 으음.

뭔가 익숙한 느낌이 드는데, 어디서 들어봤는지 퍼뜩 기억나지 않는다.

치우는 곧 상념을 날리고 죽은 듯이 잠들어 있는 래미를 흘끔 보았다.

"너에게 유감은 없지만."

그는 한쪽 손을 뻗어 한쪽으로 꺾여 있는 래미의 고운 턱선을 가만히 어루만졌다.

"그 고고한 놈이 미쳐 날뛰는 꼴을 보려면…… 너를 망가뜨려야 하거든."

손을 거두어 드린 치우는 이내 차가운 표정으로 정면을 응시했다.

비가 오려는 듯 날이 조금씩 흐려진다.

복만이 눈을 뜬 건 한참 뒤였다.

"어우, 어우. 너무 귀엽지 않아? 덩치는 산만한데 자는 얼굴은 완전 애기애기해."

"애기애기한 게 아니라, 스무 살도 안 돼 보이는데? 열여덟, 열아홉?"

"고등학생이 이 시간에 여기서 졸고 있다고?

"모든 청소년이 학생일 거라는 편견을 버려."

"근데, 깨워야 하지 않아? 꽤 오래 이러고 있는 것 같은데."

"그래 볼까? 추운 복도에서 이러고 있다가 입 돌아가면 어째."

수근수근, 대화 나누는 소리가 시끄럽게 귀를 괴롭힌다.

왜 이렇게 시끄럽지. 복만은 부스스 눈을 떴다.

"어머, 눈떴다, 눈떴어."

술렁술렁, 여전히 어수선한 느낌에 눈을 끔뻑거리며 복만은 쭈욱 기지개를 켰다.

그리고 그 순간, 복만은 기지개를 켜는 그 자세 그대로 굳었다.

여러 쌍의 시선들이 자신을 빙 둘러싼 채로 구경 중이었기 때문이다.

"우아아앗!"

펄쩍 뛰듯이 일어난 복만은 주변을 휘휘 둘러보았다.

"뭐, 뭐, 뭡니까?"

"학생인지, 아닌지 모르겠는데, 여기서 자면 입 돌아가요."

"제, 제가 잤다고요?"

"네. 아주 푹 숙면을 취하던데."

복만은 그제야 자신이 래미를 따라 출판사에 왔다는 것을 떠올렸다.

"지, 지금 몇 시입니까?"

"음, 오후 4시 조금 넘었네요."

헉, 신음을 흘린 복만은 다급히 출판사의 문을 열었다.

"저! 도래미 고객, 도래미 작가님은요! 계약하러 오셨는데."

"아까 가셨는데요?"

제일 가까이 앉아 있던 누군가가 그렇게 대답했다.

"언제, 아니, 어디를요!"

잔뜩 얼이 빠진 복만을 요상하게 보면서도 직원은 대꾸해 주었다.

"가신 건 한 시간쯤 됐나? 어디로 갔는지는 글쎄, 나도 잘 모르겠네요."

그러고서 다시 업무를 보기 시작하자 복만은 다급히 사무실을 나왔다.

비상구로 미친 듯이 내달린 복만은 사람이 없는 것을 확인한 다음 엘리모른을 꾹꾹 눌렀다.

"별일 없을 거야. 내가 너무 깊이 잠들어 있어서 그냥 먼저 가신 걸 거야."

애써 불길함을 누르며 복만은 래미에게로 전화를 걸었다.

하지만, 래미는 전화를 받지 않았다.

복만은 일그러질 대로 일그러진 얼굴을 손바닥으로 쓸며, 도대체 어떻게 된 상황인지 떠올리려 애썼다.

왜 백주 대낮, 낯선 복도에서 잠이 들었는지 도무지 이해할 수가 없었다.

순간, 복도에서 아주 찰나 동안 마주쳤던 얼굴 하나가 뇌리를 스쳐 지나갔다.

강치우?

▷　　▷　　◆　　◁　　◁

─흑흑…… 그놈 짓인 것 같습니다.

루이는 아주 잠깐 아찔해진 정신을 다잡으며 냉정해지려 애썼다.

복만이 일컫는 그놈이라면 강치우밖에 없는데, 지금 래미가 외출 중이라는 것을 놈이 알 리가 없다. 감시 중인 녀석의 보고도 제대로 못 받았을 테니, 목적지 역시 모를 테고.

그런데, 뜬금없이 강치우라니.

"무슨 말인지 알아듣게 얘기해 봐. 도래미와 연락이 안 되는 건 뭐고, 그놈 짓이라는 건 또 뭐야."

차분하게 가라앉은 루이의 음성에, 복만 역시 흥분을 누르고서 자신이 겪은 것을 설명하기 시작했다.

인지조차 하지 못한 채 두 시간을 내리 잠들었던 것이며, 의식을 잃기 직전 희미하게 스쳤던 얼굴이 강치우 같다는 것까지.

믿기 힘들었지만, 아니, 믿고 싶지 않았지만, 복만을 그렇게 만들 수 있는 건 강치우밖에 없다.

그놈이 아니라면, 누가, 무슨 이유로 복만을 잠재웠겠는가.

—이제, 이제 어떻게 하죠, 주인님? 흑흑, 모두 다 제 잘못입니다. 제가 좀 더 주의를 기울였으면 이런 일도 없었을 텐데…… 흑흑.

드글드글 끓는 노기로 인해 피가 거꾸로 치솟아 오르고 온몸의 세포가 올올이 일어선다.

딱 돌아버릴 것만 같은 기분에, 루이는 계속해서 호흡만 골랐다.

이럴 때일수록 흥분은 금물이다. 놈의 목적은 그가 사리분별을 하지 못할 정도로 미쳐 날뛰게 만드는 것일 테니까.

게다가 흥분해서 폭주라도 하게 되면 걷잡을 수 없게 돼버린다.

"넌 루나로 돌아와. 혹시, 만에 하나 래미가 올 수도 있으니까."

—……알겠습니다.

전화를 끊은 루이는 곧바로 래미에게로 전화를 걸었다.

[전원이 꺼져 있어…….]

들고 있던 휴대전화를 바닥에 던져버리고 싶은 것을 겨우 억누르고서 루이는 전화를 끊었다.

루이의 어금니가 악다물리고 눈동자는 더없이 형형하게 번뜩였다.

"죽인다. 반드시 죽여버린다."

그때는 알량한 양심 때문에 그러지 못했지만, 이번에는 아니었다.

형체도 남지 않게 소멸시켜버릴 작정이었다. 죽기 직전까지 고통을 준 다음에.

25

금방이라도 비가 후둑후둑 비가 떨어질 것처럼 날씨가 흐려졌다.

늦은 오후와 흐린 날이 맞물리니 금세 대기가 어둑해진다.

창밖으로 공허한 하늘을 바라보고 있던 치우는 이내 커튼을 치고서 몸을 돌렸다.

치우의 시선이 작은 침대에 죽은 듯이 누워 있는 래미에게로 향했다. 혹시나 해서 꽤나 강한 독을 썼더니, 뒤척임 한 번 없이 혼절해 있다.

지금 이곳은 도심지에서 벗어난 외곽의 어느 작은 호텔이었다. 호텔이라고 불리기에는 턱없이 작고 조잡한.

치우는 터벅터벅 걸어가 침대에 걸터앉았다.

"너에게 유감은 없어. 정말로."

오늘 하루 종일 몇 번이나 그렇게 되뇌었는지 모른다.

스스로 세뇌를 시키기라도 하듯.

"애인을 잘못 둔 죄라고 생각해."

치우는 래미의 얼굴을 부드럽게 어루만졌다. 그의 눈동자가 더없이 복

60 2

잡하고 착잡함으로 가라앉았다.

치우는 더 망설이지 않고 사이드 테이블로 손을 뻗쳤다. 손때가 묻은 전화기를 들고서 치우는 프런트 호출 버튼을 눌렀다.

—네, 무슨 일이십니까?

"여기 305호인데, 욕실에 뜨거운 물이 안 나옵니다. 잠깐 와서 봐주시겠어요?"

—예? 뜨거운 물이 안 나온다고요? 그럴 리가 없는데…… 지금 바로 올라가 보겠습니다.

수화기를 내려놓고 치우는 커다랗게 한숨을 뱉어냈다.

얼마 지나지 않아 프런트 직원이 올라와 노크하는 소리가 울려 퍼졌다.

"미안. 정말 미안."

다시 한 번 래미의 얼굴을 쓸며 중얼거린 치우는 몸을 일으켜 출입구로 향했다.

잠긴 문을 열자 프런트를 지키고 있던 20대 초반 정도의 남성이 모습을 나타냈다.

"뜨거운 물이 안 나온다고요?"

치우는 쓰디쓴 표정을 감추며 그가 들어오도록 한 걸음 뒤로 물러나주었다.

투둑투둑. 쏴아아아.

금세 굵은 빗줄기가 떨어지기 시작하면서 날은 저녁처럼 어두워졌다.

머리와 옷을 사정없이 적시는 비를 맞으며 태소는 자신의 차로 향했다. 곧 있으면 교대할 녀석이 올 시간이라 조금 차에 앉아 있다가 자리를 뜨면 될 테였다.

"이 짓거리도 슬슬 지겹네, 이제."

하루 종일 꼼짝 않고 저 저택만 지켜보고 있는 건 참 지루한 일이었다. 그렇다고 뭔가 눈이 돌아갈 정도로 사건들이 일어나는 것도 아니고.

솔직히 자신에게 절대적인 존재인 치우의 부탁만 아니라면 진즉에 때려치웠을 일이었다.

차창을 조금 내린 태소는 담배 한 개비를 입에 물었다.

그리고 불을 붙이기 위해 라이터를 찾던 태소는 너무 놀라 그대로 입에 물었던 담배를 떨어뜨렸다.

"헉, 다, 당신이 어떻게 여기를!"

믿을 수 없게도 어느 틈에 루이가 조수석에 나타났기 때문이다.

심장이 떨어질 것처럼 놀란 와중에도, 어쩐지 이런 장면이 처음이 아닌 것 같은 건 기분 탓이겠지.

"강치우한테 전화 걸어."

낮고 고요한 음성. 밀랍인형같이 무표정한 얼굴.

하지만, 루이에게서 흘러나오는 무지막지한 기운에 눌려 태소는 희미하게 몸을 떨었다.

"내, 내가 왜…… 으윽!"

태소는 화급히 양쪽 귀를 틀어막았다. 고막이 찢어질 듯 통증이 일었기 때문이다.

"걸어."

힘조차 실리지 않은 단 한 마디였지만, 태소는 덜덜 손을 떨며 휴대전화를 꺼냈다.

손과 입이 멋대로 움직여 치우에게로 통화를 연결시켰다.

뚜르르, 신호음이 나오고 얼마 지나지 않아 치우의 음성이 흘러나왔다.

─흐음, 태소일까, 아니면, 도래미의 애인님 되실까.

루이가 태소를 통해 통화를 시도할 거라는 것쯤은 충분히 예상하고 있었다는 듯 여유롭기 그지없는 목소리였다.

"……."

─호오. 분노 가득한 숨소리가 들리는 걸 보니, 네놈 맞구나. 루이.

자글대는 화기를 누른 다음에야 루이는 입술을 움직였다.

"래미만 건들지 마. 그럼, 죽을 때 고통스럽지는 않을 거야."

─래미만 건들지 마. 그럼, 죽을 때 고통스럽지는 않을 거야. 푸하하하! 너, 영화를 너무 본 거 아냐?

치우가 비웃거나 말거나 루이는 말을 이었다.

"어디에 숨든 내가 너 반드시 찾아내서 죽인다. 그러니까, 래미. 도래미만 건들지 마."

─하……하하, 무섭…….

더 듣지 않고 루이는 손에 힘을 주어 휴대전화를 분질러 버렸다. 그러고선 부들부들 떨고 있는 태소를 응시했다.

"도래미에 대한 뒷조사, 네가 했나?"

이번에도 태소가 반항하려 하자 고막과 뇌가 터질 것처럼 아파왔다.

"순순히 말하는 게 좋아. 강치우의 정신지배가 걸려 있는데 내 힘까지 가해지면, 넌 뇌가 터져 죽을 테니까."

전혀 모른 사실인 듯 태소의 동공이 확장되었다.

"그, 그게 무슨 말도 안 되는……."

"대답."

"……으으 ……그, 그렇습니다."

고통은 고통대로 오고 입은 멋대로 이실직고해버리니, 태소로서는 미칠 노릇이었다.

점점 정신도 혼미해져만 간다.

"얼마나, 어디까지 했나."

"헉, 헉…… 모조리 다 했습니다. 나이, 직업, 가족, 주변 사람들까지 모두 다입니다."

"이번 출판 계약도 강치우와 관련이 있나?"

"……그건, 모릅니다. 하지만, 재정이 어려운 출판사를 알아봐 달라고는 했습니다."

놈은 그저, 루나나 래미를 감시만 하고 있었던 게 아니었다.

언제든 래미를 밖으로 불러낼 수 있도록 준비를 해둔 것이다. 래미나 그가 의심하지 않도록 출판사까지 끌어들여.

이번만큼은 인정할 수밖에 없었다. 강치우를 너무 얕잡아보고 안이하게 대처했다는 것.

더 태소에게 알아낼 것도 없을 것 같아 루이는 이내 루나로 몸을 이동시켰다. 어차피 하수인에 불과한 태소는 지금 치우의 행방을 모를 테니까.

"내가 죽을지, 네놈이 먼저 죽을지는 돼봐야 알지."

시꺼멓게 변한 액정을 잠시 들여다보고 있던 치우는 전화기를 한쪽에 놓아두었다.

치우의 시선이 침대로 향했다.

정신지배를 받고 있던 프런트 직원이, 치우가 통화하는 사이, 건전지 빠진 로봇처럼 멈춰 있었다.

래미가 입고 있는 코트는 단추가 풀린 채로 벌어진 상태였고, 셔츠는 딱 속옷 직전까지 올라가 있었다.

치우는 깊은 한숨을 흘렸다.

"……타이밍 한번 끝내주게 전화했네."

도래미를 망가뜨려서 그놈에게 보내야 하는데, 정말 내키지 않는다.

과거 놈의 악행을 끊임없이 상기시키며 독하게 마음을 먹었다. 도래미가 그놈의 여자인 것도 계속해서 되뇌었다.

하지만, 루이의 전화로 인해 흐름이 끊겨 버리자, 그의 의지마저 흔들린다.

아무래도 망가뜨려야 하는 상대가 도래미라서 그런지도 모른다. 그놈의 여자가 아니라, 그냥 도래미라서.

최고급 커피를 믹스커피보다 못한 취급 하던 웃긴 여자.

주뼛거리면서도 할 말은 다 하는 여자.

어둠의 힘이 안 먹히는 여자.

"하…… 빌어먹을."

낮게 욕설을 흘린 치우는 다시 프런트 직원의 뇌를 조종했다.

래미를 덮치고 있던 그가 쓰윽 뒤로 물러나 침대 밑으로 내려섰다. 그러곤 느릿느릿, 밖으로 향했다.

직원이 완전히 나가자 치우는 침대로 다가가 걸터앉았다.

그는 래미에게로 손을 뻗었다. 위로 올라간 셔츠를 끌어내려 주고, 코트 단추도 처음부터 끝까지 다 채웠다.

독을 너무 세게 썼는지, 그녀는 여전히 미동조차 하지 않고 있다.

"다음에는 꼭 손수건 돌려줄게요."

이내 몸을 일으킨 치우는 저벅저벅 창가로 가 커튼을 들추었다. 날은 이미 완전히 저물었고, 비는 더욱 거세게 퍼붓고 있었다.

치우의 입술이 비스듬하게 올라갔다.

"한바탕 놀기에 딱 좋은 날씨군. 슬슬 시작해 볼까."

커튼을 덮은 치우는 몸을 돌렸다.

래미를 둔 채 그대로 방을 나가려던 그는 잠깐, 사이드 테이블로 향했다. 작은 메모지에 글씨를 몇 자 휘갈겨 써 두고서 치우는 이내 작은 공간을 나섰다.

적막에 휩싸인 방.

인형처럼 침대에 누워 있는 래미의 눈꺼풀이 미미하게 떨린다. 뒤이어 손가락 하나가 아주 살짝 까딱였다.

지금껏 혼절해 있었던 게 아니라 몸만 움직이지 못했던 것처럼.

고요한 홀의 한가운데에 선 루이는 눈을 굳게 감은 채였다.

그는 래미에게 흐르고 있는 자신의 검은 기운을 감지하기 위해 정신을 집중하고 있는 중이었다.

루이의 미간이 확 찌푸려졌다.

"이놈, 대체 어디까지 간 거야."

멀리 이동했는지, 좀처럼 기운이 잡히지 않는 탓에 루이의 신경은 극도로 예민해졌다.

세포 하나하나, 혈관 하나하나까지 일제히 기운을 감지하기 위해 곤두섰다.

그렇게 한참이 지나서였다.

"찾았다."

후우, 숨을 흘린 루이는 눈을 떴다.

아주 희미하지만, 자신의 기운이 느껴졌다. 그것도 꽤나 먼 거리에서. 그가 어둠의 힘을 이용해 이동할 수 있는 거리의 한계에서 상당히 벗어나 있다.

꽤 여러 번을 멈추었다 가야 하고, 그 과정에 무수히도 많은 사람들과 마주쳐야 할지도 모른다.

그럼에도, 루이는 교통수단 대신, 힘을 써서 이동하는 것을 택했다. 출퇴근 시간에 막히는 차보다는 그가 훨씬 빠를 테니까.

더 지체할 것 없이 루이는 이동을 시작했다.

래미의 기운이 강렬히 느껴지는 호텔의 건물까지 당도한 루이는 잠시 호흡을 골랐다.

여러 번 길 한가운데에 멈췄다가 다시 이동해야 했기에, 온몸은 비에 젖어 질척했다. 이렇게 흐트러진 모습을 한 적은 그의 인생을 통틀어도 없을 것이다.

오로지 래미를 찾겠다는 생각 외에는 아무것도 머릿속에 없었다.

표정을 굳힌 루이는 이내 호텔 안으로 몸을 날렸다. 강치우의 사지를 찢어버리기 위해 힘을 집결시키며.

하지만 이미 강치우는 사라지고 흔적도 없었다.

래미만이 침대에 누워 있을 뿐이었다. 눈을 깜빡이며 천장을 응시한 채로.

무탈한 그녀의 모습을 보자, 그제야 머리끝까지 치솟았던 노기가 아주 조금이나마 가라앉는다.

"도래미."

루이의 부름에 그때까지도 천장을 응시하고 있던 래미가 눈동자만 굴렸다.

"루이 씨?"

래미의 상태가 이상한 것을 느낀 루이는 다급히 다가가 그녀의 상체를 일으켰다.

마치, 인형처럼 래미는 루이가 일으켜주는 대로 있기만 할 뿐 아무런 움직임을 보이지 않았다.

"뭐야, 너 왜 이래."

"모르겠어요. 출판사 복도에서 어지러운 느낌이 든다 싶었는데, 정신을 차리니까 여기였어요. 처음에는 눈도 안 떠지더니, 조금 전부터 눈과 입만 겨우 움직여요. 나, 나 왜 이래요?"

겨우겨우 유지하고 있던 평정심이 고스란히 날아가 버렸다.

"이놈이 감히……."

루이의 이마에 터질 듯한 핏대가 솟았다. 까맣던 눈동자는 번뜩이는 오드아이로 바뀌었다.

짧은 머리는 온데간데없이 긴 은발이 되어 펄럭인다.

매일 밤 보는 모습이지만, 지금은 마치, 다른 사람이 된 것처럼, 오싹한 기운이 넘치자 래미는 다급히 외쳤다.

"루이 씨, 정신 차려요!"

루이의 붉은 눈동자가 하얗게 질려 있는 래미에게로 향했다. 그제야 그가 미간을 구기고서 눈을 깜빡였다.

정신을 다잡은 루이는 펄럭이는 은발을 까만 머리로 되돌렸다.

"루이 씨, 괜찮아요?"

걱정스러움이 잔뜩 담긴 래미의 얼굴을 본 루이는 기가 막힌 표정을 지었다.

"지금 네 상태가 심각한데, 내 걱정할 때야?"

"아. 그러네요. 나 못 움직이지?"

헛웃음을 흘린 루이는 그대로 그녀를 품으로 당겨 안았다. 숨이 막힐 정도로 래미의 몸을 꽉 껴안은 그가 짙은 한숨을 흘렸다.

"미안. 나 때문에 네가 이런 꼴을 당했어."

"……."

래미는 아무런 대꾸도 하지 않았다. 솔직히, 충격으로 인해 그녀는 정신이 얼얼했다.

출판사에서 정신을 잃은 뒤로 기억이 없다가 다시 깼다는 자각이 든 것은 누군가 그녀의 옷을 벗기려 했을 때였다.

사실, 그녀는 그때부터 정신이 든 상태였다. 지금과 달리 말은커녕, 눈꺼풀조차 움직이지 못했지만 정신은 또렷했다.

그녀는 분명히 들었다. 누군가를 조종하던 강치우의 음성을. 그리고 루이와 통화하던 목소리도.

그제야 래미는 깨달았다. 복만이 말했던 루이의 천적이 바로 강치우임을. 더불어 그간 강치우에게 감쪽같이 농락당했다는 것도.

몸이 이렇게 되었다는 것보다, 좋은 사람이라고 믿었던 강치우에게 이용당했다는 충격이 더 컸다.

루이가 그녀의 어깨를 슬쩍 밀어냈다.

"일단 루나로 돌아가자. 네 몸 상태부터 되돌려야겠어."

"응. 그래요."

래미를 안아 올리려던 루이의 시야에 문득, 사이드 테이블이 들어왔다.

그 위에 적힌 메모 한 장.

루이는 휙 기운을 뻗어 메모지를 휘감고서 눈앞으로 끌어당겼다. 메모를 읽은 루이의 입매가 딱딱하게 굳었다.

[아할리만은 내가 접수할 테니, 애인님 잘 간수하길.]

이제야 놈이 래미를 끌어들여 여기다 놓고 간 이유가 명백해졌다.

그저, 단순히 그의 애간장을 태우기 위해서가 아니었다. 강치우는 그를 루나에서 먼 곳까지 유인하는 게 목적이었던 것이다.

그사이 아할리만을 강탈할 작정으로.

메모를 확 구기던 루이는 문득 스치는 생각으로 인해 표정을 굳혔다.

그는 휴대전화를 집어 들고 복만의 엘리모른으로 통화를 연결시켰다. 기다렸다는 듯 곧장 복만의 음성이 튀어나왔다.

—네, 주인님! 고객님은요? 고객님은 무사하신가요!

"무사해. 지금 같이 있어."

—아아, 다행입니다! 정말, 다행입니다. 정말, 얼마나 애가 타던지…….

"됐고."

루이는 잔뜩 울먹이는 복만을 저지하고서 말을 이었다.

"내 말 잘 들어. 내가 래미와 함께 루나까지 가려면 시간이 걸린다."

—네, 넵.

"지금부터 2층으로 올라가서, 아래층으로는 내려가지 마. 도둑이 들 거야."

—예? 도둑이라뇨? 그게 무슨 말씀이십니까?

"네가 위험해질 수도 있으니, 험한 꼴 당하지 말고 2층으로 가서 죽은 듯이 있어. 최대한 빨리 갈 테니. 지금 바로 올라가."

—아, 알겠습니다.

통화를 끊은 루이는 곧바로 래미를 안아 올렸다.

래미를 데리고는 혼자 올 때처럼 순간이동을 해서 갈 수가 없다. 힘이 많이 드는 건 둘째 치고, 래미의 몸과 정신이 버티지 못하니까.

엘리모른을 꾹 눌러 통화를 끊은 복만은 이마를 긁었다.

"도둑이라니. 도대체 무슨 말씀이시지?"

잠깐 생각에 잠겼던 복만은 이내 고개를 흔들었다.

"이러고 있을 때가 아니지. 주인님께서 2층으로 올라가라고 하셨잖아."

도래미 고객님을 찾아서 아주 다행이라 생각하며 위층 계단으로 향할 때였다.

갑자기 기분 나쁜 느낌이 드는 바람에 복만은 저도 모르게 발걸음을 멈칫했다. 뭔지 모를 섬뜩한 기운이 루나를 둘러싸고서 좁혀 오는 느낌이랄까.

복만은 가만히 송곳니를 드러냈다.

크르르르.

루이의 경고에도, 보금자리를 지키려는 복만의 본능이 스멀스멀 꿈틀댄다. 기분 나쁜 기운들은 점점 더 가까워지고, 복만의 경계심은 더욱 상승했다.

크르르르르르. 크르르르르.

래미와 루이는 지나가는 택시를 잡아타고 루나로 향하는 중이었다. 래미는 겨우 표정을 짓고, 손가락, 발가락 정도만 까닥거릴 수 있는 상태였다.

기사가 무릎 위에 안긴 래미와 그녀를 감싸고 있는 루이를 흘긋흘긋 룸미러로 응시했다.

몇 번 눈이 마주치자 루이는 휙 손을 뻗어 기사에게 어둠의 막을 씌워 운전에만 몰두하게 만들었다.

"루이 씨, 기사님한테 힘자랑했죠?"

"자꾸 쳐다봐서."

"나는 루이 씨가 보통 사람들한테는 힘 안 썼으면 좋겠어요."

"……."

이 정도는 힘을 쓴 축에도 들지 않는다. 마음 같아서는 기사를 조종해서 마음대로 도로를 휘저으며 다니고 싶었다.

하지만, 래미 앞이라 꾹 눌러 참는 중이었다.

붉은 눈을 드러낸 채 사람들을 조종하는 모습까지는 래미에게 보여주고 싶지 않은 탓이다.

"루이 씨."

래미의 부름에 루이의 시선이 그녀에게로 향했다.

"복만 씨가 말한 당신의 천적이 강치우, 그 사람 맞죠? 나를 이렇게 만들어서 호텔에 놓고 간."

"그놈, 이름을 알고 있어?"

"예전에 내가 핸드백을 소매치기 당했다고 했잖아요. 그거 찾아준 게 그 사람이에요. 그리고 뒤에는 출판사에서 편집자로 만났고요."

철저히 이용당했다는 더러운 기분에 그녀의 음성이 격앙되었다.

"당신 엿 먹이기 위해서 그런 식으로 나한테 접근했던 거죠. 어우, 개자식. 개가 무슨 죄야. 히키코모리 같은 새끼."

갑자기 흘러나온 험악한 욕설에 루이가 놀라거나 말거나 래미는 이를 갈며 말을 이었다.

"강치우 만나면 꼭 죽여 버려요. 절대 그냥 죽이면 안 돼요. 사지를 뚝뚝 잘라서 태평양 한가운데 던지고, 내장은 나 줘요. 그걸로 매일 줄넘기할 거야. 꼭 산 채로 그래야 해요."

"어, 응."

잔혹한 말을 아낌없이 쏟아낸 것과는 달리 래미는 금세 눈시울을 붉혔다.

생애 처음, 출판 계약을 하게 됐다고 그렇게나 행복해 했는데, 그게 다 강치우의 계략이었다니.

속았다는 것보다, 꿈이 날아간 게 더 속이 상했다. 창피하기도 하고.

루이가 엄지로 눈가에 글썽거리는 눈물을 쓰윽 닦아 주었다.

"꼭 그놈 내장으로 줄넘기하게 해줄게."

어쩐지 잔인한 살인마 커플이 된 것 같아 래미는 피식, 웃어버렸다.

"근데, 호텔에서 나오기 전에 복만 씨와 통화한 거 같은데, 루나에 도둑 든다는 게 무슨 뜻이에요?"

"지하 서고에 보물이 있거든. 오늘, 그걸 노릴 작정인 모양이야."

래미는 겨우 미간을 조금 찌푸렸다.

"지하 서고에 있는…… 보물이라고요?"

래미는 어쩐지 심장이 싸해지는 게 기분이 몹시 이상했다.

"지하에 서책이랑 침대 하나 말고는 없던데. 보물이 있었어요?"

그렇게 물은 래미는 이내 말을 덧붙였다.

"맞다. 드나르드스도 있었죠. 그 거울이 보물인 거예요?"

루이는 래미의 얼굴을 들여다보며 가만히 고개를 끄덕였다.

"정확히는 드나르드스와 한 쌍인 다른 게 있어."

"그 거울과 한 쌍인 다른 보물……."

작게 중얼거리던 래미의 눈이 번쩍 뜨였다.

"……설마, 그 도둑이 강치우 그 사람인 건가요? 그래서 당신을 루나 밖으로 유인하려고 오늘 짓을 꾸민 거 맞죠?"

"맞아."

불길한 기분에 래미의 심장이 마구잡이로 쿵쾅거리기 시작했다.

"호, 혹시 그 보물이 지하에 있다는 걸 그 사람도 미리 알고 있었던 거예요?"

루이의 눈매가 슬며시 가늘어졌다.

"나도 그게 의문이야. 지하에 그 물건이 있는 건 나밖에 모르는 건데."

뒷머리가 비쭉 일어서는 느낌에 래미는 작게 신음을 흘렸다.

그녀의 시놉을 접한 치우가 과도할 정도로 세세하게 질문을 던진다 했더니, 그게 다 이유가 있어서였다.

맙소사. 그러니까, 그녀가 치우에게 지하 서고의 비밀을 밝힌 것이나 다름없다. 핏빛 거울의 존재에 대해 떡하니 서술해 놓았으니까.

래미의 눈동자가 사정없이 흔들리고, 입술은 파르르 떨렸다.

"……그거 그 사람에게 밝힌 거 나예요. 내, 내가 그런 거예요."

루나의 주변을 둘러싸고 있는 음습한 기운들의 정체는 12마녀였다. 12 자매 모두가 마녀가 된 아주 희귀한 케이스였다.

"어머, 2언니! 오랜만이유. 120년 만 아니에요?"

"정확히 123년 만이지. 넌 젊은 것이 어찌 그리 기억력이 똥이냐?"

"7언니 기억력 안 좋은 거 뭐 하루 이틀인가요? 어머, 4언니는 예나 지금이나 여전히 고등학생처럼 하고 다니시네? 징그럽게시리."

"넷째는 30년째 고등학교 다니잖니. 어린 애들 사이에 있어야 기력 보충이 더 잘된다잖아."

"어우, 책 냄새는 맡기도 싫구만. 나처럼 이쁜 것들이 가득한 연예계에 있어야 눈도 호강하지."

와글와글 모두 간만에 만난 회포를 풀고 있을 때였다.

"다들 왜 이렇게 소란스러운 거냐."

마치, 레드카펫을 밟는 여배우처럼 가슴골이 훤히 드러나는 블랙드레스 자락을 휘날리며 1마녀가 홀연히 나타났다.

"1언니 오셨수? 근데, 이 겨울에 그 차림은 좀 아니잖우?"

"냅둬. 1언니 저러는 거 뭐 한두 번이니? 사는 동네에서는 미친년으로 통한다더라."

동생 마녀들이 쿡쿡 웃자, 1마녀가 눈을 부릅떴다.

"쯧쯧, 정신없고 수다스러운 건 여전들 하구나. 이러고 있을 시간이 없다. 속전속결로 임무를 수행하고 뜨는 거야. 그분의 지시야."

마녀들의 얼굴에 스산한 미소들이 드리워졌다. 1마녀의 손짓에 자매들이 루나 안으로 몸을 날렸다.

"크르르르르르."

고요한 홀로 들어선 12마녀들을 반긴 건 송곳니를 드러내고서 험악하게 인상을 쓰고 있는 백구 한 마리였다.

"컹! 컹! 컹! 컹!"

요란한 짖음에 마녀들의 동작이 일제히 멈추었다.

"어머, 저 개새끼가 미쳤나? 우리를 보고 짖네?"

"그러게요. 우리를 보면 꼬리를 말고 도망가야 정상인데."

"임무 끝내고 된장 바르자."

"야만스럽기는. 먹을 게 지천으로 널렸는데 아직도 개를 먹어요?"

"뭐래. 돼지고기, 소고기, 닭고기 먹는 건 안 야만스럽고?"

"난 채식하니 상관없죠? 둘 다 야만스러워요."

"어머, 상추랑 양배추랑 브로콜리, 당근이 너무 아프다고 우는 건 안 들리나 봐? 걔들도 엄연히 생명이 있는데."

여전히 수다스러운 자매들을 보며 1마녀는 이맛살을 구기며 우아하게 이마를 짚었다.

"다들 좀 닥쳐!"

"컹! 컹! 컹! 컹! 컹!"

1마녀의 시선이 곧장 짖고 있는 복만에게로 향했다.

"너부터 좀 닥쳐야겠다."

1마녀가 손에 기운을 응집시키고서 화르륵, 타오르는 불꽃을 복만에게 날렸다.

백구 한 마리가 잔인하게 타 죽을 거란 예상과 달리, 복만은 앞발로 불꽃을 탁 튕겨냈다.

"뭐, 뭐니, 저 개새끼는."

"평범한 강아지가 아닌 것 같은데요?"

"막내야, 저 개새끼 네가 처리해라. 나머지는 지하로 간다."

"네!"

12마녀를 제외하고 모두 지하로 움직이려는 찰나였다.

열두 번째 마녀 따위는 안중에도 없다는 듯 복만이 계단 입구로 빠르게 내달려서는 떡하니 버티고 섰다.

"크르르르르."

마녀들의 입이 떡 벌어졌다.

"쟤 우리말도 알아듣는 것 같은데요? 지하로 간다고 하자마자 달려가네?"

1마녀의 미간이 확 찌푸려졌다.

"귀찮게스리. 한꺼번에 공격한 뒤에 밀고 들어간다."

12마녀들이 자신의 특성 기술로 다 같이 복만을 향해 공격을 퍼부었다.

화염, 물, 바람, 뇌전, 독 등 12가지 공격이 한꺼번에 복만의 몸을 관통했다.

"우리 너무 잔인한 거 아냐?"

"된장 바를 것도 없이 녹아 없어졌겠네."

잔인하게 웃으며 3마녀가 슥 앞으로 먼저 발을 디뎠다.

크릉, 콱!

"아아아악!"

3마녀의 비명이 날카롭게 울려 퍼졌다.

형체도 없이 녹았을 거라 여겼던 복만이 잔뜩 상처를 입은 채로 3마녀의 팔뚝을 물어뜯은 것이다.

팔뚝의 살점이 떨어져 나가고 피가 뚝뚝 흐르자, 3마녀의 눈이 그대로 뒤집혔다.

"이, 이, 개새끼가!"

인정사정없는 3마녀의 공격에, 나머지 마녀들 역시 다시 복만을 잡기 시작했다. 하지만, 복만은 물러섬 없이 필사적으로 마녀들과 대적했다.

2층에서 꼼짝 말라던 루이의 충고는 이미 머릿속에 없었다. 그저, 피하고, 맞고, 닥치는 대로 물어뜯으며 지하 사수에 온 힘을 쏟았다.

"하아, 정말 질기고 독한 개새끼구나."

"어흐, 난 허벅지 살점이 다 떨어져 나갔네!"

"넌 허벅지지, 난 손가락 하나가 잘려 나갔다고. 재생하려면 얼마나 재료가 많이 드는데."

"다들 이러고 있을 시간이 없다. 속히 결계를 해제하러 간다."

1마녀의 지휘 아래 각기 크고 작은 부상을 입은 마녀들이 신속히 지하로 내려갔다.

다시 고요해진 홀. 계단 입구에는 상처투성이에 지칠 대로 지친 복만이 끊어질 듯 숨을 헐떡이며 네 다리에 힘을 주려 애썼다.

몇 번이고 일어나려 안간힘을 써보지만 맥없이 철퍼덕 바닥으로 무너졌다.

새까만 눈동자가 몇 번 깜빡이더니 이내 감기고 말았다.

지하로 내려간 12마녀들을 결계를 깨기 위해 총력을 다했다.

"와우, 이 결계 상당히 단단하네? 우리가 힘이 부칠 정도라니."

"치우 님께서 우리를 불러들인 것도 이해가 가는군."

"하지만, 우리 모두가 힘을 합하면 깨지지 않는 결계 따위는 없지."

"다들 잡담 그만하고 서둘러."

"미안해요. 출간 욕심에, 그냥, 독특한 시놉을 써야 한다는 생각밖에는 없었어요. 어차피 사람들은 판타지로 여기고 말 거라는 안이함도 있었구요. 루이 씨와 같은 부류들이 또 존재할 거라는 건 정말, 생각지도 못했어요. 미안해요, 내 생각이 너무 짧았어요."

상황 설명 뒤, 계속 이어지는 래미의 사과에 루이는 가만히 그녀의 어깨를 다독였다.

"어차피 벌어진 일이야. 자책하지 마."

"하지만."

"출간 틀어져서 마음 아플 텐데, 자책까지 더하지는 마."

래미는 물끄러미 루이를 응시했다. 화를 내도 모자랄 판에 그녀 걱정을 먼저 해주니, 더더욱 미안함이 밀려온다.

"이 상황에 출간이 대순가요. 어차피 강치우 그 사람의 농간이었으니

78　2

까…… 미련도 없어요."

"지금은 아무 생각 하지 마. 몸도 안 좋으면서."

"하지만, 지하에 있는 보물을 훔쳐 가면 어떻게 해요? 그럼, 그거 다 나 때문이잖아요."

아닌 게 아니라 조금 전부터 지하의 결계에 가해지는 힘을 고스란히 느끼고 있었다. 전기가 통하는 것 같은 찌릿한 전율이 온몸에 흐른다.

하지만, 루이는 태연하게 래미의 등을 어루만졌다.

"걱정 그만하고 쉬어 둬. 그래야 내 마음도 편해."

그러고서 래미의 두 눈을 감겼다. 다행히 래미는 눈을 뜨려 하지 않고 얌전히 그의 뜻을 따랐다.

언제 부드러운 표정을 지었냐 싶게 루이의 눈이 형형하게 번뜩였다. 루이는 룸미러로 기사와 눈을 마주치고서 그를 조종하기 시작했다.

안전 속도를 유지하며 달리던 택시가 급격히 빨라진다.

치우가 루나에 도착한 것은 마녀들이 깔끔하게 결계를 깨부수고 자리를 뜬 뒤였다.

마녀들 개개인의 힘은 대법사들에 비해 약할지 모르나, 같은 피가 흐르는 12명이 모이면 절대 그에 뒤지지 않는다.

더군다나 결계나 진법 등을 다루는 데는 12마녀만큼 탁월한 능력을 가진 이들도 없었다.

아주 오랜 과거, 신생마녀이던 그녀들을 구해준 인연으로 아주 가끔 요긴하게 부리곤 했다.

"우리 마녀님들은 임무 완수 제대로 하고 가셨나."

막 지하로 향하려던 치우의 발걸음이 뚝 멎었다. 계단 입구에 늘어져 있는 백구 한 마리가 시야에 포착되었기 때문이다.

"쯧쯧. 괜히 애꿎은 애완견만 다쳤네."

아직 숨이 붙어 있다는 게 용할 정도로 처참한 몰골에 절로 인상이 써졌다.

안타깝고 가여운 기분이 드는 건 왜일까. 괜히 찜찜한 이 느낌은 뭐고.

어쩐지 쓰다듬어 주고 싶은 충동이 인다. 하지만, 시간이 촉박한 탓에 치우는 곧장 지하로 내려갔다.

"결계에 관한 건 우리 마녀님들이 최고라니까."

먼젓번과 달리, 치우는 전혀 튕김 없이 지하 서고를 누비고 다녔다.

시놉에서 본 것처럼 제일 구석에 당도한 치우는 텅 빈 벽면 한쪽에다 손바닥을 대고서 뚜벅뚜벅 훑고 다녔다.

순간, 손바닥에 느껴지는 강력한 기운에 치우의 움직임이 멈추었다.

"설마, 드나르드스?"

치우는 손에 힘을 집중시켰다.

"드나르드스."

평범한 벽면이 일렁이더니 금세 타원형 모양의 커다란 거울이 나타났다.

나무넝쿨로 감싸인 듯한 기괴한 모양새.

"역시, 역시!"

드나르드스가 여기 있다는 건 근처에 아할리만의 심장도 있다는 뜻이다. 치우는 다시 벽에 손을 대고서 사방을 훑고 다녔다.

뭔가 아주 미세하게 벽면이 일렁이는 느낌이 손에 전해졌다.

"여기군."

결계가 흐르고 있기는 하지만, 눈속임일 뿐, 지하의 결계보다는 훨씬 약했다.

몸속에 내재된 기운을 순간적으로 확 끌어올리고서 치우는 벽 속으로 뛰어들었다.

그리고 드디어 눈앞에 나타난 작은 밀실. 공간 한가운데 위치한 테이블과 그 위에 얌전히 놓인 낡디낡은 상자 하나.

상자에 새겨진 고대어.

"하하하하하."

결계를 뚫고 들어오느라 온몸이 뻐근거리는 것쯤은 아무렇지도 않았다. 감격에 젖어 치우는 상자에 가만히 손을 대어보았다.

"윽!"

마치, 상자에 닿는 모든 것을 빨아들일 듯한 엄청난 기운으로 인해 퍼뜩 손을 떼어 냈다.

"하. 역시 아할리만이군. 아무나 다루지 못한다더니."

감탄을 내뱉던 치우는 못마땅한 표정을 지었다.

"루이, 그놈은 이걸 다룬다는 거잖아. 흥. 네놈이 하면 나도 한다."

치우는 눈에 꾹 힘을 주고서 양손에 어둠의 기운을 모았다. 그는 망설임 없이 맹렬한 기운이 흐르는 상자를 덥석 집어 들었다. 그러곤 지하를 빠져나왔다.

루나의 홀로 나온 치우는 잠깐, 계단 입구에서 정지 버튼을 누른 것처럼 서고 말았다.

헐떡헐떡, 금방이라도 숨이 넘어갈 것 같은 백구 때문이었다.

그냥 흔한, 아니, 루이로 인해 조금 특별해진 백구 한 마리일 뿐인데 왜 이렇게 신경이 쓰이는지 알 수가 없다.

"망할. 인정이 많아도 탈이라니까."

아할리만의 심장이 든 상자를 살짝 내려놓고서 치우는 백구에게로 손을 뻗었다.

그러곤 자신의 기운을 아주 조금 나누어 주었다. 그러자 하얀 눈꺼풀이 꾸물꾸물 위로 향하고 까만 눈동자가 드러났다.

"그 정도면 네 주인이 올 때까지는 버틸 수 있을 거야."

물론, 상처가 너무 커서 살 가망성은 별로 없어 보이지만, 주인 앞에서 숨을 거두는 게 좋겠지.

다시 상자를 들어 올린 치우는 조금은 홀가분한 심정으로 루나를 빠져 나갔다.

26

도로를 종횡무진 하던 택시가 루나에 가까워지자, 루이는 돈다발을 조수석에다 툭 던져놓았다. 그러곤 래미를 안은 팔에 더욱 힘을 주었다.

"지금 바로 루나로 이동할 거라서 어지러울 거야. 그대로 눈만 꼭 감고 있으면 돼."

"응. 알았어요."

래미는 조금 긴장한 얼굴로 감고 있는 눈에 힘을 꾹 주었다. 그러자 예전에 아주 찰나 동안 겪었던 일렁임이 그녀를 확 덮쳤다.

자이드롭을 타고 급속도로 하강하는 듯한 느낌에 심장마저 한없이 아래로 추락하는 느낌이었다.

얼마 지나지 않아 거짓말처럼 불유쾌하던 기분이 가시자 래미는 눈을 떴다.

고요하지만, 뭔가 어수선한 느낌이 드는 루나의 홀이었다.

"벌써 강치우가 보물을 훔쳐 갔으면 어쩌죠? 복만 씨는요?"

그렇게 물은 래미가 움직여지지 않는 목 대신 눈동자를 굴리려 할 때였다.

"윽."

예고 없이 다시 한 번 휘몰아치는 어지럼증에 절로 신음이 새어 나왔다.

계단 입구에 쓰러져 있는 복만을 발견한 루이가 퍼뜩 2층 침실로 자리를 옮긴 것이다.

혹여, 그 처참한 모습을 래미가 볼까 봐.

"잠깐 여기 있어."

"알았어요."

상황이 심상치 않다는 것을 느낀 래미는 더 묻지 않았다. 딱딱하게 굳은 얼굴로 래미를 침대에 내려놓고서, 루이는 즉시 홀로 이동했다.

숨을 할딱거리며 새까만 눈을 힘겹게 끔뻑거리고 있던 복만이 루이를 발견하고 처절할 정도로 꼬리를 흔든다.

"끼잉. 끼잉……."

"2층에 죽은 듯이 있으라고 했더니. 말 안 듣는 녀석."

안타까움과 노기가 짙게 밴 음성으로 낮게 말한 루이는 이내 복만을 품에 안고서 일어났다.

루이의 품에 안겨서야 복만이 축 늘어진다.

사실, 루나에 도둑이 들고, 결계가 깨지는 것보다 더 걱정스러웠던 건 복만이었다. 침입자가 나타나면 어김없이 본능을 드러내고 마는 녀석이니까.

루이는 어금니를 악다물고서 빠르게 2층으로 향했다.

홀로 침실에 남겨진 뒤, 계속해서 몸에 힘을 주던 래미는 한숨을 푹 흘렸다.

"아. 답답해 돌아버리겠네. 도대체 몸은 언제 원래대로 돌아오는 거야."

손가락, 발가락에 이어 신체의 다른 곳은 도무지 움직일 기미를 보이지 않는다.

상황이 어떻게 돌아가고 있는지 너무 궁금하고 염려스러웠지만, 도통 움직일 수가 없으니 알 길이 없다. 이제나저제나 루이가 오기만 기다리고 있을 때였다.

벌컥, 문이 열렸다. 한 손에 흰색 찻잔을 든 루이가 모습을 나타냈다.

"어떻게 됐어요? 강치우가 진짜 보물을 훔쳐 갔어요? 복만 씨는 왜 안 보여요?"

루이를 보자마자 저절로 질문 공세가 쏟아졌다.

루이는 성큼 다가와 침대에 걸터앉았다.

"우선 이거부터 마셔. 해독 성분이 있는 약이야."

"해독? 나, 중독된 거예요?"

"몸을 못 움직이는 걸 보니 마비 성분이 있는 독을 쓴 것 같아. 일단 마셔봐. 듣지 않으면 다른 걸 써봐야 해."

"그 미친놈이 진짜!"

그러고 보니, 출판사에서 강치우가 괜히 악수하자고 손을 내민 게 아니었다. 그 따끔했던 게 정전기가 아니라, 독을 쓰느라 그런 모양이었다.

생각도 잠시, 그녀를 일으켜 앉힌 루이가 찻잔을 입술에 갖다 대었다. 너무 분해서 쓴 것도 못 느낀 채 약을 물처럼 넘기고서 래미는 루이의 얼굴을 살폈다.

늘 그렇듯 무덤덤한 표정으로 감정을 가리고 있지만, 어두운 안색은 숨겨지지가 않는다. 불길한 기분이 스멀스멀 그녀의 뇌를 잠식했다.

"이제 말해 줘요. 어떤 상황인 건지."

"복만이 많이 다쳤어."

"아니, 왜요? 2층에 있었던 거 아니에요?"

"말을 안 듣고 1층에 있었던 모양이야."

"세상에. 얼마나 다친 건데요."

"의식을 잃었어. 상처도 심하고."

덜컥, 심장이 내려앉는다. 의식이 없을 정도라는 건 부상이 심각하다는 뜻이다.

"어, 어떡해요. 나 때문에……."

"너 때문이 아니야. 나 때문이지."

래미의 말을 곧장 막고서 루이는 미미하게 미간을 구겼다.

"나와 그놈 문제에 네가 휩쓸렸을 뿐이야."

"하지만……."

"후환을 남겨두는 게 아니었는데."

도대체 루이와 치우 사이에 무슨 일이 있었던 걸까. 무슨 이유로 치우는 루이의 연인을 처참히 죽였을까. 두 사람의 악연은 언제부터였을까.

래미는 치미는 궁금증을 애써 꾹 눌렀다. 지금은 그것보다 지하실의 물건이나, 복만의 상태가 훨씬 더 걱정이었다.

"복만 씨, 괜찮겠죠? 일어날 수 있겠죠?"

"시간은 조금 걸리겠지만, 강한 녀석이니 일어날 거야. 그러니까, 넌 아무 생각 하지 말고 쉬어."

하지만, 그럴 수 있을 리가 없다.

"지하의 물건은요? 도둑……맞은 거예요?"

루이의 입술 끝이 미미하게 위로 향했다.

"아니. 그놈은 그거 못 찾아. 절대."

아할리만의 심장이 담긴 상자를 손에 넣은 뒤, 치우가 곧장 차를 몰고 간 곳은 서울의 외곽에 위치한 별장이었다.

이미, 태소라는 패를 들킨 이상, 태소도 모르는 곳이 안전할 거란 판단 때문이었다.

한강 부근의 아파트에는 언제 루이가 들이닥칠지 모르니, 귀찮더라도 이동할 수밖에 없었다.

치우는 상자가 놓인 테이블 주변을 서성거렸다.

"흐음. 이걸 어떻게 열어야 하나."

양손에 기운을 집결시킨 채 아무리 뚜껑을 열어 보려 해도 꿈쩍도 하지 않는다.

"쯧, 전설로 내려오는 물건을 손에 넣으면 뭘 해. 쓸 줄을 모르는데. 아니, 그놈은 도대체 이걸 어떻게 쓴 거야?"

짜증스럽게 식식거리던 치우는 문득 상자 윗면에 새겨진 고대어로 시선을 주었다.

"하. 설마, 이걸 읊으면 열리고, 뭐, 그런 유치뽕짝 시나리오는 아니겠지?"

흑마법을 다룰 때도 주문을 외우는 게 여전히 낯간지러운 그였다. 그럼에도 불구하고 치우는 조금 기대하는 표정으로 고대어를 읽어갔다.

"탄야아르…… 르비단야라…… 아할리만 아뮤르프스."

잠잠.

"그럼, 그렇지. 이거 하나 읽었다고 다 열리면 그게 보물이야?"

그렇게 투덜대고는 있지만, 못내 아쉬워 치우는 기운을 끌어올렸다. 그는 기운이 넘치는 손을 상자 위에 얹고서 다시 입술을 움직였다.

"탄야아르 르비단야라 아할리만 아뮤르프스"

고대어를 끝까지 읽은 뒤 손을 떼는 순간이었다.

펑! 폭죽이 터지는 듯한 소리가 커다랗게 울리고 하얀 연기가 피어올랐다.

치우는 메케한 연기를 손으로 흐트러뜨리며 열린 상자로 시선을 내렸다.

"음?"

상자 속에 든 크림색 카드 한 장.

순간적으로 뭔가 잘못되었음을 직감한 치우는 눈썹을 휙 치켜세웠다.

"뭐, 뭐야, 심장은 어디 가고 카드야."

다급히 카드를 집어 들고서 펼친 치우의 움직임이 그대로 멎어버렸다. 기대에 가득 찼던 입술이 경악을 담고 벌어진다.

카드에는 딱 한 마디가 적혀 있었다.

[병신육갑.]

그러니까, 감쪽같이 놈에게 속은 것이다.

별장은 한동안 정적에 휩싸였다. 그 고요함은 치우가 정신을 차린 뒤에나 깨어졌다.

"하……하……하, 하하하하하하하!"

너무 기가 막혀, 치우의 입에서는 미친 듯이 웃음만 흘러나왔다.

한참이나 눈물까지 찔끔 흘리며 웃어대던 그가 어느 순간, 뚝 그치며 정색을 했다.

"제대로 당했네, 제대로 당했어."

그렇게 중얼거리며 카드를 태워버리려는 순간이었다.

"쿨럭! 쿨럭! 쿨럭!"

갑자기 죽을 듯한 기침이 튀어나오기 시작했다. 그뿐이 아니었다. 폐가 뒤집힌 것처럼 호흡하기가 힘들었다.

기침과 함께 왈칵, 피가 쏟아져 나왔다. 조금 전 상자 속 연기 때문이라는 것을 알아챘지만 이미 마실 대로 마신 상태였다.

"빌어먹을······ 쿨럭! 쿨럭!"

제대로 당한 게 아니라, 완벽하게 져버렸다. 분하지만 당분간은 몸부터 추스르는 게 급선무였다.

▷　▷　◆　◁　◁

루이가 다시 복만을 살피러 간 사이 까무룩 잠이 선잠이 들었던 모양이다.

가위에 눌렸던 몸이 확 풀리는 듯한 느낌과 함께 래미는 눈을 떴다.

팔에 힘을 주어 상체를 반쯤 일으키던 그녀는 금세 인상을 찡그리며 다시 눕고 말았다.

"으······으으."

발이 최강으로 저릴 때 느껴지던 전류가 온몸으로 퍼져 있었기 때문이다. 그 기분 나쁜 느낌도 잠시, 래미는 팔을 들어 이리저리 움직여 보았다.

"하······ 드디어 움직여지네."

여전히 아프긴 했으나, 다시 움직일 수 있다는 게 어딘가.

AM 1시를 가리키는 시계와 빈방을 차례로 훑고서 몸을 일으킨 그녀는 침대 밑으로 발을 디뎠다.

으윽. 미칠 듯한 저림에 신음이 절로 튀어나왔지만, 엄살을 부릴 때가 아니었다.

아직 루이가 돌아오지 않았다는 것은 그만큼 복만이 위중하다는 거겠지.

그녀는 삐걱거리는 몸을 억지로 움직여 서둘러 방을 나섰다. 어두운 복도에 미세하게 열린 복만의 방문 틈으로 약한 빛이 새어 나왔다.

절뚝이며 방문 앞에 다다르자 그녀의 기척을 느낀 루이가 돌아보았다. 조금 지친 듯 그의 얼굴이 수척해 보인다.

"이제 움직여져?"

가만히 고개를 끄덕인 래미는 방 안으로 들어섰다.

"복만 씨는 좀 어때요."

"내가 할 수 있는 건 다 했어. 이제 녀석의 의지에 달렸어."

회복을 확신할 수 없다는 뜻이다. 래미는 침대에 반듯하게 누워 있는 복만에게로 다가갔다.

군데군데 그슬리고 얼룩진 얼굴과, 터지고 시퍼레진 입술이 처절했던 싸움의 단면을 보여주는 것 같아 가슴이 시큰거린다.

"아직 숨이 많이 거칠어요."

"많이 힘들겠지."

"마음이 너무 안 좋아요."

루이는 잔뜩 어두운 얼굴을 하고 있는 래미의 어깨를 가볍게 두드렸다.

"그만 쉬게 하고 나가자. 의지가 강한 녀석이니 털고 일어날 거야."

"응. 그래요. 루이 씨도 쉬어야죠."

아쉬움을 뒤로한 채 루이의 손에 이끌려 방을 나서려던 래미는 이내 몸을 돌렸다.

"복만 씨, 혹시 듣고 있어?"

대답이 돌아올 리 없기에 래미는 말을 이었다.

"나, 복만 씨가 타 준 관음차 마시고 싶어. 그리고 엘리자베스 씨도 복만 씨를 애타게 기다리고 있을 거고. 그러니까, 빨리 일어나야 돼. 알았지?"

심히 오글거린다는 것을 알고 있지만, 그렇게 말하고서야 래미는 방을 나섰다.

복도로 나오자 계속해서 무거운 얼굴만 하고 있던 루이가 미미하게 웃음을 머금었다.

"왜 웃어요?"

"엘리자베스 씨라고 해서."

"설마 엘리자베스 씨도 개였어요?"

루이의 눈이 조금 커졌다.

"복만의 정체를 알아?"

"진작 눈치챘죠. 진도의 명물이라면서요. 근데 설마, 엘리자베스까지 그럴 줄은 몰랐네요. 엘리자베스도 두 발로 다녀요?"

"아니. 그냥 시츄."

조금 기가 막혀 래미도 작게 웃고 말았다.

루이와 함께 침실로 돌아온 래미는 오늘 하루 동안 일어났던 일이 꿈만 같아 조금 멍해졌다.

한바탕 폭우가 쏟아진 뒤의 소강상태가 된 것 같다고 할까.

침대에 앉으려는데 루이가 손을 내밀었다. 손을 내민 의도를 알 수가 없어 래미는 빤히 바라보았다.

"왜요?"

"가자. 씻어야지."

그 의미를 채 곱씹기도 전에 래미는 경악스러운 얼굴을 하고서 절뚝이
며 화장대 앞으로 갔다.

"헉."

곱게 발랐던 아이라인과 마스카라는 엉망진창으로 눈가에 얼룩져 있고,
피부화장은 완벽히 무너져 내린 상태였다.

흉해도 너무 흉했기에 래미는 다급히 화장솜에 클렌징 워터를 적시고서
얼굴을 박박 닦았다.

그러는 사이 루이가 그녀의 뒤로 다가왔다.

"내가 씻겨줄게."

래미는 눈을 동그랗게 뜬 채 휙 몸을 돌렸다. 답정너도 아니고, 어느새
루이는 그녀의 팔목을 움켜쥐고서 당겼다.

"아니, 잠깐, 스토옵. 루, 루, 루이 씨가 나를 씻겨준다고요? 아니, 왜
요?"

귀까지 시뻘게진 그녀와 달리 그는 너무 천진한 얼굴로 끄덕였다.

"아직 완전히 회복된 건 아닌 것 같아서. 혼자 욕실에 들여보내기가 그
래."

"하지만, 그래도 씻겨주는 건 쪼옴!"

버텨 보았지만, 이미 래미는 루이의 힘에 이끌려 욕실까지 가고야 말았
다.

"욕조에 같이 들어갈까."

씻겨준다는 것도 모자라 함께 들어가자니!

유혹하듯 그의 목소리는 부드럽기까지 했다. 다행히도, 열 명은 들어가
고도 남을 법한 욕조는 물 한 방울도 없었다.

"이 큰 욕조에 언제 물을 받아요. 그냥, 나 혼자 대충 씻고……."

말을 채 끝내기도 전에 래미는 입을 턱 벌렸다.

루이가 손을 뻗자, 욕조에 얼음이 한가득 담겼다. 뒤이어 그가 얼음을 향해 쓰윽 손을 휘젓자 불길이 화악 치솟았다.

금세 얼음이 녹더니 욕조에는 모락모락 김이 피어오른다.

허, 허……허. 맞다, 이 남자 흑마법사지.

루이는 잔뜩 얼이 빠진 얼굴로 눈만 끔뻑이는 그녀의 귀에 악마의 음성이 들려왔다.

"뜨거운 물에 담그면 기분이 나아질 거야."

"……"

꿀꺽. 너무도 강력한 뜨거운 물의 유혹이 아닐 수 없었다. 뜨끈뜨끈한 물에 몸을 담그면 오늘의 고단함 따위는 금세 날아가겠지.

어떻게 해야 하나 고민을 거듭하고 있을 때였다.

"날 새겠다."

툭 내뱉은 루이가 더 기다리지 않고 래미를 안아 올렸다.

"잠깐, 잠깐, 잠깐만요!"

발버둥을 쳐보았으나 성큼성큼 욕조 앞에선 루이는 그대로 래미를 풍덩, 입수시켰다.

꽤 깊은 욕조에 빠져 졸지에 물을 먹은 래미는 콜록거리며 고개를 밖으로 뺐다.

"뭐예요, 진짜 이러기예요? 옷 다 젖었잖아요."

하지만, 루이가 입고 있던 옷을 벗기 시작하는 바람에 래미는 다급히 고개를 돌렸다. 아무리 루이와 몸을 섞고 사랑을 나누었어도 아직은 그의 올누드가 적응이 안 된다.

얼굴을 붉힌 채 이러지도 못하고 저러지도 못하고 있는데, 금세, 수면이 찰랑거린다. 루이가 들어왔음 깨닫고 그제야 래미는 눈을 세모꼴로 뜨고서 시선을 돌렸다.

그 순간, 위로 올라갔던 그녀의 눈이 원래대로 풀려졌다. 물 위에 넘실거리는 루이의 반짝이는 은발이 너무도 예뻐서.

둥둥 떠 있는 은발을 몇 가닥 움켜쥐고 만지작거리던 래미는 곱게 눈을 흘겼다.

"내가 은발 좋아하는 거 알고 일부러 바꾼 거죠?"

"그랬어?"

전혀 몰랐다는 듯 대꾸한 루이가 손을 뻗어 래미의 팔뚝을 움켜쥐고 끌어당겼다. 물속이라 손쉽게 딸려간 그녀는 마치 말을 타듯 루이의 무릎 위에 안착했다.

두근, 두근, 래미의 심장이 마구잡이로 요동쳐 댄다.

그는 래미의 얼굴에 마구잡이로 붙어 있는 머리칼을 떼어내고서 가만히 입술을 내렸다. 이마에 입술을 댄 채 그녀의 체취를 들이마신 다음 콧등을 거쳐 작은 꽃잎을 머금었다.

욕조 안에서의 뜨거운 키스.

질척하니 달라붙은 옷들이 루이에 의해 하나씩 벗겨지고 속옷마저 몸에서 떨어져 나갔다. 완벽하게 나신이 된 래미의 몸을 어루만지며 루이는 둥근 어깨에 잔잔히 입술을 눌렀다. 뒤이어 찰랑거리는 수면의 경계를 유혹적으로 넘나드는 핑크빛 유두를 입 안으로 삼켰다.

"아……."

래미가 고개를 뒤로 젖히며 한숨을 흘렸다. 오늘 끔찍한 일을 당한 게 믿기지 않을 정도로 금세 짜릿한 기운이 온몸으로 퍼져 나갔다.

뾰족하게 일어선 젖가슴을 계속해서 핥고 잘근거리며 루이는 손을 욕조 안으로 넣었다. 매끄러운 허벅지를 쓸어 올리며 곧장 안쪽으로 파고들어 여성의 예민한 속살을 어루만졌다. 래미의 허리가 반사적으로 출렁거리고, 아랫배는 뜨겁게 조여 왔다.

느릿하고 부드러운 손길에 래미는 머릿속을 잠식하고 있는 걱정과 근심을 잊어갔다. 대신, 미칠 것 같은 열망이 그 자리를 빠르게 채운다.

피가 몰려 도톰해진 살점을 마찰시키는 루이의 손이 빨라지자 래미는 더욱 고개를 뒤로 젖히고서 엉덩이를 앞뒤로 흔들었다. 머리에 전류가 일 것 같은 쾌감이 그녀를 집어삼킨다.

"아, 아……."

얼마 지나지 않아 신음과 함께 뜨거운 꽃물을 쏟아내며 래미는 움찔움찔 경련을 일으켰다.

아릿하게 달아오른 여성을 조금 더 어루만진 뒤에야 손을 거둔 루이가 래미의 엉덩이를 움켜쥐고서 바짝 자신에게로 끌어당겼다. 다음 수순을 충분히 알고 있었기에 래미는 마른 침을 삼키며 살짝 몸을 올렸다. 바짝 일어선 남성이 여성의 입구에 맞닿자, 누구랄 것 없이 한숨을 내뱉었다.

루이가 그녀의 엉덩이를 천천히 아래로 내리며 자신의 것을 래미의 안으로 밀어 넣었다. 래미 역시 조금씩 허리를 움직여 유연하게 그를 받아들였다. 물이 찰랑거리며 욕조 밖으로 흘러넘친다.

마침내 끝까지 루이를 받아들인 래미가 그의 가슴팍에 얼굴을 기대고서 숨을 몰아쉬었다. 루이가 그녀의 등을 마주 껴안고서 부드럽게 어루만졌다.

"음."

진한 만족감이 담긴 소리가 루이의 입에서 흘러나왔다. 이내 그가 그녀의 엉덩이를 꽉 움켜쥐고서 위아래로 흔들어대기 시작했다.

"앗, 아, 아!"

래미는 다급히 루이의 어깨를 붙잡으며 균형을 잡았다. 그가 여성의 깊은 곳을 찔러올 때마다 저릿저릿한 쾌감이 머리부터 발끝까지 관통했다. 끊임없이 래미의 엉덩이를 입맛에 맞게 흔들며, 루이는 신음을 흘리고 있는 붉은 입술을 집어삼켰다.

거친 숨과 함께 뜨거운 혀가 감기고 환락은 배가 되었다. 서로를 갈구하는 두 사람의 몸짓이 더욱 격렬해지기 시작했다.

두 사람의 몸이 뜨겁게 얽히는 동안, 욕실 밖 침실.

래미의 휴대전화는 강치우가 끈 그대로 하루 종일 조용히 가방에 담겨 있었다.

▷   ▷   ◆   ◁   ◁

토요일이라, 조금 이른 시간에 병문안을 온 인희는 며칠 사이 눈에 띄게 핼쑥해진 해준의 얼굴을 보고서 깜짝 놀랐다.

"야, 너 얼굴이 왜 그래? 팔다리 다친 게 아니라 누가 보면 위장병 난 줄 알겠다."

"위장병 날 지경이야."

농담처럼 대답한 해준이 이내 한숨을 흘리고서 물었다.

"요새, 래미 어떻게 지낸대?"

"뭐야, 도람 보고 싶어서 얼굴이 그 꼬라지인 거야? 설마, 상사병?"

해준은 놀리듯 말하는 인희에게 쿡쿡 웃어 보였다.

"그런 모양이다. 요 근래 래미 얼굴은커녕, 목소리도 못 들어서 그런지 죽겠어.”

“왜. 전화 통화라도 해보면 되잖아.”

“통화하면 나도 모르게 헛소리가 나올 것 같아서. 이 꼴로 뭘 할 수도 없는데 헛소리라도 하면 어쩌냐. 괜히 사이만 어색해지게. 래미, 잘 지낸대?”

인희는 어깨를 으쓱해 보였다.

“몰라, 나도.”

“난 그렇다 쳐도 난 왜 몰라?”

“나도 며칠 내내 일 때문에 바빴어. 내가 안 하니, 래미 고것도 나한테 연락 한 통 안 하고. 어제야 조금 한가해져서 오늘 병원에 같이 오자고 전화해 봤더니, 하루 종일 핸드폰이 꺼져 있더라고. 연애사업 하느라 바빠…….”

저도 모르게 그렇게 말하던 인희는 해준의 어두운 표정을 보고서 입을 합 닫았다. 인희는 퍼뜩 말을 바꾸었다.

“연애사업으로 바쁘면 전화기를 꺼뒀을 리가 없지. 하루 종일 핸드폰에 불이 날 텐데. 아마, 일 때문에 바쁜가 봐. 저번에 들으니 뭐, 기획안을 작성해야 된다고 그랬던 것 같아.”

그럼에도 해준이 굳어 있는 얼굴을 풀지 않자 인희는 핸드백에서 휴대전화를 꺼내 들었다.

“말 나온 김에 램한테 전화 한번 해봐야겠다. 이 기집애 도대체 뭘 하느라, 요새 전화 한 통이 없어?”

“……올 수 있으면 오라고 해봐. 아니, 억지로라도 좀 불러내봐. 보고 싶어.”

보고 싶다는 말을 아무렇지도 않게 하는 해준에게 징그럽다는 표정을 지어 보이고서 인희는 전화를 걸었다.

[고객님의 전화기가 꺼져 있어……]

"어? 뭐야? 오늘도 꺼져 있어?"

인희는 어리둥절한 얼굴로 종료버튼을 눌렀다.

"왜, 핸드폰 계속 꺼져 있어?"

"어어."

"래미, 무슨 일 있는 거 아냐?"

해준만큼이나 인희 역시 심각해졌다. 가뜩이나 가족과 멀리 떨어져 혼자 살고 있는데, 연락까지 안 되니 걱정이 될 수밖에 없었다.

"김인희, 래미 부모님 댁에 전화 드려봐. 어머니한테 전화번호 물어볼게."

해준이 멀쩡한 한쪽 손으로 전화기를 들 기색이자 인희는 퍼뜩 고개를 저었다.

"야, 안 돼. 지해준, 미쳤어?"

"뭐가."

"전화번호를 아는 것도 아니고, 너네 엄마한테 물어서까지 전화를 한다고? 그렇게 다짜고짜 전화해서 뭐라고 말씀드리냐? 전화기가 고장 나서 수리 맡겼을 수도 있는데, 괜히 양쪽 부모님들한테 연락해서 일을 크게 만들 일 있어?"

"야, 그래도 일단은 연락해서……."

"네가 래미 걱정돼서 그러는 건 알겠는데, 그건 완전 오바다, 오바. 그러지 말고, 내가 래미네 집에 가볼게."

"그럴래? 그럼, 지금 당장 가봐."

해준의 재촉에 인희는 어이없는 웃음을 내뱉었다.

"아이고, 알았다, 알았어."

"얼른, 얼른."

"알았다니까!"

버럭 외친 인희는 옷장에 걸어 두었던 코트와 핸드백을 챙기고서 병실을 나섰다.

부랴부랴 택시를 잡아타고 래미의 집으로 온 인희는 다급히 벨을 눌렀다.

띵동, 띵동, 띵동.

몇 번이나 벨소리가 울렸으나 안에서는 묵묵부답이었다.

"램! 램, 집에 없어? 야, 도램!"

벨을 눌러대며 소리까지 쳤지만 집 안에는 아무도 없는 듯 고요하기만 했다.

"어떡해. 진짜 무슨 일 있는 거 아냐?"

입술을 깨물며 어른들에게 연락해야 하나 고민하고 있을 때였다.

"아유, 아침부터 웬 소란이야? 시끄러워서 살 수가 없네."

뒤에서 들려온 목소리에 인희는 몸을 돌렸다. 50대 이상으로 보이는 중년 여인이 인희를 위아래로 훑어보고 있었다.

"아, 죄송합니다. 여기 제 친구가 살거든요."

"저기, 그 집 아가씨, 며칠째 코빼기도 안 보이던데, 아직 안 왔나 보네."

"아주머니, 여기 살고 있는 친구 아세요?"

"알기야, 알죠. 바로 옆집에서 10년을 넘게 살았는데."

인희는 다급히 아주머니에게로 다가갔다. 하이힐까지 180센티가 넘는 장신이 덮칠 듯 다가오자 아주머니가 움찔 뒤로 물러났다.

"이 친구가 며칠 전부터 안 보였어요?"

"저번 주부터던가…… 아무튼 밤에는 불도 안 켜고, 사람 기척은 하나도 안 나고 그런지 제법 여러 날 지난 것 같아요."

확실히 집에 없다는 뜻이다.

'그럼 혹시, 부모님 댁에 간 건가?'

그쪽으로 생각이 기우는데, 아주머니가 생각난 듯 손뼉을 짝 쳤다.

"아, 마지막으로 봤을 때, 웬 남자와 손을 잡고 가는 걸 보긴 했어요."

"남자요?"

"인물이 아주 훤칠한 게 내 평생 그렇게 예쁜 청년은 처음 봤지 뭐예요. 둘이 손을 잡고 가는데, 책가방인지, 뭔지 조금 커다란 가방을 등에 메고 있었던 것 같긴 해요."

인희는 가만히 눈을 깜빡였다.

"책가방요?"

"그 훤칠한 청년이 안 어울리게 빨간 가방을 메고 가는데 저절로 눈이 가더라고. 뭐, 그날 뒤부터는 이 집에 불 켜진 걸 못 봤어요. 빨간 가방 메고 둘이 여행이라도 갔나?"

은근한 말투에 인희가 조금 인상을 써 보이자, 아주머니는 으흠, 헛기침을 하고서 말을 이었다.

"그러니까, 아가씨, 괜히 시끄럽게 자꾸 벨 누르고 그러지 말아요. 우리 아들 조금 있으면 고3이에요, 고3."

고개를 꾸벅 숙이는 인희를 다시 위아래로 훑은 아주머니가 이내 옆집으로 들어갔다.

"커다란 가방을 멘 예쁜 남자와 손을 잡고 간 뒤로는 인기척이 없었다고? 그럼, 빼박인데."

인희는 찌푸린 미간을 엄지로 긁적였다.

아주머니의 은근한 말에 기분이 상해 인상을 쓰긴 했으나, 딱히 틀린 것 같지도 않았다.

"아니, 여행이고 나발이고 이 기집애는 전화기를 좀 켜놓던가. 왜 이렇게 걱정을 시키는 거야?"

핸드백을 고쳐 메고서 인희는 잠깐 못 박힌 듯 서 있었다.

"해준이 자식한테는 뭐라고 하나. 둘이 손잡고 여행 갔다고 그러면 그 자식 기절할 텐데."

그때, 타이밍에 딱 맞춰 휴대전화가 울려댄다. 지해준 이름 석 자가 떡하니 반짝이고 있었다.

"양반 되기는 글렀네. 아 씨, 중간에서 내가 무슨 죄야!"

짜증스럽게 외친 인희는 이내 전화를 받았다.

"어, 지해준."

―래미 집에 도착했어?

"아니. 차가 밀리네? 이따가 내가 전화할게."

인희는 그렇게 둘러대고 서둘러 전화를 끊었다.

응. 도착은 했는데, 래미 없어. 아무래도 애인님이랑 있는 것 같아.

이렇게 말할 수가 없었으니까.

그 시각, 래미는 이제 겨우 꾸물꾸물 눈을 뜨고 있었다.

욕실에서 루이와 한바탕 난리를 치른 뒤, 씻고 겨우 잠든 게 새벽 4시였으니 지금 일어날 수밖에.

흐릿한 눈을 비비며 시야를 확보하려는데 듣기 좋은 저음이 귓가를 간질였다.

"일어났어?"

말쑥한 차림으로 침대에 걸터앉아 있는 루이의 모습이 눈에 들어왔다. 그녀의 입가에 작은 미소가 감돌았다.

사랑이 가득 넘치는 루이의 시선을 오롯이 받으며 일어날 때가 더없이 행복했다.

래미는 대답 대신 가만히 양팔을 앞으로 내밀었다. 루이가 겨드랑이 사이로 손을 넣어 래미의 상체를 일으켰다.

그는 어지러이 흐트러져 있는 래미의 머리칼을 쓸어 귀 뒤로 넘겨준 다음 보드라운 볼을 쓰다듬었다.

절로 한숨이 나올 만큼 다정한 손길.

"몇 시예요?"

"10시 반."

"한두 시간 잔 것 같은데 벌써 10시 반이나 됐네요."

작게 기지개를 켠 래미는 곧 현실로 돌아왔다.

"복만 씨는 어때요? 차도가 좀 있어요?"

"숨소리는 많이 차분해졌어."

"아아. 다행이네요."

"강한 녀석이라 반드시 일어날 거니까 너무 걱정 마."

고개를 끄덕이는 래미의 온 얼굴과 이마에 자잘하게 키스를 세례를 쏟은 뒤에야 루이가 몸을 일으켰다.

"씻고 나와. 샌드위치 만들어 줄게."

"응. 알았어요."

루이가 나간 뒤 다시 한 번 쭉 기지개를 켜고서 래미 역시 침대를 벗어났다.

잠시 뒤, 가볍게 샤워를 하고서 화장대 앞에 앉은 래미는 문득, 어제부터 지금까지 한 번도 휴대전화를 건들지 않았음을 깨달았다.

"어머, 내가 핸드폰을 어디다 뒀지?"

어제 출판사에 가면서 멨던 크로스백이 침대 옆에 떨어져 있는 게 보였다.

대충 기초화장품을 바르고서 쪼르르 간 래미는 가방 속을 헤집었다. 꺼져 있기는 했으나 무사한 걸 보니 다행이었다.

휴대전화를 켜고 잠시 뒤였다.

띵동, 띵동, 띵동, 띵동.

"으악."

전원이 꺼져 있을 때 걸려 왔던 알림 메시지가 연속으로 울려 퍼졌다.

"복만 씨, 복만 씨, 복만 씨, 루이 씨, 김인희, 김인희, 김인희."

쭈욱 살펴보던 래미는 한숨을 흘렸다. 복만과 루이는 그녀가 정신을 잃었을 때 왔던 게 확실했고, 인희의 전화는 어제 오후, 저녁, 그리고 조금 전까지였다.

"아고, 김인희 속 터져 죽겠다."

래미는 곧장 인희에게로 전화를 걸었다. 채 신호가 몇 번 가기도 전에 기차 화통을 삶아 먹은 듯한 목소리가 튀어나왔다.

—야아! 도래미! 너 도대체 어떻게 된 거야? 도대체 핸드폰은 왜 종일 꺼 놓은 거고! 무슨 일 있어?

"쏘리, 쏘리. 배, 배터리가······."

—배터리 핑계 대면 죽는다이! 노트북이랑 전화기 끼고 사는 년이 무슨 배터리 핑계야?

귀신같은 가스나.

"그게, 내가 좀 사정이 있었어."

─왜? 애인님이랑 어디 단둘이 여행이라도 가서 햄볶느라 핸드폰 꺼진 줄도 몰랐냐?

"야, 무슨. 나 지금 집……."

─집이야? 그럼, 대문 열어봐. 나 지금 너네 집 앞이거든.

인희의 이죽거림에 래미는 한순간 합죽이가 되었다.

"우, 우리 집이야?"

─그래, 이 기집애야. 야, 동네 아주머니가 뭐라는 줄 알아? 너, 남자랑 여행 가서 며칠째 집에도 안 들어오고 있대.

"뭐? 누가 그런 말을 해?"

─옆집 아주머니가. 네가 빨간 가방 멘 남자랑 손잡고 나가는 걸 봤는데, 그 뒤로 너네 집에 인기척도 없다고 그러더라. 그러면서 여행 갔나 보네 하던데?

갑자기 없던 두통이 생긴다. 동네에서 제일 입이 싸기로 유명한 사람이 옆집 아주머니였다.

크게 상관은 없지만, 멋대로 상상해서 아무렇게나 말하고 다니는 건 기분 나빴다.

"여행은 아니고, 내가 집을 비운 건 맞아."

잠시 생각하듯 조용하던 인희가 갑자기 목소리 톤을 올렸다.

─뭐야, 너 애인님 집에 들어간 거야? 여행 간 것도 아니고 집을 비운 거면 딱 그거지!

역시, 김인희. 귀신이 따로 없다.

"응. 맞아. 그 사람 집이야."

─너, 너, 설마 동거해?

"……음, 그게…… 좀 사정이 있어서 그래. 당분간만이야."

흡, 숨을 들이켜는 소리가 적나라하게 들려왔다.

인희로서는 놀랍기도 할 것이다. 남자라고는 지해준 짝사랑밖에 안 하던 그녀가 갑자기 연애한답시고 동거라니.

그렇다고 죄를 짓는 것도 아닌데, 거짓말까지는 하고 싶지 않았다. 어쩐지 루이를 부정하는 것만 같은 느낌이랄까.

—아니, 도대체 어떤 남자길래 네가 덥석…… 하, 도램. 너, 나 좀 보자.

"지금?"

—어. 내가 근처로 갈게. 그 사람 집이 어디쯤이야?

"인희야, 지금은 좀 곤란해."

래미는 작게 입술을 깨물었다. 그녀도 인희가 보고 싶었으나 그럴 수가 없다.

강치우 그 사람이 어디까지 조사하고 손을 뻗쳤는지는 몰라도 괜히 인희까지 위험한 상황에 놓이게 할 수는 없었다.

자신이야 루이의 보호 아래 있지만, 다른 사람들은 아니었다. 지금은 아무도 만나지 않는 게 좋을 것 같았다.

—그럼, 언제 시간 돼?

"당분간은 좀 나가기가 그래."

—왜? 밖으로 못 나올 사정이라도 있는 거야?

"인희야, 미안한데, 나중에 다 얘기해 줄게. 나중에 봐. 응?"

—야, 도램, 도램.

래미는 종료 버튼을 눌러 통화를 단절시켰다. 갑갑함이 밀려와 한숨을 내쉬는데 툭툭, 벽을 두들기는 소리가 들려왔다.

언제 온 건지, 루이가 입구에 기대어 비스듬히 서 있었다.

래미는 잔뜩 어두워졌던 표정을 폈다. 복만의 의식도 돌아오고 있지 않은 이 상황에서 가장 힘든 건, 지켜보는 루이일 것이다. 그녀까지 보태고 싶지 않았다.

"샌드위치, 다 됐어요?"

"……응."

"와. 맛있겠다. 얼른 가요. 배고파요."

루이는 말없이 샌드위치만 먹는 래미를 물끄러미 보았다. 깨작대지 않고 씩씩하게 먹고 있긴 했지만, 그 모습이 훨씬 더 신경 쓰인다.

그 이유가 충분히 짐작이 되는 탓에 루이는 미간을 구겼다. 입구에서 본의 아니게 통화 내용을 들었기 때문이다.

래미도 친구를 만나고 싶을 것이다. 왜 안 그렇겠는가. 그럼에도 거절을 했다는 건 어제의 일이 꽤나 충격이었다는 뜻이다. 하지만, 마음이 착잡하고 답답한 건 어쩔 수 없을 것이다.

당분간 억지로 괜찮은 척, 웃는 척할 래미를 생각하니, 그가 더 심란했다.

한숨을 흘린 루이는 들고 있던 커피잔을 내려놓았다.

"조금 전 친구와 통화한 건가?"

샌드위치 접시만 보고 있던 래미가 시선을 마주쳐왔다.

"응. 맞아요. 들었어요?"

"들렸어."

"아아, 네에."

시무룩한 대답.

"친구 만나고 싶으면 만나도 돼."

아니나 다를까 래미의 눈이 단박에 커졌다.

"어, 어, 정말요? 하지만, 괜히 강치우 그 사람이 찾아와서 해코지하면 어떡해요?"

"당분간 못 그럴 거야. 제 몸 간수하기도 힘들 거거든."

"그게 무슨 말이에요?"

"그런 게 있어."

"그럼, 밖에 나가서 만나도 돼요?"

"그건 안 돼. 복만이 저러고 있는데, 내가 여기를 비울 수는 없어. 아무리 그래도 너 혼자 보내는 건 내가 싫고."

가만히 고개를 끄덕거리던 래미는 어느 순간 믿을 수 없는 표정을 지었다.

"설마, 루나로 오라고 하는 건 아니죠?"

"여기로 오라고 해."

래미의 입이 턱 벌어졌다.

"정말요? 내 친구가 여기로 와도 돼요?"

그렇게 물어놓고 래미는 금세 미심쩍은 얼굴이 되었다.

"설마, 기억 없애려고 내 친구한테 흑마법 쓰고, 뭐 그런 건 아니죠?"

루이는 픽 웃음을 흘렸다.

"그럴 리가. 그런 걱정은 안 해도 돼. 안 그래."

"여기로 오면 내 친구랑 인사도 나누고 그래야 하는데 괜찮겠어요?"

"응."

"괜히 내 친구 앞에서 성질 자랑하고 그러는 거 아니죠?"

"양처럼 굴게."

"저, 정말요?"

루이가 고개를 끄덕여 보이자, 여전히 어리둥절한 표정을 짓던 래미가 이내 함박웃음을 머금었다.

그런 그녀에게 시선을 고정시킨 채 루이가 툭 내뱉었다.

"대신 조건이 있어."

귀에 걸리려던 래미의 입술이 뚝 멈추었다.

"뭔데요."

"오늘부터 일주일 동안 같은 침대."

"어우, 뭐야. 불편하게."

그러면서도 다시 입이 스멀스멀 위로 올라간다.

"싫으면 말고."

"콜, 콜!"

커피잔을 다시 기울이는 루이의 입술에 진한 미소가 감돌았다.

사실, 래미가 내색은 않고 있지만, 출판 문제로 강치우에게 철저히 농락당했으니 그 속이야 오죽하겠는가.

이렇게라도 래미가 웃는다면 낯선 사람과 마주하는 것쯤은 충분히 감내할 수 있었다.

27

"이 가스나가 남자에 미쳐도 단단히 미쳤구만? 동거? 동거? 동거라니! 만난 지 얼마나 됐다고 동거야?"

택시를 타기 위해 큰길로 터덜터덜 걸어가는 내내 인희는 미친 사람처럼 중얼거렸다. 거기다 한 손에 들고 있는 휴대전화는 계속해서 울려댄다.

확인하지 않아도 뻔했다. 지해준이겠지.

래미와 통화한 뒤, 어떻게 둘러대야 할지 몰라, 아까부터 계속해서 걸려오는 전화를 받지 않았다.

솔직히 지금 그녀는 정신이 너무 멍했다. 다른 사람도 아니고 도래미가 동거라니. 직접 래미의 입으로 확인을 했음에도 믿기지가 않는다.

"도대체 어떤 놈이야? 어떤 놈이길래 연애 한번 못 해본 애를 꼬셔서 동거까지 하게 만든 거야?"

기가 막혀 중얼거리던 인희는 자꾸만 울려대는 핸드폰 벨소리에 우뚝 멈추었다.

액정을 보니 역시나 지해준이었다. 결국 그녀는 통화를 연결시켰다.

"어. 지해준."

─김인희, 넌 왜 이렇게 전화를 안 받는 건데? 래미 집에 아직 도착 못
했어?

"했어."

─래미는 집에 있어? 무슨 일 생긴 거야?

래미 동거한단다, 이 븅신아. 그러니까, 이제 뒷북 좀 고만 쳐라, 응?

인희는 목까지 치민 말을 간신히 삼켰다.

"래미 지금 집에 없어. 래미랑 통화하느라 네 전화 못 받은 거고."

─통화됐어?

"어. 조금 전에 통화했어. 폰 배터리 나갔는데 깜빡했대."

─무슨 일 있는 건 아니고?

"아주 잘 지내고 계신답니다."

─아. 다행이다. 근데, 집에 없대? 같이 병원으로 오면 좋은데. 어디 멀
리 나간 거래?

잔뜩 아쉬움이 묻어 있는 해준의 질문에 인희는 딱 잘라 말했다.

"몰라, 나도. 묻지 말고 궁금하면 네가 직접 통화해 봐."

─으응?

쌀쌀맞은 대꾸에 해준이 당황한 듯했지만, 인희는 말을 이었다.

"지해준. 앞으로 나한테 징검다리 역할 해달라고 하지 마."

─왜 그래, 김인희.

"한 번 해줬으니까, 나머지는 네가 지지고 볶든 알아서 해. 내 일도 바빠
죽겠는데 언제까지고 그럴 수는 없잖아."

몸도 안 좋은 녀석한테 너무 가혹한 처사인 듯했지만, 어쩔 수가 없었
다. 이미 한쪽은 동거 중인데, 그녀가 더 뭘 어떻게 나서느냐 말이다.

그건 양쪽 모두에게 몹쓸 짓이다. 그렇다고 그 사실을 해준에게 읊을 수도 없고.

—그래. 알았다. 내가 너한테 너무 무리한 부탁을 했나 보다.

"나는 너나 래미나 둘 다 소중해. 그래서 내린 결론이니까 너무 서운하게 생각하지는 말았으면 좋겠다."

—아냐. 내가 생각이 짧았지, 뭐.

"나중에 퇴원하거든 밥이나 먹자."

해준과 통화를 끝낸 인희는 멈추었던 걸음을 다시 움직였다. 택시를 잡기 위해 길가에 서 있는데 다시 휴대전화가 울린다.

"래미?"

액정을 확인한 인희는 이마를 찡그리고서 완전 불퉁한 목소리로 전화를 받았다.

"왜."

—화났어? 목소리가 완전 살벌해.

"몰라, 가스나야."

—앗, 화 많이 났구나? 내가 잘못했어. 화 풀어라, 냥냥.

래미의 코맹맹이 소리에 인희는 저도 모르게 피식, 웃음을 흘렸다.

평소에는 애교라고는 눈곱만치도 없는 게, 이럴 땐 또 기가 막히게 혀 짧은 소리로 사람을 웃긴다.

"왜 전화했냐? 아까는 다시 안 볼 사람처럼 멋대로 끊더니."

—미안, 미안. 화 풀어.

냥냥, 하는 순간 웃겨서 조금 풀리긴 했다. 하여튼 도래미한테는 너무 약해서 탈이라니까.

"화 풀고 나발이고, 왜 전화했냐니까."

―지금 볼래?

　"나오기 그렇다면서."

　―시간 괜찮으면 네가 나 있는 데로 오면 안 돼?

　인희는 퍼뜩 이해가 되지 않아 눈썹을 몇 번 깜빡였다.

　"너 있는 곳이면…… 뭐, 설마 그 사람 집으로 오라는 뜻이야?"

　―응.

　"지금?"

　―응. 와 줄래?

　인희는 얼떨떨한 표정이 되었다. 조금 전까지만 해도 당분간은 절대 못 볼 것처럼 굴어놓고, 갑자기 오라니.

　게다가 장소가 그 남자의 집이라니. 어이없기도 하고 어딘가 이상하기도 하고.

　"그 사람은 지금 집에 없어?"

　―아니, 같이 있어.

　"그런데, 가도 돼?"

　―응. 괜찮아.

　그렇다는 건 지금 그 사람을 소개시켜 주겠다는 의미다. 낯선 사람 집에 불쑥 찾아가기가 영 껄끄러웠으나, 지금으로선 궁금증이 더욱 컸다.

　도대체 어떤 놈인지 두 눈으로 확인하고 나면, 실망 여부를 떠나 궁금증은 풀리니 속은 시원하겠지.

　지난 12년 동안 지해준만 줄기차게 짝사랑한 걸로 봐서, 래미가 그다지 남자 보는 눈이 있다고 할 수는 없지만.

　"알았어. 어딘데?"

통화로 설명을 들은 인희가 도착한 곳은 래미 네에서 그리 멀지 않은 곳이었다.

걸어서 10분, 15분 정도면 충분히 도착할 만한 거리.

인희는 LUNA라는 간판이 걸린 고풍스러운 2층 건물을 물끄러미 바라보았다.

"골동품상회를 한다더니 여기였어? 그동안 이 길로 많이 다닌 것 같은데, 왜 한 번도 못 본 것 같지?"

고개를 갸웃거리며 입구로 다가가는데, 딸랑딸랑, 풍경소리와 함께 두꺼운 문이 슬며시 열렸다.

뒤이어 래미가 빼꼼히 고개만 내밀었다.

"인희야!"

잔뜩 반가운 얼굴로 외치기도 잠시, 래미가 다급히 손을 앞뒤로 흔들어 보였다.

"인희야, 빨리 들어와. 얼른, 얼른."

"어? 어, 어."

영문도 모른 채 인희가 후다닥 안으로 모습을 감추자, 언제 그랬냐는 듯 2층 건물은 평범한 주택의 모습으로 돌아왔다.

실내로 후다닥 뛰어 들어온 인희는 잔뜩 긴장한 채로 물었다.

"왜, 왜? 누가 보면 안 돼? 무슨 일인데 이래?"

"아니. 밖이 춥잖아. 찬바람 들어올까 봐."

래미가 배시시 웃으며 하는 대꾸에 인희는 기가 막힌 표정으로 자세를 곧추세웠다.

"지랄을 한다, 진짜. 사람 놀라게 만들기는. 자, 이거나 받아."

래미의 눈이 과일 바구니를 든 인희의 손으로 떨어졌다.

"야아. 우리 사이에 이런 걸 뭐 하러 사와? 그냥 오면 되는데."

"야. 너네 집이면 그냥 왔지. 그래도 처음 방문하는데 매너 없게 빈손으로 어떻게 오냐? 네 전화 받고 오는데 근처에 과일 가게 있어서 그냥 아무거나 집어 왔어."

"에이, 우리 루이 씨는 그런 거 신경 안 쓰는데."

"갖다 버릴까?"

"아냐, 아냐. 고맙고 미안해서 그렇지."

래미가 퍼뜩 바구니를 받아들고 생글거렸다.

'흠. 얼굴이 조금 핼쑥해지긴 했는데, 표정은 밝단 말이지. 통 감을 잡을 수가 없네.'

래미는 자신의 얼굴을 살피고 있는 인희의 팔을 끌었다.

"우리 2층으로 가자, 인희야."

"1층은 골동품상회고 2층에서 생활하나 봐?"

"응."

래미가 앞장서자 인희는 뒤따르며 쓰윽 홀을 훑었다.

은은한 조명 덕에 조금 음산한 느낌이 도는 홀은 마치, 전시회장처럼 크고 화려했다.

골동품에 대해 문외한인 그녀가 보기에도 하나같이 희귀하고 고가의 것들처럼 보이는 건 정성스레 진열이 잘 되어 있어서겠지.

"뭐, 고물상회는 아니네."

속으로 한다는 걸 입 밖으로 내뱉자, 래미가 킥킥, 웃었다.

2층으로 통하는 계단을 오르자 1층과는 완벽히 다른 공간이 나타났다.

1층의 규모 때문에 2층 역시 상당히 클 거라 예상은 했는데, 입구부터가 예사롭지 않다.

빨간 카펫이 깔린 채로 이리저리 이어져 있는 커다란 복도와, 몇 개인지 짐작도 되지 않을 정도로 드문드문 보이는 문들까지, 이곳은 그냥 집이 아니라 저택이었다.

입을 쩍 벌린 인희가 래미의 손에 이끌려 도착한 곳은 응접실이었다. 앤티크한 소파에 앉은 인희는 천장을 장식하고 있는 상들리에에서 눈을 떼지 못했다.

"애인님이 좀 사시나 보다. 무슨 중세시대에 와 있는 것 같다야."

"궁하지 않은 것 같긴 해."

"야, 이게 궁하지 않은 정도냐? 완전 호사를 누리는 거구만. 이 겨울에 1, 2층 전체가 여름처럼 후끈거린다야. 네가 썰렁한 집 놔두고 여기서 생활하고 싶을 만도 하네."

열이 오른 얼굴에 손부채질을 한 인희가 눈을 슬그머니 가늘게 떴다.

"골동품은 표면상일 뿐이고 혹시, 밀수 같은 거 하는 거 아냐?"

"뭐?"

래미가 반쯤 어이없는 얼굴로 쿡쿡거릴 때였다.

똑똑똑. 노크 소리가 울리는 바람에 인희는 눈을 동그랗게 뜨고서 작게 소곤거렸다.

"야, 야. 네 애인님 왔나 보다."

"그런가 봐."

고개를 끄덕거린 래미가 문밖을 향해 외쳤다.

"들어와요, 루이 씨."

문이 열리는 소리가 들리자 인희는 퍼뜩 자리에서 일어났다.

'어떤 놈이야? 확실히 확인해 준다.'

매의 눈을 하고서 슥 고개를 돌리는 순간이었다. 인희는 입이 턱 벌어지려는 것을 간신히 추슬렀다.

회색 슈트를 근사하게 차려입고서 응접실 안으로 걸어오는 래미의 남자는 사람이 아니었다.

머리부터 발끝까지 완벽한 만찢남이었다!

남자라는 성별에 전혀 관심 없는 인희마저 감탄을 할 수밖에 없는 외모였다. 잘난 지해준이 기생오라비라고 한 것도 충분히 이해가 갔다.

해준이 그냥 커피면, 래미의 남자는 티오피였다.

"루이 씨, 여긴 나랑 제일 친한 친구예요. 인희야, 우리 루이 씨."

양쪽에다 소개를 하는 래미의 음성이 들려와서야 인희는 저만치 날아갔던 이성을 붙잡았다.

어느새 래미의 남자, 루이는 테이블 앞까지 다가와 있었다.

하이힐을 신고 있어 어지간한 남자보다 큰 인희건만, 루이는 보란 듯이 그녀를 내려다보고 있었다.

오만함마저 느껴질 정도로 고고하고 자신만만한 루이의 자태에 인희 역시 슬쩍 턱을 들어올렸다.

"안녕하세요, 김인희입니다."

그러고서 인사 대신 손을 내밀자 루이의 시선이 아래로 떨어졌다.

마치, 어쩌라고, 하는 듯 멀뚱히 바라보고 있을 뿐, 악수할 생각을 않는 통에 인희의 얼굴이 확 달아올랐다.

"어, 어우! 인희야, 미안, 미안. 루이 씨는 손이 너무 차서 사람들과 악수를 안 해. 내가 미리 말해준다는 걸 깜빡했어."

래미가 다급히 끼어들어 변명 비슷한 것을 날렸다.

"아. 그렇구나."

"미안, 미안."

"됐어, 애. 네가 뭘."

아무렇지 않게 웃으며 손을 거두어들였으나, 인희는 속이 부글부글 끓어올랐다.

'아니, 뭐 이런 자식이 다 있어? 좀 살고, 인물 된다고 너무 싸가지 없는 거 아냐? 아무리 손이 차도 그렇지. 지 애인 베프가 초면에 악수하자고 손을 내밀었는데 그걸 무시한단 말이야? 기막혀, 진짜.'

더군다나, 중간에서 잔뜩 곤란해 하는 래미와 달리 루이는 무표정하기 그지없다.

래미와 루이를 물끄러미 번갈아 보는 인희의 눈이 슬쩍 가늘어졌다.

'하, 이 가스나가 더 좋아하는구만. 그림이 그려지네, 그림이.'

짝사랑 12년에 이어, 이제는 하다하다 기우는 연애까지 하나 싶어, 인희는 열통이 터질 것만 같았다.

"어, 음. 루, 루이 씨, 나, 친구랑 둘이서 얘기 나눌 테니, 커피 두 잔만 갖다 줄래요?"

루이가 고개를 끄덕이고서 응접실을 나가자, 래미는 푹 한숨을 흘렸다.

"미안해, 인희야. 루이 씨가 낯을 많이 가려서 그래. 그리고 진짜 손이 많이 차."

주절주절 래미가 변명을 해대는 게 더 마음에 안 들었지만, 인희는 티내지 않았다.

"됐어. 불쑥 악수하자고 손 내민 내 잘못이지, 뭐."

그렇게 말하고서 털썩 자리에 앉는 인희의 머릿속은 한껏 복잡함으로 물들었다.

'이래서야 지해준 쪽이 훨씬 더 낫잖아? 적어도 친구 앞에서 무안하게는 안 만들 거 아냐. 도램 이거, 남자 볼 때 순전히 외모만 보는 거였어.'

벙어리 냉가슴 앓듯 속으로 한숨만 내쉬고 있는데, 래미가 화제를 돌렸다.

"참, 해준인 어때? 좀 괜찮아졌대?"

"안 그래도 여기 오기 전에 지해준한테 갔었던 참이었어."

"어, 정말?"

"그래, 기집애야. 간만에 너도 볼 겸, 병원으로 부르려고 했는데, 네가 전화를 받아야 말이지. 혼자 사는데, 무슨 일이 생긴 건 아닌가 해서 부랴부랴 너네 집으로 간 거고."

"아아, 그랬구나."

"너, 지해준 들여다본 지 한참 됐지? 해준이 심심해 죽으려 그러던데, 한번 안 가봐?"

괜히 심드렁한 표정을 하고서 은근슬쩍 유도했지만, 래미는 가만히 눈만 깜박여 보였다.

"글쎄. 나중에 퇴원할 무렵 되면 그때나 한번 가보려고."

"야, 그래도 명색이 불알친군데 너무 야박한 거 아냐?"

"글쎄, 해준이 엄마가 나랑 해준이 사이를 오해했나 봐. 나한테 오지 말라는 거 있지."

이건 또 금시초문이라 인희의 눈썹이 휙 올라갔다.

"아니, 아주머니가 너랑 해준이 사이를 왜 오해해?"

"몰라, 나도."

"설령 그렇다 하더라도 두 집안 되게 친한 거 아니었어? 아주머니가 딸처럼 너 예뻐하신다며."

"뭐, 아들 상대는 아니다 싶었겠지."

"해준이도 알아?"

"내가 말 안 했으니, 모르겠지. 그 뒤로 괜히 가기 싫더라고. 그날 그러고 집에 오는데, 지해준에 대한 마음 접은 게 너무 다행이라는 생각이 드는 거 있지."

"어머, 웬일이니, 진짜."

그런 일이 있었던 줄도 모른 채 주야장천 래미를 기다리고 있을 해준이 불쌍해 인희는 헛웃음이 나올 지경이었다.

잠시, 둘 사이에 밀린 수다를 떨고 있을 때, 다시 노크 소리가 들려왔다.

커피 두 잔이 놓인 쟁반을 든 루이가 안으로 들어서자, 인희는 잠시 가라앉았던 분통이 다시 치밀어 올랐다.

'지해준 쪽이나, 이쪽이나 도대체 마음에 드는 쪽이 하나도 없네. 정말 드럽게 박복한 것 같으니라고.'

"루이 씨, 고마워요."

테이블에 커피잔을 내려놓는 루이를 향해 래미가 생글생글 웃는다.

인희는 혀끝이 차지려는 것을 간신히 참았다.

'아니, 친구가 놀러 와서 대신 차 한 잔 내오는 것까지 저렇게 고마워해야 하는 거야? 평소에 얼마나 무뚝뚝하고 차갑게 굴면 애가 이래?'

거기다, 저, 저, 개싸가지는 아직까지 단 한 마디도 말을 섞지 않는다. 래미를 얼마나 무시하면 저런 태도를 보일 수가 있단 말인가.

여전히 도도한 자태로 차를 내려놓은 루이가 빈 쟁반을 들고서 이내 몸을 돌렸다.

그 뒷모습을 보는 래미는 여전히 생글생글 좋아 죽고.

잔뜩 못마땅한 눈으로 양쪽을 번갈아 응시하고 있던 인희가 더 참지 못하고 툭 던졌다.

"야, 도램. 차는 됐고, 우리 술 한 잔 할래?"

"어? 웬 술? 대낮부터 술 마시자고?"

"언니가 저번부터 술 한 잔 하자고 했는데 네가 안 만나줬잖니?"

"그건 그런데……."

래미가 내켜 하거나 말거나 인희는 루이의 등 뒤에 대고 외쳤다.

"저기, 루이 씨, 우리가 간만에 만나서 그런데, 래미랑 술 한 잔 해도 되죠?"

이미 술 이야기를 꺼낼 때부터 걸음을 멈춘 상태이던 루이가 쓰윽 몸을 돌렸다.

표정이라고는 눈곱만치도 없는 허여멀건 도자기 같은 얼굴을 보자 더욱 짜증이 솟았지만, 인희는 싱긋이 웃었다.

"괜찮죠? 여기서 마시는 게 싫으시면 래미랑 나가서 마시고 올게요."

"그냥. 여기서 마셔요."

잘 정돈된 묵직한 저음.

드디어, 드디어 입을 열었다! 적어도 말을 못하는 건 아니구나!

"야아, 진짜 술 마시게? 낮술에 취하면 부모님도 못 알아본다는데."

여전히 래미가 내켜 하지 않는 목소리로 만류했지만, 인희는 조금 도전적으로 눈을 치켜뜨고서 루이를 응시했다.

"괜찮으시면, 루이 씨도 같이 드시죠?"

"야, 뭐 하러. 그냥 우리 둘이 마시자."

즉각적인 래미의 반응에 속으로 회심의 미소를 지은 인희가 조금 부루퉁한 표정을 지었다.

"와, 도래미. 너, 연애한다고 너무 애인님만 챙기는 거 아냐? 난 연애할 때는 너처럼 안 그랬다? 너한테 꼬박꼬박 소개시켜주고 같이 술, 밥, 차, 다 먹었는데…… 나, 막 서운하려고 그래. 왜, 내가 루이 씨 앞에서 실수라도 할까 봐 창피하니?"

래미의 얼굴이 급격히 당황스러움으로 물들었다.

"어우, 아야. 내가 너를 왜 창피하게 여겨? 네가 실수 같은 걸 하는 성격이긴 하니? 그게 아니라, 루이 씨가 낮을 가리기도 하고…… 나는 그냥……."

어찌할 줄 몰라 래미가 말끝도 채 맺지 못할 때였다.

"와인, 어때요."

강약 없는 저음이 날아들었다. 래미와 인희의 눈이 동시에 루이에게로 향했다.

"와인 좋죠. 없어서 못 먹는데."

"가져올게요. 셋이서 마시죠."

인희의 입가가 미미하게 포물선을 그렸다.

"어머, 그래 주시면 좋죠."

반면, 래미의 얼굴은 그다지 밝지 않았다.

"루이 씨, 내키지 않으면 억지로 안 그래도 돼요."

"괜찮아."

짤막하게 대꾸한 루이가 이내 몸을 돌리고서 응접실 밖으로 향했다.

끝까지 눈치를 보기 바쁜 래미와 끝까지 무뚝뚝하기 그지없는 루이 때문에 인희는 표정이 찌푸려지려는 것을 간신히 참았다.

'도래미, 진짜 어려운 연애하느라 애쓴다, 애써.'

루이가 나간 문을 힘주어 노려보던 인희가 이내 자세를 바로 하고서 묘한 표정을 지었다.

'와인? 다른 술은 몰라도 내가 와인 킬러거든? 래미 앞에서 영혼까지 탈탈 털어준다.'

루이가 완전히 밖으로 나가자 래미는 곧장 눈을 세모꼴로 떴다.

"김인희, 너, 나 보러 온 게 아니라, 루이 씨가 궁금해서 왔지?"

인희는 태연하게 턱을 세워 보였다.

"당연하지. 10년 넘게 질리도록 본 네 얼굴이 궁금해서 여기까지 왔겠냐? 연애라고는 한 번도 못 해본 게 동거부터 한다는데, 내가 안 궁금하겠냐?"

"나는 너 보고 싶어서 오라고 한 건데."

"지랄."

"그래서, 첫인상은 어떤데."

완전 개떡 같아! 인물, 재력 빼고는 하나도 마음에 안 들어! 인물 뜯어 먹고살 것도 아닌데 잘 빠지기만 하면 뭐해? 성격이 그지 같은데! 너 혼자 좋아 죽는 것도 완전 마음에 안 들고!

라고 외치고 싶은 것을 꾹 누르고서 인희는 어깨를 으쓱해 보였다.

"몰라. 처음 보고 사람을 어떻게 다 파악하나?"

"그래서 술 한번 먹여보시겠다?"

"뭐, 술 한 잔 들어가면 본성이 나오니까."

인희의 솔직한 대답에 반쯤 기막힌 얼굴을 한 래미가 작게 한숨을 흘렸다.

"야, 대충해. 우리 루이 씨 술 많이 마시는 거 별로 못 봤단 말이야. 나랑 마셔도 겨우 와인 두 잔 정도가 다였어."

"그러니까 한번 보자고. 너네 루이 씨가 술 취하면 어떤지 넌 궁금하지도 않냐?"

"어. 안 궁금해. 그리고 나나, 루이 씨, 대낮부터 술에 취하고 그럴 상황 아니란 말이야."

"야, 누가 보면 내가 강제로 주둥이에 술병을 쑤셔 박는 줄 알겠다. 본인이 마신다잖아. 싫으면 안 마시겠지."

래미가 졌다는 듯 양손을 들고서 고개를 절레절레 내저었다.

'와인? 다른 술은 몰라도 내가 와인 킬러거든? 래미 앞에서 영혼까지 탈탈 털어준다.'

그렇게 다짐한 게 언, 어언…… 30분 전이었다.

그러나, 버뜨!

다이닝룸까지 갈 것도 없이 응접실 테이블에 술자리가 마련되자 인희는 정신이 혼미해지는 듯했다.

와인을 마시기는커녕, 와인병의 라벨만 봤을 뿐인데도.

'샤, 샤, 샤또 무똥 로쉴드 1945라고? 마, 마, 말도 안 돼!'

희귀한 고가의 와인이 아무렇지도 않게 테이블 위에 놓이자, 인희는 진심으로 비명을 지를 뻔했다.

죽기 전에 꼭 마셔봐야 할 와인 중에서도 최상위에 꼽힌다는 이 와인을 여기서 마주하게 되다니, 눈으로 보면서도 믿기 힘들었다.

깊은 가넷빛깔 액체가 쪼로록 잔에 떨어지는 것을 빨려 들어가듯 응시하던 인희는 문득 시선을 들었다.

맞은편에 나란히 앉아 있는 래미나 루이 모두 감흥 없는 얼굴이었기 때문이다.

래미야 와인에 관심이 없으니 몰라서 그렇다 치더라도, 대접하는 쪽은 꽤나 손이 떨릴 텐데도 저렇듯 무표정한 게 신기할 따름이었다.

인희는 정신을 다잡고서 루이를 응시했다.

"이런 와인을 낮술용으로 내놓으시다니, 너무 무리하시는 거 아니에요?"

루이가 가만히 속눈썹을 깜빡였다. 마치 '왜? 뭐가?'라고 하듯이.

'하. 그래, 네가 이 구역 허세킹이다, 허세킹이야.'

"기왕 주셨으니, 잘 마실게요. 한 잔 하시죠?"

그러고서 태연하게 잔을 드는데, 오히려 그녀가 손이 떨릴 지경이었다.

마음 같아서는 이 보랏빛 액체를 마음껏 음미하고 싶었으나, 인희는 눈을 딱 감고 원샷 드링킹을 시전했다.

입 안 가득 퍼지는 향에 황홀감과 전율이 이는 것을 억누르며 인희는 빈 잔을 내려놓았다.

"첫 잔은 원래 원샷이죠."

어이없어하는 래미를 외면한 인희가 '뭐해요, 안 마시고?' 하는 표정으로 루이를 응시했다.

그 강렬한 시선을 물끄러미 마주하던 루이가 두말 않고 잔을 들었다. 그는 인희에게서 시선을 떼지 않은 채 그대로 와인을 들이켰다.

어쩐지 차갑고 도도한 그 모습에 오싹, 소름이 돋아 올라 인희는 마른침을 꼴깍 삼켰다.

확실히 외모나 풍기는 분위기가 치명적이긴 했다. 래미가 12년 짝사랑을 그만둘 만큼.

한 방울도 남기지 않고 와인을 마신 루이가 곧바로 두 개의 빈 잔을 다시 채웠다.

인희의 눈이 미미하게 가늘어졌다.

'오, 해보자는 거지?'

눈매를 원래대로 되돌린 인희가 해맑게 물었다.

"근데, 두 사람, 어떻게 만난 거예요?"

"어, 그게, 내가 루이 씨 가게에 뭐 좀 사러 온 게 인연이 됐어."

루이에게 물었건만 래미가 냉큼 말을 받았다. 그런 래미에게 슬쩍 눈을 부라려 보인 인희가 다시 입을 열었다.

"그럼, 누가 먼저 대시한 거예요?"

"야아, 그건 저번에 내가 말했잖아. 뭘 또 묻고 그래. 루이 씨가 했다니까."

이번에도 래미가 쏙 끼었다.

"도램, 너한테 물은 거 아니니까 좀 조용히 하고 와인이나 마실래?"

"누가 대답하면 어때서. 알았어, 알았어."

인희가 찌릿, 째려봐서야 래미는 어깨를 으쓱하고서 와인을 홀짝였다.

"루이 씨는 래미 어디가 좋아서 먼저 대시했어요? 예쁜 거, 뭐, 그런 거 말고요."

그 질문에 와인을 마신 뒤 잔을 내려놓던 래미가 손을 움찔하더니, 발그 라니 얼굴을 붉혔다.

'어쭈, 그건 또 궁금한 모양이네.'

속으로 코웃음을 친 인희가 루이를 응시했다.

"다 좋아요."

루이의 대답에 인희의 입술이 슬쩍 벌어졌다.

놀라서가 아니라, 어쩌면 저런 말을 저렇게 감흥 없이, 차갑게 할 수가 있을까 싶어서.

정말 마음에 안 드는 대답이었다. 전혀 믿음이 안 가는. 그런데 또 래미 저 계집애는 뭐가 좋은지 입이 귀에 걸릴 것처럼 미소를 짓는다.

"아아, 예에. 그렇군요. 다 좋으시군요."

떨떠름하게 대꾸하는 인희의 잔을 들고서 다시 쭈욱 원샷을 때렸다. 그 러자 루이 역시 두말 않고 잔을 비운다.

인희 스스로가 의도한 것이지만, 저 모습마저 어쩐지 오만의 극치처럼 느껴진다.

아니, 인간미가 지나치게 없어 보인다고 할까.

마치, 감정이라고는 없는 인형이 움직이고 있는 것만 같은 기분.

인희는 비어 있는 두 잔에 와인을 쪼르륵 따랐다. 이번에는 기존보다 조금 더 많이.

'자자, 부지런히 마시고, 그 잘난 얼굴에 표정 짓는 거 좀 봅시다.'

시간이 점점 지날수록, 새로운 와인이 나올 때마다 인희는 놀라움을 금치 못했다.

벌써 와인은 네 병째. 네 병 모두 최고급 희귀 와인이라 놀라지 않을 수가 없었다.

게다가 한 잔도 빠짐없이 같이 마시는데도 눈앞의 남자는 조금도 흐트러지지 않아 더 놀라고.

옆에서 조금씩 홀짝이던 래미는 진작부터 알딸딸한 얼굴로 눈만 끔뻑거리는 상태였다.

와인 귀신이라 자부하던 인희 역시 조금 전부터 슬슬 취기가 오르기 시작했다.

'그런데, 그런데 어째서 저 인간은 저렇게 멀쩡한 거냐고! 너 진짜 사람 맞니?'

루이가 여전히 허여멀건 밀가루 같은 얼굴로 쪼륵, 쪼륵 빈 잔을 채우자 인희는 아찔해지는 기분이었다.

결국, 인희는 의자를 빼고서 몸을 일으켰다.

"저, 잠깐만요. 화장실 좀 다녀올게요."

루이가 고개를 한 번 끄덕한다.

망할! 저놈의 모가지를 그냥! 끄덕 대신 말을 하라고, 말을!

훅, 열이 오른 얼굴에 부채질을 하며 인희는 응접실 한쪽에 딸린 화장실로 발걸음을 옮겼다.

화장실에 들어와 문을 닫고 거울 앞에 서자마자 인희는 커다랗게, 한숨을 흘렸다. 거울에 비친 시뻘건 얼굴을 보며 인희는 피식피식, 웃음을 뱉어냈다.

"시중에서는 구하기도 힘든 저 와인들을 이렇게 무식하게 마시는 날이 올 줄 누가 알았겠어?"

고개를 절레절레 흔들며 인희는 차가운 물에 손을 씻었다.

"어우, 지독한 인간. 같이 마셨는데 어쩜 저렇게 멀쩡할 수가 있어? 찔러도 피 한 방울 안 나오겠다."

시종일관 무표정에 단답형 대답, 아니면, 끄덕끄덕. 도무지 속을 알 수가 없어 답답해 죽을 지경이었다.

"도램은 남자 보는 눈 따위는 없는 걸로."

페이퍼타월에 손을 닦은 다음 달아오른 뺨을 잠시 감싸고 있던 인희가 이내 걸음을 옮겼다.

화장실 문을 슬며시 열던 인희의 손이 멈칫했다.

"괜찮아?"

"……괜찮아요."

두런두런 들려오는 대화 소리.

인희는 빼꼼히 열린 문틈으로 눈을 가져갔다. 대화를 나누는 래미와 루이의 모습이 그대로 눈에 들어왔다.

"적당히 마시지, 왜 이렇게 많이 마셨어?"

"많이 안 마셨는데…… 이게, 이 와인이 사람을 은근히 취하게 만든다니까요오."

래미는 가물가물거리는 눈으로 루이를 빤히 응시했다.

"루이 씨이, 서운한 거 아니죠?"

"뭐가."

"내가 내 친구 앞에서 되도록 말하지 말래서."

루이가 비딱하니 고개를 옆으로 기울였다.

"별로. 원래 말을 많이 하는 편도 아니고."

"그래도…… 혹시나 내 친구 앞에서 차가운 말투 나올까 봐 그랬는데, 조금 미안해서요오."

"됐어."

그럼에도 래미가 발갛게 달아오른 얼굴로 글썽거리자 루이는 그녀의 얼굴을 차가운 양손으로 감싸 쥐었다.

"우웅, 차가워."

"손 뗄까."

"아뇨, 아뇨…… 완전…… 시원해요. 너무 좋아."

술에 취한 래미가 눈을 감은 채 금세 기분 좋은 표정을 지었다.

잠시 그렇게 있던 래미가 급기야 꾸벅꾸벅 졸기 시작했다.

졸린 고양이 같은 그녀를 가만히 응시하던 루이가 슬그머니 고개를 기울여 입술을 머금었다.

"하지마요오…… 내 친구 금방 나올 거란 말이에요."

래미가 슬며시 눈살을 찌푸리며 고개를 돌리려 애썼지만, 루이의 힘을 당할 수는 없었다.

얼굴을 감싼 손에 힘을 준 루이는 기어코 래미의 입술을 덮었다.

래미의 향기를 들이마시고 연약한 속살을 진하고 느릿하게 맛보며 욕심을 채웠다. 그것만으로도 모자라 이마며 온 얼굴에 입술을 찍고 다니자 래미는 작게 칭얼거렸다.

"……진짜 하지 말라니까…… 어휴, 귀찮아아."

"뭐가 귀찮아."

"……졸린단 말이에요."

"졸려?"

"으응. 졸려요."

"침실로 갈까."

"그러기만 해요. 앞으로 절대 같은 침대 안 써. 내 친구…… 내 친구 나올 거예요."

눈을 샐쭉하니 뜨고서 강렬한 협박을 날린 래미는 무게를 이기지 못하고 눈꺼풀을 덮었다.

작게 미소를 지은 루이는 꾸벅거리고 있는 래미의 무릎 안쪽과 허리에 손을 넣고서 그녀를 살짝 들어올렸다.

침실로 가면 안 된다니, 루이는 래미를 자신의 허벅지 위에 옆으로 앉혔다. 래미의 얼굴을 가슴팍에 기대게 해놓고 루이는 가만히 작은 등을 어루만졌다.

"졸리면 자."

"……안 되는데. 인희 나오는데……."

중얼거리던 래미가 갑자기 눈을 번쩍 떠 루이를 바라보았다.

"내 친구한테 서운하게 하면 안 돼요오. 나랑 제일제일 친한 친구란 말이에요오."

"알았으니까, 자."

루이의 다독임에 작게 고개를 끄덕인 래미가 가슴팍으로 무너졌다.

얼마 지나지 않아 래미가 쌔근쌔근 숨을 내쉬며 완전히 잠에 빠지자 루이는 그녀를 안고서 일어났다.

그러곤 래미가 가지 말라던 침실로 향했다.

응접실이 고요해지자 문틈으로 이 광경을 지켜보고 있던 인희는 그제야 밖으로 나왔다.

"내, 내가 제대로 본 거 맞지?"

인희는 제 눈을 의심하며 자리로 걸음을 옮겼다.

믿을 수가 없었다. 그 싸늘하던 눈빛이 봄날의 아지랑이처럼 따스하게 변하다니.

테이블 앞까지 와서도 멍하니 눈만 깜빡이던 인희가 반쯤 어이없는 표정을 지었다.

"그러니까, 도램 그게 중간에서 쩔쩔맸던 게 눈치를 보느라 그런 게 아니라, 미안해서 그런 거였구만? 말을 많이 안 했던 건 도램 엄명이 있어서 그랬고."

인희는 피식, 피식 웃음을 흘렸다.

"완벽하게 착각을 해버렸네. 도램 혼자서 죽고 못 사는 줄 알았더니, 둘이 같이 죽고 못 사는 거였어."

갑자기 인희는 루이의 차갑고 오만한 성격이 너무너무 마음에 들었다. 래미 외에 다른 여자들 앞에서는 절대 끼 부리고 다니지 않을 것 같아서.

"래미 앞에서만 잘하면 됐지, 뭐."

이제 래미는 박복한 것에서 부러운 년으로 탈바꿈되었다. 인희의 눈매가 야릇하게 가늘어졌다.

"흐음. 도램 그게 표정은 나쁘지 않은데 얼굴이 핼쑥해진 게 다 이유가 있어서였구만?"

조금 전 루이의 끈질긴 스킨십을 보고 나니, 안 봐도 비디오였다.

낮에도 이러는데 밤에는 오죽하겠는가.

"아니지. 같이 지내는데 낮밤 따위가 있을 리가 없지."

키들키들 웃어젖힌 인희는 더운 숨을 훅 뱉었다. 더 확인하고 말 것도 없기에, 인희는 핸드백을 뒤적거려 메모지와 볼펜을 꺼냈다.

인희는 끄적끄적 몇 자 휘갈긴 메모지를 테이블에 놓고서, 한쪽에 벗어 둔 코트와 핸드백을 챙겨 들었다.

"아우 씨, 와인 아까워. 어흑흑."

예의와 매너를 차리지 못하고 소주처럼 들이부었던 와인에 심심한 애도를 표하며 인희는 응접실을 나섰다.

조용히 건물 밖으로 나오자 차가운 바람이 무자비하게 얼굴을 때려댔지만, 인희의 얼굴에는 웃음이 만개했다.

"아하하하하하! 도램, 커플지옥에서 평생 살아라!"

대낮부터 시뻘겋게 취해 거리를 활보하는 인희를 사람들이 흘끔흘끔 보았지만, 그녀는 너무너무 기분이 좋았다.

철없던 사춘기 시절의 첫사랑이 행복한 것만으로도.

휘적휘적 도로가로 나간 인희는 지나가는 택시를 잡아탔다.

"아저씨, 서초동으로 가주세요."

목적지를 외친 인희는 휴대전화를 꺼내 해준에게로 전화를 걸었다. 통화 연결음이 흐르고 얼마 지나지 않아 해준이 전화를 받았다.

—어, 김인희.

아까 더 이상 도와주지 않겠다는 선포를 한 뒤라서 그런지 해준의 음성이 잔뜩 가라앉아 있었다.

짜샤, 네가 아무리 목소리를 깔아도 이제는 어쩔 수가 없다.

"야, 지해준. 후우."

—뭐야, 너 술 마셨냐?

"응. 마셨지. 도램이랑."

—래미와 같이 있었어?

해준의 톤이 단박에 높아진다.

"지해준. 내가 오랜 친구로서 진짜진짜 너를 위해 해주는 말이야."

—뭔데.

"너, 도램 포기해라."

—뭐냐. 안 도와준다더니, 이제 포기하라고?

"래미가 완전완전 애인님한테 푹 빠져 있거든. 그리고 진짜 만약만약만약의 사태가 와서 래미 눈에 낀 콩깍지가 떨어진다고 해도 래미는 너한테 안 가. 넌 절대 아니야. 래미는 시월드 겪기 싫어서라도 너한테는 안 갈 거야."

—뭐야, 그게. 시월드라니?

"래미가 왜 너 병문안 안 가는 줄 알아?"

—김인희. 빙빙 돌리지 말고 제대로 얘기해.

"아아. 내가 지금 꽐라 상태라서 그러니까 네가 이해 좀 해, 인마. 너네 어머님께서 너와 래미 사이를 오해하시고는 래미한테 병원에 오지 말라고 하셨댄다. 딸처럼 예뻐하셨던 분이 그러시는데 래미가 얼마나 충격을 받았겠냐?"

순간적으로 침묵이 일었지만 인희는 말을 이었다.

"그러니까, 넌 이미 시작하기도 전에 래미에게 아웃 오브 안중이라고. 안다스탠, 모른다스탠?"

—……우리 어머니가 래미한테 그러셨다고?

해준의 음성과 숨소리가 더없이 거칠어졌다.

"아무튼 넌 절대 아니니까, 지금이라도 접으라고 충고해 주는 거야. 어우, 어지러워서 이만 끊어야겠다."

─잠깐만, 야, 김인희.

해준이 부르는 것을 사뿐히 무시하고서 인희는 통화를 단절시켰다.

언제 꼬부라진 목소리로 통화를 했냐 싶게 무표정한 얼굴로 돌아온 인희는 이마를 쓸어 올렸다.

"이 정도 말해 줬으니 알아서 마음 접겠지."

나름 효자인 해준이 절대 어머니와 척지면서까지 래미에게 들이대지는 않을 것이다.

애인 있는 래미도 꼬셔야 하지, 어머니도 설득해야 하지, 생각만으로도 머리가 아플 테니 포기하고 말겠지.

곯아떨어진 래미를 침대에 누이고 루이가 다시 응접실로 왔을 때는 이미 인희는 가고 없었다.

메모지 한 장만을 남겨두고서.

물끄러미 메모를 읽은 루이의 눈매가 부드럽게 풀어지고, 입술은 비스듬히 올라갔다.

[오늘 귀한 와인 대접 잘 받고 갑니다. 래미가 어떤 분을 만나고 있는지 걱정이 되었는데, 오늘 보니 천생연분이네요. 끝까지 래미 아껴 주세요.]

28

해준은 정신이 빠진 것 같은 얼굴로 시꺼멓게 변한 휴대전화 액정을 보았다.

'너네 어머님께서 너와 래미 사이를 오해하시고는 래미한테 병원에 오지 말라고 하셨댄다. 딸처럼 예뻐하셨던 분이 그러시는데 래미가 얼마나 충격을 받았겠냐?'

쏘아대듯 흘러나왔던 인희의 말만 계속해서 뇌리를 맴돈다.

"어머니가 래미한테 왜? 아니, 어떻게 오해를 하셨다는 거지?"

도무지 이해할 수도 없고 믿기지도 않았다. 더 자세히 묻기 위해 곧장 인희에게로 전화를 걸었지만, 받을 기미가 보이지 않는다.

종료 버튼을 누르고서 다시 통화를 연결시키려는데, 벌컥 병실 문이 열렸다. 해준은 표정을 굳히고서 들고 있던 핸드폰을 내려놓았다.

"일어나 있었니?"

어머니 윤 여사가 막 병실 안으로 들어오고 있었다.

"오셨어요."

아직 진실 여부와, 자초지종을 확실히 듣지 않았음에도 목소리가 한껏 가라앉았다.

"애, 너, 안색이 안 좋구나. 아직도 많이 아프니?"

"어머니."

윤 여사를 불러놓고 해준은 마른침을 삼켰다. 다짜고짜 말을 꺼냈다가 괜히 나중에 래미가 곤란해질까 봐 걱정이 되어서였다.

"왜 그러니? 뭐 필요한 거라도 있어?"

뭔가 심상치 않은 아들의 분위기에 윤 여사는 침대 곁으로 의자를 끌어당겨 앉았다.

"저, 어머니."

"그래, 말해 봐."

해준은 작게 숨을 들이켜고서 말문을 열었다.

"어머니, 혹시 래미와 커피 마시던 날, 무슨 말씀 나누셨어요?"

"말? 무슨······."

윤 여사의 눈이 순식간에 샐쭉하니 가늘어졌다.

"왜. 래미가 너한테 뭐라고 하든?"

어머니의 반응에 해준은 속으로, 음, 신음을 삼켰다. 인희의 말처럼 뭔가 있기는 있는 모양이었다.

"래미가 말을 안 해주니까 제가 어머니께 묻는 거예요. 그날, 어머니와 커피 마시러 가서는 다시 와보지도 않고 집에 가버리더니, 지금까지 한 번도 안 와서요. 혹시, 그때 어머니랑 무슨 얘기를 나눈 건가 해서요."

가늘어졌던 눈을 원래대로 되돌린 윤 여사는 봉긋한 머리를 매만지며 별거 아니라는 듯 대답했다.

"아니, 뭐. 별말 안 했어, 애. 그냥 바쁜데, 꼬박꼬박 병문안까지 안 와도 된다고 했을 뿐이야. 너무 죄책감 갖지 말라는 뜻으로 말이다."

해준의 눈썹이 설핏 모아졌다.

"그게 무슨 말씀이세요? 래미가 왜 죄책감을 가져요."

순간, 아차, 실수했다 싶은지 윤 여사의 안색이 파리해졌다.

"어머니."

해준이 힘주어 부르자 윤 여사는 체념한 듯 조금 짜증스러운 표정을 지었다.

"어우, 그래, 얘. 네가 래미를 집에 데려다 줬다가 커피에 데는 바람에 콜택시 탔다는 거 엄마도 들어서 다 알아. 병실에 있을 때는 안 그랬는데, 커피 마시러 가서 래미와 단둘이 마주 보고 있으니까 괜히 열불이 터지는 걸 어떡하니? 그래서 어른답지 못하게 굴었다, 됐니?"

해준은 너무 기가 막혀 멍하니 어머니를 응시했다.

"병실에 계실 때는 안 그러셨다는 건 그전에 알게 되셨다는 거예요?"

"그럼, 뭐 그 얘길 래미가 직접 했겠니? 원래 사람은 절대 자기 불리한 얘기는 먼저 안 하는 법이야."

"래미 데려다 준 건 저밖에 모르는 건데, 도대체 누구한테……."

순간적으로 뇌리를 스치는 생각에 해준은 말끝도 맺지 못하고 눈을 동그랗게 떴다.

병문안 온 첫날, 래미가 잔뜩 미안해하던 그때, 다 듣고 있던 한 사람. 정희윤.

"어머니, 설마, 정희윤한테 들으셨어요?"

"맞아. 스카프를 되찾으러 왔다던 그 아가씨."

해준의 입에서 너무도 기막힌 웃음이 흘러나왔다. 하지만, 뒤이어 흘러나온 어머니의 말에 해준의 입술은 그대로 굳고 말았다.

"얘, 그래도 변변한 직업 하나 없는 래미보다는 그 아가씨 쪽이 낫지 않니?"

"어머니. 그, 그게 무슨……."

"래미 병원에 왔을 때, 바라보는 네 표정이 아주 가관도 아니더구나. 아마, 나 말고 다른 사람이 그 자리에 있었더라도 죄다 눈치챘을 거야."

너무 당황해 얼굴까지 붉히는 아들을 빤히 보며 윤 여사는 표정을 싸늘하게 바꾸었다.

"래미는 안 돼. 래미는 지인의 딸 정도야. 더도 말고 덜도 말고 딱 그 정도."

해준은 붕어처럼 입만 벙긋거릴 뿐 한 마디도 할 수가 없었다.

시작하기도 전에 넌 아웃오브 안중이라던 인희의 말이 뇌를 둥둥 떠다닌다.

▷　▷　◆　◁　◁

래미는 따뜻한 물에 담갔다가 꼭 짠 수건으로 복만의 얼굴을 꼼꼼히 닦았다. 점점 앙상해지는 팔을 닦고 있자니, 왈칵 눈물이 날 것 같았다.

의식을 잃은 지 벌써 여러 날이 흘렀건만, 복만은 깨어나지 못하고 있었다. 그나마 다행인 건 약하게나마 계속 맥은 뛰고 있고, 숨도 많이 고른 편이었다.

속옷 부위를 제외하고 몸을 꼼꼼히 다 닦은 다음 래미는 복만의 손을 양손으로 감싸 쥐었다.

"복만 씨, 왜 이렇게 안 일어나니? 복만 씨가 계속 잠만 자고 있으니까 내가 외출을 못 하잖아. 나는 복만 씨 없으면 외출 못 하는 거 알지? 엘리자베스도 복만 씨 엄청 기다리고 있을 거라고. 그러니까, 그만 자고 얼른 일어나. 알았지?"

홀로 말을 하고 있자니 청승맞게도 눈물이 뚝뚝 떨어진다.

고객님, 고객님, 외쳐대는 복만의 목소리를 영영 못 듣게 될까 봐.

"어우, 나 주책이야. 왜 이렇게 눈물이 나니? 이게 다 복만 씨 때문이잖아."

얼굴에 번지는 눈물을 훔치기 위해 복만의 손을 놓으려는 찰나였다.

꿈틀.

래미의 손에 감싸여진 기다란 손가락이 아주 미미하게 움직이는 게 느껴졌다.

"복, 복만 씨, 방금 움직였어?"

너무 놀라 얼굴을 살폈으나, 복만은 굳게 눈을 감고 있을 뿐이었다.

그럼에도 래미의 얼굴에는 희열이 가득 찼다. 조금의 미동도 없던 사람이 손가락이나마 움직였으니까.

래미는 감싸고 있던 복만의 손을 이불 속에 넣어준 다음, 물과 수건이 담긴 대야를 들고서 밖으로 나왔다.

"내가 하면 된다니까 고집은."

복도로 나오자 커다란 손이 불쑥 래미의 손에 들린 대야를 낚아챘다.

"내가 이거라도 해야 복만 씨한테 덜 미안할 것 같아서요. 따지고 보면 도둑이 든 것도 내 책임……."

"네 책임 아니라니까."

즉각적인 제지에 래미는 못 말린다는 표정을 지었다.

"그래요, 알았어. 내 책임 아냐. 됐어요? 그래도 내가 복만 씨한테 해줄 수 있는 게 이거밖에 없어서 그래요."

래미는 조금 굳은 얼굴로 성큼성큼 앞장서는 루이의 옆으로 따라붙었다.

"참참, 조금 전에 복만 씨가 손가락을 움직였어요."

"그럼, 조만간 깨어나겠네."

"에에? 그게 다예요? 기뻐서 웃기라도 해야 하는 거 아니에요?"

"기뻐."

루이의 짤막한 대꾸에 래미는 반쯤 어이없는 얼굴로 푹 웃었다.

루이가 왜 이러는지 래미도 잘 알고 있었다. 그녀가 복만의 몸을 닦아주는 게 싫은 거다.

크게 내색하지 않고 이런 식으로 툴툴거릴 뿐이지만, 분명 그게 싫은 거다. 아무리 그래도 아파서 사경을 헤매는 자기 견공한테까지 질투라니.

기가 막혀야 할지, 그만큼 그녀에 대한 애정이 크다고 좋아해야 할지 감을 잡을 수가 없다.

'흐음. 대놓고 티를 내지는 않지만 요 며칠 예민한 느낌이 들긴 한단 말이지.'

요새 루이는 복만은 물론이고, 세상의 모든 수컷에게 질투를 발산하는 중이었다.

영화를 보다가 남자 배우에게 멋지다는 말만 해도 바로 프로젝터를 꺼버릴 정도였으니까.

고개를 절레절레 흔들며 래미는 발걸음을 옮겼다.

▷　▷　◆　◁　◁

루이와 같은 침대를 쓴 지 닷새째.

잠버릇이라고는 눈곱만치도 없는 루이였기에 같은 침대를 쓰는 게 그리 불편하지는 않았다.

무엇보다 침대가 크기도 했고, 루이와 마찬가지로 래미 역시 잠에 빠지면 건들지 않는 이상 깨지 않았으니까.

물론, 잠들기 전까지 은밀하고도 달달한 괴롭힘을 당하기는 하지만, 어차피 그건 침대를 따로 쓸 때도 마찬가지였으니.

한밤중. 래미는 뭔가 몸이 간질거리는 느낌에 미간을 구겼다.

"……으응, 간지러워. 하지 마아."

본능적으로 꾸물거리며 래미는 옆으로 몸을 굴렸다. 하지만 간질이는 느낌은 점점 진해졌고, 점차 따끔따끔 통증도 동반되었다.

"하지 말라니까…… 저녁에도 그렇게 괴롭혀 놓고 또…… 읏."

갑자기 정신이 번뜩 들 정도의 아픔이 어깨에 느껴져 래미는 신음 흘렸다.

래미는 번쩍 눈을 떴다. 덮치듯 올라탄 채로 내려다보고 있는 루이와 시선이 마주쳤다.

순간, 래미의 심장이 더없이 싸해졌다. 루이의 새까만 눈동자가 어쩐지 평소와 다르게 느껴졌기 때문이다.

마치, 광기에 휩싸여 뜨겁게 이글거리는 것처럼.

"루이 씨?"

그녀의 부름에도 루이는 뚫어지게 응시할 뿐 대답하지 않았다.

너무 이상했다. 꼭 다른 사람과 마주하고 있는 것 같은 기분에 래미는 조금씩 두려움이 일었다.

"아, 안 자고 뭐 해요. 얼른 자…… 흡."

그녀의 호흡이 그대로 루이의 입 안으로 삼켜졌다.

뜨겁고 거친, 맹수와도 같은 입맞춤.

놀란 래미가 다급히 밀어내려 했으나 그는 꿈쩍도 하지 않는다.

그저, 래미의 숨을 삼키고 부드러운 속살을 머금으며 입 안을 점령하기에 여념이 없다.

한참 뒤, 루이의 입술이 목덜미로 옮겨가서야 래미는 가쁜 숨을 몰아쉬었다.

"루이 씨…… 잠깐만요……."

래미는 루이를 저지하기 위해 가슴팍을 밀어내려 애썼다. 하지만, 그는 그녀의 양쪽 팔목을 한 손에 그러모아 쥐고서 머리 위에 단단히 고정시켰다.

루이의 번들거리는 안광이 그녀의 얼굴에 닿았다. 그의 입술이 스산하게 위로 올라갔다.

뒤이어 다시 그의 입술이 목덜미를 따라 아래로 향했다.

래미의 눈이 경악스럽게 치떠졌다.

한 번도, 단 한 번도 루이는 이런 식으로 그녀를 안은 적이 없었다. 다소 거칠 때도 늘 그녀를 배려해 주는 사람이었다.

"하지 마…… 하지 마요. 이런 식은, 이건 아니잖아요."

래미의 애원 따위는 아무것도 아니라는 듯 그는 계속해서 래미를 탐해 나갔다.

믿을 수가 없는 상황에 래미의 눈시울이 뜨거워졌다.

눈물이 타고 내려가 베개를 적시고, 작은 몸은 간헐적으로 떨린다. 오늘따라 낯설기만 한 천장을 응시하며 래미는 낮게 내뱉었다.

"당신…… 누구야."

순간, 루이의 움직임이 뚝 멎었다. 그가 고개를 들어 그녀의 얼굴을 바라보았다.

눈가에 흐르는 눈물을 본 그의 은빛 눈썹이 움찔거린다.

"내가 아는 루이 씨는 절대 이러지 않아."

래미는 붉게 충혈된 눈으로 루이와 시선을 맞추었다. 그가 또다시 눈썹을 꿈틀거린다.

"정신 차려요, 루이 씨. 당신 이런 사람 아니잖아요. 갑자기 왜 이러는지 모르겠지만…… 나는 원래의 당신이 좋아요. 제발 정신 차려줘요."

루이의 얼굴이 잔뜩 혼란스럽게 일그러졌다.

마치, 무엇을 어찌해야 하는지 모르는 사람처럼 굳어진 채로 그녀만 응시할 뿐이었다.

숨이 막힐 것 같은 정적이 흘렀다.

1분, 2분, 3분……. 얼마나 시간이 흐르고 있는지 모를 정도로 진공 상태가 이어졌다.

스륵. 루이가 결박하고 있던 래미의 팔목을 놓아주었다.

래미가 안도의 한숨을 흘리기도 전에 루이는 마치, 혼이 빠져나간 것처럼 그대로 무너졌다. 그런 루이를 응시하고 있는 래미의 가슴이 복잡하게 얽혔다.

당혹스럽고, 무섭지만 이 남자가 안쓰럽기도 하고.

래미는 한동안 루이에게서 눈을 뗄 수가 없었다.

다음 날 아침, 커튼을 비집고 들어오는 밝은 햇살에 래미는 어렴풋이 잠을 깼다.

새벽까지 뜬눈으로 있었는데, 아주 살짝 잠이 들었던 모양이다.

"잘 잤어?"

루이의 따스한 음성이 들려와 래미는 번쩍 눈을 떠 옆으로 시선을 주었다. 늘 그렇듯 다정한 얼굴로 루이가 그녀를 응시하고 있었다.

"루이 씨, 괜찮아요?"

그녀의 물음에 루이가 조금 의아한 표정으로 눈을 깜빡였다.

"뭐가."

"어젯밤에……."

"응?"

루이는 태연하게 손을 뻗어 래미의 얼굴을 어루만졌다.

전혀 기억하지 못하는 루이의 표정을 보니, 차마 입이 떨어지지 않았다. 래미는 이내 고개를 저었다.

"아니에요."

"싱겁긴."

루이는 작게 미소를 머금으며 그녀의 이마에 입술을 갖다 대었다.

▷　▷　◆　◁　◁

치우는 폐 속에 가득한 독기를 빼내느라 장장 며칠이나 죽은 듯이 별장에 처박혀 있어야 했다.

혹여, 루이 그놈이 태소를 압박해 자신이 있는 곳을 알아낼까 녀석과도 연락을 두절한 상태로 지냈다.

그렇게 두문불출한 상태로 지내기를 어언 며칠. 이제 겨우 활동에 무리가 없도록 회복이 된 참이었다.

그 씹어 먹어도 시원치 않을 루이 놈한테 속은 것 때문에 열통이 터져 더 복구가 늦어졌다. 아직도 그놈만 생각하면 이가 갈리고 열이 확 치솟았다.

"개자식 같으니라고."

개를 붙여 욕설을 내뱉던 치우는 문득, 그날 곧 죽을 것처럼 숨을 할딱거리던 애완견 녀석을 떠올랐다.

"흐음. 복만이라고 했었지? 죽었을까? 뭐, 죽었겠지. 상처가 그렇게 깊었는데 산다는 게 기적이지. 하여튼 주인 놈 하나 잘못 만나서 그게 무슨 고생이야? 쯧."

모든 책임을 루이에게 떠넘기고서 치우는 별장을 나섰다.

치우는 머릿속에 들어 있는 주소지로 차를 몰았다.

치우가 도착한 곳은 경기도에서도 외곽지에 위치한 작은 아주 마을이었다.

마을에서도 안쪽에 위치한 예쁜 목조 건물 앞에 치우의 차가 멈추었다.

시동을 끈 치우는 표정을 조금 굳힌 채 목조 건물과 텃밭을 겸비한 마당 그리고 아기자기하게 낮은 담장까지 쓰윽 훑었다.

"흐음, 가족은 건드리고 싶지 않았는데."

자조적으로 뱉고서 치우는 차에서 내렸다. 그는 있으나 마나 한 작은 여닫이문을 슬쩍 밀고 마당을 거쳐 현관까지 직행했다.

현관문 하나 따고 들어가는 건 일도 아니었지만, 그래도 예의상 치우는 노크를 했다.

똑똑똑똑똑똑.

"도경석 씨 계십니까?"

래미 부친의 이름을 외치며 조금 과하다 싶을 정도로 두드렸지만, 안에서는 기척이 없다.

"아무도 없는 모양이군."

치우는 마당 밖으로 나와 느긋하게 차에 기대어 섰다. 마을의 경관을 훑어보며 조금 기다리는 것도 그다지 나쁘지 않았다.

팔짱을 끼고서 그렇게 잠시 기다리고 있을 때였다. 저만치 앞에서 나는 인기척에 치우는 고개를 돌렸다.

머리는 희끗희끗하지만 건장한 중년의 남성이 양손에 무언가를 들고서 걸어오고 있는 게 포착되었다.

치우의 눈이 반짝 빛났다. 예전 태소가 보고했던 가족사진 속 인물, 래미의 부친 도경석이었다.

팔짱을 푼 치우는 성큼 경석에게로 다가갔다.

"도경석 씨?"

장장 190센티가 넘는 장신의 젊은 청년이 자신의 이름을 부르며 앞을 가로막고 서자 경석 역시 우뚝 멈추었다.

"내가 도경석은 맞는데, 누구……."

치우는 말이 채 끝나기도 전에 커다란 손바닥을 뻗어 경석의 이마에 턱 얹었다.

경석이 '으응?' 하며 놀란 표정을 지었으나, 치우는 힘을 쓰기 시작했다.

경석을 똑바로 응시하며 치우는 입을 열었다.

"자, 지금부터 당신은 나의 지배를 받습니다. 신체와 영혼 모든 것이 내 지배 아래 있게 됩니다. 나의 지배에서 벗어나려 할 때는 고통이 뒤따를 것이며, 죽음마저……."

정신 지배의 막바지에 이르고 있을 무렵이었다.

잠시 동안 말없이 치우를 바라보던 경석이 작게 헛기침을 흘렸다.

"저기, 이봐요, 청년. 내가 그쪽의 지배를 받기에는 조금 나이가 많은 것 같은데."

응? 뭐, 뭐지? 힘이 약했나? 몸조리하느라 요즘 너무 몸을 사린 모양이군.

치우는 더욱 힘을 끌어올리고서 경석의 눈을 뚫어질 듯 응시했다.

"자, 도경석 당신은 이제부터, 나의 지배……."

"허허허, 내가 도경석이긴 한데, 나 같은 아저씨를 지배해서 뭐에다 쓰려고 그래요? 그리고 거, 젊은 양반이 어른 이마에 손을 대고 있는 건 모양새가 안 좋지 않아요?"

치우는 믿을 수 없는 얼굴로 헉, 숨을 들이켰다.

'마, 말도 안 돼. 내 정신 지배가 안 통해?'

급기야 경석이 양손에 들고 있던 것을 바닥에 내려놓고서 이마에 닿았던 치우의 손을 쓰윽 밀어냈다.

"저기, 청년. 혹시, 어디 병원에 있다가 나왔어요? 어느 병원인지 이름 알면 얘기해 봐요. 내가 데려다 줄게."

"……."

너무 충격을 받고 기가 막혀 치우는 단 한 마디도 할 수가 없었다.

'어떻게, 내 정신지배가 안 통할 수가 있지? 어떻게?'

"내가 청년 또래의 딸내미가 있어서 그래요. 상태가 심각한 거 같은데 그 큰 덩치로 그러고 다니면 다들 놀라서 경찰에 신고할지도 몰라요."

치우가 심각한 얼굴로 생각에 잠겼거나 말거나 경석은 말을 이었다.

"병원 이름을 모르면, 내가 아는 병원이 있는데 거기로 데려다 줄까요?"

완벽한 정신병자 취급에 어찌할 줄 모르고 있을 때였다.

"여보, 무슨 일이에요?"

지척에서 중년 여인의 음성이 날아들었다.

자박자박 남편 곁으로 다가온 여인에게로 치우의 고개가 돌아갔다. 영문을 몰라 치우를 바라보던 중년 여인의 눈이 커다랗게 떠졌다.

래미와 꼭 닮은 얼굴의 그녀가 멍하니 한 마디를 뱉어냈다.

"……치우 아저씨?"

래미의 모친 나현이, 마치 귀신이라도 본 것 같은 멍한 얼굴로 중얼거리는 말에 경석이 눈을 끔뻑거렸다.

"아, 내가 아니라 당신과 아는 사람이었어요? 허허, 근데, 래미 또래 청년한테 아저씨라고 부르는 건 좀 너무하지 않아요?"

두 사람을 번갈아 보며 헛웃음을 짓는 경석과 달리 치우와 나현은 뭔가에 홀린 것처럼 서로에게서 눈을 떼지 않았다.

"여보?"

경석이 눈앞에 손을 흔들어 보이고 나서야 나현은 움찔, 정신을 차리고 멋쩍게 웃었다.

"하, 나도 참. 그럴 리가 없는데. 근데, 내가 알던 사람과 너무 닮았거든요."

나현이 고개를 절레절레 흔들며 말했지만, 여전히 치우는 굳은 듯이 한 마디도 하지 않았다.

"당신과 아는 사이가 아니라, 아는 사람과 닮았어요?"

경석의 물음에 나현은 기가 막힌 표정으로 고개를 끄덕였다.

"네. 아주 많이요. 이목구비하며, 피부색하며, 심지어 풍채도 내 기억 속에 있던 그분과 너무 닮았어요."

치우의 머리부터 발끝까지 훑어 내리며 나현이 중얼거렸다.

"아, 잠깐, 잠깐만 있어 봐요."

뭔가가 떠오른 나현이 대답도 기다리지 않고 부랴부랴 집 안으로 들어갔다.

"허, 거참. 뭐가 뭔지. 저기, 청년. 조금 전에 나한테는 왜 그랬어요?"

"……."

경석의 물음에도 치우는 묵묵부답일 뿐이었다. 머쓱해진 경석이 머리를 긁적이는 사이 현관문이 열렸다.

모습을 나타낸 나현의 손에는 종이 한 장이 들려 있었다. 정확히는 낡은 스냅 사진 한 장이었다.

신발을 아무렇게나 신고서 뛰다시피 나온 나현은 들고 있는 사진을 경석에게 보여주었다.

사진을 들여다본 경석이 눈을 동그랗게 뜨고서 치우를 보았다.

"음? 허허, 이 정도면 그냥 닮은 정도가 아니라, 아주 똑같은데요?"

고개를 주억거린 나현이 치우에게로 다가가 사진을 쓰윽 내밀었다.

"저기, 이 사진 한번 봐 볼래요?"

굳어버린 것처럼 미동조차 보이지 않던 치우가 아래로 시선을 떨어뜨렸다. 낡은 사진에 닿은 치우의 눈동자가 한없이 흔들린다.

세 사람이 담겨 있는 네모난 세상 속의 빛바랜 추억.

너무 앳돼 꼬맹이 같기만 하던 십 대의 나현과 그 자신, 그리고 지금까지 잊지 못하는 그녀, 가현이 행복한 얼굴로 치우를 향해 웃고 있다.

미친 듯이 돌아가고 싶은 그 시절이 사진 한 장에 고스란히 담겨 있다.

울컥, 울컥. 형언할 수 없는 감정이 치밀어 오른다.

저도 모르게 손을 들어 사진 속 가현의 얼굴을 어루만지려는데 나현의 음성이 날아들었다.

"어때요, 그쪽과 많이 닮았죠?"

급격히 현실로 돌아온 치우는 겨우 마음을 추스르고서 손을 내렸다.

"정말, 많이 닮았군요. 착각하신 것도 이해가 됩니다. 이 사진 속의 분들과는 어떤 관계십니까."

그렇게 묻고서 치우는 사진에서 나현에게로 시선을 옮겼다.

알고 있다. 눈앞의 이 여인이 사진 속 꼬맹이라는 것을. 이미 '치우 아저씨'라 부르는 순간 본능적으로 알아차렸으니까.

이제는 중년 여인이 된 나현을 응시하는 치우의 눈이 아련해진다.

아저씨, 아저씨, 부르던 그 당돌한 꼬맹이가 벌써 이렇게 중년이 되었다니.

가현이 지금까지 살아 있었더라면 어떤 모습을 하고 있을까.

기품 있는 흰머리 할머니? 염색한 검은 머리를 빠글빠글 파마한 할머니?

어느 쪽이든 그는 끝까지 가현을 사랑했을 것이다.

누르고 있던 감정이 다시 일렁이고, 콧날이 시큰거려와 치우는 떨구어진 주먹만 꽉 말아 쥐었다.

"왼쪽에 있는 예쁜 숙녀가 우리 언니예요. 가운데 있는 게 난데, 지금과 비교하니까 상상이 안 되죠?"

조금 민망하게 웃은 나현이 말을 이었다.

"그리고 오른쪽에 서 계시는 분은 우리 언니와 친했던 분이고요. 이때 이분 역시, 언니와 같은 학교에서 교편을 잡았던 걸로 기억을 해요. 나랑 언니의 나이 차가 많이 나서 그분을 아저씨라고 불렀거든요. 그럼, 그분이 발끈해서 오빠라고 부르라고 했는데, 나는 끝까지 아저씨라고 불렀죠."

한때 잠시나마 국민학교에서 코찔찔이 아이들을 가르친 적이 있었다.

가현이 죽고부터는 그만두었지만.

가두어 두었던 그 시절의 추억들이 홍수를 맞은 것처럼 머릿속을 휩쓴다.

"지금 다시 사진을 꺼내 보니, 오빠가 맞네요. 새파란 청년한테 아저씨라고 했으니, 그분은 얼마나 서운하고 내가 얄미웠을까."

"그럴 리가. 전혀요."

저도 모르게 그렇게 튀어나온 대답에 나현이 눈을 동그랗게 뜨자, 치우는 퍼뜩 덧붙였다.

"아. 사진상으로 보니, 아저씨로 불려도 할 말 없을 나이 차이인 것 같아서요."

나현이 신기한 듯 물끄러미 치우를 응했다.

"어쩌면 이렇게 빼다 박을 수가 있을까? 혹시, 친척 중에 강, 치자, 우자 존함 쓰시는 분 없나요?"

치우는 찰나 동안 생각에 잠겼다가 입술을 움직였다.

"제 부친께서 강, 치자, 우자를 쓰십니다."

나현의 입술이 파르르 떨린다.

"세상에. 그럼, 그쪽이 치우 아저씨의……."

"네, 제가 아들입니다."

"우리 딸 또래 정도로밖에 안 보이는데."

"조금 늦게 저를 보셨다더라고요."

"아아, 그렇군요."

치우에게서 눈을 떼지 못하던 나현이 불현듯 물었다.

"부친께서는 어떻게 지내시나요? 아직 정정하시죠?"

"10년 전쯤 돌아가셨습니다."

"……."

거짓말임을 알 리 없는 나현은 차마 말을 잇지 못하고 그저, 고개만 주억거렸다.

"여기서 이럴 게 아니라 들어가서 차라도 한 잔 하고 갈래요? 여기가 바로 우리 집이거든요."

눈가에 조금 맺힌 눈물을 훔치고서 나현이 제안했다.

"네, 고맙습니다."

뜻밖의 만남, 생각지 못한 인연의 끈으로 머릿속이 복잡했지만, 치우는 거절하지 않고 제안을 받아들였다.

지금은 조금 더 나현과 마주하고 싶었으니까.

나현이 치우를 데리고 안으로 들어가자 경석은 뒷머리를 긁적이고서 바닥에 둔 짐을 집어 들었다.

"허 참. 별일이 다 있네."

▷　▷　◆　◁　◁

지이이이잉. 지이이이잉. 휴대전화 진동 소리에 액정을 확인한 래미의 눈살이 살짝 찌푸려졌다.

L출판사 대표 번호가 깜빡이고 있었기 때문이다.

설마, 강치우가 또 수작을 부리는 건가, 하는 생각이 들었지만, 래미는 전화를 받았다.

"네, 여보세요."

—안녕하세요, 작가님. L출판사 박종희입니다.

천연덕스러울 정도로 해맑은 음성에 짜증이 밀려든다.

"어쩐 일이세요, 편집장님."

—하하. 작가님께서 계약서를 가지고 가신 지 꽤 여러 날이 지났는데도 연락을 안 주셔서 전화를 드렸습니다.

"저기, 편집장님."

—네, 작가님?

"강치우 그 사람, 편집부 직원이 아닌 거 알아요."

—네, 네?

당황한 듯 박 편집장의 음성이 한껏 올라갔다.

—아, 아니, 그게 무슨…….

"그 사람이 다 말해주더라고요."

슬쩍 미끼를 던지자 순간적으로 침묵이 일었다. 하지만, 이내 박 편집장이 대답했다.

—그, 그러셨습니까?

"네. 하나도 빠짐없이 다 들었어요."

—하하, 그, 그랬군요. 어쩐지 강 사장님께서 요새 통 연락을 안 주신다 했습니다. 많이 바쁘신 모양이죠?

래미에게 낚인 박 편집장이 단박에 호칭을 강 사장으로 바꾸었다.

'당연히 연락할 일이 없지. 이미 정체를 들켜서 텄는데, 계속 당신들과 연락할 리가 있나요.'

"네. 바쁜 것 같더라고요. 왜요, 연락 한번 해보시지 그러세요."

—아아. 투자 조건에 저희 쪽에서 먼저 연락하지 않는 조항이 있어서요. 이미 투자는 받았는데, 계약서를 가져가신 작가님은 소식이 없고, 강 사장님 역시 연락을 안 주시니, 어떻게 해야 하나 답답했거든요.

이번에도 떡밥을 덥석 문 박 편집장이 친절하게도 상황 설명을 해주신다.

한 마디로 돈을 줄 테니, 도래미 글을 출판해 주라고 한 것이다.

아무것도 모르고 출판사를 들락거린 창피함과 모멸감에 래미의 얼굴이 훅 달아올랐다.

실력도 안 되는 게 돈으로 출간까지 한다니, 출판사 직원들이 얼마나 그녀를 한심하게 봤겠는가.

차라리 흑마법인지 뭔지로 사람들을 홀린 거라면 그나마 덜 비참할 텐데.

"편집장님. 저 출간 안 합니다. 그런 출간을 어떻게 하나요."

—예? 자, 작가님, 그럼…….

"투자니, 뭐니 하는 건 저와 상관없으니, 당사자들끼리 알아서 하시고요. 그만 끊습니다."

박 편집장이 뭐라고 하는 게 들려왔지만 래미는 통화를 단절시켰다.

"망할 자식! 설마설마했는데, 진짜 돈으로 매수했어. 출판사에 얼굴까지 다 공개했는데. 어우, 열통 터져! 어우, 쪽팔려!"

짜증스럽게 핸드폰을 테이블을 내려놓는데 복만을 살피러 갔던 루이가 방으로 들어왔다.

그가 잔뜩 열이 오른 래미를 보며 의아한 표정을 지었다.

"왜. 무슨 일이야."

"아니에요. 복만 씨는 좀 어때요? 깨어날 기미가 좀 보여요?"

"아직."

"어제 손가락을 움직여서 금방 깰 줄 알았는데."

어두운 표정을 짓던 래미는 물끄러미 루이를 바라보았다.

"루이 씨, 나 물어보고 싶은 게 있어요."

루이가 저벅저벅 테이블로 다가와 마주 보고 앉았다.

"뭔데."

"당신이 말해줄 때까지 참으려고 했는데, 너무 궁금해서 안 되겠어요."

"말해봐."

호기롭게 말문은 열었으나 래미는 잠시 뜸을 들였다.

루이는 덤덤하게 말해보라지만, 옛 그녀가 얽혀 있는 문제라 쉽게 입이 떨어지지 않는 탓이다.

"뭔데 이렇게 뜸을 들이실까."

"그게."

작게 한숨을 흘린 래미는 입술을 움직였다.

"강치우 그 사람과는 뭐 때문에 천적이 된 거예요?"

역시나 루이의 눈썹이 설핏 꿈틀거린다.

"이 질문…… 많이 불편할 거라는 거 알아요. 하지만, 복만 씨는 저 지경이 되고, 난 루나 밖으로는 나가기도 무서워요. 이제는 나도 알고 싶어요. 강치우 그 사람과는 어쩌다 천적이 된 건지."

루이는 조금 의아한 얼굴이 되었다.

"왜 계속 그놈에게 천적이라고 하는 거지?"

생각지 못한 되물음에 래미는 속눈썹을 깜빡였다.

"천적, 아니에요?"

"천적이라는 건 상위포식자를 일컬을 때 하는 말 아닌가?"

"어, 아니었어요? 복만 씨가 천적이라고 그랬는데."

"그건 복만이 하는 말이고. 그게 내 천적일 리가."

불쾌한 듯 루이의 음성에 조금 짜증이 서렸다.

"그럼, 당신보다 강한 힘을 가진 부류는 아니란 거네요?"

"그러니까 너한테 접근하는 덜떨어진 짓이나 하지."

가당치도 않다는 듯 말한 그가 덧붙였다.

"내 천적은 고작 그놈 따위가 아니야."

"설마, 당신 천적이 따로 있다는 뜻이에요?"

"지금은 있는지 없는지 나도 몰라."

애매한 대답에 답답함이 밀려왔으나, 우선은 강치우 쪽이 더 궁금했다.

"천적도 아니라면서 강치우 그 사람은 도대체 왜 그러는 거예요."

"내가 그놈에게 진 빚이 있거든."

덤덤하나 씁쓸하게 흘러나온 루이의 대꾸에 래미는 퍼뜩 이해가 되지 않았다.

빚? 빚이라고? 루이 씨가 그 사람에게 빚을 졌다고?

오히려, 루이 씨의 연인을 처참하게 해한 강치우가 빚을 진 게 맞는 말 아닌가?

피해자는 연인을 잃은 당신 아니에요? 왜 당신이 빚을 졌다는 건데요.

목구멍까지 질문이 차올랐으나 래미는 차마, 옛 연인까지 들먹일 수가 없었다.

복잡하게 물든 래미의 얼굴을 잠시 응시하던 루이가 툭 말을 던졌다.

"일해. 1층에 있을게."

더 이상 거기에 대해 말하기 싫다는 뜻이다.

지금 사이트에 연재 중인 건 진작 마무리를 했고, 이렇게 복잡한 상황에서 새로운 글이 써질 리 만무했다.

"응. 알았어요."

억지로 아무렇지 않은 척 고개를 끄덕이는데 루이의 말이 날아들었다.

"오늘부터는 네 침대 써."

뜻밖의 말에 래미는 눈을 동그랗게 떴다. 내일 밤까지는 악착같이 같은

155

침대 찬스를 쓸 줄 알았는데 조금 의외였다.

"어, 그래도 돼요?"

"응."

"왜요? 약속한 날짜는 내일까지잖아요."

"계속 같은 침대 쓰고 싶다는 걸 그렇게 돌려 말하는 거야?"

래미는 입술을 턱 벌렸다가 이내 테이블 위 노트북을 펼쳤다.

"일할게요. 볼일 봐요."

쿡. 웃음을 흘린 루이가 몸을 돌려 침실 밖으로 향했다.

루이가 완전히 밖으로 나가자 래미는 시선을 들어 허공을 응시했다. 솔직히 어젯밤처럼 오늘도 루이가 그러면 어쩌나 걱정이 되긴 했었다.

그래서 루이의 말에 조금 안심이 되는 한편, 어쩐지 허전한 느낌이 드는 건 왜일까.

▷　▷　◆　◁　◁

밤이 늦어서야 치우는 다시 몸을 숨기고 있던 별장으로 돌아왔다.

불을 켜지 않아, 희미한 달빛만 비집고 들어오는 별장 안은 그의 마음만큼이나 어둡기 그지없다.

안락의자에 깊숙이 등을 기대어 앉은 채 치우는 생각에 빠져 있었다.

독한 위스키가 담긴 온더록스 잔을 한 손에 들고 있는 치우의 얼굴은 잔뜩 복잡하게 흐트러진 상태였다.

"도래미가 나현의 딸이라니."

나현의 딸이면, 그녀, 가현의 조카이기도 하다는 뜻이다.

치우의 입에서 신음과도 같은 깊은 한숨이 흘러나왔다.

"어째서 조금도 의심을 하지 못했을까."

예전, 래미의 신상이 기록된 서류를 훑었을 때도 별다른 생각을 하지 않았다.

네 명이 담긴 가족사진을 봤을 때도 래미의 모친이 '그 나현' 일 거라는 예상은 조금도 하지 못했다.

동명이인이야 얼마든지 있는데다, 어린 시절의 나현의 얼굴만 기억에 있어 전혀 매치가 안 되었으니까.

억지로 구겨서 쑤셔 박아 놓은 기억으로 인해 그 이름 석 자에 아무런 감정을 느끼지 않은 건지도 모른다.

그런데, 래미가 그 나현의 딸이라니.

루이를 해하기 위해 끝까지 이용하려 마음먹었던 래미가 가현의 조카라니.

어떻게 이런 우연이 있을 수가 있을까. 어떻게 이런 인연이 있을까.

납치한 래미를 망가뜨릴 뻔한 걸 떠올리면, 온몸에 오싹 소름이 돋는다. 이제 래미는 물론, 그 가족을 이용해 보려는 계획은 완전히 접어야 했다.

가현의 복수를 한다는 명목으로 어떻게 그들에게 손을 뻗칠 수가 있단 말인가.

"어차피 통하지 않기도 했지만."

나현은 몰라도 확실히 래미 부친인 경석은 그의 힘이 통하지 않았다.

아무래도 래미에게 흑마법이 안 통하는 건 경석과 관련이 있는 듯했다. 그 핏줄에 대해 궁금증이 일었지만, 지금은 그게 문제가 아니었다.

치우는 잔에 반쯤 든 위스키를 단숨에 비웠다.

"박가현…… 어떡하지? 네 조카가 그놈과 만나고 있단다. 내가 죽이려 이를 갈고 있는 그놈과 만나는 중이래."

치우의 눈동자가 형언할 수 없는 공허함과 초조함으로 물들었다.

"네 조카가 그 위험한 놈과 한집에서 지내고 있다고. 너를 처참히 죽인 그놈과."

29

날이 희끄무레 밝아올 무렵, 잠이 깬 래미는 기지개를 쭉 켜고서 어렴풋이 눈을 떴다.

"루이 씨, 굿모닝."

조금 가라앉은 음성으로 말한 래미는 손을 뻗어 커튼을 옆으로 밀쳤다.

"……."

단정히 정돈되어 있는 텅 빈 루이의 침대가 눈에 들어오자 래미는 눈만 끔뻑였다.

인사를 나눈 뒤, 루이가 선사해 주는 자잘한 스킨십을 받으며 완전히 잠에서 깨는 건 매일 아침 빠짐없이 행해지는 수순이었다.

하지만, 루이는 없고. 혼자 인사를 건넨 그녀는 민망할 뿐이고.

"어디 갔지, 벌써."

다시 커튼을 친 래미는 멀뚱멀뚱 천장을 응시했다.

"어제도 밤늦게 올라와서는 곧바로 잠만 자더니."

작게 중얼거린 그녀는 급격히 당황스러움이 밀려와 헛기침을 흘렸다.

루이가 안 보여 당황스러운 게 아니라, 허전함을 느끼는 스스로에게 놀라서.

잠시 뒤 대충 샤워를 마친 래미는 침실을 나섰다. 복만의 방으로 가 그가 숨을 고르게 쉬고 있는지 확인한 다음, 그녀는 아래층으로 향했다.

천천히 계단을 내려가던 래미의 입가가 슬쩍 올라갔다. 진열장에 전시되어 있는 물건들을 손질하고 있는 루이의 뒷모습이 보였기 때문이다.

'일찍부터 여기 있었구나. 하여튼 무지 부지런하다니까.'

래미는 조금 놀라게 해줄 요량으로 조심조심 계단을 내려가 루이에게로 향했다.

뒤꿈치를 들고서 고양이처럼 다가간 그녀가 백허그를 해주기 위해 슬그머니 팔을 뻗는데, 루이가 휙 몸을 돌렸다.

"일어났어?"

"아, 깜짝이야."

움찔 멈추어선 래미는 김빠진 표정으로 곱게 눈을 흘겼다.

"누가 보면 뒤에도 눈 달린 줄 알겠어요."

래미는 한 발짝 더 가까이 루이에게로 다가갔다. 달달한 모닝 포옹을 기대하며.

루이의 손이 가만히 다가온다. 뒤이어 허리를 당기……지 않고 그녀의 머리에 안착한다.

선생님이 제자에게 하듯, 슥슥, 머리를 몇 번 쓰다듬어주고서 그가 손을 거두어들였다.

설마, 이게 끝?

"올라가 있어. 이것만 마저 해놓고 토스트 만들어줄게."

그러고서 그가 등을 돌려버리자 래미는 어색한 표정을 지었다. 이게 끝맞구나.

래미는 계속하던 일을 이어가는 루이의 뒷모습을 물끄러미 응시했다. 그녀의 기분이 조금 묘해졌다.

분명, 루이의 말투와 눈빛은 평소와 같이 다정함 그대로인데, 이상하게도 차갑게 느껴진다.

꼭 꿀 떨어지는 포옹을 해주지 않아서가 아니라 그냥, 냉랭한 기분이다.

그 서늘함이 너무 미묘하고 미세해서 서운한 감정을 느끼기도 애매한.

"응. 알았어요."

애써 밝게 말한 래미가 발걸음을 옮길 때였다.

툭툭, 드득드득, 차각차각.

뭔가가 출입문을 긁어대는 것만 같은 소리가 래미의 귀를 잡아챘다.

"방금 들었어요?"

흠칫, 소름이 돋아 래미는 걸음을 멈추고서 루이를 바라보았다.

그 역시 하던 것을 중단하고서 고개를 돌렸다. 뒤이어 다시 문밖에서 소리가 울려 퍼졌다.

월! 월! 월!

"강아지 짖는 소리 아냐?"

뜻밖의 사운드에 래미는 곧장 입구로 가 슬그머니 문을 열었다.

"월! 월!"

삐죽이 연 문틈 사이로 보이는 건 정말로 강아지 한 마리였다.

헥헥, 벌린 입 밖으로 가쁜 숨을 몰아쉬고 있는 동그란 눈의 블랙 시츄.

"어머, 진짜 강아지잖아? 시츄네? 얘, 너 누구니? 어디서 왔어?"

얼떨떨한 표정으로 물으며 래미가 문을 조금 더 열자, 기다렸다는 듯

시츄가 쪼르르 안으로 들어왔다.

"엘리자베스네."

루이의 음성이 날아들었다. 래미는 눈을 동그랗게 뜨고서 그를 바라보
았다.

"쟤가 엘리자베스라고요?"

"응."

"쟤, 옆동네 산다고 하지 않았어요?"

"맞아."

"세상에. 그럼, 복만 씨 만나러 여기까지 왔단 말이에요? 몸도 안 좋아서
오늘내일한다고 했잖아요."

"예전에는 보러 가끔 오고 그랬어. 아픈 뒤로는 주로 복만이 갔지만."

신기함을 담은 래미의 시선이 곧장 엘리자베스에게로 날아갔다.

"낑, 낑."

어느새 2층으로 올라가는 계단 입구까지 간 엘리자베스가 잔뜩 애처로
운 신음을 흘리고 있었다.

"왜, 왜 그러니?"

엘리자베스가 앞발을 들어 계단을 긁는다. 마치, 계단을 올라갈 기력이
없다는 듯.

그 모습이 너무 지치고 힘들어 보여 절로 안타까움이 일었다.

"아, 2층으로 데려다 달라는 거구나?"

그 의미를 알아들은 래미는 빠르게 다가가 엘리자베스를 안아 올렸다.
여전히 가쁜 숨을 몰아쉬고 있는 엘리자베스와 함께 래미는 복만의 침실로
향했다.

"복만 씨, 엘리자베스 왔어."

래미는 엘리자베스를 복만이 누워 있는 침대에 내려놓았다.

"월! 월! 월! 월!"

미동 없는 복만을 향해 마치, 일어나라는 듯 엘리자베스가 꼬리를 흔들며 짖어댄다. 전혀 복만이 미동을 보이지 않자, 뒤이어 얼굴을 할짝거린다.

짠한 얼굴로 그 모습을 보던 래미는 이내 손뼉을 딱 쳤다.

"내가 이러고 있을 때가 아니지. 가서 물이랑 먹을 것 좀 가져올게."

친구를 보겠다는 일념 하나로 먼 길을 달려왔으니 오죽 힘들겠는가.

침실을 나온 래미는 뛰다시피 주방으로 향했다.

대충 보이는 그릇에 물과 먹을 만한 것들을 담고서, 복만의 방으로 되돌아온 래미는 멈칫했다.

복만 곁에 배를 깔고 누운 엘리자베스 역시 작은 등을 오르락내리락하며 잠에 빠져 있었기 때문이다.

몸도 안 좋은데 여기까지 오느라 꽤나 고단했던 모양이다.

래미는 조심스레 침대 높이와 얼추 비슷한 의자를 끌고 와서, 그 위에 접시들을 올려두었다.

어쩐지 엘리자베스가 높은 침대에서 못 뛰어내릴 것 같아, 고개만 빼면 먹을 수 있도록 나름 조치를 해둔 것이다.

나란히 잠든 복만과 엘리자베스를 잠시 동안 바라보고 있던 래미는 이내 조용히 방을 나왔다.

어둠에 휩싸인 밤. 침대에 앉아 책을 읽고 있던 래미는 뻣뻣해진 고개를 들어 시계를 응시했다. 벽에 걸린 시계는 어느덧 11시를 가리키고 있었다.

"......"

래미는 고개를 돌려 텅 빈 루이의 침대를 잠시 동안 바라보았다. 오늘은 어제보다 더 늦다. 그래도 어제는 11시 전에는 올라왔는데.

책을 덮은 래미는 손바닥으로 가만히 뺨을 쓸었다.

"진짜, 할 일이 많아서 그런 건가."

아님, 의도적으로 이러는 걸까.

조금 심각하게 생각에 잠겼던 래미는 이내 어이없는 웃음을 뱉었다.

"나 지금 뭐하는 거야. 남편의 귀가를 눈 빠지게 기다리고 있는 와이프 역할도 아니고."

고개를 절레절레 흔들어 잡념을 턴 래미는 책을 협탁 위로 치웠다. 한쪽으로 걷혀 있는 커튼을 침대 끝까지 치고서 그녀는 이불 속으로 들어갔다.

지하에 있던 루이는 자정이 훌쩍 넘어서야 천천히 2층으로 향했다.

계단을 오르는 루이의 얼굴이 잔뜩 어두워져 있었다. 그날이 코앞에 다가왔음을 온몸으로 느끼고 있었으니까.

굳이 날짜를 따져 보지 않아도 몸이 먼저 알아채고 신호를 보내온다.

온몸의 세포가 올올이 일어선 것 같으면서도 어쩐지 나른해지는 기분. 평소보다 훨씬 커지는 감정의 기복. 조금 더 빠른 비트로 뛰는 심장. 자글자글 들끓기 시작하는 추악한 욕구까지.

모두 다 그날의 전조증상이었다.

래미와 한 공간에 있으니, 예전보다 훨씬 더 그 징후가 뚜렷이 나타나고 있었다.

2층 침실로 들어선 루이는 길게 커튼이 드리워진 래미의 침대로 발걸음을 옮겼다.

래미는 미동 없이 잠들어 있었다. 예쁘게 잠들어 있는 래미를 마주하자 금세 마음의 평정이 흔들린다.

보드라운 볼과 입술을 맛보고 싶은 마음이 스멀스멀 피어오른다. 저 하얀 목덜미를 진하게 빨아들이고 깨물고 싶어 피가 끓는다.

다정하고 애정 담긴 스킨십이 아닌, 조금 더 파괴적인 행위로 래미를 가지고 싶은 욕망이 인다.

늘 유연하고 부드럽게 안겨오는 저 가녀린 몸을 부러뜨려 버리고 싶은 욕구가 강하게 치민다.

"음……."

루이는 어느새 침대에 앉아 래미에게로 고개를 숙이고 있는 자신을 깨닫고 신음을 흘렸다.

막 입술이 닿을 것처럼 거리가 너무 가까웠다. 루이는 눈썹을 찌푸리며 허리를 곧추세웠다.

몸을 일으킨 루이는 그대로 방을 나섰다.

▷　▷　◆　◁　◁

"당분간 나는 다른 방에서 지낼게."

"……."

덤덤하게 흘러나온 루이의 말에 래미는 먹고 있던 토스트만 꼭꼭 씹을 뿐, 잠시 아무런 대답을 하지 않았다.

빵을 삼키고 커피 한 잔을 마신 다음에야 그녀는 입을 열었다.

"혹시, 며칠 전 새벽에 있었던 일 때문에 그래요?"

"며칠 전 새벽?"

"루이 씨가 기억을 못 할 수도 있고, 혹시나 언급하는 걸 싫어할 수도 있을 것 같아 말 안 했는데."

"무슨 일이 있었던 거야?"

루이는 전혀 모르겠다는 표정으로 눈을 깜빡였다.

"그때, 루이 씨가 좀 이상했거든요."

"어떻게?"

래미는 잠시 뜸을 들인 다음 입을 열었다.

"나…… 덮치려고 그랬어요."

충격을 받은 듯 루이의 눈동자가 확장되었다.

"내가 그랬다고?"

"전혀, 기억 안 나요?"

"……."

루이는 대답 대신 입매를 굳히고서 심각한 표정을 지었다. 꽤나 쇼크를 받은 듯한 루이의 얼굴을 보니, 확실히 기억 못 하는 게 맞았다.

그럼에도 짚고는 넘어가고 싶었다. 혹시나 그 일이 너무 신경 쓰여 각방을 쓰자는 게 아닌가 싶어서.

그런데, 아닌 모양이다.

"미안. 많이 무서웠겠다."

"조금요. 그래도 금방 그만둬서 아무 일 없었어요."

"……."

루이는 짙은 한숨을 끝으로 침묵을 지켰다. 래미 역시 별맛이 느껴지지 않는 토스트만 기계적으로 먹었고.

그녀는 알고 있었다. 어젯밤 루이가 침실에서 잠들지 않았다는 것을. 그제는 늦게 들어오고, 어제는 아예 들어오지 않더니, 오늘은 각방 선언을 한다.

처음 루나에 왔을 때에는 일할 때도 옆에 붙어서 떨어지질 않던 사람이 이제는 각방을 쓰자니.

게다가 수시로 껴안고 키스하고 들이대던 남자가 요즘은 손조차 제대로 잡아주지 않는다.

도대체 이 상황을 어떻게 받아들여야 할까.

당분간이라는 건 강치우와의 일을 해결할 때까지를 말하는 거겠지. 어차피 그 후면, 이런 기묘한 동거도 끝일 테니.

'이제, 아니, 벌써 나한테 싫증났어요?'

막장 드라마에서나 봤을 법한 대사가 목구멍을 넘어 혀끝까지 넘어오는 것을 간신히 삼켰다.

"근데, 나 지켜주려면 붙어 있어야 한다면서요."

대신, 그렇게 묻고 말았다.

"건물 전체에 결계를 강화했으니까 괜찮아."

"아. 그렇군요."

어쩐지 가슴에 돌덩이가 든 것처럼 갑갑함이 일었으나 래미는 겉보기만큼은 담백하게 고개를 끄덕였다.

"알았어요."

그날 저녁, 하루 종일 노트북을 들여다보며 뭐라도 하기 위해 애를 쓰던 래미는 이내 포기하고 말았다. 마음이 심란해서인지 뭘 해도 눈에 안 들어온다.

인희에게 전화를 걸어 지금 상황을 물어보고 싶은 마음이 굴뚝같았으나 그것만큼은 꾹 참았다.

그래 봤자, 길길이 날뛰며 당장 짐 싸서 나오라고 할 게 뻔했으니까.

"엘리자베스나 잘 있는지 보러 가자."

어제처럼 오늘도 물과 먹을 것을 두고 나오기도 했고, 방문도 살짝 열어
두었지만, 어쩌 하루 종일 너무 조용했다.

"아직 자고 있으려나. 전혀 기척이 안 나네."

노트북을 덮고서 래미는 방을 나섰다. 살짝 열어둔 복만의 방문을 조용
히 열던 래미의 눈이 동그랗게 떠졌다.

언제 일어났는지 상체를 일으켜 앉은 복만이 엘리자베스를 가만히 쓰다
듬고 있었기 때문이다.

래미의 얼굴이 정말, 간만에 화악 밝아졌다.

"복만 씨! 일어났구나! 정신이 좀 들어?"

외치다시피 말한 래미는 다급히 안으로 뛰어 들어갔다.

"언제 일어난 거야, 복만 씨. 아픈 데는 어때?"

"……"

기쁨이 잔뜩 묻은 래미의 질문에도 복만은 말없이 엘리자베스의 부드러
운 등만 쓰다듬고 있을 뿐이었다.

불길한 예감이 확 든다. 래미는 더 말 시키지 않고 가만히 엘리자베스에
게로 시선을 내렸다.

숨을 쉴 때마다 오르락내리락했던 작은 등이 유달리 평온하다. 그 이유
를 어렵지 않게 짐작한 래미는 뭐라 해줄 말이 없었다.

"……엘리자베스가 죽었어요."

공허함으로 깊게 물든 복만의 음성이 흘러나왔다.

"좋은 곳으로 갔을 거야."

"바보같이…… 거기서 여기까지 거리가 얼만데…… 이 아픈 몸을 하고

달려왔을까요. 여기까지 오지만 않았으면 이렇게 죽지도 않았을 텐데."

비교적 담담한 말투에 더욱 슬픔이 느껴진다. 래미는 가만히 복만의 어깨를 두드려 주었다.

"엘리자베스는 알았나 봐. 오늘 자신이 무지개다리를 건널 거라는 사실을. 그래서 마지막으로 복만 씨를 보기 위해 악착같이 왔을 거야. 좋은 마음으로 보내줘."

욱, 욱, 꾸역꾸역 슬픔을 누르는 소리가 들려왔다.

그녀 앞이라 참으려 애쓰는 모양이었다.

"복만 씨 일어났으니까 난 루이 씨 불러올게."

"······네."

그렁그렁 눈물이 맺히기 시작하는 복만을 두고 래미는 방을 나섰다.

그녀 역시 울컥해져 코끝이 시큰해진다. 코를 훌쩍이고 눈가를 손등으로 훔치며 래미는 아래층으로 향했다.

계단을 다 내려온 래미는 홀을 두리번거렸다. 루이가 보이지 않는 탓이다.

"홀에 없네. 지하에 갔나."

지하는 음침한데다 어쩐지 소름이 돋아 해가 진 뒤에는 영 가기가 꺼려진다. 지하에 강치우가 탐내는 보물이 있다는 걸 안 뒤로부터 어쩐지 더 그렇다.

어둠의 존재가 탐내는 물건이니, 분명 밝고 경쾌한 건 아닐 거란 생각에.

방으로 올라가 두고 온 핸드폰으로 전화를 걸어볼까 하는데, 저만치 응접 테이블에 놓인 루이의 휴대전화가 눈에 들어왔다.

"지하 강제 소환이네."

픽, 작게 웃음을 흘리고서 래미는 지하로 발걸음을 옮겼다.

"으, 확실히 여기는 정이 안 간다니까."

드문드문 불이 켜져 있는 어두운 지하로 내려간 래미는 미로 같은 책장 사이로 걸어갔다.

"루이 씨, 여기 있어요? 복만 씨가 일어났어요."

질문을 던졌지만 대답은 들려오지 않는다. 더 안쪽에 있나?

대낮이라도 귀신이 나와 덮칠 것 같은 곳을 혼자 걷고 있으니 그다지 겁이 없는 그녀라도 오싹해진다.

"루이 씨, 여기 없어요?"

여전히 잠잠하기만 하자, 래미는 결국 발걸음을 멈추었다. 혼자 끝까지 들어갔다가 다시 나올 생각을 하니 막막함이 밀려들었기 때문이다. 거기다 저 안쪽은 더욱 어둡고 을씨년스럽다.

"내가 겁이 나서 그런 건 아냐. 서가들이 너무 미로처럼 돼 있어서 길을 잃을까 봐 그런 거지."

꿀꺽 마른침을 삼키고서 래미는 몸을 돌렸다. 그리고 다시 왔던 길을 되돌아 나갔다.

루이가 지하에 있을 거라 믿고 왔을 때와 달리, 나갈 때는 걸음이 더욱 빨라진다.

"앗!"

너무 허겁지겁 걸음을 옮기던 탓일까, 발을 헛디딘 래미는 균형을 잃으며 커다랗게 휘청거렸다. 그녀는 한쪽 책장을 사정없이 들이박으며 그대로 바닥에 나뒹굴었다.

"어우, 씨. 진짜……."

조금 짜증스럽게 내뱉으며 몸을 일으킬 때였다. 흔들리는 책장, 제일 꼭 대기에 드문드문 꽂혀 있던 두꺼운 하드케이스의 책 하나가 곧장 래미의 머리 위로 떨어졌다.

퍽!

미처 보지 못해 그대로 가격 당한 래미는 비명조차 지르지 못한 채 정신을 잃고 말았다.

으으…….

래미는 신음을 흘리며 어렴풋이 눈을 떴다.

'으응…… 어떻게 된 거지? 아, 맞다. 지하에서 넘어졌는데.'

뭔가가 머리를 강타하는 느낌이 든 뒤로 아무것도 기억이 나지 않는다. 몸을 일으키려는데 손가락 하나도 까딱할 수가 없다.

'여긴 어디지? 아직 지하는 아니겠지?'

가물거리는 눈을 깜빡이여 시야를 확보하려는 순간이었다.

'헉!'

심장이 멎어버릴 것만 같은 충격에 비명이 입 안으로 삼켜졌다.

분명히 여자였다. 시야가 가물거려 정확한 모습은 알 수 없었지만, 웬 여자가 그녀를 내려다보고 있었다.

시야는 현실 같지 않고 가물가물했지만, 분명히 기다란 머리칼을 늘어뜨린 여자가 래미를 응시하는 중이었다.

'다, 당신 누구야?'

너무 놀란 탓인지 입 밖으로 말이 나오지 않는다.

여자의 생김새를 보려 했으나 도무지 제대로 확인할 수가 없다. 그럼에도 여자의 붉은 입술이 움직이는 것은 선명히 눈에 각인된다.

오……마……아…….

'뭐라고? 오마아? 그, 그게 뭐지?'

소리는 나지 않았지만, 분명히 입 모양은 그랬다.

오……마……아…….

다시 한 번 느릿하게 말한 여자가 갑자기 래미에게로 다가오기 시작했다. 그것도 마치 발바닥에 바퀴가 달린 것처럼 쭈욱.

'뭐, 뭐야? 다, 다가 오, 오, 오지 마! 나한테 왜 이래!'

목이 터져라 외치며 몸을 움직이려 했으나, 마치 가위에 눌린 것처럼, 래미는 손가락 하나 움직일 수 없었다.

그러는 사이, 여자의 얼굴이 확 눈앞으로 다가오는 찰나였다.

"오지 마! 저리 가!"

비명처럼 외친 래미는 번쩍 눈을 떴다.

"괜찮아? 정신이 좀 들어?"

익숙한 루이의 음성이 들려오고 침실의 천장이 시야에 들어왔다. 헉헉, 잠시 가쁜 숨을 몰아쉬던 래미는 이내 제정신을 차렸다.

"여, 여자는…… 으으."

벌떡 몸을 일으키던 래미는 통증으로 인해 다시 눕고 말았다.

"일어나지 말고 그대로 있어."

루이가 이불을 목까지 끌어올려 주었다.

"나, 어떻게 된 거예요?"

"지하에 쓰러져 있는 걸 내가 데려왔어."

"그럼, 여자는요?"

"무슨 여자?"

루이의 되물음에 래미는 한숨을 흘렸다. 기절한 동안 꾸었던 꿈인 모양이다. 헛것을 경험했거나.

"아니에요, 잠시 꿈을 꿨나 봐요."

하지만, 여자가 '오……마……아.'라고 입 모양으로 말하던 모습은 너무도 생생했다.

도대체 오마아가 무슨 뜻인지 궁금할 만큼. 아니, 여자가 하고 싶은 말이 오마아가 맞는지 다시 확인해 보고 싶을 만큼.

"지하에는 왜 내려간 거야."

"당신 찾으러 갔죠. 근데, 없는 것 같아서 돌아오다가 넘어지는 바람에 그렇게 됐어요. 아까는 어디 있었어요?"

"지하에."

"어, 근데 왜 불러도 대답 안 했어요?"

"안쪽에 있어서 못 들었나 봐."

나름 중간까지 들어가서 불렀는데, 안 들렸다니, 조금 의아했지만 래미는 이내 화제를 돌렸다.

"참, 복만 씨 일어났는데, 봤어요?"

"응. 더 기력이 약해지기 전에 깨서 다행이지. 엘리자베스 일은 안타깝지만."

"복만 씨는 어쩌고 있어요?"

"엘리자베스 데리고 주인한테 갔어. 알려야 한다고."

그렇게 말한 루이는 몸을 일으켰다.

"어디 가요?"

"너 먹일 약 가지러. 머리를 부딪쳤으니 그냥 두면 안 되거든."

"응. 빨리 와야 돼요."

말가니 바라보고 있는 래미에게로 손을 뻗던 루이가 이내, 흠칫 멈추었다. 미미하게 숨을 내쉰 그는 손을 거두어들이고서 몸을 돌렸다.

루이가 침실 밖으로 사라지자 래미는 작게 입술을 깨물었다. 적어도 얼굴은 한 번 쓰다듬어 주고 나갈 줄 알았는데 그냥 나가버렸다.

'정말 마음이 식고 있는 건가……'

타들어가는 래미의 심정을 알 리 없는 루이는 침실 밖으로 나오자마자 거칠게 숨을 들이켰다.

다친 연인을 한 번 안아주지도, 어루만져 주지도 못하는 처지라니.

"이렇게 한심할 데가."

절로 혀끝이 차지고 미간은 찌푸려진다.

그럼에도 그날이 지나갈 때까지는 무조건 그 스스로 조심하는 수밖에 없었다. 차갑게 굳은 얼굴로 나아가며 루이는 지하에서의 일을 떠올렸다.

래미가 정신을 잃고 있었던 그 시각, 루이는 아할리만의 심장을 불러낸 참이었다. 본성이 완전히 몸을 장악하는 그날을 늦추기 위해.

강치우의 문제를 해결한 뒤, 래미가 집으로 돌아간 뒤로 미루었으면 해서였다.

'당연히 그날을 늦출 수는 있다. 대신, 내게 내놓아야 할 대가가 크다. 뭐든 주겠느냐?'

'뭘 원하지?'

'네 그녀에 대한 너의 감정을 가져갈 것이다.'

그러니까, 래미를 향한 그의 마음을 앗아가겠다는 뜻이다.

'말도 안 돼. 그녀를 위해 이러는 건데, 그 마음을 가져가 버리면 아무 의미가 없지 않나. 다른 건 안 되겠어?'

'그게 싫으면 나머지 네 한쪽 눈을 다오.'

첩첩산중인 심장의 요구에 루이의 인상이 절로 구겨졌다.

'남은 한쪽 시력까지 가져가면 평생 앞을 보지 말고 살라는 건가?'

'늘 그렇듯 선택은 네 몫. 나는 강요하지 않는다.'

결국, 루이는 아할리만의 심장을 다시 봉하고서 나올 수밖에 없었다. 그날을 조금 뒤로 늦추는 것치고 대가가 너무 크고 잔인했다.

그러니, 어쩔 수 없었다. 무조건 그 스스로가 래미 앞에서 조심하고, 몸을 사리는 방법밖에는. 그러자면 최대한 떨어져 있는 게 최선이었다.

그래 봤자 한 지붕 아래겠지만, 래미가 곁에 없는 걸로도 충분히 감정을 다스릴 수가 있었다.

루이는 꺼질 듯 무거운 얼굴로 걸음을 옮겼다.

▷   ▷   ◆   ◁   ◁

머리에 충격을 받아서인지 래미는 잠을 푹 자고 일어났음에도 오전 내내 묵직했다.

병원에 가봐야 하는 게 아닌가 걱정했는데, 루이가 가져다주는 약을 꼬박꼬박 먹어서인지 오후 무렵이 되어서는 조금 개운해졌다.

그는 약을 가져다주면서도 기계처럼 딱딱하기 그지없다.

가져온 쓴 약을 다 먹을 때까지 묵묵히 기다리고 있다가 찻잔이 비워지면 그대로 들고 침실을 나가버린다.

그 묘한 차가움에 그녀의 심장은 오그라들 대로 오그라든다. 뒷목을 꾹꾹 누른 래미는 노트북 앞으로 향했다.

노트북을 켠 그녀는 인터넷 창을 띄우고서 초록색 테두리의 검색창에 몇 글자를 입력했다.

[남자친구가 변했어요.]

"헉."

딱 한 문장이었건만 어마어마한 검색 결과가 눈앞에 펼쳐졌다.

"와, 남자친구가 변한 사례가 많구나."

마른침을 꿀꺽 삼킨 래미는 블로그며, 카페 사연이며, 묻고 답하는 곳까지 무작위로 클릭해서 읽기 시작했다.

[남자친구랑 사귄 지 6개월째인데요, 좀 성격이 변했어요. 예전에는 안 그랬는데 화를 잘 내요. 특히 요즘 들어 별말 아닌데도 짜증내고 예민하게 굴어요. 왜 그런 건가요?]

[왜 그러긴. 님한테 싫증나서 그렇죠. 한마디로 님이 귀찮아진 거예요.]

"이건 아니네. 루이 씨 성격은 예나 지금이나 한결같이 무뚝뚝하니까. 패스."

[남자친구랑 70일 됐는데, 뭐든 해줄 것 같은 사람이 변했어요. 사람들 많은 횡단보도 중간에 서서 사랑해라고 열 번 외치는 걸 동영상으로 찍어서 보내 달랬는데, 쌍욕을 날리네요. 넘한 거 아니에요?]

"푸하. 네가 넘한 거 아니니? 미치지 않고서야 그 짓을 어떻게 하니? 날라차기가 아니라 쌍욕만 날아간 게 다행이구만."

[저는 남자친구와 사귄 지 1년째입니다. 동거한 지는 3개월 됐고요. 근데, 요 며칠 그 사람이 변한 것 같아서요. 스킨십이 확 줄었습니다.]

래미의 눈길이 유독 가는 글이었다.

이 커플에 비하면 사귀고 동거한 일수는 턱없이 부족했지만, 지금 그녀의 상황과 흡사하다고나 할까.

[처음에는 눈만 마주치면 침대로 직행했어요. 제가 싫다고 도망 다닐 정도였어요. 뽀뽀도 자주 하고, 껴안는 것도 수시로 했죠. 물론, 모두 다 남자친구의 주도로요. 근데, 며칠 전부터는 퇴근하고 집으로 와도 그냥 잠만 잡

니다. 껴안고 뽀뽀하는 거요? 일절 없어요.]

거기까지 읽은 래미는 다급히 숨을 들이마셨다.

"비, 비슷해, 나랑."

[그래요. 스킨십 하기 싫을 수도 있죠. 그런데요, 같이 마주 보고 밥 먹을 때는 저랑 눈도 잘 안 마주칩니다. 휴일 되면, 그 사람은 거실 소파에서 티브이 보고, 저는 안방 침대에서 티브이 봅니다. 바람을 피우는 건 아닌 것 같은데, 왜 이러는 걸까요? 제발, 남자분들 답변 부탁드려요. 어떤 마음이신 건지.]

사연을 끝까지 쭉 읽은 래미는 푹 호흡을 뱉어냈다.

"이거 내가 썼나? 언제 썼지?"

안방이니, 소파니 하는 건 달랐지만 상황이 닮아도 너무 닮았다.

"아니, 그래. 도대체 남자들은 왜 이러는 거야? 처음에는 성난 황소처럼 들이대더니, 이제는 손도 안 잡냐? 아니, 왜애?"

열이 훅 오르는 바람에 잠시 손부채질을 한 래미는 마음을 진정시켰다. 경건한 마음으로 남자들이 단 답글을 확인하기 위해.

래미는 조심스레 마우스 스크롤을 내리고서 답글을 입으로 읽었다.

"ㅋㅋ님은 그냥 잡아 놓은 물고기가 된 거임. 잡아 놓은 물고기한테 밥 주는 거 봤음? ……하, 뭐 이런 게 다 있어? 구석기 시대에서 왔나. 아직도 이딴 마인드를 가지고 있는 것들이 있네. 어항 속 물고기일수록 관리를 잘해야 오래오래 잘 사는 것도 게 답글은, 쯧."

이맛살을 구긴 채 래미는 다음 답글로 시선을 주었다.

[질문자님, 아무리 생각해도 남친 분께서 님한테 급 정떨어진 거 같은데요? 사귄 지 1년이고 동거 3개월 차면 아직, 꿀 떨어질 땐데 벌써 데면데면하다는 건, 분명 이유가 있을 겁니다. 질문자님, 혹시, 최근에 정떨어질

177

만한 행동한 거 없어요?]

"......3개월 차가 아직 꿀이 떨어질 때면 나는 꿀통에 뒹굴어야 할 땐데."

이마를 긁적인 래미는 잠시 허공을 응시하며 생각에 잠겼다.

"최근에 정떨어질 만한 짓을 한 게 있었나?"

머릿속을 조금씩 헤집을수록 그녀의 얼굴은 수척해져만 갔다.

아무 생각 없이 코를 탱 풀다가 눈이 마주친 적도 있고, 모닝 포옹을 한 뒤 씻으러 가보니 눈곱이 주렁주렁 달린 적도 있다.

손이 안 닿는 등이 너무 간지러워 벽에 대고 긁는 걸 보인 적도 있고, 밥 먹을 때 손가락에 묻은 양념을 쪽쪽 빨아먹은 적도 있었다.

"마, 망할. 너무 많아서 다 꼽을 수가 없어!"

으앙, 울먹이며 래미는 테이블로 엎어졌다.

"진짜 정이 떨어졌나? 그래서 루이 씨가 냉해진 건가?"

루이는 단 한 번도 그녀에게 그런 모습을 보여준 적이 없다. 항상 그는 완벽하고 반듯한 모습만 그녀에게 보여주었다.

만약, 루이가 그녀처럼 코를 풀고 밥 먹을 때 손가락을 쪽쪽 빨아 젖힌 다면…….

"음…… 난 상관없는데. 손가락도 무지 우아하게 빨고, 코도 멋있게 풀 것 같은데."

오히려 좀 그래줬으면 좋을 것 같았다. 그러면 더 인간미가 느껴질 것 같아서.

여느 사람들처럼 흐트러진 루이의 모습을 상상하니, 절로 입가에 미소가 걸린다. 너무 귀여울 것 같아서.

"나는 그렇지만, 루이 씨는 아닐 거라는 거지."

검색 전보다 훨씬 우울해졌는데 휴대전화가 울린다.

"앗, 어마마마."

래미는 근심을 지우고서 전화를 받았다.

"엄마."

—그래, 딸. 밥은 먹었니?

"점심은 벌써 해결했죠. 엄마는 드셨어요?"

—나도 벌써 해결했지. 시간이 몇 신데.

똑같은 질문과 대답을 해놓고 모녀는 피식 웃었다.

—딸, 이번 주말에 집에 좀 들러.

"예? 이번 주말에요?"

이번 주말이면 나흘 남았다. 복만도 이제 겨우 일어나서 조금 멀리 가는
건 무리일 텐데.

게다가 복만은 치우를 막을 수가 없다. 그러자면 루이가 이동을 해야 한
다는 뜻인데, 가줄까?

턱도 없겠지. 눈에서 꿀이 뚝뚝 떨어질 때도 복만을 보내는 사람인데,
지금은 더 안 가려 하겠지.

"음, 어, 엄마, 이번 주말은 좀 그래요."

—아니, 왜? 너 집에 안 온 지 꽤 됐잖아. 아빠도 보고 싶어 하시고. 아무
리 연애를 해도 그렇지. 집에는 한 번씩 들러야 할 거 아니냐.

"아, 아니에요. 그런 거."

—연애 때문이 아니면, 뭐? 어머, 딸램. 너 혹시 취직했니?

"그게, 네, 네."

일단은 그렇게 대답하고 말았다. 달리 핑계거리가 없으니까.

—어머, 어디? 어디에 취직했어? 언제?

"그냥, 알바해요."

―……또 알바?

나현의 음성이 한껏 가라앉았다.

사실, 치우의 공작이 아니라, 진짜 정식 계약을 했더라면 떳떳하게 글 쓰는 것을 밝혔을 것이다. 하지만, 그 꿈은 비참하고 처참하게 산산조각 나 버렸다.

―어디 알바? 또 편의점?

"네에. 그래서 당분간은 시간 내기가 좀 그래요."

―엄마가 생활비 넉넉히 주고 왔잖아. 천천히 똑바른 직장 알아보라고. 언제까지 알바만 전전할 건데. 너 곧 서른이야.

꽤나 속상한지 평소 잔소리라고는 거의 하지 않던 나현이 싫은 소리를 늘어놓았다. 래미는 작게 입술을 깨물었다.

"죄송해요. 알바하면서 알아보고 있어요."

―……그래 알았다. 아빠한테는 그렇게 말씀드릴게. 그래도 혹시나 주 말에 시간 되면 집으로 와.

"네. 그럴게요."

―밥 잘 챙겨 먹고. 옷 따뜻하게 입고 다니고. 그리고 기죽지 말고.

"피. 저 어디 가서 기는 안 죽잖아요."

나현이 바람 빠지는 웃음을 흘리고서 이내 전화를 끊었다. 휴대전화를 테이블에 내려놓은 래미는 물끄러미 노트북 화면을 보았다.

조금 전까지 심각하게 읽었던 사연들이 모두 부질없게 다가왔다.

"내가 지금 뭐 하고 있는 거야. 연애 걱정이나 하고 있고. 여기서 등 따 시고 배부른 게 끝이 아니잖아."

래미는 한숨을 내쉬고서 인터넷 화면을 모조리 닫았다. 대신, 눈이 시린

백색화면을 띄웠다.

저녁식사 시간이 되어, 주방으로 온 래미는 무언가를 준비하고 있는 복만을 보며 눈을 깜빡였다.

"오늘 저녁은 복만 씨가 하는 거야?"

"아, 고객님 오셨어요? 제 마음대로 먹고 싶은 스테이크로 구웠는데 괜찮죠?"

엘리자베스의 일은 가슴에 묻어둔 듯 복만의 얼굴은 밝았다.

"응. 나야 뭐든 좋지. 내일은 내가 차릴게."

"어우, 아닙니다. 이 주방은 제 거라고요. 제 영역이라서 주인님 외에는 노터치입니다."

하여튼 서글서글하면서도 은근 까다롭다니까. 작게 웃음을 흘린 래미는 주변을 쓰윽 훑었다.

"루이 씨는? 안 보이네?"

"아, 주인님께는 이따가 드신다고 고객님과 저랑 먼저 먹으라고 하시던데요?"

저도 모르게 래미의 얼굴이 일그러졌다.

"왜? 왜 이따가 먹는대? 한 번도 따로 먹은 적 없잖아. 시간 딱 정해놓고 규칙적으로 식사하는 사람이잖아."

"그, 글쎄요, 저, 저도 그건 잘……."

이제 밥도 같이 먹기 싫은 건가 싶어 서글픔이 확 밀려왔다.

"복만 씨, 나 잠깐만."

래미는 복만이 대꾸하기도 전에 주방을 나와 1층으로 향했다.

계단 중간쯤 내려오자 응접 테이블에 앉아 책을 읽고 있는 루이가 보였다. 래미는 최대한 감정을 자제하고서 루이에게로 다가갔다.

"루이 씨, 우리 얘기 좀 해요."

그녀가 맞은편 소파에 앉자 루이가 시선을 들었다.

"무슨 얘기."

"나, 이번 주말에 부모님 댁에 가야 해요."

루이가 펼쳐들고 있던 책을 테이블에 내려놓았다.

"다음에 가면 안 돼? 강치우 일 해결하고 나면……."

"언제 해결하는데요?"

뾰족한 래미의 반응에 놀란 듯 루이의 눈매가 조금 커졌다가 원래대로 되돌아왔다.

"음. 그동안은 복만이 아파서 찾아 나설 수가 없었어. 그리고 당분간은 안 돼."

"왜요?"

루이는 조금 곤란한 듯 잠시 아무 말도 하지 않다가 입을 열었다.

"당분간만. 며칠 남지 않았어."

"며칠 뒤면 강치우 그 사람이 어디 있는 줄 알아요?"

"찾으면 돼."

"못 찾으면요? 못 찾는 곳에 꼭꼭 숨어 있으면요?"

계속되는 날카로운 질문에 루이의 한쪽 눈썹이 휙 치켜 올라갔다. 붉은 입술에는 슬며시 노기가 어리고 눈동자에는 힘이 꾹 들어간다.

"내가 그놈 하나 못 찾을 것 같아?"

음성을 높이지는 않았으나 잘 벼린 칼처럼 루이의 모습은 날이 서 있다.

루이는 양쪽 관자놀이를 양 손가락으로 꾹 누르고서 래미를 바라보았다.

"대화 끝났으면 그만 올라가. 난 책 더 읽을 거니까."

그렇게 말하고서 루이는 다시 책을 펼쳐들었다. 무뚝뚝함을 넘어 꽤나 짜증스러운 말투에 래미는 흡, 숨을 들이켰다.

한 번도 보인 적 없는 모습.

인터넷에서 검색했던 '남자친구가 변했어요.' 사연들이 모조리 다 뇌리에 둥둥 떠다닌다.

죄다 그녀의 사연 같고, 상황 같다. 잠시, 루이를 응시하고 있던 래미는 이내 벌떡 일어났다.

"미안해요, 책 읽는데 방해해서."

그녀는 '나 화났어요.' 라는 걸 온몸으로 표출하며 빠르게 2층으로 향했다. 혹시나 잡아주지 않을까 했는데, 그는 끝까지 붙잡지 않았다.

래미가 완전히 2층으로 사라지고 나자 루이는 깊은숨을 들이마셨다. 책에 집중을 하려 했으나 도무지 그럴 수가 없다.

래미의 화난 얼굴이 허상처럼 눈앞을 둥둥 떠다닌다. 웃을 때도 그렇지만, 뾰로통할 때는 더 예쁘다.

저 예쁜 얼굴로 쏘아붙이고 가니, 심장이 드글드글 끓어오르고 이마에는 핏대가 솟는다.

당장 뛰어 올라가 안아버리고 싶어서.

"돌아버리겠네."

30

아침 일찍, 래미는 주방으로 향했다. 사각사각, 채소를 써는 듯한 소리가 난다. 입구로 가자 칼질을 하고 있는 복만의 뒷모습이 눈에 들어왔다.

"복만 씨 벌써 식사 준비하는 거야?"

복만이 슬쩍 고개를 돌려 빙긋 웃었다.

"넵! 오늘 아침 메뉴는 바게트 샌드위치와 신선한 샐러드입니다."

"……내 건 준비하지 않아도 된다는 말하려고 왔는데."

"앗, 이미 고객님 것까지 2인분을 다 준비했는데요?"

루이 것은 없다는 뜻이다.

"주인님은 오늘 아침도 같이 안 먹는대?"

"네. 생각 없다고 하십니다."

그녀의 표정이 설핏 굳었지만 이내 펴졌다.

"그럼, 먹어야겠다. 나까지 안 먹으면 복만 씨 혼자서 식사할 거 아냐."

"하하, 그렇죠. 잠시만 앉아 계세요. 채소만 접시에 담으면 돼요."

"응."

잠시 뒤, 복만과 래미는 식탁 앞에 마주 보고 앉았다.

그녀야말로 정말 먹을 생각이 없었지만, 복만의 정성을 생각해서라도 억지로 몇 입 먹었다. 그런 래미를 물끄러미 응시하던 복만이 말문을 열었다.

"고객님, 얼굴이 많이 어두우세요."

"응. 내 기분이 좀 그래."

무미건조하나 솔직한 대답에 복만이 살짝 고개를 옆으로 기울였다.

"왜 그러세요?"

"그냥. 여러모로 복잡해."

짤막하게 대답한 래미는 들고 있던 포크를 내려놓고서 복만과 시선을 맞추었다.

"복만 씨라면 하루 종일 여기에 갇혀 있다시피한데, 기분이 좋을 리가 있겠어? 나갈 수도 없고, 언제 나갈지 기약이 있는 것도 아닌데."

"……그렇죠. 답답하실 거예요."

"내가 여기 처박혀서 하는 일이라곤 컴퓨터 앞에 있는 거, 책 읽는 거, 가끔 부모님이나 친구랑 통화하는 거, 그리고 먹는 거. 그거밖에는 없어. 요즘은 꼭 새장에 갇힌 새가 된 기분이야."

"그, 그 정도셨군요."

복만이 안타까운 얼굴을 하니, 래미는 더욱 감정이 북받쳐 올랐다.

"평생, 여기서 한 발자국도 못 나가면 어쩌나, 혹시, 나갔다가 강치우에게 붙들려서 나쁜 일을 당하면 어쩌나. 혼자 방 안에 덩그러니 있다 보면, 별별 생각이 다 들어. 근데, 요즘, 그거보다 더 끔찍한 건 뭔 줄 알아?"

래미는 작게 한숨을 흘리고서 말을 이었다.

"마음이 변한 루이 씨와 한 지붕 아래 있는 거야."

"예에?"

"이미 나에 대한 애정이 차갑게 식어버린 남자의 집에서 동거라니, 생각만으로도 너무 잔인하지 않아? 정말, 어젯밤에는 당장 짐 싸서 나가고 싶은 심정이었어."

"고, 고객님, 그, 그게 무슨 말씀이신지……."

전혀 이해하지 못해 당황한 기색이 역력한 복만의 표정에 래미는 바람 빠지는 소리를 내며 웃고 말았다.

내가 지금 견공을 앞에다 두고 무슨 소리를 하는 거야?

"미안. 내가 괜히 머리 아픈 소리를 했네. 그냥, 잠시 복만 씨 앞에서 하소연 좀 했다고 생각해."

래미는 샐러드와 샌드위치가 반 이상 남은 접시를 들고 몸을 일으켰다.

"남은 건 잘 밀봉해서 냉장고에 뒀다가 이따 먹을게. 잘 먹었어, 복만 씨."

"저, 고객님."

"응?"

"제가 잘은 모르지만요, 절대 고객님께서 생각하시는 그런 게 아닐 거예요."

"응. 알았어."

어설픈 위로는 그다지 듣고 싶지 않아, 접시를 들고서 무덤덤하게 발을 옮기는데, 복만은 계속 말을 이었다.

"주인님께서 조금 예민해지실 때가 있어요. 지금이 딱 그 시기라서 그러실 거예요."

래미의 발이 멈칫했다. 그녀는 그대로 몸을 돌려 복만을 바라보았다.

"예민해지는 시기?"

"네. 아, 잠깐만요."

복만이 잠깐 동안 손가락을 꼽아가며, 중얼중얼 열심히 숫자를 세고서 시선을 들었다.

"딱 사흘 남았네요."

그러고 보니, 루이도 며칠 남지 않았다는 말을 했었다.

"무슨 뜻인지 자세히 말해 주면 안 될까?"

"그게 주인님께서 조금 달라지시는 날이 있어요. 그때가 되기 며칠 전부터 조금씩 예민해지시거든요."

"루이 씨가 달라진다고? 어떻게?"

"그게, 아주 흉포하고 잔인하게…… 어우."

실언을 했다 싶은지 복만이 퍼뜩 제 입을 틀어막았다.

하지만, 래미는 이미 들었다. 흉포하고 잔인하게 변한다고?

"아, 아무튼 고객님께서는 괜한 걱정 마시고 사흘만 기다려 보심이 어떨까요?"

"더 물어봤자 말 안 해줄 거지?"

복만은 양손으로 입을 틀어막고서 고개를 절레절레 내저어 보였다. 래미는 더 캐묻지 않고 걸음을 옮겼다.

▷　▷　◆　◁　◁

저택 한쪽 귀퉁이에 위치한 공간에는 식물원을 연상케 할 정도로 수많은 식물들이 가운데 통로를 제외한 양쪽으로 빼곡히 들어서 있었다.

해독이나 진통제 등의 역할을 하는 진귀한 약초부터, 밤의 음습함을 먹고 자라는 어둠의 식물까지, 희귀한 식물들로 가득한 곳이었다.

루이는 한가운데서 식물들의 상태를 확인하는 중이었다.

책의 글귀를 들여다보고 있어도 좀처럼 마음이 차분해지지 않아, 이곳으로 온 것이다.

오만가지의 독특한 향이 섞인 이곳에 있으니 그나마 안정이 된다.

"주인님, 여기 계셨네요."

복만의 음성이 뒤에서 들려왔다. 복잡하게 얽힌 약초의 향을 전혀 좋아하지 않는 복만이 심부름을 제외하고 제 발로 여기까지 오는 건 처음이었다.

의외의 등장에 루이는 한쪽 눈썹을 세우고서 시선을 주었다. 역시나, 미간이 주름으로 움푹 팰 정도로 인상을 쓰고 있는 복만이 시야에 들어왔다.

"왜."

복만이 저벅저벅 다가와 옆에 섰다.

"저기, 주인님, 제가 남자와 여자 문제는 잘 모르기도 하고, 또 이런 말씀을 드릴 주제는 아닌 걸 잘 압니다만, 그래도 꼭……."

"머리, 꼬리 빼고 본론만."

지질지질 늘어지는 말을 탁 자르자, 복만이 머리를 긁적이며 다시 입을 열었다.

"저, 그게, 고객님께서 굉장히 많이 힘들어하십니다."

단도직입적인 말에도 루이는 별다른 표정을 짓지 않았다.

"알아. 외출도 못 하고 답답하겠지."

"알고 계시면 고객님과 좀 더 시간을 함께 보내시는 게 어떨까요?"

"……."

루이는 대답 대신 몸을 돌려 다시 약초들을 살폈다.

지금 그가 가장 하고 싶은 게 바로 그거였다. 래미와 하루 종일 함께 있는 것.

바로 곁에서 래미의 예쁜 미소도 보고 싶고, 일하느라 집중하고 있는 모습도 보고 싶다.

잔뜩 흐트러진 머리로 잠에서 깨는 것도 보고 싶고, 뭔가 마음에 들지 않으면 눈을 흘기는 것도 보고 싶다.

물론, 절대 그것만으로 끝나지 않을 거라는 것.

"주인님께서 지금 조금 예민한 시기라는 건 저도 잘 압니다."

계속 대답 없이 약초만 살피는 루이의 입에서 한숨이 비집고 나왔다.

복만은 그저, 그날이 가까워지면 신경이 조금 날카로워지는 정도로만 알고 있으니 이러는 것도 이해가 갔다.

하지만, 자꾸 옆에서 긁으면 겨우겨우 억누르고 있는 감정이 폭발할지도 모를 일이었다.

"알았으니까, 그만 나가."

"제가 나가도 여기만 계실 거잖아요."

"말 안 듣지?"

"주인니임."

낮게 경고를 날렸음에도 계속 복만이 버팅기고 있자 참고 있는 화기가 스멀스멀 피어오르기 시작했다.

"계속 안 나가면……."

"고객님께서 죽고 싶다고 하십니다."

딱딱하게 흘러나온 복만의 말에 거짓말처럼 화기가 누그러졌다. 대신, 심장이 철렁 내려앉는다.

루이는 기계처럼, 그러나 완전히 표정을 굳힌 채로 복만에로 돌아섰다.

"너, 방금 뭐라고 했어?"

생각보다 훨씬 강렬한 반응에 복만이 순간적으로 움찔하며 반 발짝 뒤로 물러났다.

"고, 고객님께서 죽고 싶다는 말씀을 하셨다고 말씀드렸습니다."

"래미가 그랬다고?"

"네. 지금 고객님께서는 극심한 우울증에 빠져 계십니다. 스스로가 새장에 갇혀 있는 날개 잘린 새 같다고 하셨습니다."

복만이 조금 보탰지만, 그 사실을 알 리 없는 루이의 동공은 한없이 흔들렸다.

"그런데다가 주인님까지 냉랭하게 구시니, 정말, 죽어버리고 싶은 심정이라고 하셨습니다. 고객님께서는 주인님께서 마음이 변했다고 생각하십니다."

"내가…… 마음이 변했다고?"

"네에! 차라리 강치우에게 잡혀서 죽는 게 낫다고 당장 짐 싸들고 나가시겠답니다!"

복만의 외침에 루이는 숨이 멎는 것만 같았다.

래미는 창가에 서서 투명한 유리 창밖을 바라보는 중이었다. 두툼한 외투를 입고 지나가는 사람들을 보니, 확실히 겨울이 왔다는 것을 실감할 수 있었다.

여기는 마치 동떨어진 동화의 세계처럼 훈훈하기만 한데.

갑자기 무언가 가슴을 옥죄는 것 같은 답답함이 일었다.

찬바람을 쐬면 좀 나아지려나.

래미는 잠긴 것을 풀고서 창문을 활짝 열어젖혔다. 찬바람이 훅 안으로 몰아친다.

"음, 시원해."

그녀는 뒤꿈치를 들고 가만히 창틀에 엉덩이를 걸쳤다. 오소소, 금세 한기가 들었으나, 답답함은 한결 나아졌다.

조금 더 차가운 공기를 느끼고 싶어 완전히 발을 떼고서 창틀에 올라앉는 순간이었다.

어어?

억센 팔이 다급히 그녀의 허리를 휘감고서 안으로 끌어당긴다.

"이게 뭐하는 짓이야."

채 정신을 차릴 틈도 없이 무겁게 가라앉은 루이의 음성이 귀를 강타했다.

'뭐, 뭐지? 지금 이 상황은.'

영문을 몰라 눈을 깜빡인 래미는 고개를 들어 루이를 바라보았다. 공포에 질린 것처럼 완전히 창백해진 루이의 얼굴이 시야에 들어왔다.

여전히 그녀의 허리를 감고 있는 팔에는 잔뜩 힘이 들어가 있었다. 래미는 도대체 이 남자가 왜 이러는지 알 수가 없어 눈만 깜빡였다.

"왜. 그대로 뛰어내려 죽기라도 할 작정이었어?"

노기가 가득 실린 루이의 말에 래미는 그제야 상황을 파악했다.

그러니까, 창틀에 걸터앉는 모습을 보고 그녀가 뛰어내릴 거라 단단히 오해를 한 모양이었다.

'아니, 도대체 왜?'

기가 막히기도 잠시, 래미는 분명히 깨달았다. 이유는 모르겠지만, 왕건이 하나가 얻어걸렸다는 것을.

래미는 아니라고 부정하는 대신 새치름하게 시선을 깔았다.

"놔 줘요. 책이나 읽지 여긴 왜 왔……."

말끝을 채 맺지 못하고 래미는 작게 숨을 들이켰다. 루이가 허리를 감고 있는 그대로 그녀를 품으로 끌어당겼기 때문이다.

두근, 두근.

루이의 심장 소리가 안겨 있는 그녀에게로 고스란히 전달되었다.

숨이 막힐 정도로 거세게 그녀를 껴안고 있던 루이가 이내 작은 어깨를 밀어냈다.

짧은 포옹의 여운을 채 느끼기도 전에 루이는 뒤로 한 발짝 물러나 그녀와 거리를 두었다.

형언할 수 없이 많은 감정을 담고 있는 루이의 눈동자와, 마찬가지로 복잡한 래미의 시선이 얽혔다.

"앞으로 사흘 동안 난 너와 계속 거리를 둘 수밖에 없어."

복만과 똑같이 사흘을 언급했다. 정말로 뭔가 예민한 시기라 그녀를 멀리해야만 하는 이유가 있는 모양이다.

그렇게 생각하니 조금이나마 마음의 위안을 얻는다.

"내가 싫어져서 그런 거면 그렇다고 해요."

그럼에도, 이유조차 모른 채 냉대를 받는 줄 알고 홀로 속상했던 게 억울해 그렇게 말하고 말았다.

루이의 눈썹이 휙 치켜 올라갔다.

"지금 내가 얼마나 너를 안고 싶은지 알면 절대 그렇게 말 못 할 텐데."

노골적인 표현에 래미의 얼굴이 확 달아올랐다. 그녀는 발갛게 물든 얼굴로 그를 째려보았다.

"왜 거리를 둬야 하는 건데요."

"……."

"이유까지 말해 주지는 못하더라도, 나와 거리를 둘 거라는 거 정도는 말해 줘야 하는 거잖아요."

"그런 거 구구절절 말하는 거 웃기잖아. 내 마음은 변함없는데."

"말 안 하는데 당신 마음이 변했는지 안 변했는지 내가 어떻게 알아요. 며칠 동안 얼마나 서운했는지 알아요?"

루이의 입가에 쓴웃음이 걸렸다.

"미안. 앞으로 안 그럴게."

잠깐의 대화로 그간의 서운함이 허물어진다.

래미는 여전히 달아 있는 얼굴에 부채질을 하고서 물끄러미 루이를 응시했다.

"사흘 뒤면 루이 씨, 원래대로 돌아와요?"

사흘 뒤면, 귀찮을 정도로 내 주변만 맴돌고, 애정이 듬뿍 담긴 눈으로 날 바라봐 주는 당신으로 돌아와요?

그동안 착잡했던 그녀의 심경이 고스란히 담긴 질문이었다. 이미 대답은 알고 있지만 확인하고 싶었다.

"응."

그제야 래미의 마음속에는 안도감이라는 단어가 새겨졌다. 그녀의 얼굴이 확연히 펴지자 루이의 얼굴도 기분 좋게 풀어진다.

"사흘 뒤에 집으로 데려다줄게."

순간, 래미는 자신의 귀를 의심했다.

"방금 뭐라고 했어요?"

"주말에 집에 가야 한다면서."

조금도 생각지 못한 말에 래미의 마음이 커다랗게 요동을 쳤다.

"강치우 그 사람 일이 해결되면 가라고 했잖아요. 가도 되는 거예요?"

"내가 같이 갈 거니까 괜찮아."

믿을 수가 없어 래미의 입이 벌어졌다. 잠시 동안 멍하니 그를 바라보던 래미가 표정을 추슬렀다.

"억지로 그럴 필요 없어요. 어차피 사흘 뒤면 주말 지날 테고, 낮에 나가는 거 끔찍하다고 했잖아요."

"새장에 갇혀 있는 날개 잘린 새가 된 기분이라면서. 답답해서 죽어버린다는데 내가 그걸 어떻게 두고 봐."

씁쓸한 루이의 대꾸에 래미의 뇌리에 섬광이 스쳤다. 이제야 루이가 갑자기 여기까지 달려온 이유가 짐작이 되었다.

복만, 그 이름도 위대한 복만 덕분인 것이다. 식사 도중, 그녀가 했던 말을 루이에게 고한 것이다. 그것도 양념을 제대로 첨가해서.

그렇다고 하더라도 창문에 걸터앉는 타이밍까지 딱딱 맞아떨어질 줄이야.

"정말, 가도 괜찮겠어요? 힘들 것 같으면 무리하지 마요."

"네가 잘못되는 게 훨씬 힘들어."

갑자기 루이의 인상이 확 구겨졌다.

"그러니까, 다시는 그러지 마. 정말 심장 떨어지는 줄 알았으니까."

"응, 안 그럴게요."

잔뜩 감동한 얼굴로 고개를 끄덕인 래미가 조심스레 한 발짝 내밀어 루이에게로 다가갔다.

그의 눈썹이 흠칫, 경직되었다.

"루이 씨, 나 한 번만 안아보면……."

그녀의 말이 채 끝나기도 전에 루이의 모습이 자취를 감추었다.

"뭐, 뭐야."

민망함에 잠시 동안 헛기침을 하고 있는데 똑똑, 노크소리가 울렸다.

"복만 씨?"

"네, 접니다. 방금 주인님께서 전하시라는 말씀이 있어서요."

"루이 씨가? 어, 들어와."

복만이 문을 열고 모습을 보이자 래미는 엄지를 척 들어 보였다.

"복만 씨, 고마워. 복만 씨 아니었으면 계속 오해만 하고 있었을 거야."

"뭘요."

싱글거리며 어깨를 으쓱한 복만이 이내 고개를 꼿꼿이 들고서 얼굴을 무표정하게 만들었다. 마치, 루이 흉내를 내듯.

"사흘 뒤에 원 없이 안아줄 테니, 각오해."

래미가 입술을 턱 벌리자 복만이 다시 씨익 웃었다.

"라고 전해달라십니다."

하루하루가 더디게 지나가고 딱 사흘째가 되었다. 루이가 함께 식사를 하지 않아도, 이제는 하루에 한 번 마주치는 게 힘들어도 래미는 괜찮았다.

어차피 오늘만 지나면 루이가 원래대로 돌아올 테니까. 아니다. 그녀를 위해 바깥 외출도 불사한다고 했으니 조금 더 발전을 했다고 해야 하나.

루이가 그녀를 찾은 건 오후 무렵이었다. 평소와 같은 짧은 머리에 단정한 차림이 아닌, 은발에 가운 차림이었다.

게다가 그는 한껏 날카롭고 예민한 모습이었다.

"거기서 다가오지 말고 내 말 들어."

차갑게 가라앉은 표정으로 경고하는 바람에, 테이블 앞에 있던 래미는 오히려 뒤로 물러나 벽에 등을 대고 섰다.

"말해요."

"지금부터 난 지하로 갈 거야. 내일, 내가 돌아올 때까지 이 방에서 절대 나오지 마."

"알았어요. 그렇게 할게요."

이유도 모르는 데다, 뭔지 모를 섬뜩한 느낌이 들었지만 래미는 토 달지 않고 고개를 끄덕였다.

"그럴 일은 없겠지만, 만약을 대비해서 복만이 여기로 올 거야. 복만과 함께 있어."

"그럴게요."

이번에도 래미는 순순히 대답하고서 조심스레 말을 이었다.

"루이 씨, 괜찮은 거죠?"

"괜찮을 거야."

그렇게 대답한 그는 날카롭게 번뜩이는 눈으로 그녀를 응시했다.

겉보기만큼은 차갑기 그지없는 그 모습이 왜 이렇게 외롭게 느껴지는 걸까. 래미는 그에게 다가가고 싶은 것을 겨우 억눌렀다.

"내일 봐."

"응. 그래요."

그 말을 끝으로 루이는 방에서 사라졌다.

혼자 남게 된 래미는 가만히 얼굴을 쓸었다. 자세한 상황을 모르니, 괜스레 긴장이 되고 신경이 쓰였지만 애써 생각을 털어버렸다.

"오늘만 지나면 된다고 하잖아. 금방 지나갈 거야, 금방."

그렇게 되뇌었지만 이상하게도 심장은 터질 듯이 두근거린다.

▷　▷　◆　◁　◁

치우는 한 손에 카트기를 붙잡은 채 무빙워크를 타고서 지하의 식품매장으로 내려가는 중이었다.

토요일이라 유독 북적이는 사람들 틈에서 치우는 몰래 나현의 뒤를 따르고 있었다.

사실, 래미가 가현의 조카라는 것을 알게 된 후부터, 그는 여러모로 복잡한 심경을 겪고 있었다.

죽은 가현의 복수가, 살아 있는 래미의 장벽에 부딪쳐 갑갑해진 상황이랄까.

가여운 가현의 영혼을 달래자니, 래미 쪽이 너무 걸리는 탓이다.

복수에 성공해서 래미에게 피눈물을 흘리게 만들면 과연 가현이 기뻐할까.

그놈의 연인이 왜 하필 가현의 조카인 건지, 우연인지 필연인지 모를 기막힌 인연이 원망스러울 뿐이었다.

나현을 뒤따라 지하 매장을 어슬렁거리던 치우는 속력을 내 바로 곁으로 다가가 조금 세게 카트를 부딪쳤다.

"아, 죄송합니다."

"괜찮…… 어머, 원후 씨?"

무심결에 대답하던 나현이 치우를 알아보고서 눈을 동그랗게 떴다. 원후는 그날, 나현과 차를 마시면서 둘러댔던 이름이다.

"어, 안녕하세요. 여기서 또 뵙네요?"

"어머, 그러게요. 여기까지는 어쩐 일이에요?"

"이 근처로 집을 옮겼는데, 몇 가지 살 게 있어서요. 사실, 처음 뵙던 날, 이사할 집을 보러 다니던 참이었거든요."

"그랬구나. 다시 보니까 너무 반갑네요."

"네, 저도요. 안면 있는 분들이 없어서 쓸쓸하던 참이었거든요."

치우는 한껏 반가워하는 나현과 함께 자연스레 카트를 밀며 매장 안을 둘러보게 되었다.

"물건을 많이 사시네요? 두 분 외에도 가족이 많으신가 봐요."

일부러 치우는 그렇게 물었다. 만약, 적게 샀으면 반대로 물었을 것이고.

나현이 포장된 건어물들을 골라 카트에 담으며 대답했다.

"아니에요. 지금 같이 사는 식구라고 해봤자, 우리 바깥양반과 나밖에 없어요. 아들은 군대서 나라 지키고 있고, 딸은 서울 집에서 지내고 있고요. 밑반찬들 만들어서 딸 주려고 장을 넉넉하게 보는 거예요."

"아, 그러시구나. 자주 찾아뵙고 그러나 봐요?"

"어이구, 찾아뵙긴요. 말도 말아요. 요즘, 우리 딸 얼굴 보기가 대통령 보기보다 더 힘들어요. 며칠 전에도 오늘 즈음 왔으면 싶어서 전화했더니 일 때문에 바쁘다고 못 온다네요."

나현의 대답에 치우의 눈썹이 절로 꿈틀 움직임을 만들어냈다. 바쁠 리 없는 래미가 집으로도 못 오는 건 전적으로 그의 책임이었다.

외출 한번 잘못 했다가 독에 몸이 마비되고 납치까지 당하는 끔찍한 일을 겪었는데, 쉽사리 바깥으로 나올 리가 있겠는가.

그래서 더 일이 복잡하게 꼬여버렸다. 일단은 래미를 그놈과 떼어 놓아야 하는데 그게 쉽지 않다는 것이다.

"요새 사람들이 워낙 바쁘게 지낸다고 하니까요. 근데, 따님이 못 온다는데 그렇게 많이 사셔도 됩니까?"

"만들어서 택배로 보내든가 해야죠. 요새 진공포장기가 잘 나와서 마른 것 위주로 해서 보내면 되거든요."

"고생하시네요."

"고생은요. 이렇게라도 해야 안심이 좀 되죠. 혼자 사는데 밥이나 제대로 챙겨 먹겠어요? 그래도 냉장고에 반찬이 있으면 밥만 금방 해서 먹어도 되니, 챙겨 먹지 않을까 싶네요. 죄다 마른 것들이라 그게 좀 걸리긴 하지만요."

그러고서 나현이 푸념처럼 말을 이었다.

"가까이 살면 후딱 가서 저 좋아하는 찌개도 만들어 놓고 오겠는데."

순간, 치우의 머릿속이 번뜩였다.

"그렇게 걱정되시면 한번 다녀오시지 그러세요?"

나현이 치우를 보며, 조금 어이없는 웃음을 흘렸다.

"늘 그러고 싶죠. 딸래미 얼굴도 보고 싶고. 근데, 재료다 뭐다 장보려면 차를 끌고 가야 하잖아요. 나이를 먹어서 그런가, 요새는 한 시간만 운전해도 피곤해 죽겠더라고요. 왕복을 해야 하는데, 한번 가려면 큰마음 먹고 가야죠."

"그럼, 저 서울 갈 때 같이 가실래요? 제가 태워드릴게요."

"네?"

나현이 놀란 표정으로 눈을 깜빡이다가 이내 손을 내저었다.

"아유, 아니에요. 말만으로도 고맙네요."

"말로만 드리는 말씀 아닌데. 혼자 운전하는 거 참 심심하거든요. 며칠 내로 가야 할 것 같거든요."

당장 내일 간다고 하면 거절할 게 뻔했기에, 며칠이라는 말미를 두었다.

"고마워요. 생각해 볼게요."

예의상 하는 말임이 분명했기에 치우는 슬쩍 미끼를 던졌다.

"서울 같이 가시게 되면, 아버지 젊었을 때 얘기 좀 해주세요. 늘 제 앞에서는 무게만 잡는 분이셔서 젊은 시절이 궁금했거든요."

물끄러미 치우를 응시하던 나현이 입가에 잔잔한 미소를 머금었다.

"무게는 안 잡으셨지만, 굉장히 좋은 분이셨어요. 따뜻하시고, 어린아이들을 좋아하시는."

진심이 묻어 있는 나현의 음성에 치우는 조금 뭉클해지는 것을 꾹 눌렀다.

나현이 갑자기 작게 웃음을 터트렸다.

"왜 웃으십니까?"

치우의 물음에도 조금 더 혼자 큭큭대던 나현이 여전히 웃음기가 묻은 얼굴로 대답했다.

"아니, 부친께서 덩치가 크셨잖아요."

"그렇죠. 저만하셨으니."

"세상에 덩치가 산만 한 양반이 개를 얼마나 무서워했다고요. 우리 집 마당에 키우던 개가 있었거든요. 한 살인가, 두 살쯤 됐으려나. 아무튼 그 개가 무서워서 집에 볼일 보러도 제대로 못 오셨지 뭐예요."

아아. 생각나버렸다. 당시, 한옥이었던 가현의 집 마당에 키우던 그 백구 자식.

사실, 무서워서가 아니라, 그가 갔다 하면 어찌나 짖어대고 잡아먹으려 들던지 시끄러워서 못 갔다.

그래서 대충 무섭다는 핑계를 댔는데, 아직 기억하고 있을 줄이야.

"하하. 그러셨군요."

"하긴. 복만이 그 녀석이 아저씨만 봤다 하면 그렇게 짖어댔으니 무서울 만도 하셨을 거예요."

이어진 나현의 말에 치우는 순간적으로 뒤통수를 가격 당한 것처럼 머리에 불꽃이 번쩍 일었다.

맞다, 복만! 그때 그 발칙한 백구 녀석 이름이 복만이었다.

루이 그놈 애완견 이름이 복만이라는 것을 들었을 때 왜 그렇게 익숙한 느낌이 들었나 했는데, 동명이라 그랬던 모양이다.

어쩐지 묘하게 신경 쓰이는 녀석이었는데. 이름이 같아서 그랬나 보다.

그러고 보니 그놈 애완견도 백구였다. 치우의 기분이 묘해졌다.

'에이, 아니겠지. 그놈이 그 개를 거두었을 리가 없지. 이름이 같은 건 우연의 일치겠지.'

복잡한 마음을 숨기며 조금 더 나현과 걷던 치우는 카트기를 슬쩍 다른 방향으로 틀었다.

"저, 나머지 살 것들이 다 위에 있어서 전 이만 1층으로 가봐야 할 것 같은데요?"

"아, 그래요. 그럼, 얼른 가봐요. 덕분에 오늘 즐겁게 장봤네요."

"저도 즐거웠습니다. 서울 가는 날짜 잡히면 연락드릴게요. 먼젓번에 받았던 그 번호로 하면 되죠?"

"네, 그래요."

나현에게 허리를 굽혀 정중히 인사를 하고서 치우는 발걸음을 옮겼다.

"그래. 그럴 리가 없지. 그 피도 눈물도 없는 놈이 왜 그 백구를 거두겠어?"

고개를 절레절레 저어 결론을 내린 치우는 커다랗게 숨을 들이켰다.

"음, 정신지배를 하지 않고 사람을 설득하려니 무지 힘드네."

그래도 기필코 나현과 함께 서울로 가 래미를 그곳에서 **빼내올** 작정이었다. 어머니가 집에 온다는데도 루나에 버티고 있지는 않을 것이기에.

긴 머리를 늘어뜨린 여자가 물끄러미 래미를 응시하고 있었다.

먼젓번 그 여자다!

'다, 당신 누구야?'

이번에도 입 밖으로 소리가 튀어나가지 않는다. 얼굴을 보려 했으나 역시나 가물가물 흐릿하기만 하다. 머리카락이 길고 확실히 여자라는 것 외에는 알 수가 없다.

그녀가 가만히 입술을 움직인다.

오……마……아…….

그때와 똑같은 입모양.

'도대체 오마아가 뭐야? 말을 하려거든 제대로 하라고!'

오……마……아…….

여자는 계속해서 같은 말만 되풀이할 뿐이었다.

답답함에 소리라도 치고 싶었지만 그녀 역시 육성으로 뱉어지지가 않았다.

그리고 그 순간이었다. 창백해 보이는 여자의 얼굴이 커다랗게 확대되어 보인 것은.

오……마……아……. 라고 간절히 말하고 있는 여자의 얼굴이 확실히 래미의 눈에 인식되었다.

갸름한 턱선, 여성스럽고 커다란 눈과 반듯한 콧날 그리고 자그마한 입술.

그 얼굴은 바로…….

"이……모?"

입 밖으로 말을 뱉어내며 래미는 번쩍 눈을 떴다.

"고객님, 꿈꾸셨어요?"

복만의 목소리가 날아들어서야 래미는 자신이 깜빡 졸았다는 것을, 그리고 먼젓번과 동일한 꿈을 꾸었다는 사실을 인식했다.

더불어 이상한 말만 되풀이하는 그 여자가 어쩐지, 어릴 적 사진으로만 보았던 이모와 닮았다는 것도.

침대에서 몸을 일으킨 래미는 창가 테이블 앞에 앉아 뭔가를 하고 있는 복만을 응시했다.

"복만 씨, 나 언제 잠든 거야?"

"음, 30분 정도 주무신 것 같아요."

래미는 머리맡에 두었던 휴대전화를 집어 들고 시간을 확인했다.

밤 9시를 조금 넘기고 있었다. 아직은 나현이 잠자리에 들지 않았을 시간이었다. 래미는 곧바로 어머니에게 전화를 걸었다.

―응, 딸. 이 시간에 어쩐 일이야?

"아직 안 주무셨죠?"

―얘는 지금이 몇 신데 벌써. 드라마 보고 자야지. 참, 엄마가 며칠 내로 올라갈까 하는데.

갑작스런 말에 래미는 심장이 털렁 내려앉았다.

"네? 갑자기 왜 그러세요?"

―아니, 너 밑반찬 안 만들어준 지도 꽤 됐고…….

"아니에요!"

다급히 외친 래미는 퍼뜩 마음을 가다듬었다.

"저 집에서 밥 잘 안 먹어요. 알바하고 일자리 알아보고 하다 보면 시간 없어서 밖에서 먹어요. 그게 편하고요."

─얘, 그래도 밥은 집에서 먹어야지.

"나중에요. 시간 되면 제가 해달라고 말씀드릴게요. 지금은 만들어주셔도 먹기 힘들어요."

─그래? 그럼, 밑반찬 만들어서 택배로 보내는 것도 말아야겠네?

"네. 그것도 나중에요."

─그래, 알았다. 참, 왜 전화했니?

식은땀을 닦으며 래미는 본론으로 들어갔다.

"엄마, 이모 사진 있죠?"

─이모 사진? 갑자기 그건 왜?

"이모 사진 잘 나온 걸로 폰으로 찍어서 전송해 주시면 안 돼요?"

─지금?

"네, 지금요."

지금 확인하지 않으면 꿈속의 그 여자 얼굴을 잊어버릴지도 몰랐다.

"이모 사진들 중에서 제일 잘 나온 걸로 한 장만 찍어서 보내주세요. 갑자기 이모 얼굴이 전혀 기억 안 나서요."

─얘도 원. 한밤중에 전화해서는 엄마 사진도 아니고 이모 사진을. 그래, 알았다. 금방 찍어서 보내줄게.

"네, 엄마."

나현과 통화를 끝내고서 래미는 퍼뜩 복만을 바라보았다.

"복만 씨."

"네?"

"내가 지금 무슨 말을 하는 건지 한번 알아맞혀 볼래?"

영문을 모른 복만이 조금 얼떨떨한 표정으로 고개를 끄덕이자 래미는 입술을 움직였다.

오, 마, 아.

"엥? 그게 뭐예요? 다시 한 번만 더요."

"알았어. 천천히 반복해 볼게."

래미는 몇 번, 느릿하게 오마아를 반복해서 보여주었다.

"음…… 도마아? 도마아가 뭔가요?"

"어? 복만 씨는 오가 아니라 도로 보여?"

"아, 오자였어요? 저는 도자로 보였거든요."

"그래? 오마아, 도마아, 도마아……."

순간, 래미의 머릿속에 한 줄기 섬광이 번쩍였다.

"도망가?"

"그러고 보니, 도망가와 입모양이 비슷한 것도 같은데요?"

복만까지 보태니 어쩐지 소름이 오싹 돋아 팔을 문지르는데, 띵똥, 소리
가 울렸다.

[이모 단독 사진을 보내려다가 엄마 어릴 때가 너무 예뻐서 같이 찍은 걸
로 보낸다.]

메시지를 먼저 보낸 나현이 이내 사진을 전송해 왔다.

사진을 클릭해서 확대한 래미의 손이 그대로 굳어버렸다.

그녀의 눈에 가득 들어온 것은 이모와 나현 그리고 믿을 수 없게도 강치
우가 함께 찍힌 사진이었다.

31

이게 뭐지? 왜 강치우가…….

래미는 잠시 머릿속이 텅 빈 것처럼 아무런 사고도 할 수가 없었다.

도대체 어떻게 몇십 년 전, 어머니 어릴 적 사진에 강치우가 지금과 똑같은 모습으로 찍혀 있는지, 눈으로 보면서도 믿기가 힘들었다.

아니다. 사실, 처음부터 루이나 치우처럼 특별한 능력을 가진 존재들이 그녀와 비슷한 또래일 거라고는 생각지 않았다. 어렴풋이 오래 살아온 게 아닐까 짐작은 하고 있었다.

지금은 강치우와 이모 그리고 어머니가 어떻게 아는 사이인 건지 그게 훨씬 더 충격이었다.

뚫어질 듯 사진만 응시하던 래미는 다급히 어머니에게로 전화를 걸었다.

—사진 제대로 도착했니?

"엄마, 이 남자 누구예요. 누군데 엄마와 이모랑 같이 사진을 찍었어요?"

─아아, 잘생겼지? 엄마 어릴 적에 친하게 지냈던 분이야. 이모와 같은 학교 선생님이셨어.

"이모와 같은 학교 선생님이었다고요? 이, 이름이 뭐예요?"

어쩌면 그냥, 닮은 사람일 수도 있고, 다른 이름을 썼을 수도 있지만, 래미는 확인해 보고 싶었다.

─응. 성이 강 씨고, 치자, 우자 쓰셨는데 엄마가 치우 아저씨라고 불렀어.

맙소사. 확실히 강치우가 맞는 모양이다.

─왜, 훤칠하니 잘생긴 사람을 보니 이름도 막 궁금해지고 그런가 보네.

"친하게 지내는 사이셨어요?"

─그럼. 이모와 아주 친하게 지내셨지. 나도 되게 예뻐하셨고.

뇌리를 스치는 생각에 그녀의 눈이 번쩍 떠졌다.

"이모와 친했다고요? 혹시 이모가 짝사랑했다던 상대가 이 사람이었어요?"

─아니. 그건 아니고. 그분이 이모를 좋아했던 건 맞아. 근데, 이모가 좋아했던 상대는 아니야.

강치우는 이모를 좋아했고, 이모는 다른 사람을 짝사랑했고. 지금 그 강치우는 자신이 사랑하는 남자, 루이와 완전히 원수지간이다.

하…… 어떻게 이런 인연이 다 있을 수가 있지?

"어떤 사람이었어요?"

─어떤 사람? 아주 좋은 사람.

"아주 좋은 사람이라고요?"

너무 기가 막혀 절로 음성이 커진다.

─왜, 못 믿겠는 것처럼 언성을 높여? 만난 적도 없으면서?

"아, 아니, 생긴 게 좀 얍삽해 보이잖아요."

─음. 하긴, 생긴 것만 보면 날카롭긴 하지. 근데, 그분은 생긴 것과는 완전히 딴판이었어. 어린아이를 좋아했고, 큰 체구에 맞지 않게 마음도 많이 여렸어. 지나가는 개미 한 마리도 못 죽이는 사람이었거든.

래미의 입이 점점 벌어졌다.

개미 한 마리도 못 죽일 정도로 좋은 사람이, 계략 써서 사람 등신으로 만들고 독 써서 납치하고 그런단 말이에요?

내 남자친구 전 여자 죽이고, 이번에는 나까지 해칠지 몰라서 외출도 못하게 됐는데, 그 인간이 좋은 사람이라고요?

래미는 혀끝에 맴도는 말을 간신히 삼키고서 마음을 진정시켰다.

"이 사람은 어떻게 됐어요? 이모 좋아했다면서요."

─네 이모가 갑자기 그렇게 된 뒤로 식구들 모두 정신이 없어서. 다른 곳으로 전근을 갔던가 그랬을 거야.

"그 뒤로 못 보셨다는 거네요."

─그런데 신기한 게 얼마 전에…… 어머, 얘. 드라마 시작한다. 자세한 건 나중에 얼굴 보면서 얘기하자. 이만 끊는다.

"네, 나중에 전화 드릴게요."

말을 다 끝내기도 전에 나현이 전화를 끊었다. 멍하니 허공을 응시하던 래미는 이내 다시 사진을 켰다.

잔뜩 혼란스러운 눈으로 사진 속 치우를 응시하던 래미는 제일 왼쪽, 가현에게로 시선을 옮겼다.

한참 동안 가현을 바라보고서야 래미는 확신할 수 있었다. 꿈속의 그 여자가 이모와 거의 흡사하다는 것을.

오마아, 아니, 도망가라니. 한 번도 본 적 없는 이모가 꿈에 나와 도망가라니. 그냥 개꿈으로 치부해 버리기에는 너무도 생생하고 소름끼친다.

하지만, 지금은 현실도 아닌 꿈이 문제가 아니었다. 저 밑바닥에 처박아 두었던 궁금증이 다시금 치고 올라온다.

루이와 치우 두 사람은 언제부터 원수지간이 되었을까.

그 시발점은 과연 누구였는지.

루이의 연인을 처참히 죽일 정도로 치우가 분노한 이유는 무엇이었는지.

래미는 휴대전화를 내려놓고서 복만에게로 시선을 주었다.

"복만 씨는 언제부터 루이 씨 곁에서 지낸 거야?"

뜻밖의 질문에 복만이 눈을 몇 번 깜빡이고는 대답했다.

"음…… 40년쯤 됐을걸요?"

곧장 튀어나온 대답에 래미는 머리에 쥐가 나는 듯했다.

"4, 40년이라고?"

"네. 아닌가, 몇 년 덜됐나? 아무튼 거의 그 정도 됐을 거예요."

래미는 저도 모르게 벌어진 입술을 추슬렀다.

하긴. 흑마법이 난무하고, 개를 사람으로도 만드는데, 40년 동안 같이 있었던 게 뭐가 대수라고.

"그럼, 40년 전에 일어났던 주인님의 일은 잘 모르겠네……요?"

"그렇죠. 그전의 일은 저도 잘 모릅니다."

음, 강치우와의 악연이 어떻게 시작되었는지 복만은 모를 수도 있다는 뜻이다.

"저기, 그럼, 있잖아……요."

"그냥. 하던 대로 하시죠?"

"나보다 훨씬 더 살았는데 말을 놓으려니 어색해서 그렇지."

"액면은 제가 더 어리니 괜찮습니다."

작게 헛기침을 한 래미는 다시 질문을 던졌다.

"저…… 그분 말이야. 언제 돌아가신 거야?"

"예? 그분이면…….."

복만이 이내 굳은 표정이 되었지만, 래미는 밀어붙였다.

"그 정도는 말해줄 수도 있잖아. 어차피 강치우 때문에 돌아가신 거 다 알고 있고, 그분이 루이 씨와 좋아하는 사이라는 거 다 알고 있는데, 뭐. 언제 돌아가셨어?"

복만은 물끄러미 래미를 응시하다 체념한 듯 한숨을 내쉬었다.

"그분 돌아가신 것도 그 정도 됐을 겁니다."

래미는 눈을 깜빡이며 조금 전 어머니가 보내온 사진을 떠올렸다.

40년 전쯤이면 아마, 그 사진 속의 시대와 엇비슷할 때다. 1970년대 중후반 무렵.

이모가 꽃다운 나이에 돌아가신 것도 그즈음이라, 어쩐지 기분이 묘해지는데, 복만이 말을 이었다.

"그분이 돌아가신 뒤, 주인님께서 저를 거두셨으니까요. 제 원래 주인은 그분이셨거든요."

새벽이 가까워졌으나 래미는 쉽사리 잠이 오지 않았다.

새롭게 알게 된 사실들이 너무 충격적이고 의외라 머릿속이 복잡한 탓이었다.

강치우가 어머니와 이모의 추억 속 사람이고, 복만이 원래 죽은 여자의 견공이었다니.

강치우가 이모를 좋아했던 것도 너무 쇼킹한 일이었다.

잠 못 이루는 밤은 너무 길게만 느껴진다. 꼭 아침이 영영 오지 않을 것 같은 기분이랄까.

'꿈속에서 이모는 도망가라는 말을 왜 한 걸까.'

어쩌면, 단순히 마음이 심란해서 꾼 꿈일 뿐인데, 너무 그녀가 과하게 의미를 부여한 것일 수도 있다.

낮은 조도의 취침등만 켜놓은 채 이리 뒤척, 저리 뒤척거리던 래미는 방문 입구를 서성이고 있는 복만을 보았다.

그녀가 잠자리에 들기 위해 침대에 누운 뒤부터 지금까지 계속 저러고 있다.

래미의 표정이 아련해졌다. 따지고 보면 그녀는 복만의 원래 주인과 연적쯤이 아니겠는가. 그런데도 지켜주겠다고 저러고 있으니 마음이 짠할 수밖에 없었다.

"복만 씨, 그러지 말고 방으로 가서 자."

복만이 한쪽 눈썹을 올렸다.

"어? 아직 안 주무셨어요?"

"복만 씨가 그러고 있는데 잠이 오겠니?"

"앗. 죄송합니다. 그럼, 이러고 있겠습니다."

복만이 서성이던 것을 멈추고 문 앞에 양반다리를 하고 앉았다. 래미는 한숨을 내쉬었다.

"혹시, 강치우 그 사람이 여기까지 쳐들어올까 봐 복만 씨가 보초 서는 거야?"

"……."

그녀의 물음에 복만이 찰나 동안 흠칫, 하더니 대답했다.

"예, 뭐. 여러모로…… 그렇죠."

이상하고 애매하게 얼버무리는 걸 보니, 확실히 강치우 때문은 아닌 모양이었다.

하긴. 루이가 어련히 알아서 결계를 강화시켜 두었겠지. 그런데 복만은 왜 잠도 안 자고, 방 안에서 보초를 서고 있는 걸까.

갑자기 머리를 스치고 지나가는 생각으로 인해 래미의 기분이 묘해졌다.

설마, 지하에 있는 루이 씨 때문에?

루이 씨가 갑자기 나타나 나한테 해코지라도 할까 봐?

맞다. 분명, 식탁 앞에서 그랬다. 루이가 흉포해지고 잔인해진다고.

'정말 그런 거라면 복만 씨가 무슨 수로, 어떻게 루이 씨를 막는다는 거지?'

타는 듯한 궁금증이 밀려들었으나 래미는 생각을 멈추고 잠을 청하려 애썼다.

긴 머리를 한 여자, 아니, 사진 속 이모와 흡사한 여자가 또다시 래미를 응시하고 있었다.

'……이모? 이모 맞아요?'

도……망……가.

이번에는 오마아가 아니라 확실히 도망가라는 입모양으로 보인다.

왜? 왜 도망가라는 건데요?

도망가. 도망가…….

계속 같은 말만 되풀이하던 여인이 갑자기 눈물을 흘린다. 아니, 피눈물이다.

도망가. 어서.

마지막으로 그렇게 말한 여인의 모습이 순식간에 피투성이로 물들었다.

"헉."

거친 숨을 뱉어내며 래미는 잠에서 깼다. 또다. 또 같은 꿈이다.

이모처럼 보이는 여인은 왜 자꾸 도망가라고 하는 걸까. 도대체 어디로? 이번에는 왜 피투성이 모습이 되었을까.

궁금증을 꾹꾹 누르며 래미는 흐릿한 시야를 확보하려 애썼다.

흐릿하게 천장이 들어오자 래미는 눈을 감았다. 커튼 틈을 비집고 방 안으로 쏟아지는 햇살이 너무 시렸다.

어느새 아침인 모양이었다.

맞다. 루이 씨는?

눈을 번쩍 떠 방 안을 훑는 순간, 래미의 심장이 멎는 듯했다.

은발의 긴 머리를 한 루이가 창가에 서서 그녀를 바라보고 있었기 때문이다.

래미는 상체를 일으켜 앉았다.

"루이 씨, 언제 왔어요?"

"조금 전에."

짤막하니 대답한 그가 저벅저벅 다가와 침대에 걸터앉았다.

'어어?'

가까이서 루이를 마주 본 래미의 눈이 조금 크게 떠졌다. 참으로 오랜만에 보는 루이의 오드아이였다.

루이는 은발일 때든 검은 머리일 때든, 오드아이만큼은 좀처럼 드러내는 일이 없었다.

그런데, 지금은 아무렇지 않게 회색과 붉은 눈을 하고 있었다.

두근, 두근.

눈빛만 달라졌을 뿐인데도 낯선 사람을 마주하는 것처럼 심장이 요란하게 울려댄다.

그가 가만히 손을 뻗어 그녀의 얼굴을 어루만진다. 익숙한 차가움이 느껴지자 그제야 래미는 입술을 올려 웃었다.

"평소의 루이 씨로 돌아왔네요. 눈동자만 빼면."

루이가 대답 대신 그녀의 허리에 팔을 감고서 품으로 끌어당긴다.

음. 오랜만에 만끽하는 루이의 시원한 냄새가 너무 좋다.

"복만 씨는 언제 갔어요?"

"나 오고. 지금은 잘 거야."

"하긴. 방에서 보초 선다고 한숨도 못 잤을 거예요."

작게 고개를 끄덕이며 대꾸한 그녀가 슬쩍 몸을 떼려 할 때였다.

등을 감고 있는 루이의 팔이 더욱 세게 옥죄어 온다. 조금 숨이 막힐 정도로.

"내가 그렇게 좋아요? 놓기 싫을 만큼?"

킥킥, 웃으며 농담처럼 말했지만, 어느새 루이의 입술이 그녀의 목덜미에 안착했다.

"아침부터 이러기 있기 없기?"

조금 놀란 래미가 작게 바르작거리자 그가 슬쩍 입술을 떼고서 그녀를 응시했다.

"내가 얼마나 이날을 기다렸는데."

그렇게 말하는 루이의 표정이 섬뜩할 정도로 나른하고 섹시했다. 신비한 오드아이가 더더욱 그런 느낌을 자아냈다.

등에 머물러 있던 한 손이 올라와 얼굴과 귓불을 어루만지고 작은 입술도 쓸어내린다.

"그러니까, 얌전히."

루이는 다시 작은 몸을 끌어안고서 그녀를 탐해 나가기 시작했다.

그의 오드아이가 빛나고 입술 끝이 비스듬히 위로 향했지만, 래미는 볼 수가 없었다.

햇살이 찬란하게 쏟아지는 오전, 치우는 나현에게로 전화를 걸었다. 신호음이 울리고 얼마 지나지 않아 나현이 전화를 받았다.

―안녕하세요, 원후 씨.

한참 어린 줄 알 테니, 말을 놓을 법도 한데 나현은 꼬박꼬박 예의를 차렸다.

"네, 안녕하세요. 저, 서울 가는 날짜가 얼추 정해져서요. 내일부터 주말까지 아무 날이나 정해서 가면 되는데, 같이 가실래요?"

일부러 날짜를 선택할 수 있도록 그렇게 제시했다.

―어머, 어떡하죠? 말씀은 참 고마운데 안 가도 될 것 같아서요.

치우의 표정이 설핏 굳었다. 이런, 이러면 안 되는데.

"아니, 미안하셔서 그런 거면 나중에 차나 한 잔 대접해 주시면 됩니다."

―하하. 그런 게 아니라, 우리 딸이 오지 말래요.

"네?"

순간적으로 치우의 미간이 모아졌다.

아직 정확한 날짜도 제시하지 않았는데 그사이 래미와 통화를 했을 줄이야.

"벌써 통화를 하셨군요."

―네. 어젯밤에 전화가 왔더라고요. 그참저참, 얘기를 꺼냈더니 집에서

밥 먹을 시간 없다고, 음식 많아 봤자 못 먹는다더라고요.

당연히 루이 그놈 저택에 있을 테니 집에서 먹을 시간이 없지. 누굴 탓할 것도 없었다. 그렇게 만든 게 그 자신이니까.

"아…… 아쉽네요. 아버지 얘기를 들으면서 가면 좋겠다 싶었는데요."

—다음에 차 한 잔 마시러 와요. 그때 옛날 얘기해 줄게요.

"네, 알겠습니다."

—그래도 신경 써 줘서 고마워요. 볼일 잘 보시고요.

"네, 안녕히 계십시오."

나현과의 통화를 끝낸 치우의 입에서 한숨을 흘러나왔다.

"역시. 정신지배를 하지 않고서는 변수가 너무 많다니까."

그는 핸드폰을 한쪽에 아무렇게나 내려놓고 방 안을 서성였다.

"이제 어쩐다……."

치우의 발걸음이 뚝 멎었다. 아직은 이용하지 않은 래미 주변 사람들이 있다.

그들이라면 정신지배를 해도 상관없으니 일이 수월할지도 몰랐다.

▷　▷　◆　◁　◁

샤워부스 안에서 멍하니 따뜻한 물줄기 세례를 받으며 서 있던 래미는 물끄러미 자신의 몸을 살폈다.

"하아, 내가 미쳐."

입에서 절로 한숨이 새어 나왔다. 단풍잎들을 붙여 놓은 것처럼 온몸이 울긋불긋했기 때문이다.

"이게 뭐야, 진짜. 영역 표시해 놓는 것도 아니고."

짜증스럽게 중얼거린 래미는 평소와 다르게 루이가 너무 거칠고, 집요했음을 떠올렸다.

평소에는 그녀가 조금이라도 불편함과 아픔을 호소하면 즉각 배려하던 사람이, 조금 전에는 전혀 그런 기미를 보이지 않았다.

그저, 옭아매고, 힘으로 누르고, 머리부터 발끝까지 그녀를 탐하느라 정신이 없었다.

며칠 동안 일부러 떨어져 있다가 불이 붙었다는 것을 감안하면, 뭐, 이해 못 할 것도 아니었다.

"계속 이러지는 않겠지. 계속 이러면 내가 각방 선언할 거라고."

래미는 생각을 접고서 멈추었던 손을 다시 움직였다.

잠시 뒤, 샤워를 마친 래미는 편한 슬립이나 원피스가 아니라, 긴 티셔츠와 긴 바지까지 완전히 중무장을 하고서 욕실 밖으로 나왔다.

방 안에는 웅장한 오페라의 선율이 흘러나오고 있었다. 조금 시끄러울 정도로 크게.

"루이 씨, 소리가 너무 크지 않아요?"

은발 머리를 하고서 안락의자에 앉아 눈을 감고 있던 루이가 번쩍 눈을 떴다.

여전히 오드아이다.

주술을 쓰는 것도 아닌데, 너무 자연스럽게 저 눈동자로 있으니, 오히려 래미가 어색할 지경이었다.

래미가 방에 비치된 대형 스피커를 가리키며 이맛살을 조금 구겼지만, 루이는 전혀 개의치 않는 얼굴이었다.

"난 모르겠는데. 시끄러워?"

"이 소리가 안 시끄러워요? 머리까지 울리는데. 줄이든 끄든 했으면 좋겠어요."

입가를 살짝 올리고서 고개를 끄덕인 루이가 리모컨을 눌러 음악을 뚝 껐다.

공간이 조용해지자 래미는 작게 숨을 내쉬고서 루이를 보았다.

"루이 씨, 계속 은발에 그 눈으로 있을 거예요?"

"왜. 이게 편한데."

래미는 묘한 표정으로 눈을 깜빡였다. 원래 잘 때는 은발로 잤으니, 머리카락은 몰라도 저 눈이 편하다고?

"아. 그게 편했군요. 근데, 이제 슬슬 출발하려면 모습을 바꿔야 하지 않아요?"

루이가 비딱하니 고개를 옆으로 기울였다.

"출발?"

"오늘 집에 데려다 준다고 했잖아요."

"아. 그랬지."

마치 자신과는 상관없는 듯이 고개를 끄덕인 루이가 말을 이었다.

"나중에 데려다 줄게. 지금은 나가기 싫은데."

래미는 얼굴이 민망함으로 인해 굳어졌다. 너무 태연하게 흘러나온 거절에 당혹스러울 정도였다.

"그래요. 나가기 싫은데 억지로 무리할 필요는 없어요. 어차피 엄마한테는 간다는 소리 안 했거든요."

물론, 간밤의 통화에서는 강치우의 사진을 보고 너무 놀라 깡그리 잊은 거였지만.

그럼에도 루이의 태도로 인해 래미는 너무 기분이 이상했다.

'루이 씨가 이렇게 약속을 휙 뒤집을 정도의 성격이었나?'

아무리 생각해도 이런 적이 없었는데. 혼란스러운 심경을 애써 떨치며 래미는 화장대 앞으로 갔다.

그사이 끈질기게 따라붙는 루이의 시선이 느껴졌지만, 래미는 기초화장품을 발랐다.

욕실에서 대충 털고 나온 젖은 머리를 정돈하는 순간이었다.

안락의자에 앉아 있던 루이가 갑자기 휙 그녀의 등 뒤로 다가와 섰다.

심장이 떨어질 것처럼 놀란 래미는 반사적으로 몸을 일으켰다.

"어우, 제발 그렇게 갑자기 불쑥 오는 것 좀 안 하면 안 돼요?"

예고도 없이 루이의 팔이 다가와 그녀의 허리를 휘감았다. 뒤이어 몸이 붕 뜨는 느낌에 래미는 아찔, 어지럼증을 느끼고 눈을 감았다.

그녀가 다시 눈을 떴을 때는 이미 폭신한 침대에 눕혀진 상태였다.

너무 기가 막혀 절로 눈이 흘겨진다.

"루이 씨, 왜 또 이래요. 아까도 그렇게 괴롭혀 놓고…… 훗."

래미는 억눌린 신음과 함께 나머지 말들을 입 안으로 삼켰다. 더없이 무표정한 얼굴로 루이가 그녀의 목을 한 손으로 콱 움켜쥔 것이다.

"……하……제길……미쳐버리겠네. 먹고 싶어…… 머리부터 발끝까지 하나도 빠짐없이."

뭐, 뭐라고? 방금…… 뭐라고 한 거야?

"루이 씨, 왜……."

목이 더욱 세게 옥죄여 오는 바람에 래미는 더 말을 할 수가 없었다. 루이의 고개가 그녀의 목덜미로 다가왔다.

"으음…… 내게 길들여진 네 냄새가 너무 좋아…… 나를 미치게 만든다고. 너 때문에 온몸의 피가 끓는 기분이야."

그는 도무지 알아들을 수 없는 말을 중얼거리며 그녀의 체취를 들이

마셨다.

하지만, 이내 그는 기울였던 몸을 다시 뒤로 젖히고서 그녀와 시선을 맞추었다.

소름 끼칠 정도로 차가운 오드아이가 그녀를 뚫어질 듯 응시했다.

루이의 반듯한 이마가 괴로운 듯 점점 구겨진다. 그가 이내 목을 옥죄고 있던 손을 놓고서 히죽 웃었다.

"걱정 마. 놈이 정신을 차리고 있는 한 난 너를 못 먹어."

충격으로 눈을 한껏 치뜬 채 헉헉, 가쁜 숨을 몰아쉬며 래미는 다급히 몸을 일으켰다.

뭔가 잘못되었음을, 지금 믿을 수 없는 일이 벌어지고 있음을 그녀는 깨달았다.

조금씩 몸을 움직여 루이와의 거리를 벌린 래미는 있는 힘껏 쏘아보았다.

"당신 누구야."

루이와 똑같은 모습을 하고 있는 이 사람은 절대 루이일 리가 없다. 루이가 그녀의 목을 죄고 알 수 없는 말을 할 리가 없다.

루이의 붉은 입술이 비스듬히 위로 향했다.

"누구긴 루이지."

"그럴 리가 없어."

"네 처음을 가지고, 너를 찾기 위해 그 먼 거리도 힘을 써서 이동했던 그 루이가 맞아."

지독히도 혼란스러워 래미의 동공이 마구잡이로 흔들렸다.

그의 모습이 찰나 동안 사라졌다가 다시 그녀의 눈앞에 나타났다. 흠칫, 뒤로 몸을 젖히려는 그녀의 어깨를 낚아채고서 그가 음산하게 웃었다.

"우리, 숨바꼭질할까."

그녀는 가쁜 숨만 몰아쉬며 그를 노려보기만 할 뿐 아무런 대꾸도 하지 않았다.

그가 한 손을 내려 래미의 가느다란 손가락 하나를 꽉 움켜쥐었다.

"내가 100을 셀 거야. 그전에 꼭꼭 숨어. 이 저택 안이면 어디든 좋아."

움켜쥔 손가락을 입술로 가져가 잔잔히 입을 맞춘 그가 말을 이었다.

"100을 센 뒤 10분 안에 잡히면 네 손가락 하나를 먹을 거야."

순간적으로 머리에 벼락이 내리꽂힌 것처럼 래미는 정신을 차릴 수가 없었다.

뭐라고? 내 손가락을 뭐?

잔인하고 음산한 루이의 눈이 맹수처럼 그녀를 옭아맨다.

"손가락 하나쯤은 괜찮잖아. 심장도 아니고…… 더는 양보 못 해."

마치, 스스로에게 다짐하듯 중얼거리는 루이를 보는 래미의 눈에 경악이 어렸다.

'도래미 정신 차려. 이 남자는 루이 씨가 아니야.'

아무래도 지하에서 뭐가 잘못된 모양이다.

잠깐, 그럼 복만 씨는 어떻게 됐지?

온몸에 소름이 돋을 정도의 두려움과 충격이 그녀를 휩쌌으나 래미는 작게 심호흡을 했다.

"내가 싫다고 하면요?"

돌연 루이의 눈이 싸늘하게 변했다.

"죽일 거야. 지금 바로."

심장이 철렁 내려앉는다. 눈앞이 캄캄해져 오고 숨이 턱턱 막혀왔으나 래미는 다급히 정신을 차렸다.

"확실히 루이 씨가 아니네. 고마워. 인식시켜 줘서."

딱딱하게 내뱉고서 래미는 말을 이었다.

"100은 너무 짧아. 200으로 해요."

"음?"

"당신은 날아다니고 나는 뛰어다니는데 100은 너무 불공평하잖아요. 그리고 10분도 안 돼. 5분. 순간이동으로 이 저택 안을 다 휘젓고 다니면 5분도 안 걸리면서 10분씩이나 나를 찾는 건 너무 답을 정해놓고 하는 거 아닌가?"

매섭게 눈을 치뜬 래미의 말에 루이가 쿡쿡 웃어젖혔다.

"좋아. 200을 세지. 찾는 건 5분. 5분 안에 나한테 잡히면 이 손가락은 내 거야."

래미는 마른침을 꿀꺽 삼키고서 가만히 턱을 치켜들었다.

"5분이 지나도 당신한테 안 잡히면, 당신은 나한테 뭘 해줄 건데?"

"으음, 뭘 해줄까."

"앞으로 내 몸에 손대지 마."

"뭐?"

루이의 인상이 확 구겨졌으나 래미는 말을 이었다.

"그게 싫으면 5분 안에 잡든가."

"흐음."

그녀의 도발에 스산한 표정을 짓던 루이가 쓰윽 몸을 일으켰다.

"가크로네르 아히트르미르 데 덴드라."

주문을 중얼거리자 그의 손바닥에 자그마한 모래시계 하나가 나타났다. 그는 그 모래시계를 래미의 눈앞에 흔들어 보였다.

"5분짜리야. 정확히 200을 센 다음 이걸 작동시키지."

래미는 숨을 들이켜고서 바닥으로 내려섰다.

"네가 방문 밖으로 나가면 숫자를 셀 거야."

사나운 맹수가 초식동물을 구석으로 몰아넣듯 루이의 얼굴은 잔혹할 정도로 여유로웠다.

래미는 그에게 시선을 맞추고서 한 발짝씩 뒤로 물러났다.

마침내 입구로 간 그녀는 호흡을 고르고서 곧장 바깥으로 내달렸다.

그런 그녀의 뒷모습을 즐거운 눈으로 바라보던 루이가 웃음기를 싹 거두었다.

"내가 후회할 거라고 그랬지? 그러게 왜 나를 가둬."

다시 음산한 미소를 짓고서 그는 입술을 움직였다.

"하나, 둘, 셋…… 꼭꼭 숨어라 머리카락 보일라…… 쿡쿡."

32

1초마다 숫자를 하나씩 센다고 가정을 했을 때 200이면 3분 20초.

그 안에 숨어야만 했다. 어차피 순간이동을 하는 루이에게 찾아다니는 5분의 시간은 아무것도 아닐 테니까.

루이에게 보호받기 위해 지금껏 루나에 숨어 있었는데, 이제 그를 피해 도망가야 한다니.

이를 악물고서 복도로 나온 래미는 다급히 복만의 방으로 향했다.

노크를 하며 예의를 차릴 틈이 없다. 문고리부터 잡고 돌렸으나 철컥거리는 소리가 잠겨 있음을 알렸다.

"복만 씨, 문 좀 열어줘. 얼른."

하지만 안은 잠잠하기만 했다.

"미치겠네. 복만 씨, 복만 씨, 안에 없는 거야?"

나지막이, 그러나 빠르게 몇 번이고 불렀으나 기척은 전혀 없었다.

불길한 예감이 덮쳐왔지만, 계속 이러고 있을 수가 없어 래미는 아래층으로 내달렸다.

2

"하, 흉포하고 잔인해진다더니, 그게 아니라 완전히 다른 사람이 된 거잖아. 갑자기 웬 숨바꼭질이야? 미친 변태도 아니고 내 손가락을 먹겠다고? 식인종이야, 뭐야? 기막혀 진짜."

계단과 홀을 단숨에 가로질러 입구로 간 래미는 잠깐 호흡을 골랐다. 그리고 문손잡이를 잡은 채 그녀는 멈칫했다.

밖으로 나갔다가 만약 강치우나 그 측근을 마주치게 될 경우가 머릿속에 맴돌았기 때문이다. 그녀의 안위뿐만 아니라, 자칫 루이까지 위험해질 수도 있다.

지금 루이는 정상이 아닌데다 어떤 상태인지 확신할 수도 없다. 게다가 도망을 간들 어디로 가서 도움을 요청하겠는가.

잠시 잠깐, 오만가지 생각들이 해일처럼 머릿속을 휩쓴다.

문득, 조금 전 루이인 듯 루이 아닌, 루이 같은 사람이 중얼거렸던 말이 떠올랐다.

'걱정 마. 놈이 정신을 차리고 있는 한 난 너를 못 먹어.'

놈이 정신을 차리고 있는 한 못 먹는다니. 그게 누구지? 누가 정신을 차리고 있다는 거야?

그 순간, 머릿속에 그려지는 인물로 인해 래미의 동공이 확장되었다.

"그놈이라는 게 설마, 진짜 루이 씨?"

오싹, 소름이 돋아 올랐다.

"그러니까, 저 식인종이 몸을 장악하고 있는 상태고, 진짜 루이 씨는 밀려나 있는 그런 상황이라는 거야?"

그녀의 예상이 맞고, 저 식인종에게 밀려나긴 했어도 루이가 정말 정신을 차리고 있는 거라면, 그 역시 지금 이 상황을 겪고 있는 건지도 모른다는 생각이 들었다.

래미는 여전히 문고리를 놓지 못한 채 잠깐 눈을 감고서 심호흡을 했다. 이윽고 눈을 뜬 래미는 잡고 있던 문고리를 놓았다.

뒷짐을 지고서 뚜벅뚜벅 방 안을 기계적으로 왔다 갔다 하던 발길이 뚝 멎었다.

"200."

약속된 숫자를 다 셌기 때문이다.

숫자를 세는 내내 잔뜩 지겨운 표정을 짓고 있던 루이가 입가를 비스듬히 올렸다.

"이제 사냥을 시작해 볼까."

그는 소환한 모래시계를 어깨 근처에 둥실 띄워 놓았다. 위쪽의 모래 알갱이들이 빠른 속도로 작은 구멍을 통과하기 시작했다.

"음. 어디부터 먼저 가볼까. 이런 거 너무 재밌잖아."

잔악한 얼굴을 하고서 느릿느릿 입구로 간 그가 벌컥 문을 열었다.

순간, 너무 의외의 상황에 루이의 눈썹이 치켜 올라갔다.

"너, 안 숨어?"

예기치 못하게 래미가 떡하니 문밖에 서 있었기 때문이다.

"생각해 보니, 너무 유치해서 안 하려고요. 루이 씨는 원래 이런 거 안 좋아하잖아요."

그녀가 똑바로 시선을 맞추고서, 평소의 루이에게 하던 것처럼 말했다.

루이의 눈매가 슬쩍 가늘어진다.

"재밌네, 진짜."

중얼거린 그가 불시에 그녀의 팔뚝을 움켜쥐고서 휙 끌어당겼다. 그 힘에 래미는 종잇장처럼 휘청거리며 그의 가슴팍에 부딪쳤다.

팔뚝에 머물러 있던 루이의 손이 쓰윽 아래로 내려가 긴장으로 굳어 있는 작은 손을 움켜쥐었다.

"하기 싫으면 안 해도 돼. 손가락 하나만 주면 되는 거니까."

음산하게 말한 루이가 래미의 손을 입으로 가져가기 위해 들어올렸다.

튀어나오려는 비명을 겨우 삼킨 래미는 공중에 떠 있는 모래시계를 턱으로 가리켰다.

"잠깐. 아직 모래가 덜 떨어졌어요."

루이가 비딱하니 옆으로 고개를 기울였다.

"무슨 상관이야. 5분 안에 찾으면 끝인데. 넌 여기 있고."

다시 그가 손을 입으로 가져가려 하자 래미는 빠르게 덧붙였다.

"루이 씨가 찾은 게 아니라, 내 발로 온 거죠."

루이의 은색 눈썹이 설핏 모아졌지만, 래미는 계속해서 시선을 떼지 않은 채 입술을 움직였다.

"그러니, 저 모래시계가 다 될 때까지는 내 손가락이라고요."

그러고서 손을 빼내려 했지만, 루이는 놓아줄 기미를 보이지 않았다. 마치, 치열하게 갈등을 하듯 미간을 구긴 채 꿈쩍도 않고 있다.

"루이 씨."

원래의 루이에게 하듯 다정한 부름에 그가 구겼던 이마를 폈다.

그는 복잡한 기운이 가득한 래미의 눈동자를 들여다보며 아찔한 미소를 보였다.

"왜. 그렇게 부르면, 놈이 나를 제어한 다음 기사처럼 널 지켜줄 거라 생각하는 거야? 재밌네."

흠칫, 표정이 굳을 정도로 놀랐지만 래미는 애써 침착함을 유지했다.

쿡쿡, 웃은 그가 가만히 고개를 끄덕이며 옥죄고 있던 손을 놓아주었다.

그는 가만히 손을 올려 래미의 얼굴을 감싸 쥐고서 엄지로 부드럽게 어루만졌다.

"좋아. 모래시계가 다 될 때까지 손가락은 무사할 거야."

래미는 속으로 안도의 한숨을 삼켰다. 어쩌면, 루이의 힘이 작용해서 마음을 바꾼 것일 수도 있다는 생각에.

하지만, 다음 순간 흘러나온 말에 래미의 낯빛이 파랗게 질렸다.

"대신, 이 모래시계가 끝날 때까지 놈이 나를 제어하지 못하면, 난 네 혀를 먹을 거야. 손가락은 그다음. 재미있겠지?"

웃음기를 지운 그가 얼어버린 그녀를 그대로 방 안으로 끌어당겼다.

쾅.

등 뒤로 커다랗게 문이 닫히는 소리에 래미는 심장이 떨어질 것만 같았다.

"뭐해. 모래는 계속 떨어지고 있는데. 뭐라도 해서 네 루이를 끄집어내야지."

마치, 네가 무슨 수를 쓰든 진짜 루이는 나타나지 않을 거라는 듯한 조롱기 가득한 음성.

하지만, 래미는 지금의 비아냥거림이 고마울 지경이었다. 확실히 진짜 루이가 잠재되어 있다는 뜻이기도 하니까.

찰나 동안 오드아이를 응시하던 래미는 양손을 뻗어 루이의 허리를 껴안았다. 그의 가슴팍에 한쪽 얼굴을 기대고서 그녀는 작게 속삭였다.

"루이 씨, 당신 보고 싶어요. 나와서 나 안아주면 안 돼요?"

쿡쿡쿡, 웃음소리가 튀어나왔다.

"이 신파는 뭐지?"

그녀도 알고 있다. 손발이 오그라들 정도로 뻔한 행동이라는 걸.

그럼에도 래미는 간절한 바람을 담아 루이를 부를 수밖에 없었다.

"흐음. 어쩌지? 고작 껴안는 걸로는 놈이 나를 못 눌러."

비웃은 그가 스산한 목소리로 말을 이었다.

"내가 너를 가졌을 때도 놈은 나를 제어 못 했는데 말이지."

비쭉, 뒷머리가 일어서고 온몸의 세포가 다 일어서는 기분이었다.

배려라고는 눈곱만치도 없었던, 오로지 그녀를 억누르고 탐하기만 했던 관계가 떠올랐기 때문이다.

다급히 팔을 풀고서 뒤로 몇 발짝 물러난 래미는 눈이 째져라 루이를 노려보았다.

섬뜩한 숨바꼭질 제안에 잠시 망각하고 있었는데…….

"네 찡그린 얼굴, 네 거친 숨소리, 넘어갈 듯한 네 비명에도 놈은 나를 저지하지 못했지."

"그, 그 입 좀 닥쳐! 이 미친놈아!"

수치심으로 인해 그녀의 얼굴은 물론이고 귀까지 새빨개졌다.

"걱정 마. 나도 루이인 건 맞으니까. 다른 놈과 외도한 게 아니라고."

조금도 위로가 되지 않는 비릿한 말에 래미는 귀를 틀어막고 싶었다.

"근데, 그렇게 열만 내고 있을 틈이 없을 텐데?"

래미의 눈이 공중에 떠 있는 모래시계로 향했다. 이제 남은 모래보다 밑으로 떨어진 모래가 훨씬 많았다.

초조한 심경을 감추려 애쓰며 래미는 입 안의 속살을 깨물었다.

어찌나 세게 잘근거렸는지 비릿한 피 맛이 입 안에 돌았지만, 그녀는 무의식중에 계속 그러고 있었다.

루이가 나올 거라는 헛된 희망을 품은 게 잘못인 걸까. 그냥 밖으로 도망을 갔어야 했나.

'이제 어떡해. 어떻게 해야 하지?'

머리가 터질 것만 같아 래미는 환한 창문으로 시선을 주었다.

창문으로 뛰어내릴까. 급박한 상황을 만들면 루이 씨가 돌아오려나.

"창문으로 뛰어내릴 생각은 안 하는 게 좋아. 내가 너보다는 빠르잖아."

그저 창문으로 눈길만 줬을 뿐인데, 마치, 생각을 읽은 것처럼 그가 경고를 날리는 통에 래미의 얼굴은 그대로 굳고 말았다.

그사이 남아 있는 모래가 더욱 줄어들었다.

도망을 갈 수도 루이를 끄집어낼 수도 없다. 이대로 이 말도 안 되는 상황에 굴복해야 하는 걸까.

"시간이 거의 다 됐군."

음산하게 말한 그가 한 발짝 다가오는 바람에 래미는 핏기가 삭 가신 얼굴로 두어 걸음 물러났다.

"아직 남았으니까, 다가오지 마."

"포기해. 아무리 시간을 끌어봤자 놈은 지금의 나를 제어할 수 없다니까."

그가 다시 걸음을 내딛자 래미 역시 뒷걸음질 치며 내뱉었다.

"내 혀를 먹으면 과다 출혈로 난 죽고 말 거야. 나를 죽인다고는 안 했잖아."

"괜찮아. 반쯤 먹고 지혈시켜줄 생각이거든."

맙소사. 등 뒤로 식은땀이 흘러내린다. 어떻게든 이 미친놈의 관심을 다른 곳으로 돌려야만 했다.

"궁금한 게 있어. 당신 누구야. 누군데 루이 씨 몸에 기생하고 있는 거지?"

그가 키득 웃었다.

"기생이라니. 놈과 나는 하난데."

뭐?

"그게 무슨 뜻이야, 하나라니. 어떻게 당신과 루이 씨가 하나일 수 있어?"

"시간 끝."

어느새 모래알갱이는 하나도 남지 않고 아래에 수북이 쌓였다. 래미는 아득해지는 정신을 다잡으려 필사적으로 노력했다.

"잠깐, 잠깐. 궁금한 건 대답⋯⋯."

"수 쓰지 마. 시간 끝."

루이가 쑥 다가와 래미의 어깨를 붙잡고 끌어당겼다.

입에서 절로 헉, 신음이 튀어나왔으나 래미는 어떻게든 대화를 이어나가려 애썼다.

"수 쓰는 게 아니라 진짜 궁금해서 그래. 당신과 루이 씨는 완전히 다른데, 어떻게 하나라고 할 수가 있는 거냐고."

"먹고 대답해주지."

바늘 하나 들어갈 틈도 없는 대답에 래미는 심장이 터질 것만 같았다. 도무지 이 미치광이를 저지할 방법이 떠오르지 않는다.

어깨에 머물고 있던 손 하나가 올라와 그녀의 뒷머리 속으로 파고들어와 거세게 움켜쥔다.

으읏. 머리가 뽑히는 통증에 절로 인상이 써졌다.

루이의 나머지 한 손은 양쪽 볼을 꽉 쥐어 강제로 입을 벌어지게 만들었다. 거칠게 숨을 몰아쉬며 래미는 핏대가 선 눈으로 루이를 노려보았다.

"나한테 이런 짓을 하는 게 루이 씨일 리가 없어. 너는 절대 그 사람과 하나가 아니야."

전혀 동요 없이 어깨를 으쓱한 그가 이내 고개를 숙여 왔다.

"아, 안 돼!"

래미는 마구잡이로 그를 밀쳐 내려 애쓰며 미친 듯이 외쳤다.

"루이 씨! 정신 차려요! 루이 씨! 제발, 흡!"

처절한 외침들은 그의 입 안으로 삼켜졌다. 입 안의 속살을 잡아채기 위해 그의 혀가 사정없이 침범해 들어왔다.

그리고 잔혹한 약탈자처럼 연약한 속살을 흡입하려는 순간이었다.

"으윽!"

괴로운 듯한 신음을 흘린 루이가 다급히 입술을 떼어 내고서 래미를 저만치 밀쳤다.

힘없이 휘청거리며 바닥으로 넘어진 래미는 영문을 알 수가 없어 가쁜 숨을 몰아쉬며 루이를 바라보았다.

"너, 너…… 도대체……."

그는 어느새 저만치 떨어진 벽에 손을 짚은 채 고통스러워하고 있었다.

래미의 눈이 한껏 커졌다.

믿을 수 없게도 새하얗던 루이의 얼굴이 마치, 중독이라도 된 것처럼 시퍼렇게 변해가고 있었기 때문이다.

혀가 맞닿고 딱딱한 치아가 느껴지는 순간, 꼼짝없이 죽은 거라 생각했다.

한데, 어떻게 된 거지?

뭐가 됐든 일단 살았다는 안도감이 찾아왔다. 몸을 일으킨 래미는 다급히 입구로 내달렸다.

방금 전 맛본 끔찍한 공포로 인해 저 미치광이에게서 도망쳐야겠다는 생각밖에는 머릿속에 없었다.

막 입구에 다다르자 희미한 음성이 날아들었다.

"……너, 그냥 가면…… 나뿐 아니라…… 놈도 죽는다."

흠칫, 거짓말처럼 래미의 발이 뚝 멎었다.

맞다, 루이 씨.

저 몸은 루이의 것이기도 했다. 아니, 원래부터 루이의 것이다.

하지만, 지금은 미치광이가 차지하고 있다.

빨리 도망치지 않으면 저 미친놈이 무슨 짓을 할지 몰라. 저놈을 믿으면 안 돼.

아냐. 뭐 때문인지는 모르지만, 저렇게 괴로워하는데 이상한 짓을 할 수 있을 리가 없잖아. 그냥 갔다가 루이 씨가 잘못되기라도 하면 어떡해?

잠시 잠깐 치열한 갈등이 폭풍처럼 뇌리를 휩쓸고 지나간다.

결국, 루이를 놔두고 갈 수가 없어 래미는 입술을 깨물며 뒤로 돌아섰다. 루이를 눈에 담은 그녀의 가슴이 시큰거리기 시작했다.

그는 이제 입술마저 시퍼렇게 변한 채로 식은땀을 흘리고 있었다.

"내가 어떻게 하면 돼."

루이는 헉헉, 가쁜 숨을 몰아쉬며 바닥에 한쪽 무릎까지 꿇었다. 그가 처절할 정도로 어금니를 꽉 깨물고서 입술을 움직였다.

"식물이 자라는 방…… 알지?"

"알아, 나도."

직접 문을 열고 들어가 본 적은 없지만 근처를 지날 때마다 독특한 약초 향이 나는 곳이었다.

"……거기로 가서 통로를 기준으로 왼쪽 제일…… 구석으로 가."

"가서 뭘 가져오면 되는데."

"노란 잎사귀에…… 달린…… 작은 열매가 있어……그거 하나만 가져와."

통로 왼쪽 구석. 노란 잎사귀, 작은 열매.

머릿속에 새긴 래미는 눈에 힘을 주었다.

"가져다줄게. 대신 사라져줘."

그가 거친 숨을 내쉬며 거뭇해진 입술을 비틀고서 쿡, 웃었다.

"……이 몸이 잘못되면…… 나뿐 아니라 놈도 함께 죽는 거라고. 시험이라도…… 해보고 싶은 거면…… 계속 그러고 있든가."

래미에게 선택지가 없다는 것을 일깨워 주는 듯한 비릿한 음성.

분했지만, 그녀는 반박하지 못했다. 루이의 목숨을 걸고서 거래를 할 수는 없으니까.

"그래. 그래서 가는 거야. 루이 씨를 구하기 위해서."

매섭게 내쏘고서 복도로 나온 래미는 허겁지겁 내달렸다.

목적지에 당도하자 공간을 가득 채우고 있는 향이 정신을 혼미하게 만들 정도로 강했다. 래미는 빼곡히 늘어선 식물들 틈을 헤집었다.

어렵지 않게 노란 잎사귀를 찾아 그 열매를 하나 따서는 다시 발걸음을 돌렸다. 곧장 방으로 돌아온 래미의 얼굴이 그대로 얼어붙었다.

"루이 씨!"

바닥으로 무너진 루이가 끊어질 듯 가쁜 호흡을 내쉬고 있었기 때문이다.

미끄러지다시피 다가가 앉은 래미는 다급히 그의 목을 받쳐 올렸다. 그가 가물가물한 눈을 겨우 들어 시선을 맞춰 왔다.

이 순간만큼은 미치광이가 아니라, 루이처럼 느껴져 속에서 울컥 치받쳐 오른다.

"이거, 가져왔으니까, 제발 정신 차려요."

래미는 가져온 작은 열매를 루이의 입 안으로 밀어 넣었다.

꿀꺽. 열매를 삼킨 루이가 여전히 그녀에게서 시선을 떼지 않은 채, 힘겹게 입술을 움직인다.

"……네 피…… 입 안…… 네 피……."

"뭐라구요? 피? 입 안?"

무슨 뜻인지 알아들을 수 없는 말을 남긴 루이는 이내 굳게 눈을 감았다.

"루이 씨? 루이 씨!"

래미가 마구 어깨를 흔들며 불렀으나 루이는 그대로 정신을 잃고 말았다.

▷　▷　◆　◁　◁

심연 속에서 헤매던 루이는 극심한 갈증을 느끼고 어렴풋이 정신을 차렸다.

겨우 눈썹을 밀어 올리고서 루이는 주변을 훑었다. 익숙한 방 안의 광경이 눈에 들어오자 그는 지금 자신이 딱딱한 바닥에 누워 있음을 깨달았다.

그리고 바로 곁에 래미가 옆으로 누워 잠이 들어 있다는 것도.

그녀는 양손으로 그의 손을 느슨하게 감싸 쥔 채 쌔근쌔근 숨을 내쉬고 있었다.

잠시 그 손을 응시하던 루이는 빙글 몸을 굴려 래미와 마주 보고 누웠다. 핼쑥해진 래미의 얼굴을 보니, 대침으로 찔린 것처럼 가슴 한쪽이 쿡쿡 쑤셔온다.

"무서웠을 텐데 용케 도망가지 않고 버텼군."

루이는 자유로운 손을 뻗어 래미의 얼굴을 가만히 쓸었다. 어지간히 피곤했는지 그의 손길에도 래미는 미동조차 없었다.

그런 래미를 깨우지 않기 위해 루이는 조심스레 손을 거두어들였다.

창밖은 이미 어둠이 깔려 있었고 방 안은 불빛으로 인해 환했다. 꽤나 시간이 많이 흐른 모양이었다.

루이는 미간을 구긴 채 묵직한 머릿속을 정리하려 애썼다.

본성이 몸을 장악했던 짧은 시간 동안의 일들이 모조리 뇌리에 떠오르자, 루이의 입에서 절로 신음과도 같은 한숨이 새어나왔다.

절대 있을 수가 없는 일이 벌어지고 말았다. 분명 '그날'이 끝나고, 그가 정신을 차렸음에도 불구하고 본성이 몸을 차지하는 사태가 벌어진 것이다.

지금껏 살면서 단 한 번도 겪은 적 없는 일이었다. 게다가 마지막 일은 그 자신조차 믿기 힘들 정도로 충격이었다.

"……으음 ……허리 아파."

잠결에 뒤척이던 래미가 불편함을 느끼고서 미간을 찡그리는 바람에 루이는 상념을 접었다.

그러다, 그녀는 어느 순간 번쩍 눈을 떴다.

바로 코앞에서 자신을 바라보고 있는 루이를 확인한 래미가 급격히 긴장하고서 어깨를 움찔했다.

"루, 루이 씨, 맞아요?"

잔뜩 경계 가득한 음성으로 묻던 래미가 푸른 기가 돌 정도로 까만 루이의 눈동자를 확인하고서야 얼굴 근육을 이완시켰다.

"아…… 루이 씨 맞네요."

"응. 맞아."

짤막한 대답에 래미는 겨우 안도의 숨을 흘리고서 그의 얼굴을 살폈다.

"얼굴이 조금 창백하긴 한데, 원래대로 돌아왔어요. 이제 안 아파요?"

그는 가만히 고개를 끄덕였다.

"괜찮아."

"기억은 다 나요?"

"응."

래미의 눈이 슬그머니 가늘어졌다.

"나, 먹으려고 했는데. 그것도 기억나요?"

이번에도 루이는 고개를 끄덕였다.

"응."

돌연 그녀는 손을 뻗어 창백한 루이의 얼굴을 꾹 꼬집었다.

"얼마나 무서웠는지 알아요?"

"미안."

루이는 래미의 손을 떼어 내 입술로 가져가 지그시 눌렀다.

"왜요, 당신도 내 손가락이 탐나요?"

짓궂은 래미의 말에 루이는 옅은 미소를 보였지만, 얼굴에 진 그늘은 걷히지 않았다.

"무서웠으면서 왜 도망 안 갔어."

"그러게요. 왜 도망을 안 갔을까요. 다음부터는 일단 도망쳤다가 다시 돌아와야겠네요."

래미가 어깨를 으쓱하고서 장난기 섞인 대답을 내놓았다.

"넌 정말 너무 겁이 없어."

"겁이 없으니까, 루나에 와서 당신도 만나게 됐고, 이렇게 마주 보고 누워 있는 거겠죠."

그렇게 말한 래미가 조금 쑥스러운 듯 괜스레 그의 은색 머리카락을 몇 가닥 만지작거렸다. 그녀를 응시하는 루이의 가슴에 형언할 수 없는 감정이 휘몰아친다.

루이는 손을 뻗어 래미의 허리를 휘감으며 품으로 끌어당겼다. 한동안 시공간이 멈춘 것처럼, 루이와 래미는 미동 없이 서로를 꼭 끌어안고 있었다.

잠시 뒤, 얌전히 안겨 있던 래미가 슬쩍 고개를 젖혀 루이와 시선을 마주쳤다.

"며칠 내내 루이 씨가 나를 피했던 게 오늘 벌어진 일의 전조현상이었던 거죠?"

"응."

"어떻게 된 일인지, 왜 그런 건지, 이제 나한테 말해 주면 안 돼요?"

"……."

답답함과 궁금증 그리고 간절함이 담긴 래미의 물음에도 루이는 선뜻 입이 떨어지지 않았다.

"아직도 말해 주지 못할 정도로 나는 루이 씨한테 못 믿을 사람인 거예요?"

작은 얼굴에 실망감이 가득 담겨 있다.

"그런 게 아니야."

"아니면 뭔데요."

루이의 입술에 쓴웃음이 작게 걸렸다.

"말하는 건 어렵지 않아. 단지, 네가 어떻게 받아들일지 몰라서 판단이 안 서는 것뿐이야."

시선을 마주하고 있던 래미가 여전히 허리를 감고 있는 루이의 팔을 슬쩍 풀어내고서 가만히 몸을 일으켜 앉았다.

그녀는 무릎을 끌어당겨 안고서 그를 바라보았다.

"응. 맞아요. 듣고 받아들이는 건 내 몫이에요. 그러니까, 루이 씨 혼자 지레짐작해서 마음의 벽 만들지 말아요. 난 그게 더 싫고 슬퍼."

말간히 자신을 바라보고 있는 래미의 동그란 눈이 처연하기까지 하다.

래미에게서 시선을 떼지 않은 채 루이 역시 상체를 일으켰다.

그는 뭔가 기분이 묘했다. 이 작고 연약한 여자가 마치, 흔들리지 않는 커다란 고목처럼 느껴진다.

루이는 가만히 손을 뻗어 래미의 머리칼을 쓸어내렸다.

그는 이윽고 말문을 열었다.

"나는 100일마다 한 번씩, 네가 겪은 모습이 돼. 어제가 그 100일째 되는 날이었고."

담담히 나간 말에 래미의 눈이 조금 커졌으나, 이내 원래대로 돌아왔다.

꼭, 아무리 놀라도 그런 티를 내지 않겠다고 다짐한 것만 같은 표정이었다.

"그 며칠 전부터 조금씩 전조증상을 보이다가 그날이 되고 해가 지게 되면 완전히 이성을 잃어."

래미는 무릎에 괴고 있는 턱만 열심히 끄덕였다.

"그때부터 다음 날 아침 해가 뜨기 전까지 난 그 상태가 돼. 그렇게 되면 아무것도 기억을 못 해. 그래서 그날 오후가 되면 지하로 가서 몸을 수면상태로 만들어야 돼. 그래야 혹시나 기억을 못 하는 동안의 불상사를 막을 수 있으니까."

"아. 그래서 어제 오후에 지하로 갔던 거군요."

"맞아."

잠시 눈동자를 굴리던 래미가 의아한 표정을 지었다.

"어? 기억을 못 한다고요? 오늘 있었던 일, 다 기억한다고 했잖아요."

"오늘은 그날이 아니니까. 밤새 수면 상태에 있던 몸이 아침이 되어 깨면 난 이성을 되찾고 원래대로 돌아오게 돼. 오늘도 그렇게 눈을 떴는데, 몸이 내 마음대로 움직여지지 않더군."

"두 개의 자아가 공존하는 거, 뭐 그런 거예요?"

이미 평소의 루이와는 완전히 다른 인격을 겪은 터라 래미의 목소리는 담담했다. 하지만, 루이의 얼굴은 복잡함으로 물들었다.

"글쎄. 나도 잘 모르겠어. 두 개의 자아가 된 건지, 내가 억지로 하나임을 부정하고 있는 건지."

"그게 무슨 말이에요?"

래미의 음성이 조금 높아졌다.

루이는 대답 대신 가만히 몸을 일으켜 저벅저벅 창가로 향했다. 그는 창문에 드리워진 커튼을 들추고서 어둠이 내려앉은 밖을 바라보며 말을 이었다.

"원래는 하나였어. 흑마법을 쓰게 되면서부터 부각되기 시작한 내 어둡고 잔인한 내면이지."

래미가 몸을 일으켜 어느새 곁으로 다가왔다.

창문을 통해 서로의 눈이 마주쳤다.

"선과 악의 경계 따위가 무의미하던 때가 있었어. 원하는 건 뭐든 스스럼없이 가졌지. 피와 쾌락에 취해 기꺼이 죄 없는 목숨들을 희생시켰어. 이 손으로. 그들의 고통 같은 건 내게 아무런 감흥도 주지 못했어. 산 채로 심장을 꺼냈을 때도 나는 죄의식 같은 건 느끼지 못했으니까. 오늘 네게 그랬던 것처럼."

들숨과 날숨만 쉬고 있던 래미의 얼굴이 굳어지자 루이는 잠시 말을 끊었다.

"그만할까?"

창문 속 래미가 고개를 저어 보였다.

"더 듣고 싶어요. 당신 이야기잖아요."

루이는 물끄러미 그녀를 응시하며 계속 말했다.

"그런데, 어느 날 내 몸에 묻은 그들의 피가 역겹게 느껴지더군. 죄책감 같은 게 아니라, 그냥 피 냄새가 끔찍해졌어. 그때부터 피와 악을 갈망하는 본성과 그것을 거부하는 이성이 치열하게 대립을 하게 돼. 아주 오랫동안."

"그럼, 지금 루이 씨는 본성과 이성으로 나눠진 거예요?"

루이는 희미하게 미소를 보였다.

"아니. 둘로만 나뉘었으면 평소의 난 완벽하게 이성적이겠지. 감정도 없는."

"그것도 그렇겠네요. 그럼요?"

"오랫동안 대립하는 두 성질 사이에 또 다른 성질이 발현하더군."

래미의 눈이 번쩍 떠졌다.

"혹시, 이성과 본성이 섞인 성질이 나타난 건가요?"

"맞아. 이성과 본성 그리고 중립적 성격, 이 세 가지 성질이 다시 싸우게 돼. 결국에는 이성적인 쪽이 중립 쪽과 타협을 하게 돼서 같은 성질로 섞여 버렸지."

"그럼, 나머지 본성 쪽은 상대적으로 힘이 약해졌겠네요."

"응. 그래서 본성은 100일마다 한 번씩 몸을 지배하는 걸로 모든 대립은 종결이 됐어."

“그러니까, 본성은 결국 당신이기도 하다는 거네요.”

끊임없이 부정하고 또 부정해 왔지만, 래미의 말을 들으니 확연해진다. 아니, 인정할 수밖에 없다.

래미는 여전히 의문이 풀리지 않는 듯 질문을 던졌다.

“그런데, 왜 오늘은 그 본성이 누그러들지 않고 계속 몸을 지배하고 있었던 걸까요?”

먼젓번 아할리만의 심장에 놈을 보름 정도 가둔 적이 있거든. 그 분노와 너를 향한 갈망으로 인해 힘이 폭발한 것 같아.

“글쎄. 나도 모르겠어.”

사실대로 말할 수가 없어 그렇게 대꾸하고 말았다. 다행히 래미는 가만히 고개를 주억거릴 뿐 거기에 대해 더 캐묻지는 않았다.

창밖을 응시하며 멍하니 생각에 잠겼던 그녀가 다시 궁금증을 던졌다.

“그 본성 쪽은 왜 그렇게 피를 갈망하는 거예요?”

“나와 계약했던 악마가 좋아했거든. 무의식중에 나 역시 원할 수밖에 없었고.”

“아, 악마요?”

“내가 가진 힘들이 그냥 생겼을 리 없잖아.”

씁쓸한 대꾸에 래미는 잔뜩 놀란 얼굴을 하면서도 가만히 그의 등을 토닥여 주었다.

문득, 그녀의 뇌리에 생각 하나가 스쳤다.

“혹시, 루이 씨가 대낮에 외출을 싫어하는 것도 그 힘 때문인 거예요?”

“그렇다고 할 수 있지. 본능적으로 빛을 싫어하는 존재들과의 계약이니까. 모두 개인차가 있긴 해도, 내 쪽이 유독 심하긴 해.”

아아, 하며 고개를 끄덕이는 래미의 얼굴에는 미안함이 가득했다.

그것도 모르고 예전에 한낮 데이트 안 해준다고 서운해 했었으니까.

"지금도 악마라는 존재가 있어요?"

"그들의 세계에 있기는 하지만 예전처럼 인간 세상으로 소환은 불가능해."

"왜요?"

"오래전, 천신과 악신의 대전쟁이 있었거든. 100년이 넘는 동안의 전쟁이다 보니, 양쪽 모두 상당한 피해를 입고서야 종전을 선언하게 됐지. 양측모두 인간 세상에는 발을 디디지 않는 조건으로."

열심히 듣고 있던 래미의 입술이 턱 벌어졌다.

"백 년이 넘는 전쟁이라고요? 잠깐, 잠깐만요. 그럼, 도대체 루이 씨는얼마나 살아온 거예요?"

작게 미간을 찡그린 그녀는 창문을 통해서가 아니라, 옆으로 몸을 돌려루이를 바라보았다.

"그러고 보니까, 난 루이 씨에 대해 아는 게 거의 없어요. 궁금한 게 한두 가지가 아니긴 한데 일단은…… 루이 씨, 정말, 몇 살이에요?"

"……"

래미와 마찬가지로 그녀에게 몸을 돌리긴 했으나, 그는 잠시 말문이 막혔다.

루이는 곤란한 표정을 지었다. 그 대답은 확실히 해줄 수가 없다.

"나이는 비밀이에요?"

"아니. 그냥, 정확한 나이를 몰라."

"본인 나이를 모른단 말이에요?"

루이는 작게 고개를 끄덕였다.

"800살이 되던 해부터는 안 세어 봤거든."

덤덤히 내뱉은 말에 래미의 입술이 절로 턱 벌어졌다. 믿어지지 않는 듯 그녀의 눈은 화등잔만 해졌다.

"바, 방금 파, 팔백이라고 그랬어요?"

"응."

확실히 확인을 한 래미가 훅, 숨을 들이켰다.

"그럼, 그 팔백은 언제쯤이었는데요?"

"음…… 아마, 1700년대 후반이었던가 그 무렵이었을 거야."

래미의 입에서 억눌린 신음 비슷한 것이 튀어나왔다. 그녀는 도무지 믿기지 않는 듯 흰자위가 보일 정도로 눈을 커다랗게 떴다.

"1700년대 후반이면, 지금, 처, 천 년을 넘게 살았다는 거네요?"

"응, 뭐. 그쯤."

무덤덤한 루이와 달리 래미는 충격이 가득한 얼굴이었다.

"마, 마흔 넘겼다던 복만 씨 얘기도 충격이었는데, 처, 천 년이면…….."

복만을 들먹이며 더듬거리던 래미가 문득 눈썹을 휙 치켜 올렸다.

"어머, 잠깐. 맞다. 복만 씨! 복만 씨를 잊고 있었어."

래미의 눈동자가 걱정으로 인해 사정없이 요동쳤다.

"루이 씨. 보, 복만 씨 어떻게 했어요? 그 망할 숨바꼭질했을 때 아무리 복만 씨 방문을 두드려도 기척이 없던데. 그, 그, 그 본성이 서, 설마 복만 씨를…….."

차마 말을 잇지 못하는 래미를 보며 루이는 미미하게 미간을 구겼다. 그 역시 이제 겨우 복만이 생각난 참이었다.

루이는 가만히 고개를 저어 보였다.

"걔는 안 먹어. 괜찮아."

"무사하다는 거죠?"

"응."

래미는 그제야 겨우 안도의 숨을 흘렸다.

"복만 씨 어디 있어요?"

"방에 있어."

"복만 씨 방 말이에요? 아까 그렇게 문을 두드렸는데도 아무 대답 없던데요?"

루이의 입가에 조금 곤란한 미소가 떠올랐다.

"갔다 올게."

"어어, 같이……."

그녀가 말을 끝내기도 전에 루이의 모습이 눈앞에서 사라졌다.

"같이 좀 가지."

작게 투덜거리며 래미 역시 빠르게 복만의 방으로 향했다.

채 1분도 안 되는 짧은 시간이었지만, 래미가 복만의 방으로 갔을 때는 이미 상황이 종료된 상태였다.

다만, 복만은 잔뜩 퉁퉁 부어터진 얼굴로 무릎을 끌어안은 자세를 하고서 침대 위에 앉아 있었다.

완전히 삐친 모양새였다.

"복만 씨, 괜찮아?"

래미가 다가가자 복만은 여전히 입을 댓발이나 내밀고서 그녀를 바라보았다.

"안 괜찮습니다. 하루 종일 손발이 다 묶이고 입까지 봉해진 채로 천장에 매달려 있었습니다."

"천장에 매달려 있었다고?"

"네에. 지하에서 나오신 뒤 다짜고짜 제 방으로 끌고 오셔서 그러시는데 아주 죽는 줄 알았습니다."

복만의 투덜거림에 래미는 가만히 그의 어깨를 다독여 주었다.

"복만 씨는 그냥 죽을 뻔했지만, 난 진짜로 죽을 뻔했다고."

복만의 눈이 슬쩍 가늘어졌다.

"그냥 죽을 뻔이랑, 진짜로 죽을 뻔, 그건 무슨 차이인데요?"

"하마터면 복만 씨 주인님한테 먹힐 뻔했거든."

복만의 시선이 휙 루이에게로 날아갔다.

"그, 그럼, 정말 아침에는 원래대로 안 돌아오신 상태로 지하에서 나오신 겁니까?"

루이가 팔짱을 낀 채로 고개를 끄덕여 보였다.

"그랬다니까."

언제 그랬냐는 듯 복만의 표정이 확 풀어졌다.

"어우, 전 그것도 모르고 주인님만 원망하고 있었거든요. 틀림없이 평소와 같을 거라고 생각했지 뭡니까."

그렇게 말한 복만이 다급히 래미를 살폈다.

"아이고, 고객님, 무사하신가요?"

"그러니까, 복만 씨와 대화 중이지. 내가 귀신으로 보이니?"

어색하게 웃은 복만이 고개를 갸웃거렸다.

"그런데, 어떻게 무사하신 건가요? 제가 도움도 못 됐는데요."

"사실은 나도 그걸 잘 모르겠어. 막 먹히기 직전이었는데 갑자기……."

막 래미가 당시의 상황을 설명할 때였다.

"그만하고 가. 피곤해."

루이의 음성이 날아들어 래미의 말을 잘랐다.

"어, 피곤해요?"

"응. 많이. 가자."

루이가 다가와 손을 내미는 바람에 래미는 복만과의 대화를 중단하고 몸을 일으켰다.

"복만 씨도 피곤할 텐데 쉬어."

"넵, 고객님도요. 주인님, 안녕히 주무세요."

예의 바르게 인사를 하는 복만을 두고서 래미는 루이의 손에 이끌려 방을 나섰다. 복도를 걸으며 래미가 입을 열었다.

"오늘 있었던 일이 모두 다 꿈만 같아요. 되게 멍하고 기분이 이상해."

"푹 자고 일어나면 괜찮아질 거야."

입가를 올려 부드러운 미소를 보인 루이가 정면을 응시했다.

래미를 의식해 여전히 입은 웃고 있었으나 까만 눈은 더없이 어두워졌다.

33

자정을 넘어 새벽으로 치닫고 있었음에도 루이는 잠을 이루지 못했다.

루이는 자신의 팔을 베고서 곤히 잠들어 있는 래미의 얼굴을 가만히 쓰다듬었다.

그것만으로는 부족해 몇 번이나 부드러운 뺨에 입술을 찍고서야 그는 물끄러미 래미를 바라보았다.

"……넌 누구지? 누굴까. 왜 내게로 떨어졌지?"

루이의 눈동자가 미미하게 흔들린다.

그저, 어둠의 힘이 통하지 않는 특이한 체질이라고만 생각했는데 그게 아니었다.

그는 짙은 한숨을 뱉어내고서 이내 베개에 머리를 대고 누웠다.

루이는 처음으로 래미를 저녁식사에 초대했던 날, 아할리만의 심장과 나누었던 대화를 떠올렸다.

'저 아이, 내 힘이 통하지 않는다. 400년 전 내 손에 죽은 헌터의 환생인 건가?'

'그렇지 않다.'

그때, 아할리만은 틀림없이 그렇게 대답했었다.

아할리만의 심장이 그렇게 말을 했다는 건 래미가 헌터의 환생은 확실히 아니라는 뜻이다.

그런데 왜. 어째서 래미의 피를 맛본 직후, 헌터의 피를 섭취한 것과 동일한 증상을 겪은 걸까.

래미의 혀를 깨물기 직전, 분명 타액에 섞여 있는 피 맛을 느꼈다. 입 안에 상처가 있었는지도 모를 일이다.

그때를 생각하자, 오싹 온몸에 소름이 돋아 올랐다.

"상처가 있었던 게 다행이었지."

만약 그대로 혀를 깨물어 더 많은 피를 내기라도 했으면 이미 그는 소멸되고 없었을 것이다.

한두 방울 될까 말까 한 적은 양이었음에도, 래미의 피는 그에게 충분히 위협적이었으니까.

'도대체 왜. 어째서 래미의 피가 헌터의 것과 동일한 증상을 이끌어내는 거지?'

답답함에, 몇 번이나 지하로 가서 아할리만의 심장을 불러내 다시 묻고 싶은 것을 눌러 참았는지 모른다.

혹시나, 아할리만이 대답을 번복할까 봐. 한 번도 그런 적은 없었지만, 만약에라도 그런 일이 생길까 봐.

루이는 처음으로 두려움이 일었다. 그래서 래미를 잃게 될까 봐.

침실로 쏟아지는 연한 아침 햇살이 잠에서 깰락말락 하는 래미의 얼굴을 어루만진다.

그 햇빛과 함께 집요하고도 진한 시선이 느껴져 래미는 꾸물꾸물 잠에서 깨어났다.

"잘 잤어?"

부드러운 루이의 음성이 귀를 간질이자 심장이 터질 것처럼 두근댄다.

하지만, 그녀는 휙 몸을 반대 방향으로 돌려 눈가에 묻은 눈곱이 없나 확인하고서야 부스스 뒤돌았다.

바로 옆에 누운 루이가 다정함이 듬뿍 담긴 눈으로 그녀를 바라보고 있었다.

"응. 간만에 푹 잔 것 같아요. 루이 씨도 잘 잤어요?"

고개를 끄덕거린 그가 팔을 뻗어 그녀를 품으로 끌어당겼다.

루이의 품에 바싹 안긴 래미는 기분이 좋아 작게 부르르 몸을 떨었다.

겨우 며칠 만인데도 루이의 이런 애정표현이 너무 고팠던 모양이다.

루이는 그녀의 정수리에 턱을 괸 채 물었다.

"아침, 뭐 먹고 싶어?"

"벌써요?"

"벌써라니. 조금 있으면 해가 중천에 뜰 텐데."

"조금만 더 이대로 있을래요."

루이의 입가에 웃음이 서렸다.

"네 배는 밥 달라고 아까부터 소리 내고 있는데?"

"아니, 아니. 이대로 있는 게 더 좋아요. 지금은 밥보다 루이 씨 품이 더 고파."

순간, 루이의 몸에 움찔, 힘이 들어가자 래미가 옆구리를 콱 꼬집었다.

"딱 이대로가 좋아요. 여기서 더 나가면 당신 은발을 단발로 만들어버릴 거야."

작게 헛기침을 하고서 루이가 가만히 작은 등을 토닥여주자, 래미는 더욱 품으로 파고들었다.

그러다 움찔하며 작게 신음을 흘렸다.

"으, 아파."

"왜 그래. 어디 아파?"

퍼뜩 어깨를 떼어 내며 루이가 걱정스레 묻자, 래미는 조금 머쓱한 표정으로 제 볼을 가만히 문질렀다.

"입 안 벽이 죄다 헐었지 뭐예요. 내가 좀 긴장하고 그러면 입술이나 입 안을 막 잘근거리거든요. 어떨 때는 피가 나는 줄도 모르고 그런다니까요? 아마, 어제 그래서 상처가 났나 봐요."

루이의 눈썹이 미미하게 꿈틀, 움직였다.

"많이 아파?"

"조금 쓰라리긴 한데, 죽을 정도는 아니에요."

"피는. 아직도 나?"

"에이, 어제 난 상처가 아직도 지혈 안 됐으면 나, 과다출혈로 죽게요?"

래미가 조금 어이없는 얼굴로 쿡쿡 웃었지만, 루이의 표정은 심각하기만 했다.

"앞으로 그 버릇 고쳐."

"응? 입술이나 입 안 잘근거리는 거요?"

"응."

"그럴게요."

"건성으로 대답하지 말고. 진짜, 꼭."

가만히 눈썹을 깜빡거리며 그를 응시하던 래미가 이내 고개를 끄덕였다.

"알았어요. 고칠게요. 사실 좋은 버릇은 아니니까."

루이의 과도한 걱정이라고 치부한 그녀는 다시 그에게로 몸을 밀착시켰다.

"이제 모두 다 제대로 돌아온 것 같아서 너무 좋아요. 하루하루가 오늘 같았으면 좋겠어."

나른하게 흘러나온 래미의 말에 루이 역시 어두운 생각은 접고서 그녀의 허리를 껴안았다.

래미가 좋아하니 루이의 마음도 한없이 노곤하게 느슨해진다.

아니, 그러려고 애썼다.

"조금만 기다려. 마음대로 외출도 할 수 있게 해줄게."

가슴팍에 얼굴을 파묻고 있던 래미는 슬쩍 고개를 뒤로 젖히고서 루이의 얼굴을 바라보았다.

"강치우, 그 사람과의 일을 해결하려고 그러는 거죠?"

"그래야 하니까."

래미는 가만히 눈을 깜빡였다.

"그 사람 찾아서 어떻게 할 거예요?"

"……"

"죽일 건가요?"

"그럴 거야."

단호하게 흘러나온 루이의 대답에 래미의 갈색 눈동자가 일렁거린다.

"그 사람이 세상에서 없어져야 루이 씨의 마음이 놓이기 때문에?"

"평생 외출 한번 제대로 못 하고 여기에 갇혀 살 수는 없잖아. 너, 그렇게 살 수 있어?"

"결론은 나 때문에 그 사람을 죽이려는 거네요?"

"네 안위가 걸린 문제야. 선택지가 있는 문제가 아니라고."

부정하지 않는 대답에 래미의 입술에 씁쓸한 웃음이 걸렸다.

"평생 자유롭지 못한 것도 끔찍하긴 한데, 누군가를 죽여서 내가 자유로워지는 것도 싫은 건 마찬가지예요."

"하지만."

"알아요. 그 사람이 있는 한 나는 늘 표적이 되겠죠. 루이 씨는 계속 불안해 할 테고요."

한 템포 쉰 다음 래미는 다시 질문을 던졌다.

"두 사람 사이에 있는 그 깊은 골은 꼭 서로를 해쳐야만 풀리는 건가요?"

"한쪽이 없어져야 끝날 거야. 그럴 수밖에 없거든."

래미는 아무런 말 없이 생각에 잠겼다.

루이와 치우의 일에 대해서는 아는 바가 없으니 함부로 이래라저래라 조언 따위도 할 수가 없다.

그렇다고 속 시원하게 물어볼 수 있느냐 하면 그것도 아니었다.

누구에게든 한두 가지 정도 밝히고 싶지 않은 아킬레스건이 있기 마련이고, 루이에게는 강치우와의 일이 그런 듯했으니까.

잠시 동안 잔뜩 헝클어진 머릿속을 정리한 래미는 스윽 손을 올려 루이의 얼굴을 어루만졌다.

"루이 씨."

"응."

얼굴을 문지르고 있는 래미의 손을 자신의 손으로 덮고서 루이가 대답했다.

"강치우 그 사람과의 일은 조금 더 생각해 보면 안 돼요?"

"시간 끈다고 해결될 일이 아니야."

"알아요. 아는데, 나는 이대로가 좋아요."

"……."

루이는 눈썹을 조금 찌푸려 도무지 모르겠다는 표정을 지었다.

"루이 씨가 그 사람 찾으러 다니면 우리, 또 떨어져서 지내야 하잖아요. 나 데리고 다닐 거 아니잖아요."

"얼마 안 걸릴 거야."

"그래도 조금 더 후에요. 지금은 루이 씨가 내 곁에만 있었으면 좋겠어요."

"……."

"루이 씨는 나랑 있는 거 별론가 보다."

"무슨. 그럴 리가 없잖아."

"그럼, 당분간만이라도 이렇게 지내요. 응? 그래 줄 거죠?"

래미에게 약한 루이는 결국 한숨과 함께 고개를 끄덕이고 말았다.

"그래. 네 옆에만 있을게."

배시시 웃은 래미가 다시 그에게로 파고들며 허리를 꼭 껴안았다.

래미는 속으로 미미하게 숨을 들이켰다.

사실, 지금의 이 평화스러움을 깨고 싶지 않은 마음도 있었지만, 그녀는 루이와 치우가 싸우는 걸 원치 않았다.

둘 중 한쪽이 잘못되는 것도 싫었다. 그게 치우일지라도.

어머니와 이모 그리고 치우가 함께 담긴 사진을 보았기 때문인지도 모른다.

치우가 이모를 좋아했었다는 사실을 알게 되었기 때문일 수도 있다.

그녀가 한때나마 좋아했던 여자의 조카인 것을 알게 되면, 혹시나 치우도 마음을 바꾸지 않을까 하는 바람을 간직하고서.

꼭 마음을 바꾸지는 않아도 예전처럼 그녀에게 섣불리 독을 쓴다든지 하는 위험한 행동은 자제를 하지 않을까 싶기도 했다.

래미가 그런 생각에 젖어 있을 때 루이는 루이대로 다른 상념에 잠겼다.

래미는 물론이고 쥐도 새도 모르게 강치우를 찾아내서 없애면 될 일이었다.

아니, 강치우를 찾으러 다니지 않기로 래미와 약속했으니, 찾아다니지는 않을 것이다.

강치우 스스로가 찾아오게 만들면 되는 거니까.

게다가 굳이 싸울 필요도 없이, 강치우를 사라지게 만들 좋은 방법도 떠올랐다.

▷   ▷   ◆   ◁   ◁

어둠이 완전히 대기에 깔린 저녁, 해준은 늘 그렇듯 무료하게 병원 생활을 하고 있었다.

리모컨으로 채널을 이리저리 옮기던 해준이 이내 전원 버튼을 눌러 티브이를 꺼버렸다.

병실은 더없이 고요해졌다.

"따분해서 돌아버리겠네."

그래도 다음 주면 퇴원도 가능하다고 했으니, 그나마 그걸로 마음의 위안을 삼고 있었다.

해준은 머리맡에 아무렇게나 놓아둔 휴대전화를 집어 들고서 전화를 걸었다. 퇴근하고 오기로 한 인희가 여태 소식이 없었기 때문이다.

요란한 컬러링 중간에 뚝 끊어지며 인희의 목소리가 들려왔다.

―어, 지해준.

"어디냐? 퇴근은 했지?"

―거의 다 왔어. 20분 정도면 도착할 것 같아.

"어어. 알았어. 빨리 와라, 친구야. 심심해 죽긋다."

―폰 게임이나 하던가.

"야, 그것도 하루 이틀이지. 그리고 자세가 불편해서 힘들어."

―그래, 알았어. 너 좋아하는 치킨 시켜 먹자.

"오케이."

인희와의 통화를 끝낸 해준은 잠시 전화기를 물끄러미 응시했다. 래미를 본 지도 한참 시간이 지났다. 물론, 통화도 한 번 해본 적이 없다.

'야, 너 지금 래미한테 전화해 봤자, 미움밖에 안 받아. 너네 엄마가 대놓고 래미 오지 말라고 하셨다며. 그런데, 네가 래미한테 전화해서 변명을 늘어놓잖아? 그럼, 더 신경질 나고 짜증난다? 있던 정도 뚝 떨어져요. 까딱하다간 친구 사이도 못 하게 되는 수가 있다고.'

'그럼, 내가 어떻게 해야 되는데?'

'일단은 래미가 먼저 연락할 때까지 전화하지 마. 서운한 거 풀리면 연락 올 거야. 그러니까, 몸조리나 잘해.'

얼마 전 인희가 해주었던 강력한 충고를 충실히 따르고 있는 중이었으니까.

"래미 목소리라도 듣고 싶은데. 쯧."

겨우 충동을 억누르며 휴대전화를 한쪽으로 내려놓을 때였다.

"너, 그냥 친구가 아니라 래미를 좋아하는구나."

홀로 있는 병실에 홀연히 낮은 음성 하나가 쑥 끼어들었다.

"헉."

시선을 돌린 해준은 숨을 들이켜며 눈을 커다랗게 떴다.

분명, 방금 전까지 혼자였고, 아무도 병실 문을 열고 들어온 기척이 없었다.

그런데, 믿을 수 없게도 묘하게 위협적인 웃음을 입에 건 남자가 떡하니 소파에 앉아 있었다.

"누구십니까? 누구신데 남의 병실에 멋대로 들어온 거죠?"

치우는 소파에서 몸을 일으켜 성큼 침대로 다가갔다.

"흐음. 많이도 다쳤네. 쯧쯧."

"누구십니까? 저를 아십니까?"

경계심이 가득한 음성으로 물은 해준이 호출 벨을 누르기 위해 손을 뻗는 찰나였다.

검지를 쭉 뻗은 치우가 해준의 이마를 쿡 찔러 그대로 재워버렸다.

치우는 깊은 잠에 빠진 해준의 심장을 응시하며 절레절레 고개를 저었다.

"심장에 지독한 저주가 걸려 있잖아? 루이 놈 짓이군."

어떠한 대상이 가까이로 오면 심장을 둘러싸고 있는 검은 기운으로 인해 극심한 통증을 느끼는 저주였다.

심장에서 무럭무럭 피어나고 있는 기운이 딱 루이의 것과 똑같았다.

치우는 손바닥을 해준의 이마에 갖다 대고서 주문을 중얼거렸다. 최근 해준이 겪었던 일들이 고스란히 치우의 머리로 옮겨졌다.

"이 능력은 루이 그놈도 못하는 거지."

루이가 사물을 움직이거나 전투 등의 물리적인 힘에 특화되어 있다면 치우는 정신 계열을 조종하는 쪽에 조금 더 능력이 치우친 케이스였다.

잠시 동안 해준의 머릿속을 살펴본 치우가 이내 손을 거두어들였다.

치우의 입술에 기가 막힌 웃음이 걸렸다.

"확실히 죄의식이라고는 눈곱만치도 없는 놈이라니까. 질투심에 저주도 모자라서 사람을 이 지경으로 만들어 놓다니."

치우는 미간을 구겼다.

"덕분에 이 친구한테는 정신지배를 못 걸겠군."

심장에는 저주가 걸려 있고, 머릿속마저 이미 루이가 기억을 건드려 놓은 상태라 더는 검은 기운을 주입할 수가 없다.

까닥하다가는 백치가 될 수도 있었다.

래미를 빼내 오는 게 급한 건 맞지만 친구들을 해치면서까지 그럴 수는 없었다. 그는 과정 따위가 어떻든 조금도 신경 쓰지 않는 루이 그놈과는 달랐으니까.

"음…… 마음 같아서는 네게 걸린 저주라도 풀어주고 싶은데, 아할리만까지 끼고 있는 그놈의 힘이 나보다는 상위라 그럴 수가 없어. 그래도 희망은 있으니까 기다려봐."

루이 그놈을 죽이면 넌 자유의 몸을 되찾을 테니.

치우는 한동안 머리가 터질 정도로 고민을 거듭했다.

마음먹은 대로 루이에게 복수를 하는 게 옳은 건지. 과연 가현이 하늘에서 통쾌해 할는지. 피눈물 흘릴 가현의 조카는 어찌하면 좋을지.

모두 다 어렵기만 했다.

하지만, 그는 결론을 내렸다. 모든 원망을 다 받아도 좋으니, 그 원흉을 없애기로.

래미까지 그 위험한 놈의 손에 죽게 만들 수는 없으니까.

"이 친구는 물 건너갔고. 그럼, 그 사납게 생긴 친구를 만나 봐야 하나."

콧잔등을 살짝 찡그리고서 생각에 빠져 있을 때였다.

똑똑.

두어 번의 노크소리가 들려더니 성질 급하게도 곧장 문이 열린다.

"지해준, 누나 왔……."

씩씩하게 들어오던 인희와 시선을 그쪽으로 준, 치우 모두 눈을 동그랗게 떴다.

인희는 뜻밖이라 놀라서 그랬고, 치우는 기가 막힌 타이밍에 놀라서 그랬고.

"어머, 손님이 계셨네요?"

인희가 조금 도도한 표정으로 치우를 슬쩍 훑어보고서 안으로 들어왔다.

"얘는 사람을 오라고 해놓고 처자빠져 자고 있네? 야, 지해준. 일어나지? 치킨 시켜 먹자며?"

털털하다 못해 거친 음성을 뱉어낸 인희가 소파에 핸드백을 내려놓고서 침대로 향할 때였다.

그녀의 발걸음이 뚝 멈추었다. 입술 끝을 올린 치우가 그녀 앞을 가로막고 섰기 때문이다.

인희는 간만에 고개를 뒤로 젖혀 남자의 얼굴을 바라보았다.

"누구세요? 지해준과 아는 사이세요?"

치우는 씨익 미소를 보인 다음 눈썹을 치켜세우고 있는 인희에게로 손을 뻗쳤다.

놀라서 동그랗게 떠진 인희의 눈 위로 치우의 손바닥이 날아들었다.

고요했으나 후끈후끈한 열기로 달아오른 침실.

지이잉. 지이이잉. 저만치 테이블 위에 놓인 휴대전화가 진동을 해댄다.

"……잠깐만요, 핸드폰……."

래미가 입술을 떼어 내며 말했으나 이내 기다란 손이 턱을 붙잡고서 원래대로 돌려놓았다. 다시금 따라붙은 입술이 그녀의 것을 집어삼킨다.

부드럽고 조심스러우나 더없이 은밀하고 진한 키스. 호흡은 점점 더 거칠어져가고 정신은 자꾸만 아득해진다.

지이이잉. 지이이잉. 지이이이잉.

또다시 귀를 잡아채는 둔탁한 진동소리에 래미는 점점 떠나가는 영혼을 붙잡았다.

"잠깐만요, 루이 씨이."

"……."

고개를 기울여 짧고 진하게 입술을 맛본 다음에야 루이는 래미를 놓아주었다.

한창 불이 붙고 있는 상황에 방해를 받은 것이다.

떨어진 루이의 얼굴에 불만이 가득하자, 래미는 작게 웃고는 테이블로 향했다.

김인희 이름 석 자가 깜빡이는 휴대전화를 집어 들고서 그녀는 통화를 연결시켰다.

"어, 인희야."

—뭐 하느라 전화를 이렇게 늦게 받냐?

"어어, 그냥. 전화 오는 줄 몰랐어."

260 2

—오호, 전화가 울리는 줄도 모를 만큼 정신없이 뭔가를 하고 있었다는 뜻? 설마 애인님이랑?

"지, 지랄하지 마시고요."

—그래. 지, 지랄 안 할게.

래미의 더듬거림을 흉내 낸 인희가 알 만하다는 듯 고음으로 웃어 젖혔다.

아무리 친한 친구라지만 이럴 땐 너무 얄밉다.

"왜 전화했어?"

—나 아까 지해준 병원에 들렀다가 이제 집으로 가는 길이거든. 이참 저참 전화했어.

"그랬어? 해준인 좀 어때?"

해준이란 말에 루이의 시선이 날카롭게 와 닿는 줄도 모른 채 래미는 걱정스러운 표정을 지었다.

—많이 좋아진 거 같아. 다음 주 정도면 퇴원할 거라던데? 뭐, 깁스는 나중에야 풀겠지만.

"아. 시간이 벌써 그렇게 됐구나."

—왜. 애인님 댁에 들어가 있으니, 너무 좋아서 시간 가는 줄도 모르겠냐?

"어. 너무 좋아서 날짜 가는 줄도 모르겠다. 됐냐?"

킥킥거린 인희가 금세 목소리에 묻은 웃음기를 지웠다.

—근데, 해준이 몸 회복이 문제가 아니라, 정신적으로 너무 힘들어하는 것 같더라.

"왜?"

—아니, 자꾸 악몽을 꾼대. 택시를 타고 가다가 사고 나던 장면이 무한

반복되는 그런 꿈 말이야.

"그거, 사고 후유증 아니야? 외상 후 스트레스 장애인가 뭔가 그런 거."

—나도 그렇게 생각은 하고 있어. 누군가가 옆에 앉아서 일부러 사고를 낸 것 같은 꿈을 계속 반복해서 꾼대.

"어떡해. 너무 불쌍하다. 얼마나 충격이 컸으면."

그때까지도 래미는 별다른 생각을 하지 않았다. 그저, 해준이 안됐고, 안타까운 마음이 클 뿐이었다.

—근데, 희한한 건 그 옆에 앉아 있던 사람의 눈이 오드아이래.

뒤이어 흘러나온 인희의 말에 래미는 심장이 딱 멎는 기분이었다.

"방금 뭐라고 했어?"

—뭐, 오드아이 말이야? 꿈속에서 옆에 앉아 사고를 낸 것 같은 사람이 오드아이라고.

래미의 눈동자가 저도 모르게 루이에게로 날아갔다. 그녀를 기다리기가 지루했던지 루이는 이미 책을 펼쳐든 상태였다.

'나, 미쳤나 봐. 왜 루이 씨를 보고 난리야? 해준인 교통사고 후유증으로 악몽을 꾸는 것뿐일 텐데.'

어이없는 얼굴을 하고서 래미는 밑으로 시선을 돌렸다.

—더 웃긴 건 되게 붉은 눈이었대. 한쪽은 붉고 나머지는 뭔가 연한 색의 눈동자가 계속 자기를 노려보면서 사고를 내는 것 같대.

순간적으로 래미는 뒷머리가 비쭉 서는 듯했다. 그녀의 입술이 딱딱하게 굳어지고 있었다.

붉은 눈의…… 오드아이라니.

래미는 다시금 루이 쪽으로 향하려는 눈동자를 겨우 바닥에다 고정시켰다.

2

'나 왜 이래. 자꾸 무슨 생각을 하는 거야. 꿈이라잖아, 꿈. 꿈에서 붉은 오드아이가 나오든 파란 오드아이가 나오든 루이 씨와 무슨 상관이라고.'

게다가 해준은 루이의 오드아이는커녕, 그와 한 번도 마주한 적이 없다. 루이 역시 해준을 본 적이 없고.

해준이 붉은 오드아이의 악몽을 꾼다고 해서, 교통사고를 루이와 연관 짓는 건 너무 허무맹랑한 짓이었다.

그런데, 기분이 너무 묘한데다, 불안감까지 드는 건 왜일까.

―꿈이지만 되게 섬뜩하지 않아? 어우, 소름 끼쳐.

"좀 그렇긴 하네."

―암튼 다음 주에 퇴원이라니까 한번 뭉치자고. 셋이 같이 안 본 지 꽤 됐잖아.

"글쎄, 봐서."

래미의 미지근한 반응에 인희의 음성이 높아졌다.

―글쎄는 무슨 글쎄야? 너, 애인님 사귀고부터는 너무 보기 힘들어진 거 아냐? 난 연애할 때 진짜 안 그랬다?

"억울하면 너도 연애해."

―오냐. 이 언니가 연애하면 너랑 똑같이 해준다. 그때 애인님이랑 싸웠 니 뭐니 하며 징징거리기만 해봐.

목소리에 힘을 빡빡 주어 대답한 인희가 다시 말을 이었다.

―어우, 씨. 근데, 아까부터 난 왜 이렇게 머리가 아프냐? 미쳐버리겠네, 진짜.

"왜, 감기 기운 있는 거 아냐?"

―아니, 그건 아닌데. 해준이 병실에 도착한 뒤부터 계속 머리가 쪼개질 것처럼 아프네?

"병원 냄새 때문에 그런 거 아냐? 원래 병원 냄새 맡으면 머리 아픈 사람들이 있대."

―그래서 그런가. 딱따구리 몇 마리가 머리에 붙어서 미친 듯이 쪼아대는 것 같다야.

"그럼, 얼른 들어가서 쉬어."

―오냐, 나중에 봐.

인희와의 통화를 끝냈지만 래미는 잠시 못 박힌 듯 서서, 이상하게도 어지러워지는 마음을 가다듬으려 애썼다.

그때, 루이의 목소리가 그녀의 귀를 잡아챘다.

"표정이 왜 그래?"

"네?"

"얼굴이 굳어졌어. 왜, 안 좋은 통화라도 한 거야?"

래미는 뺨을 문지르며 퍼뜩 표정을 풀었다.

"아뇨. 그건 아니고. 내 친구 지해준이라고 알죠?"

루이의 한쪽 눈썹이 슬쩍 위로 향했다.

"그런데."

"저번에 그 친구가 택시를 타고 가다가 교통사고를 당해서, 병원에 입원 중이거든요."

"그래?"

"걔가 다음 주에 퇴원을 한다는데, 그 친구 퇴원하면 다 같이 한번 보자는 뭐 그런 내용이었어요."

루이는 전혀 상관없는 듯 별다른 반응을 보이지 않았다.

"그런데, 얼굴은 왜 그렇게 심각해?"

"아뇨, 그냥…… 난 나가기가 좀 그렇잖아요."

솔직히 다 말할 수가 없어, 대충 그렇게 둘러대는데, 문득 해준을 택시에 태워 보낸 뒤의 일들이 머리를 스치고 지나갔다.

그날, 예고도 없이 집으로 찾아왔던 루이는 그 어느 때보다 화가 난 상태였다.

말로는 화를 안 낸다고 했지만, 그때 그는 잠깐 동안 온몸으로 화를 표출했었다.

지금까지 래미는 루이가 그토록 화가 난 이유를 정확히 알지 못했다.

그저, 그녀가 마음대로 약속을 취소했기 때문이라고 그렇게 치부하고 말았다.

분명, 겨우 그것 때문에 화를 낼 사람이 아니었지만, 달리 갖다 붙일 만한 다른 이유가 없었으니까.

순간, 다른 가설 하나가 떠올랐다.

'만약, 루이 씨가 그날, 내가 지해준이랑 집 안에서 둘만 나오는 걸 목격했다면? 그걸 보고 오해해서 택시 사고를 낸 다음 집으로 온 거라면…….'

이런 미친. 누가 작가가 아니랄까 봐 소설 쓰고 있네, 진짜.

굳은 얼굴로 소름 끼치는 망상을 접으려 애쓸 때였다. 어느새 다가온 루이가 그녀의 턱을 움켜쥐었다.

"또 입술 깨문다."

부드러우나 어쩐지 단호하고 날이 선 것만 같은 루이의 음성.

그제야 래미는 자신이 입술을 깨물고 있다는 것을 깨달았다. 래미는 치아에 눌린 입술을 놓고서 머쓱하게 웃었다.

"나도 모르게 자꾸 깨물게 되네요."

"흠. 어떻게 하면 이 버릇을 고칠 수 있을까."

"내가 입술 깨물고 그러는 거 되게 싫은 모양이네요."

"상처 나면 안 되잖아."

조금 미묘한 웃음을 보인 루이가 물끄러미 래미를 응시했다.

"친구들 만나러 못 나갈 것 같아 마음 상해서 그래?"

그녀의 헛생각을 알 리 없는 루이의 다정한 물음에 래미는 급격히 미안함이 밀려들었다.

"그게, 음……."

거짓말로 그런 척하기가 더 민망해 우물쭈물하는데 루이가 말을 이었다.

"다음 주에 친구들 만날 때 나가도 돼."

생각지도 못한 말에 래미는 잔뜩 놀란 표정을 지었다.

"정말요?"

"다 같이 만난다는데 혼자 빠지는 게 속상해서 그런 거잖아."

"그래도 돼요?"

얼떨떨하게 되물어 놓고 래미는 이내 눈을 가늘게 떴다.

"뭐, 그전에 강치우 그 사람을 찾아서 죽이기라도 하게요?"

그가 바람 빠지는 소리를 내며 웃음을 흘렸다.

"너와 약속했잖아. 당분간은 아무런 행동 안 하겠다고."

"근데, 나가도 돼요?"

루이가 래미의 어깨를 가만히 토닥였다.

"내가 같이 갈 거니까, 괜찮아."

"진짜요? 진짜, 나랑 내 친구들 만나는데 같이 갈 거예요?"

"응."

"그 친구가 퇴원을 해도 깁스를 하고 있어야 해서, 어쩌면 그 친구 집에서 만나게 될지도 모르는데, 괜찮겠어요? 여기서 가깝지는 않은데. 당신,

외출하는 거 진짜 안 좋아하잖아요."

"별수 없잖아. 너 속상해 하는 거보다는 내가 움직이는 게 낫지."

래미가 입을 턱 벌리고 있자 루이는 말을 이었다.

"그러니까, 고민 같은 거 그만하고 입술, 깨물지 마."

그러고서 루이가 그녀의 입술을 부드럽게 어루만졌다. 그런 루이를 바라보는 래미의 눈동자에 미안함과 고마운 마음이 한데 뒤섞였다.

아아, 이렇게 배려 가득한 남자를 두고 망상질이나 해대다니.

래미는 감격에 잔뜩 젖은 얼굴로 와락, 루이의 허리를 껴안았다.

"루이 씨, 고마워요."

그는 대답 대신 그녀의 등을 가만히 토닥였다. 루이의 입술 끝이 미묘하게 휘어졌지만 래미는 알 수가 없었다.

▷　　▷　　◆　　◁　　◁

래미는 창문 앞에 서서 물끄러미 바깥을 바라보았다. 그녀는 최근 들어 가장 평온한 시간을 보내고 있었다.

루이의 달달한 애정표현을 듬뿍 받으며 큰 근심 걱정 없이 지내는 중이었다.

그런데, 사람의 마음이란 게 참 간사했다. 밖으로 한 발짝도 나가고 있지 않으니 답답증이 몰려온 것이다.

친구들을 만나러 나가는 날까지 남은 며칠이 왜 이렇게 더딘지 모를 일이다.

물론, 루이 앞에서는 그런 티를 낼 수가 없다. 혹여, 그녀를 위한답시고 루이가 마음을 바꿔 강치우를 찾아 나설까 봐.

래미는 아직 치우에 대해서는 뭐라 결론을 내릴 수가 없는 복잡한 마음이었다.

방금 막 지하에서 돌아온 루이는 하염없이 창밖만 응시하고 있는 래미의 뒷모습을 물끄러미 바라보았다.

루이의 얼굴이 안타까움과 씁쓸함으로 어두워진다. 그는 이내 표정을 지우고서 래미에게로 다가갔다. 루이는 뒤로 가 작은 어깨를 감싸 안았다.

"무슨 생각을 그렇게 해?"

"아무 생각 안 해요. 그냥, 바깥 구경 중."

"……"

얼마나 답답하면, 매일 똑같은 거리를 지겹도록 지켜보고 있을까. 루이는 무거운 얼굴로 잠시 래미의 어깨만 만지작거렸다.

치열하게 속마음들이 갈등을 해댄다. 래미를 위해 뭔가를 해주고 싶은 마음과 절대, 행하지 못하겠다는 마음.

"잠깐 나가서 산책이라도 할까?"

그렇게 말하고서 루이는 눈을 질끈 감았다가 떴다.

래미를 위하고 싶은 마음이 월등히 컸으나 여전히 그는 한낮 외출이 껄끄러웠으니까.

조금도 예상치 못한 듯 래미는 그대로 휙 몸을 돌려 루이를 올려다보았다.

"왜요?"

갑작스러운 제안에 그녀도 놀란 모양이었다.

하지만, 동그랗게 떠진 그녀의 눈동자는 그 어느 때보다 반짝반짝 빛난다.

"너, 많이 답답해하는 거 같아서."

"아닌데?"

"아니긴. 틈만 나면 창문 밖만 보고 있으면서."

래미가 작게 헛기침을 하고서 눈을 깜빡였다.

"내가 그랬어요?"

"응."

루이는 가만히 고개를 끄덕이고서 래미의 얼굴을 응시했다.

가끔 래미에게서 묘한 느낌을 받을 때가 있다. 래미는 이거 해달라, 저 거 해달라, 보채는 경우가 거의 없다.

그래서 상대방으로 하여금 안타까움이 일어 뭔가를 더 해주고 싶게끔 만든다고 할까.

"가자."

"지금요? 아직 한낮인데 루이 씨 괜찮겠어요?"

"응. 뭐."

짐짓 아무렇지 않은 얼굴로 대답한 루이는 그녀를 이끌었다.

괜찮지 않지만, 그가 먼저 제안을 했다. 잠깐이라도 좋으니 무조건 행해 야 했다.

게다가 래미의 안색이 확 밝아지는 걸 보니, 끔찍할 것 같은 기분도 조 금 누그러진다.

'래미만 좋다면 잠깐 정도야 뭐.'

"흐음. 얼마 만에 맡아 보는 바깥 냄새야."

래미는 조금 앞서서 걸으며, 마음껏, 크게, 폐부 깊숙이 공기를 들이마 셨다.

미세먼지에 대한 걱정 같은 건 머릿속에 없었다. 하루 정도 들이마신다 고 당장 어떻게 되지는 않겠지.

"루이 씨는 어때요?"

그렇게 물으며 뒤돌아선 래미는 헛웃음을 삼켰다.

루이의 안색이 눈에 띄게 창백해진데다 눈 밑에 다크서클까지 있는 것처럼 보이는 건 착각이겠지.

바깥 햇살과 마주한 지 채 5분도 지나지 않았건만 루이는 급격히 피곤해 보이는 모습이었다.

예전에 밤거리를 걸을 때는 이 정도까지는 아니었는데. 정말, 낮 외출이 본능적으로 싫은 모양이다.

래미는 루이에게로 되돌아갔다. 바로 옆으로 다가가자 그가 억지로 굳은 표정을 펴 보였다.

"우리, 저기까지만 더 걷다가 돌아갈까요?"

"아냐. 조금 더 걸어도 돼."

"공기가 별로 안 좋네요. 간만에 나와서 그런지 목도 칼칼하고."

"……"

루이는 고민하는 듯 아무런 말도 하지 않았지만, 눈에 띄게 얼굴이 밝아졌다.

'나 좋자고 내 남자를 고문할 수는 없지.'

래미는 루이의 손에 제 손을 깍지 끼고서 씨익 웃어 보였다.

그가 마주 웃어 주었지만, 너무도 기계적이라 조금도 웃는 것처럼 느껴지지 않는다.

그때, 한참 어르신으로 추정되는 음성이 끼어들었다.

"저기, 젊은 양반들."

거의 팔순은 되어 보이는 머리 허연 영감님이 느릿느릿 두 사람에게로 다가오고 있었다.

"네? 저희 부르셨어요?"

"길 좀 물읍시다. 여기를 가야 되는데 내, 도통 알 수가 있어야지."

래미는 잡고 있던 루이의 손을 놓고서 쪼르르 영감님에게로 다가갔다.

영감님이 내미는 약도를 본 래미가 손을 쭉 뻗어 어딘가를 가리켰다.

"어르신, 저 앞에 교회 건물 보이세요?"

"응? 아아, 네. 보여요. 저 건물 말이지?"

"네, 네. 저 건물 바로 뒤쪽으로 가시면 목적지 간판이 있을 거예요."

"아이고, 바로 앞이었구만."

래미가 친절하게 웃어 보이자 영감님이 고마움에 그녀의 한 손을 덥석 잡고서 몇 번 흔들어 보였다.

"고마워요, 아가씨. 덕분에 수월하게 가는구만."

"네. 살펴 가세요, 어르신."

영감님이 몇 번이나 고마움을 표한 다음에야 몸을 돌려 목적지로 향했다. 잠시, 영감님의 뒷모습을 바라보던 래미 역시 몸을 돌렸다.

"우리도 저 블록까지만 갔다가……."

윽. 래미는 심상치 않은 루이의 얼굴을 마주하고서 말문이 콱 막혔다.

심기가 잔뜩 상한 표정으로 루이가 미간을 구기고 있는 것이다.

"왜 그래요, 루이 씨?"

그의 눈이 조금 전 영감님이 잡고 있었던 래미의 손으로 떨어졌다.

아주, 상당히, 매우 기분 나빠하는 눈빛이었다.

찰나 동안 눈동자를 굴린 래미의 입술이 턱 벌어졌다.

"뭐야, 설마, 저 어르신이 고마워서 내 손 좀 잡은 걸로 지금 기분 나빠하는 거예요?"

"그럼, 기분 안 나빠?"

"어머, 세상에."

"넌 뭐가 좋다고 손 잡힌 채 웃어?"

래미의 입이 더더욱 벌어졌다.

"저 어르신 팔순은 된 것 같은데, 영감님한테까지 질투하는 거예요?"

"팔순이 나이야?"

잔뜩 어이없어하던 래미는 곧장 흘러나온 대꾸에 그만, 육성으로 터지고 말았다.

"아하하하. 맞다. 당신이 훨씬 더 연세가 많으시죠오? 아아, 저 영감님한테 질투를 느끼는 것도 이해가 가네요. 큭큭큭."

그녀의 놀림에 그제야 루이가 음, 진한 한숨을 흘렸다. 하지만, 불쾌한 듯 표정은 풀어지지 않는다.

'팔순 영감님한테도 질투라니. 아, 이 남자 왜 이렇게 귀여운 거야?'

래미는 여전히 웃음기 가득한 얼굴로 성큼 루이에게로 다가갔다.

"루이 씨, 나 예전부터 누군가를 사귀게 되면 꼭 길거리에서 한번 해보고 싶은 거 있었거든요."

"……."

그가 대답 대신 눈썹을 쓰윽 올렸다.

"고개 좀 숙여볼래요?"

슬쩍 미간을 구기고서 눈을 깜빡이던 그가 못 이기는 척 고개를 앞으로 기울였다.

"나, 많이 예뻐해 줘서 고마워요. 대신, 질투는 조금 줄이기."

장난스럽게 말한 래미는 발뒤꿈치를 한껏 들어 올렸다. 그리고 루이의 입술에 쪽 소리가 나게 입을 맞췄다.

루이의 눈이 동그랗게 떠지는 걸 보며 래미는 발을 내리고서 한 걸음 뒤로 물러났다.

"사람들 많은 곳에서 스킨십해 보는 거."

그렇게 말해 놓고 래미는 잔뜩 얼굴을 붉혔다. 지나가던 사람들의 시선이 루이와 래미에게 집중되었기 때문이다.

"우와, 이것도 아무나 하는 게 아니네요. 어우, 창피해. 우리, 빨리 가요."

래미는 여전히 눈만 깜빡이고 있는 루이의 팔짱을 끼고서 발걸음을 재촉했다.

말없이 래미의 손에 이끌려가던 루이가 한 마디를 뱉었다.

"내일도 나올까."

래미는 시뻘겋게 달아오른 얼굴로 픽 웃음을 흘렸다. 그런 래미를 바라보는 루이의 얼굴도 처음보다는 훨씬 더 부드럽게 풀어졌다.

그림 같은 두 사람에게로 사람들의 이목이 모여들었으나, 래미와 루이는 서로에게만 한껏 집중하며 발걸음을 옮겼다.

거기서 조금 떨어진 곳. 행복해 하는 두 사람의 뒷모습을 매서운 눈으로 응시하는 사람이 있었다.

"설마, 아니겠지. 그럴 리가 없겠지."

퍼렇게 질린 낯빛을 하고 있는 나현이었다.

34

혼절한 것처럼 잠에 빠져 있던 인희는 겨우겨우 눈을 떴다.

"으음…… 머리 아파."

며칠 전 해준의 병문안을 다녀온 뒤부터 인희는 알 수 없는 지독한 두통에 시달리고 있었다.

급기야 오늘 아침에는 도무지 출근을 할 수가 없어 결근까지 하고 말았다.

"진짜, 큰 병원 가서 정밀 검사라도 해봐야 하나."

부스스 몸을 일으킨 인희는 침대맡에 놓인 휴대전화를 집어 들고서 자는 동안의 문자나 전화 등을 확인했다.

[김인희 씨, 난 참 그렇다? 곧 연말이라 한창 바쁜데, 갑자기 자리를 비우는 건 너무 경우가 없다고 봐. 평소에 몸 관리는 스스로 해야지. 안 그래? 난들 뭐 아픈 데 없어서 꼬박꼬박 출근하는 거 아니거든. 아무튼 뭐, 몸조리 잘해. 근데, 진짜 아픈 건 맞지? 맞겠지, 뭐.]

잔뜩 비꼰 직장 상사의 문자에 그녀의 인상이 절로 찌푸려졌다.

"이년 잔소리 듣기 싫어서라도 내가 아프면 안 되는데. 아 씨, 짜증. 누군들 아프고 싶어서 이러나. 하여튼 말 한 마디 이쁘게 하는 법이 없지. 얼 탱이가 없어서."

중얼거리며 계속 액정을 들여다보던 인희의 손이 뚝 멎었다.

오전 무렵, 누군가와의 통화 기록 때문이었다.

"내가 잠들기 전에 누구랑 통화를 했었다고?"

인희는 여전히 지끈거리는 머리에 한 손을 얹었다. 연락처가 저장되지 않은 낯선 번호와 장장 7분 이상이나 통화를 했다.

게다가 걸려온 걸 받은 것도 아니고, 발신인이 다름 아닌 그녀다.

"뭐, 뭐지? 뭐냐고. 누군지도 모르는 번호로 전화를 걸어서 7분을 넘게 통화를 했는데, 난 왜 기억을 못 하는 거냐고. 나, 진짜 뇌에 이상 있는 거 아냐?"

오싹, 소름이 돋아 오른 인희는 잠시 주저하다 낯선 그 번호로 다시 통화 버튼을 눌렀다.

컬러링 같은 건 전혀 없는 담백한 기계음이 몇 초 동안 흘러나오더니, 이내 누군가가 전화를 받았다.

—여보세요?

중년 여인의 음성이었다. 들어본 적이 있는지 없는지 구분조차 되지 않는.

"음, 저기 제가……."

—아. 인희구나. 아줌마가 너무 경황이 없어서, 아직 네 전화번호를 입력 못 했어.

아줌마?

순간, 뒷머리가 비쭉 솟아오르고, 몇 시간 전의 일이 번개처럼 뇌리에 꽂혔다.

이 낯선 전화번호의 주인공은 다름 아닌 래미의 어머니, 나현이었다.

몇 시간 전, 나현에게 전화를 걸어 7분가량 무슨 말을 했는지가 세세히 머릿속에 떠올랐다.

'미쳤어, 미쳤어, 미쳤어!'

인희의 등 뒤로 식은땀이 흘러내린다.

"아, 아, 아주머니. 아, 아까 제가 드렸던 말씀은요⋯⋯."

─알아. 걱정 안 해도 돼. 래미한테는 네가 전화했었다는 거 절대 비밀로 할게.

"아주머니, 있잖아요."

─솔직히 네 전화를 받고 반신반의했어. 내 딸이 그럴 리가 없는데. 그런데, 여기 오고 보니, 네 말이 다 맞다는 생각이 든다.

"예? 그, 그게 무슨 말씀이세요?"

─조금 전에 서울 올라온 참이거든. 아줌마는 서울 땅이 이렇게 좁은 줄 처음 알았다. 길거리에서 래미를 봤는데⋯⋯ 참 나, 입에 담기도 민망하구나. 길거리에서 뭐하는 짓인지. 얼굴이 화끈거려 죽는 줄 알았어.

"서, 서울이시라고요?"

─그래. 집에 한번 가봐야 할 것 같아서 말이다. 곧 도착할 것 같아. 아무튼 지금은 운전 중이니 나중에 통화하자꾸나.

"네, 드, 들어가세요."

그러고서 통화가 끊어졌다. 인희는 휴대전화기를 든 채 가쁜 숨을 몰아쉬었다.

약, 몇 시간 전, 믿을 수 없는 정신 나간 짓을 해버렸다.

나현에게로 전화를 걸어 래미의 동거 사실을 고스란히 고한 것이다.

도대체, 래미 어머니의 전화번호는 어떻게 알았는지, 왜 그런 짓을 했는지 기가 막힐 따름이었다.

인희는 머릿속이 텅 비어 버린 것처럼 아무런 사고도 할 수가 없었지만, 이러고 있을 때가 아니었다.

그녀는 빠르게 래미에게로 전화를 걸었다.

난생처음으로 한 루이와의 한낮 외출이 끝나간다. 저만치 앞에 루나의 건물이 보였다. 짧긴 했어도 래미에게는 참으로 의미 있는 외출이었다.

아쉬움이 남지 않는다면 거짓말이겠지만, 오늘은 이 정도만으로도 그녀는 충분했다.

'이렇게 조금씩 극복하다 보면 언젠가는 함께 서점도 가고, 영화관도 가고, 여행도 가는 날이 올 수도 있겠지.'

물론, 루이가 지닌 힘 때문에 불가능할지도 모르겠지만. 그래도 머릿속에 그런 날을 그려보자 절로 입가에 미소가 지어진다.

"네 전화. 계속 진동 오는데."

루이의 목소리가 들려 와서야 래미는 현실로 돌아왔다. 정말로 주머니 속 휴대전화가 징징 진동해 대고 있었다.

"어, 내 거 맞아요."

래미는 루이와의 팔짱을 풀고서 휴대전화를 꺼내 들었다. 액정에 김인희 이름이 깜빡여 대고 있었다.

"어, 왜. 인희야."

—램, 정말정말정말 미안해! 나 정말 너한테 죽을죄를 지었거든? 근데, 그게 나도 내가 왜 그랬는지 모르겠어!

다짜고짜 날아온 다급한 말에 래미는 고개를 갸웃거렸다.

"응? 갑자기 웬 죄 타령?"

―일단, 욕이든 뭐든 죗값은 나중에 치를 테니까, 일단, 지금 당장 너네 집으로 튀어가, 얼른.

"우리 집? 아니, 왜?"

―나, 오전에 너네 엄마랑 통화했는데, 너 동거한다는 사실 말했어.

완전히 심각하게 흘러나온 인희의 말에 래미는 어이가 없어 피식 웃었다.

"아, 그러셨어요? 잘했네, 잘했어."

―야. 거짓말 아니고, 진짜로 너네 엄마랑 통화해서 다 얘기했다고. 너네 엄마, 확인하시겠다고 진작 서울 도착하셨대! 그러니까 빨리 집으로 가서 집 비었던 흔적 지우란 말이야!

"그래, 알았다니까?"

―하아. 미치겠네, 진짜. 아! 야, 너 지금 밖이지? 길거리에서 애인님이랑 민망한 짓 했니?

"뭐?"

―너네 엄마, 방금 전에 길거리서 너 보셨는데, 얼굴이 화끈거리셨대.

맙소사. 래미의 발걸음이 뚝 멎었다.

"뭐, 뭐라고? 너, 진짜, 우리 엄마랑 통화했어?"

―그래! 그러니까, 지금은 이유 묻지 말고 일단 집부터 가서 비었던 흔적 지워. 어쩌면 너네 엄마 집에 도착하셨을지도 모른다고! 너네 엄마가 추궁하시거든 내가 거짓말했다고 둘러대고.

순간적으로 바윗덩이에 얻어맞은 것처럼 머리가 얼얼해지고 눈앞이 캄캄해져 왔다.

전화를 끊고서 래미는 겨우 아찔해진 정신을 가다듬으며 루이를 보았다.

"루이 씨, 지금 여기서 나 데리고 우리 집까지 순간이동 가능해요?"

"안 돼. 혼자면 몰라도 너까지 데리고 가는 건 너무 위험……."

"안 되면 나, 그냥 죽을래요."

단호하고도 확고한 말에 루이의 눈이 커졌다.

"무슨 일인데 그래."

"우리 엄마가 지금 집에 오신대요. 아니, 도착하셨을지도 모른대요. 그러니까, 내가 먼저 집에 가야 해요. 제발요."

래미는 거의 울기 일보직전이었다. 루이는 더 묻지 않고 래미의 팔을 붙잡은 채 사람이 없는 골목으로 향했다.

"저번보다 훨씬 더 많이 어지럽고 힘들 거야. 어쩌면 공간이 일그러지는 압력 때문에 어디가 잘못될 수도 있어. 괜찮겠어?"

"어차피 엄마보다 늦게 도착하면 맞아 죽을 거예요. 빨리, 빨리요."

어쩔 수 없이 루이는 래미의 허리를 감고서 품으로 당겼다.

"꽉 잡아."

래미는 자석처럼 찰싹 루이에게 몸을 밀착시키고서 허리를 꽉 껴안았다. 그리고 눈을 꼭 감았다.

뒤이어 예전에 느껴본 적 있는 엄청난 어지럼증이 그녀를 덮쳤다.

거리가 더 멀어서인지 뼈에서 살이 발라지는 것만 같은 통증은 덤이었다.

으윽! 비명인지 신음인지 모를 소리를 뱉으며, 그렇게 몇 초를 버티자 거짓말처럼 평온해졌다.

"괜찮아?"

루이가 다급히 그녀의 몸을 훑어서야 래미는 눈을 떴다.

"괜, 괜찮아요."

래미는 울렁거리는 속을 누르며 겨우 대답했다. 그녀가 도착한 곳은 현관문 안쪽이었다.

다행히도 어머니보다 빨리 도착했는지 집 안은 고요하기만 했다.

하지만, 혹시나 몰라 가스 밸브를 모조리 잠그고 비웠기에 집 안은 온기라고는 눈곱만치도 없이 싸늘했다.

"루이 씨는 그만 가요. 이따가 내가 전화할게요."

"……."

루이의 대답을 채 듣기도 전에 래미는 신발을 벗고 뛰다시피 거실을 가로질렀다.

래미는 제일 먼저 잠가둔 밸브를 열고 보일러부터 켰다.

"어떡해, 어떡해. 장기간 집 비운 티가 너무 심하게 나잖아. 완전 싸늘해."

발을 동동 구르며 래미는 싱크대의 물을 틀어 사용한 흔적을 만들었다.

외투를 벗어 아무렇게나 장롱 속에 쑤셔 박아 놓고 깨끗한 옷가지며 속옷도 몇 개 꺼냈다. 꺼낸 옷과 속옷을 빨랫감처럼 세탁기에 던져 놓았다.

그런 다음 래원의 옷들을 왕창 꺼내 와 그녀의 장롱 속에 넣어 두었다. 그러고서 다시 거실로 나온 래미의 움직임이 뚝 멎었다.

"헉!"

래미는 저도 모르게 신음을 내질렀다. 그녀의 눈앞으로 새빨간 불덩이가 획 지나갔기 때문이다.

놀란 래미의 시선이 여전히 현관에 서 있는 루이에게로 향했다.

"루이 씨, 뭐, 뭐 하는 거예요?"

"집 안, 따뜻하게 데워놓으려고."

어? 그러고 보니, 차갑기만 하던 집에 온기가 돌기 시작했다.

루이의 능수능란한 지휘 아래 용광로 같은 불덩이가 온 집안을 휘젓고 다니자, 금세 내부에 열기가 올랐다.

싸늘하던 바닥도 어느새 따뜻하게 데워져, 그동안 전혀 집을 비운 티가 나지 않는다.

급박한 상황이라는 것도 잠시 망각한 채 래미는 입을 쩌억 벌렸다.

"우와, 루이 씨, 좀 하네요?"

"뭘. 이 정도 가지고."

그가 미미하게 웃으며 어깨를 으쓱해 보였다.

그때였다. 삑삑삑삑, 도어록의 비밀번호를 누르는 기계음이 울려 퍼졌다. 래미의 심장이 사정없이 철렁 아래로 떨어지는 찰나, 루이가 휙 사라졌다.

그리고 거의 동시에 현관문이 열렸다.

인희의 말이 거짓이나 농담이 아님을 증명하듯 나현이 모습을 나타냈다.

제발 거짓이길 바랐건만, 정말로 인희가 그 일급비밀을 고한 것이다. 그 이유가 뇌가 탈 정도로 궁금했지만, 지금은 그럴 때가 아니었다.

"엄마?"

래미는 떨리는 목소리를 애써 감추며 최대한 놀란 표정을 지어 보였다.

"엄마, 말씀도 없이 어떻게 오셨어요? 무슨 일 있어요?"

래미가 집에 있을 거라는 예상은 조금도 못 한 듯 오히려 나현의 얼굴에 당황스러운 기색이 스쳤다.

"어, 아니, 넌 왜 집에 있어?"

래미는 쪼르르 다가가 나현의 어깨에 걸쳐진 핸드백을 벗기며 고개를 갸웃거려 보였다.

"오늘 쉬는 날이라서요. 엄마야말로 말씀도 없이 어쩐 일세요?"

"아니, 그냥, 이참저참 들렀어."

어색하게 말한 나현은 신발을 벗고서 거실로 발을 디뎠다.

나현의 표정이 미묘해졌다.

인희의 말로는 래미가 집을 나가 남자의 집에서 동거를 한 지 꽤나 여러 날이 지났다고 했다. 그런데, 그런 것치고는 집 안이 훈훈해도 너무 훈훈했다.

"오늘 쉬는 날인데 데이트 안 하고 집에 있는 거야?"

마치, 추궁하는 듯한 물음에 래미는 인희의 말을 떠올리고서 퍼뜩 대답했다.

"데이트하고 왔죠."

"그래?"

"잠깐 요 앞에서 같이 산책하고, 저도 막 들어오던 참이었어요."

나현이 가만히 눈을 깜빡였다. 확실히 거짓말은 아니니, 마음이 조금 누그러졌다.

"넌 계속 집에 있었어?"

"알바하면서 직장 알아보는데 어떻게 계속 집에 있어요? 수시로 집 비우죠. 왜 그러세요?"

"아니, 아냐."

하지만, 나현은 의심의 눈초리를 거두지 않고 저벅저벅 주방으로 향했다.

싱크대에 가득한 물방울이 사용했다는 흔적을 보여주고 있었다.

"제가 설거지 같은 거 쌓아두고 그럴까 봐 불시에 검사라도 하러 오신 거예요?"

곧장 따라온 래미의 말에 나현은 대꾸하지 않고 발걸음을 휙 돌렸다.

이번에는 다용도실로 가 슬그머니 세탁기 안도 살폈다. 옷가지와 속옷이 덩그러니 안에 들어 있다.

"와. 우리 엄마 진짜로 나 감시하러 오셨나 보다. 빨래는 몇 개 안 돼서 매일매일 못 해요. 내일은 할게요."

래미의 너스레에도 나현은 뭔가 찝찝했다. 그녀는 다시 발걸음을 옮겼다.

이번에는 래미의 방으로 가 거침없이 장롱 문을 열어젖혔다. 장롱 속이 빼곡히 차 있는 게 전혀 짐을 싸서 나간 것 같지가 않았다.

"편한 옷으로 갈아입으시려고요?"

래미의 물음에 그제야 나현은 장롱 문을 닫고서 나지막이 한숨을 흘렸다.

'내가 지금 딸 친구 전화만 받고 뭐하는 거람.'

집 안을 훑어 봐도 장기간 비운 흔적을 찾을 수가 없다.

사실, 혼자 사는데 집을 비운다한들 뭐가 그렇게 흔적이 남겠냐마는.

그렇게 생각하며 의심을 날리려는 순간이었다. 갑자기 뇌리에 또 하나가 떠오르는 바람에 나현은 허겁지겁 걸음을 옮겼다.

"엄마?"

래미가 의아한 목소리로 부르며 졸졸졸 따라붙었지만, 나현은 곧장 거실을 가로질러 현관으로 직행했다.

나현이 신발을 신고 밖으로 향하자, 래미는 온몸에 소름이 돋는 듯했다.

어머니가 어디로 가는지 물어보지 않아도 뻔했다.

다름 아닌 우편함이었다!

한동안 집을 비웠으니 우편함에 각종 고지서들이 고스란히 쌓여 있을 터였다.

'어떡해!'

미처 그것까지는 생각하지 못한 래미의 등 뒤로 식은땀이 줄줄줄 흘러 내렸다.

"아하하하, 우리 엄마 오늘따라 진짜 이상하시다아!"

과도하게 웃으며 어떻게든 나현을 막아보려 했지만, 어느새 모녀는 우편함 앞에 서 있었다.

'조, 조졌다!'

나현이 거침없이 우편함을 열어젖히자, 래미는 눈을 질끈 감았다.

"공과금들은 꼬박꼬박 내니? 밀린 거 없어?"

예상외의 나현의 부드러운 음성에 래미는 슬그머니 눈을 떴다.

래미는 만세가 튀어나오려는 것을 가까스로 눌렀다.

'어, 없다!'

분명 챙기지 못한 고지서들이 쌓여 있어야 정상인데, 우편함이 텅 비어 있는 것이다. 도대체 어떻게 된 건지 알 수가 없다.

"다 자동이체 해놔서 밀린 거 없어요."

어느새 나현은 목소리만큼이나 얼굴도 부드럽게 풀어져 있었다.

나현은 래미의 등에 식은땀이 흥건한 줄도 모른 채 옷 위로 등을 토닥였다.

"오늘 쉬는 날이라고 했지?"

"네? 네."

"오늘 엄마랑 같이 자자. 엄마, 자고 내일 갈 거야."

"그, 그러세요. 혹시 아빠랑 다투고 오신 거예요?"

"이참 저참이라니까."

그러고서 싱긋이 웃었다.

"딸, 뭐 먹고 싶어? 온 김에 엄마가 맛있는 거 해줄게. 오랜만에 솜씨 좀 발휘해야겠다."

"어우, 아니에요. 밖에서 잘 먹고 다녀요."

정말로 매일매일 루이가 해주는 진수성찬에 살이 찔 지경이었으니까. 그리고 어머니를 속인다는 죄책감에 입으로 뭐가 넘어갈 것 같지도 않았다.

"얘는. 조미료 잔뜩 들어간 바깥 음식이랑 엄마가 해주는 게 같아? 뭐 먹고 싶냐니까?"

"그, 그럼, 그냥 김치찌개 해주세요. 냉동실에 고기 있거든요."

"어이구. 누굴 닮아서 이렇게 입이 저렴한지. 그래, 엄마가 맛있게 해줄게."

무사히 위기를 넘긴 래미는 속으로 안도의 숨을 쉬고서 나현과 함께 집 안으로 들어갔다.

그때 문자 한 통이 날아왔다. 루이의 문자였다.

[우편함에 있는 거 내가 다 가지고 있어.]

순간적으로 너무 기뻐 래미는 비명을 지를 뻔했다.

루이가 아니었으면 어설픈 변명이나 해대다 몽땅 들켜, 지금쯤 맞아 죽었던가 머리채를 잡힌 채 집으로 끌려가고 있었을 것이다.

래미는 빠르게 답문자를 날렸다.

[루이 씨, 알라뷰! 엄마 가시고 나면 뽀뽀 100번 해줄게요!]

잠시 뒤 다시 답이 도착했다. 래미는 저도 모르게 쿡쿡 웃다가 나현이 돌아보자 합, 입을 닫았다.

[^^]

어느새 이모티콘도 사용하는 루이였다.

어둠이 완연히 내려앉은 깊은 밤. 래미는 간만에 어머니와 안방에 나란히 이불을 깔고 누운 참이었다.

시간이 꽤 늦었지만, 래미는 쉽사리 잠을 이룰 수가 없었다. 오늘 급작스레 일어났던 일들에 대해 생각이 많았기 때문이다.

도대체 인희는 왜 어머니에게 전화를 걸어 이런저런 사실을 모두 고했을까.

어쩌면 그녀가 남자와 한집에서 지내고 있는 게 인희 눈에는 영 탐탁지 않았을 수도 있다.

오랜 친구로서 그녀가 엇나가거나 잘못되는 게 싫어서 그랬을 수도 있고.

'그런데, 우리 엄마 번호는 어떻게 알고?'

게다가 이런 식으로 사람 뒤통수를 치는 건 전혀 인희답지 않았다. 인희라면 대놓고 충고를 하는 쪽이니까. 그래놓고 전화로 위급 상황을 알려준 건 왜일까.

의문점이 한두 가지가 아니었다. 도무지 딱딱 맞아떨어지는 구석이 없다.

"자니?"

쉽게 잠이 오지 않아 뒤척이는데 나현의 목소리가 들려왔다.

"엄마도 아직 안 주무셨어요?"

"들락말락 해."

"저도 그래요."

나현이 슬쩍 몸을 뒤척이며 말했다.

"사실, 낮에 너 봤다."

"그, 그러셨어요?"

"네 남자친구와 함께 있더구나."

이미 인희에게 들어 알고 있는 사실이지만, 괜히 이마에 식은땀이 삐죽삐죽 솟는다.

"어떻게 보셨어요?"

"그냥. 집으로 오는데 길거리에 내 딸이 있어서 봤지. 자동으로 함께 있는 사람도 봤고."

어둠 속이라 나현이 볼 리 만무했지만 래미는 어색하게 웃었다.

"잘생겼더라. 얼핏 봤는데도 그냥 잘생긴 게 아니라, 아주 훤칠하더라. 귀티가 흐르는 게, 내 딸도 예쁜데, 그 친구가 더 예쁘게 보이더라."

"하하. 잠깐 사이 자세히도 보셨네요."

"당연하지. 내 딸이 생전 처음으로 만나는 사람인데."

그렇게 대꾸한 나현이 이내 말을 이었다.

"근데, 언제 소개시켜줄 거야?"

예상치 못한 물음에 래미는 어깨를 굳혔다.

"소개요?"

"왜 그렇게 놀란 목소리야? 그냥, 대충 가볍게 만나는 사이라서 그래?"

"아니에요, 그런 건."

"하긴. 낼모레 서른이 길거리에서 쪽쪽거릴 정도면 시시한 만남은 아니겠지."

켁. 래미는 민망함으로 인해 얼굴에 열이 훅 올랐다.

"결혼 생각하고 만나는 거니?"

래미는 더더욱 당황스러워 표정 관리가 힘들었다. 방 안이 어두운 게 얼마나 다행인지 모른다.

"아, 아직 그런 거 생각 안 해봤어요."

"낼모레 서른인데 전혀?"

"……."

루이와 있을 때는 동화 속 세상에 사는 것 같은데, 주변 사람을 만나게 되면 어김없이 현실의 벽에 부딪히고 만다.

인희는 직업이며 학벌을 궁금해 했었고, 어머니는 심지어 결혼이라는 단어까지 꺼낸다.

결혼이라니. 그것도 루이와의 결혼이라니. 단 한 번도 생각해본 적이 없다.

아니, 할 수 있을 거라는 기대가 손톱만큼도 없어서 아예 그쪽으로는 단절시킨 건지도 몰랐다.

"결혼을 떠나, 어른들에게 소개시켜줄 정도의 사이가 아니면 길거리서 그런 짓 하지 마. 보는데 낯 뜨거워서 혼났다."

괜스레 래미는 입술을 내밀었다.

"뭐 어때서요. 나쁜 짓 하는 것도 아니고."

"결혼할 사이면 누가 뭐라 그래? 그러다 헤어지고 그러면 그거 다 너한테 흠되니까 그렇지."

"엄마는 잘 만나고 있는데 헤어진다는 말씀부터 하세요?"

"네가 아직 체감을 못 해서 그러는데, 금방 스물아홉 되고 서른이야. 독신주의자가 아니면 결혼까지도 생각해야 되는 나이가 맞고. 뭐가 됐든 헤어지고 나면 손해 보는 쪽은 여자니까."

"요즘은 안 그래요."

"안 그러긴. 아직 세상 안 뒤집혔어. 아직까지는 그래."

"……알았어요. 조심할게요."

더 하고 싶은 말이 많았지만, 간만에 마주한 어머니와 얼굴을 붉힐 수가 없어 래미는 그렇게 대답하고 말았다.

"얼른 자. 시간 많이 됐다."

"네. 엄마도요."

나현이 자려는 듯 몸을 돌려 누워 이불을 목까지 푹 덮었다.

래미는 천장을 응시하며 속으로 한숨을 삼켰다.

나현의 심정도 이해가 갔다. 다 큰 딸이 결혼을 해서 알콩달콩 사는 게 왜 보고 싶지 않겠는가. 어른들 마음이야 다 똑같을 테니까.

하지만, 루이와는 그럴 수가 없다.

아무리 루이와 깊은 유대관계를 형성하고 있고, 서로를 아낀다 해도 불가능한 일이다.

천 살이 넘은 남자와 서른을 코앞에 둔 여자.

루이와는 달리 그녀는 만수무강해 봤자 100세를 전후로 생을 마감할 것이고, 또 금세 노화를 겪을 것이다.

한마디로 루이라는 남자는 현실이라는 벽에 가둘 수가 없는 존재고, 그녀는 현실 속에 살아야만 하는 평범한 사람일 뿐이다.

갑자기 진한 갑갑함이 밀려왔지만, 래미는 애써 마음을 다잡았다.

'지금은 이대로가 좋아. 생각은 나중에.'

나현은 다음 날 오후가 되어서야 집을 나섰다. 운전석에 앉은 나현이 창을 내리고서 배웅을 하기 위해 서 있는 래미를 물끄러미 보았다.

"언제 시간 내서 집으로 오고 그래. 아빠 적적해하셔."

"네. 그럴게요."

"밥 잘 챙겨 먹고 다니고."

"네."

나현이 이내 창을 올리고서 출발했다. 못 박힌 듯이 서 있던 래미는 차가 완전히 시야에서 사라진 뒤 집 안으로 들어왔다.

막 현관문을 열고 안으로 들어서던 래미의 발걸음이 멈추었다.

"루이 씨?"

루이가 떡하니 주방 식탁 앞에 앉아 있는 것이다.

신발을 벗고 쪼르르 식탁으로 간 래미는 잔뜩 놀란 표정을 지어 보였다.

"언제 왔어요? 아니, 우리 엄마 가신 건 어떻게 알고 딱 맞춰서 온 건데요?"

"간 적 없는데."

"그게 무슨."

잠깐 루이의 말을 곱씹던 래미는 눈을 동그랗게 떴다.

"설마, 어제 그러고 안 갔다는 뜻이에요?"

"응."

"그, 그럼 지금까지 어디 있었는데요?"

"옥상에."

아무렇지 않게 흘러나온 대답에 래미의 입술이 벌어졌다.

"어제, 그러고부터 지금까지 계속 우리 옥상에 있었다고요?"

루이가 고개를 끄덕였다.

"혹시, 강치우가 나타나서 해코지라도 할까 봐 지키고 있었던 거예요?"

"응."

"그럼, 한숨도 못 잤겠네요?"

그가 당연하지 않으냐는 듯한 표정을 지었다.

"지키는 놈이 자면 쓰나. 그리고 불편해서 못 자."

"세상에······."

래미는 반쯤 기막힌 웃음을 흘렸다 한숨도 안 자고 지키고 있는 게 백만 배는 더 불편하겠다.

래미는 루이가 앉아 있는 쪽으로 다가가 가만히 그의 얼굴을 어루만졌다. 한숨도 안 잤는데, 피부는 그녀가 팩을 했을 때보다 백만 배는 더 부드럽다.

"안 피곤해요?"

"피곤해."

전혀 안 피곤한 얼굴로 대답한 루이가 가만히 그녀의 허리를 끌어안고서 품에 얼굴을 묻었다.

"피곤한데 이러고 있는 게 더 좋아."

"피이."

어이없는 표정을 지으면서도 래미는 루이의 머리칼을 부드럽게 어루만졌다.

밤새도록 복잡했던 머리가 이러고 있으니 조금씩 맑아진다.

현실이 아닌 루이를 마주하니 신기하게도 그녀는 더욱 현실적이 된다. 어쩌면 평생 도둑 연애 비슷한 것만 하고 살지도 모르겠다.

아니, 아니다. 평생 이렇게 예쁜 모습으로 지낼 수는 없다. 시간이 지나면 연인처럼이 아니라 누나처럼이 되겠지.

더 시간이 흐르면 이모쯤. 더 나아가면 어머니뻘. 그리고 나중에는 할머니와 손자처럼 보이겠지.

아. 제기랄. 갑자기 영화 영국판 '렛미인' 이 떠올라 버렸다.

한때는 어린 소년이던 토마스가 세월이 흘러 어찌 되었는지가.

물론, 그녀는 루이를 위해 오랜 세월 사람을 죽일 필요도 없고, 죄책감 등으로 인해 자살할 리는 없지만.

그럼에도 혼자 늙어버린 토마스의 모습에 그녀가 투영되는 건 지독한 현실이었다.

"루이 씨."

"응."

루이가 여전히 그녀의 배에 얼굴을 묻은 채 대답했다.

"나 딱 마흔까지만, 우리, 이렇게 만날까요."

농담조로 한 말이었지만 사실은 그녀의 진심이었다. 괜히 울컥해져 조금 충동적으로 나온 말이기도 했고.

루이가 얼굴을 떼고서 그녀를 올려보았다.

"그게 무슨 말이야? 마흔까지라니."

"사실, 마흔도 많지, 뭐. 루이 씨는 끽해야 이십 대 후반 정도로 보이는데. 그래도 마흔까지는 내가 관리를 잘할 수 있을 것 같아서요."

루이의 미간이 슬쩍 구겨졌다.

"외모가 무슨 상관이야."

"어? 나 예뻐서 좋아하는 거 아니었어요?"

여전히 장난기 섞인 래미의 말에 루이는 한쪽 눈썹을 세웠다.

"그러지 마. 농담이라도 기분 나빠."

"으, 뭐야. 그럼, 나 백발 할머니가 돼서도 루이 씨랑 만나야 되는 거예요?"

래미를 올려다보는 루이의 눈이 슬그머니 가늘어졌다.

"그러면 안 되는 거야?"

"흐음. 안 될 건 없지만……."

말끝을 흐린 래미는 이내 웃으며 덧붙였다.

"그러니까, 나한테 버림받기 싫으면 잘해요. 알았어요?"

어차피 지금은 아무리 이런 말을 해봤자 소용이 없다. 그때가 되고 겪어
봐야 결론이 나는 일일 테니까.

루이가 작게 한숨을 흘리고서 자신의 허벅지를 툭툭 두들겨 보였다. 래
미는 얌전히 그의 허벅지 위에 앉아서 시선을 맞추었다.

"네가 무슨 걱정을 하고 있는지 알아."

감정이 묻어 있지 않은 루이의 고요한 음성.

"……."

래미는 아무런 말도 하지 않았다. 루이는 래미의 얼굴을 쓰다듬으며 말
을 이었다.

"난 그 오랜 세월을 그냥 살아온 게 아냐."

"……."

"내가 힘든 건 너 없는 세상이지, 껍데기 따위가 아니라고. 겉모습은 나
한테 아무런 영향도 미치지 않아."

래미는 가만히 눈을 깜빡였다. 다른 남자가 이렇게 말했으면 아마 입에
발린 말이라고 여겼을 것이다.

하지만, 루이니까. 루이라서 진심으로 느껴진다. 그녀가 아는 루이는 절
대 마음에 없는 말은 못 하니까.

"그래서 80대 어르신께도 질투했군요?"

갑자기 루이가 정색을 하고서 래미의 코를 꽉 쥐었다가 놓았다.

"새파랗게 어린 게 무슨 어르신이야? 앞으로 한 번만 더 그래 봐."

래미는 조금씩 마음이 풀어져 웃음을 머금었다가 짐짓 미간을 찌푸려

보였다.

"흐음. 근데, 내가 당신 싫증나면 그건 어떻게 해요?"

"뭐?"

"루이 씨는 안 그럴지 몰라도 내가 좀 싫증을 잘 느끼는 편이라서요."

루이의 까만 눈동자가 묘하게 번들거리기 시작했다.

움찔. 허리를 감고 있던 그의 손이 셔츠 속으로 비집고 들어와 그녀의 등을 어루만지기 시작했다.

"안 느끼게 만들어 줘야지."

래미는 마른침을 꿀꺽 삼켰다.

"어떻게요?"

"잘."

얄미울 정도로 자신만만하게 대꾸한 루이가 이내 래미에게로 고개를 숙였다.

점점 깊어지는 키스에 도취되어 가며 래미는 복잡한 생각들을 날려 버렸다.

▷　▷　◆　◁　◁

소파에 깊숙이 등을 기대고 앉아 음악을 듣던 치우는 이내 번쩍 눈을 떴다.

"지금쯤이면 머리채를 끌고 내려갔으려나."

어지간하면 래미나 나현이 상처를 받지 않는 쪽으로 일을 진행하고 싶었으나 루이 놈 때문에 그럴 수가 없었다.

래미 옆에 24시간 그놈이 붙어 있으니, 도무지 빼내올 방법이 없다. 게

다가 치우는 루이의 반경 안에 섣불리 다가갈 수도 없다.

루이의 반경에 들어가는 순간, 놈이 눈치를 챌 것이고, 대화를 해보기도 전에 그를 죽이려 들 것이다.

"이상하단 말이지. 분명, 나를 찾아나설 때가 됐는데 조용하단 말이지."

마치, 거미줄을 쳐놓고 기다리고 있는 듯한 느낌이랄까. 그래서 그로서는 최대한 조심을 해야 했다.

그러다 보니, 래미의 친구를 이용해 치사한 짓까지 할 수밖에 없고.

치우는 휴대전화를 집어 들고서 나현에게로 전화를 걸었다. 얼마 지나지 않아 나현이 전화를 받았다.

―네, 원후 씨.

"안녕하셨어요?"

―네. 덕분에요. 원후 씨는요?

"저도 덕분에 잘 지냈습니다. 저, 다름이 아니라, 먼젓번에 보여주셨던 사진 있죠?"

―아. 언니랑 나랑 아저씨랑 찍힌 거 말이죠?

"네, 네. 혹시, 그 사진 좀 빌려주실 수 있나 해서요. 더 훼손되기 전에 복사를 해두고 싶어서요."

―그래요. 물론 되죠. 근데, 내가 지금 집이 아니라서요.

"어디 다녀오시나 봐요?"

―서울에 있는 딸한테 다녀오느라고요.

치우의 입술이 슬그머니 위로 향했다.

"아아. 따님 만나고 오시는 모양이군요. 혹시, 같이 오시는 건가요?"

―아뇨. 딸은 일해야 해서요. 나 혼자 가는 길이에요.

위로 향했던 치우의 입술이 곧장 아래로 떨어졌다.

음? 이게 아닌데?

—원후 씨, 일단, 내가 지금 운전 중이니까 집에 도착하면 연락할게요.

"네, 네. 알겠습니다."

나현과의 통화를 끝낸 치우는 잔뜩 기막힌 표정을 지었다.

"아니, 왜 혼자 오는 거야? 딸이 동거한다는데 머리채라도 끌고 와야 하는 거 아냐? 왜 저렇게 평화모드인 거야?"

치우의 눈썹이 휙 위로 향했다.

"설마, 루이 놈이 나현에게 이상한 짓이라도 한 거 아냐?"

도대체 어떻게 된 건지 알 수가 없다.

분명, 자신에게 정신지배를 당한 인희가 동거 사실을 나현에게 고했을 텐데.

잠시 생각에 잠겼던 치우는 이내 밖으로 향했다.

치우가 도착한 곳은 래미의 친구 인희가 기거하고 있는 자그마한 빌라였다.

침대에 누운 채 꼼짝도 않고 있는 인희가 시야에 포착되었다. 가까이 다가간 치우는 인희의 이마에 손을 얹었다.

인희의 머릿속을 읽어가던 치우의 미간이 살짝 굳어졌다.

"하. 뭐야. 꽤 정신력이 있는 친구네?"

래미의 친구라 일부러 힘을 많이 쓰지는 않았다. 대충 그가 원하는 정도로 움직여줄 만큼만 정신지배를 걸었다.

그런데, 생각보다 훨씬 정신력이 강해서인지, 인희의 무의식이 끊임없이 치우의 지배를 거부하고 있는 것이다.

"음. 나현에게 동거 사실을 고해놓고, 또다시 래미에게 그 사실을 알렸군. 그 사이 래미는 집으로 돌아가 곤란한 상황을 모면했겠군."

어렵지 않게 상황을 추측이 되었다.

"대단하네. 이 정도면 머리가 깨질 정도로 아팠을 텐데."

작게 감탄을 날린 치우는 더욱 힘을 끌어올렸다.

"아가씨, 미안. 아가씨 기가 너무 세서 약한 힘으로는 안 되겠거든."

죽은 듯이 혼절해 있던 인희의 이마가 설핏 찡그려진다.

"그냥, 받아들이면 머리도 안 아프고 편안할 거야. 래미만 무사하면 아가씨도 무사할 거고. 래미는 절대 그놈과 같이 있으면 안 되거든. 그놈은 진짜 흉악한 놈이니까. 다 래미를 위해서니까 협조 부탁해."

낮게 읊조린 치우는 이마에 머문 손을 떼어냈다.

내리깔렸던 인희의 속눈썹이 몇 번 깜빡이더니 이내 위로 향했다. 조금 초점이 흐릿한 그녀의 눈이 곧장 치우에게로 향했다.

"아가씨, 머리 아파?"

바싹 마른 인희의 입술이 천천히 달싹여졌다.

"……아뇨."

"아가씨 할 일이 뭐지?"

"래미를…… 구해야 해요."

치우의 입술이 만족스럽게 올라갔다. 그는 손을 뻗어 인희의 눈을 감겼다.

완벽하게 정신지배를 걸고서 치우는 유유히 그곳을 빠져나갔다.

35

해가 진 뒤에 다시 루나로 돌아온 래미는 인희에게로 전화를 걸었다.

[전화기가 꺼져 있어…….]

혹시 배터리를 교환 중인가 싶어 몇 분이 지나고 다시 걸었으나 여전히 인희의 전화기는 꺼져 있었다.

"아니, 이 기집애는 사고를 쳤으면 제대로 해명을 해야 할 거 아냐. 계속 전화를 꺼놨네? 궁금한 것투성이구만."

투덜투덜거리던 래미는 잠시 휴대전화를 바라보다 이내 타깃을 바꾸었다. 그동안 뜸했던 해준에게 안부 전화라도 해야 할 것 같아서였다.

루이는 아래층에 가 있으니 해준과 통화하기도 편했다. 실로 오랜만에 전화를 하는 거지만, 그간 그녀가 너무 많은 일을 겪은 덕분에 그런 줄도 몰랐다.

—우와, 이게 누구야, 도램이잖아.

정말 반가운 듯 해준의 음성은 한껏 올라가 있었다.

"응. 나야. 무지 반갑게 전화를 받네?"

─야, 그럼 한참 통화도 못하고 얼굴도 못 했는데 안 반갑냐?

래미는 조금 어이없는 표정을 지었다.

"너 예전에는 애인 생길 때마다 몇 달씩 안부 문자 한 통 안 할 때도 있었으면서, 겨우 이 정도로 뭐가."

─……그, 그랬나?

어색해 하는 해준의 얼굴이 떠올라 픽, 웃고서 래미는 입술을 움직였다.

"몸은 좀 어때? 곧 퇴원한다면서."

─그래. 사흘 남았다. 아, 지겨워.

래미는 가만히 속눈썹을 깜빡였다.

"계속 악몽 꾼다면서. 여전히 그래?"

─아아. 깊게 잠들 때는 괜찮은데, 선잠 들면 그래.

그렇게 대답한 해준이 이내 의아한 목소리를 냈다.

─근데, 네가 그걸 어떻게 알아?

"너 악몽 꾸는 거? 인희한테 들었는데?"

─인희? 인희는 내가 악몽 꾸는 거 어떻게 알았대?

"네가 말해준 거 아냐? 인희, 얼마 전에 병원 갔었다면서."

─아닌데. 내가 팔푼이도 아니고 꿈꾸는 것까지 뭐 하러 얘기하냐? 게다가 깨고 나면 너무 기억이 가물가물해서 무슨 내용인지 생각도 안 난다고.

"기억, 안 난다고?"

─어. 기분 나쁜 꿈이 맞는 것 같기는 한데, 눈 뜨면 아무 기억도 없어. 그걸 내가 뭐 하러 얘기했겠어?

래미는 순간적으로 오소소, 소름이 돋아 올랐지만 애써 정신을 다잡았다.

"아, 내가 잘 못 들었나 봐. 인희가 다른 친구 얘기한 걸 너로 착각했나 보다."

─어쩐지. 김인희한테 머릿속 읽는 초능력이 생긴 줄 알고 깜짝 놀랐잖아.

해준이 농담처럼 대꾸했지만, 래미는 전혀 웃을 기분이 아니었다.

어째서 인희는 해준도 기억 안 난다는 악몽을 지어내서 말하고, 그녀의 이야기를 어머니에게 고했을까.

더군다나 지어낸 악몽은 마치, 루이를 연상케 할 정도로 자세했다. 찰나 동안이지만, 해준의 교통사고에 루이를 연관 지을 뻔하지 않았던가.

도대체 왜.

─램, 그동안 어떻게 지냈냐?

해준의 목소리가 들려와서야 래미는 생각을 멈추었다.

"어, 뭐 그럭저럭."

─연애…… 사업은 잘 돼가?

어쩐지 질문에 불편한 기색이 느껴지는 건 그녀의 착각일 것이다.

"응. 아주 잘."

흐음. 수화기를 타고 깊은 한숨이 흘러나왔다.

"웬 한숨?"

─……아냐. 그냥…… 팔, 다리 이렇게 돼서 병실에만 있는 게 답답해서.

"곧 퇴원인데, 뭘."

─퇴원한다고 제대로 움직일 수나 있어? 깁스 때문에 행동에 제약 따르는 건 여전한데.

해준의 음성에 조금 볼멘 듯한 기색이 서리더니, 불쑥 다음 말이 튀어나왔다.

—너 보러 가지도 못하고.

응? 너라니?

—실수. 방금 건 실수로 헛말 나간 거야. 너 아니야.

해준이 다급히 해명 비슷한 것을 날렸다. 래미는 조금 어이없는 웃음을
머금었다.

"알아. 너 좋아하는 사람 있는 거 아는데, 뭘. 그때 병실에서 봤던 희윤
씨 맞지?"

—뭐, 정희윤?

갑자기 해준의 목소리가 싸늘하게 식었다.

어, 잘못 짚었나?

"그때 정희윤 씨 아니야?"

—어. 아니야. 절대.

부러질 정도로 딱딱한 대답과 함께 또다시 흘러나온 한숨 소리. 이번에
는 더욱 길게 이어진다.

래미는 조금 머쓱해졌다. 정희윤을 갖다 붙인 게 그렇게도 기분 나쁜 일
인가?

"그, 그랬어? 내가 완전히 착각했나 봐. 쏘리."

—참 나. 말로만? 입으로만 하는 미안은 미안이 아니랬어.

하지만, 곧 장난기 묻은 말투가 튀어나와 래미는 픽 웃었다.

"알았으니까 퇴원이나 해. 퇴원하면 인희랑 같이 한번 봐."

—어. 그래. 그래야지.

"그럼, 쉬어."

—뭐, 벌써 끊어?

"왜. 나한테 할 말 있어?"

─아, 아니. 그건 아니지만. 오랜만인데…….

잔뜩 아쉬운 듯 해준이 말끝을 흐렸다.

"퇴원하면 보자니까. 그리고 나 인희랑 통화해 봐야 해."

─음, 그래. 알았다.

"몸조리 잘해."

오늘따라 해준이 조금 이상했지만, 래미는 통화를 끝냈다. 지금은 해준
이 문제가 아니라 인희가 우선이었다.

래미는 다시 손을 움직여 인희에게로 전화를 걸었다.

순간, 휴대전화를 귀에 대고 있는 래미의 손에 힘이 꾹 들어갔다. 조금
전처럼 꺼진 게 아니라, 통화 연결음이 흘러나왔기 때문이다.

뒤이어 인희의 목소리가 수화기를 타고 귀를 자극했다.

─어. 도램.

머리가 터질 것처럼 복잡한 그녀와 달리 인희의 음성은 태연하기 그지
없었다.

슬며시 짜증이 치밀어 올라 래미는 미간을 찡그렸다.

"어, 도램? 야, 김인희. 너 지금 너무 태평한 거 아냐?"

─왜?

"왜라니. 야. 너 나한테 해명해야 하지 않아? 잘못을 빌든가."

─무슨 해명. 내가 뭘 잘못했다고.

전혀 무슨 뜻인지 모르겠다는 듯한 인희의 반응에 래미는 가만히 숨만
몰아쉬었다.

뭔가 이상해도 많이 이상했기 때문이다. 평소의 인희와 달라도 너무 달
랐다.

"인희야, 너 혹시 기억을 못 하는 거야? 아니, 기억 안 나? 네가 우리 엄마한테……."

─아. 네 엄마한테 너 동거 사실 알린 거?

무미건조하게 느껴질 정도로 담백한 음성에 래미의 얼굴이 굳어졌다.

"기억하고 있어?"

수화기를 타고 피식 웃는 소리가 튀어나왔다.

─당연히 기억하지. 기억상실증 걸린 것도 아니고.

래미는 흡, 숨을 들이켜고서 뒷목을 붙잡았다.

"김인희. 그런데, 네가 나한테 이렇게 당당할 수가 있어?"

─그럼, 뭐, 굽실거리기라도 할까?

"너, 우리 엄마 오신 거 알려줄 때와는 완전 딴판이다? 그때는 죽을죄 지었다며?"

─가만히 생각하니까 내가 뭘 잘못했나 싶더라고. 난 있는 사실을 그대로 말씀드렸을 뿐인데. 솔직히 잘못은 네가 한 거 아냐? 부모님 속이고 만난 지 얼마 안 된 남자랑 동거하는 거.

"야, 네가 뭘 안다고 함부로 말하는데!"

시근덕거리며 외친 래미는 널뛰어대는 심장을 진정시키려 애썼다.

이건 아니다. 인희가 이럴 리가 없다. 그녀가 아는 김인희는 절대 이런 식으로 남의 약점을 붙잡고서 비아냥거리는 성격이 아니었다.

─그 남자 집에서 동거하는 동안 너네 부모님 생각은 손톱만큼도 안 났니?

자꾸만 물고 늘어지는 부모님 공격에 래미는 화가 치솟는 걸 간신히 눌렀다.

"야. 김인희. 네가 우리 부모님 걱정까지는 할 필요 없고. 너네 부모님한테나 잘해.”

호흡을 들이마시며 한 템포 쉰 래미는 말을 이었다.

“네가 방금 뭘 잘못한지 모르겠다고 했지? 있는 사실을 그대로 말씀드렸다고.”

—그래, 그랬어.

“그런데, 왜 나한테는 거짓말했는데?”

—무슨 거짓말?

“해준이 악몽. 해준이는 너한테 그런 꿈에 대해 얘기한 적 없댔어. 그거부터 설명해 보시지?”

흐음. 숨을 뱉는 소리가 들리더니, 이내 아무렇지 않은 대꾸가 튀어나왔다.

—지해준이 너무 정신이 없어서 기억을 못 하는 거야. 분명히 나한테 그랬어. 악몽 꾼다고. 빨간 눈의 오드아이가 택시 안에서 사고를 냈다고.

친구를 정신없는 사람으로 만들어가며 하는 새빨간 거짓말에 래미의 눈이 슬그머니 가늘어졌다.

지금 김인희는 정말, 그녀가 아는 친구가 아니었다.

“우리 엄마한테 내 약점 말한 건 진실이라 죄가 없고, 악몽 역시 해준이 기억을 못 하는 거니, 넌 거짓말한 게 아니다, 이거지?”

—당연하지.

“그럼, 우리 엄마 전화번호는 어떻게 알았는데?”

순간적으로 침묵이 일었지만, 이번에도 곧 대답했다.

—야. 요즘 같은 세상에 전화번호 하나 알아내는 게 일인 거 같아?

“그러니까, 어떻게 알아냈냐고.”

—지해준한테 물어봤어.

"뭐?"

―내가 지해준한테 알아봐 달라고 부탁했어. 걔네 엄마는 네 엄마 전화번호 알고 있으니까.

너무도 간단한 대답에 래미는 잠시 기가 막혀 멍하니 있다가 금방 표정을 굳혔다.

"김인희. 하나만 더 묻자."

―뭔데.

"이유가 뭐야? 그렇게까지 해서 우리 엄마한테 내 이야기를 한 이유."

―그걸 몰라? 너를 위해서잖아.

너무 당연하지 않느냐는 듯한 말투.

"나 몰래 우리 엄마랑 통화한 게 나를 위해서라고?"

―응. 넌 그 남자랑 있으면 안 되거든.

"뭐?"

―그 남자, 아주 위험한 사람이야. 해준이 교통사고도 그 남자가 일부러 낸 거거든. 그거, 악몽 아니야. 사실이지.

래미의 얼굴이 점점 일그러졌다.

"김인희. 도저히 더 듣고 있을 수가⋯⋯."

―너, 그 남자 집에서⋯⋯ 으으으⋯⋯ 흐윽!

갑자기 고통에 찬 신음소리가 흘러나왔다.

"왜 그래, 갑자기?"

―하아⋯⋯ 나 지금 머리가 너무 아파. 으읏.

"머리가 아프다고?"

―머리가⋯⋯ 깨질 것 같아. 나중에 다시 통화⋯⋯ 으으⋯⋯.

"야, 김인희."

래미의 부름에도 전화는 끊어져 버렸다. 이내 다시 몇 번이나 통화를 시도했지만, 인희는 전혀 전화를 받지 않았다.

래미는 한 손은 휴대전화를 들고서, 나머지 손은 이마에 얹은 채 방 안을 서성거렸다.

"분명, 뭔가 있어. 인희가 갑자기 이렇게 다른 사람처럼 바뀔 리가 없잖아."

어느 순간 래미의 발걸음이 뚝 멎었다.

강치우. 강치우가 이 일에 관련되어 있다면?

해준의 교통사고를 루이의 잘못으로 몰아가고, 그녀의 이야기를 고해 기어코 어머니가 올라오게 만들고

그녀를 루이에게서 떼어 놓기 위한 강치우의 공작이라고 가정하면, 인희의 이상 행동도 설명이 된다.

그때, 방문이 벌컥 열리는 소리가 들렸다. 아래층에 있던 루이가 올라온 것이다. 래미는 다급히 루이에게로 다가갔다.

"루이 씨, 나 물어볼 게 있어요."

잔뜩 새파랗게 질린 래미의 얼굴을 들여다보며 루이가 의아한 표정을 지었다.

"무슨 일 있어? 얼굴이 너무 안 좋은데."

"그 흑마법 말이에요. 그걸로 마음대로 사람을 조정하거나 그럴 수 있어요?

"응. 정신지배는 거의 기본적인 주술이거든."

"그럼, 마음에 없는 말이나 행동 같은 걸 하게 만들 수도 있겠네요?"

"그렇지. 그러려고 주술을 거는 거니까."

숨을 몰아쉬며 눈을 깜빡이던 래미가 다시 질문을 던졌다.

"혹시, 당하는 사람이 머리 아픈 경우도 있어요? 음, 그러니까, 딱따구리 몇 마리가 막 머리를 쪼아대는 것 같은 통증이요."

"그건, 무의식중에 정신지배를 거부해서 나타나는 증상인데."

맙소사. 확실히 강치우가 인희에게 손을 뻗쳤다는 뜻이다.

"이, 이, 미친 자식이! 아직도 정신 못 차리고 인희한테!"

갑작스런 욕설에 루이의 눈썹이 위로 향했다.

"무슨 일인데."

래미는 거의 울상이 되어 루이와 시선을 맞추었다.

"어떡해요. 강치우가, 그 미친 인간이 내 친구한테 손을 뻗쳤나 봐요."

"무슨 말이야. 자세히 말해봐."

"그때 루나에 놀러 왔던 내 친구 있죠? 요 며칠 걔 증상이 딱 그래요. 우리 엄마한테 나 여기 있다는 거 알린 것도 그 친구가 그런 거예요. 평소라면 절대 그럴 리가 없거든요."

마른침을 삼킨 래미가 다시 말을 이었다.

"그리고 교통사고 났다는 내 친구 있죠? 그 사고도 루이 씨가 일부러 냈다고, 나한테 말도 안 되는 거짓말을 하더라고요."

순간, 루이의 동공이 아주 미미하게 흔들렸으나 곧 원래대로 돌아왔다.

"그랬다고?"

"네. 그게 다 강치우가 내 친구에게 주술을 썼다는 증거잖아요. 거기다 중간중간 계속해서 머리가 깨질 듯이 아프다고 그래요. 방금 전도 통화하다가 머리 아프다고 전화를 끊었어요. 그리고 전화 안 받네요. 이거, 강치우가 그런 거 맞죠? 인희 조종하고 있는 거 맞죠?"

루이는 별다른 표정을 짓지 않고 고개를 끄덕였다.

"정황상으로는 그래."

"그 미친놈이 진짜!"

잔뜩 시근덕거리며 사납게 외친 래미는 잔뜩 처연한 표정을 지었다.

"이제 어떡해요? 내 친구 잘못되면 어떡해요?"

루이는 가만히 래미의 어깨를 토닥이고서 눈매를 가늘게 늘어뜨렸다.

"가서 확인해 봐야지."

"그래 줄래요?"

"당연하지. 친구 집 알지?"

래미는 크게 고개를 끄덕였다.

바깥은 어둠이 대기를 집어삼킨 상태였다. 복만의 핑크 지프를 타고서 세 사람은 인희의 빌라로 향하는 중이었다.

"우와. 세 사람이 같이 외출을 하는 날도 다 오네요?"

운전대를 잡고 있는 복만은 영문도 모른 채 잔뜩 신이 나 있었다.

그러다 룸미러로 심각한 루이와 래미의 얼굴을 보고서 심상치 않은 일이 있음을 깨달았다.

"복만 씨, 저기 사거리에서 우회전하면 명진빌라라고 있어. 거기로 가면 돼."

"넵, 알겠습니다."

분위기가 분위기인 만큼 복만은 기사처럼 충실히 운전에만 몰두했다.

얼마 지나지 않아 세 사람은 인희가 사는 빌라에 도착했다.

인희의 집 현관문 앞에 도착해 래미가 벨을 누르려는데, 성질 급한 루이가 획 안으로 날아 들어갔다. 그러고는 마치 제 집처럼 도어록을 해체시키고 문을 열어주었다.

"루이 씨, 이러면 큰일 나요."

작게 헛기침을 하고서 래미가 안으로 들어서자 복만도 뒤따랐다.

"인희야, 나 왔어. 김인희, 있어?"

래미는 조심스레 부르며 곧장 침실로 향했다. 침실 문을 열어젖힌 래미의 눈이 커다래졌다.

"인희야! 김인희!"

인희가 잔뜩 창백한 얼굴로 침대도 아닌 바닥에 쓰러져 있었기 때문이다. 휴대전화 역시 저만치 바닥에 뒹굴고 있었다.

다급히 다가간 래미가 인희를 흔들어 보았지만, 굳게 감긴 눈은 조금의 움직임도 보이지 않았다.

"네 친구 정신지배를 받고 있는 거 맞아."

뒤따라 들어온 루이의 음성에 래미는 고개를 들었다. 래미는 피가 날 정도로 입술을 깨물었다.

"그 정신 나간 놈이 기어코 미친 짓을 했군요."

"입술 깨물지 마."

이 와중에도 루이가 버릇을 지적하자 래미는 미간을 구겼다.

"지금 내 입술이 문젠가요? 내 친구가 이렇게 됐는데?"

루이가 저벅저벅 다가와 자세를 낮추었다. 그가 가만히 치아에 짓이겨졌던 래미의 입술을 엄지로 문질렀다.

"응. 나한테는 그래."

조금 기가 막힌 얼굴로 있던 래미는 이내 머리를 흔들었다.

"내 친구, 고칠 수 있어요?"

"잠깐만. 살펴볼게."

루이는 치우의 검은 기운이 무럭무럭 피어오르고 있는 인희의 머리로 손을 뻗었다.

그때, 인희가 번쩍 눈을 떴다.

"인희야, 정신이 들어?"

래미의 다급한 물음에도 인희는 루이에게로 시선을 고정시켰다. 그러곤 입술을 느릿하게 달싹거렸다.

"당신, 위험해. 래미에게서 떨어져."

그리고 그 순간이었다. 아무도 예상치 못한 일이 벌어졌다.

갑자기 인희가 대침 하나를 루이의 팔뚝 깊숙이 찔러 넣은 것이다.

"루이 씨!"

"주인님!"

래미와 복만이 경악에 찬 얼굴로 다급히 외쳤으나, 인희는 입술을 올리며 씨익 웃었다.

"당신, 곧 죽을 거야."

뒤이어 새하얗던 루이의 얼굴이 급격히 시퍼렇게 변하기 시작했다.

"당신은 절대 래미 곁에 있으면 안 되는 사람이거든. 양심이 있어야지."

초점 없는 눈에 힘을 주고서 알 수 없는 말을 남긴 인희는 그대로 다시 정신을 잃었다.

루이는 미간을 구긴 채 팔에 깊숙이 박혀 있는 대침을 뽑아냈다. 하지만 그의 얼굴은 점점 더 시퍼렇게 변해갔고 이마에는 식은땀마저 맺혔다.

"루이 씨, 어, 어떡해요. 어서, 루나로 돌아가요. 안색이 더 심하게 안 좋아져요."

너무 당황스럽고 걱정스러워 래미의 낯빛 역시 사색이 되었다.

정신지배를 당하고 기절해 버린 친구도 친구지만, 지금은 루이 쪽이 훨씬 더 심각해 보였다.

래미가 다급히 복만을 돌아보았다.

"복만 씨, 루이 씨 부축 좀."

"네, 넵!"

복만이 루이를 부축하기 위해 후닥닥 곁으로 다가왔을 때였다.

"지금 가도, 아무 소용없을 거야. 아니, 섣불리 힘을 쓰거나 움직여 봤자 죽음만 더 빨리 재촉할 뿐이지."

이 공간에 있는 사람이면 누구나 다 알고 있는 익숙한 저음이 홀연히 방 안에 울려 퍼졌다.

어느새 모습을 드러낸 강치우가 팔짱을 낀 채 창가에 비스듬하게 기대 어 서 있는 것이다.

래미의 눈이 경악스러움으로 벌어졌다.

"크르르르르."

복만이 먼저 본능적으로 송곳니를 드러내며 경계 태세에 돌입했다.

"안녕, 오랜만이네. 복만이라고 했지? 네 이름은 참 마음에 든다. 내가 아는 녀석도 복만이거든. 물론, 그 녀석은 벌써 저 세상에서 뛰어놀고 있겠 지만."

목소리는 무덤덤했지만, 마치, 아주 그리운 이름을 부르듯 치우의 눈이 아련해졌다.

"뭡니까. 지금 상황에 그걸 말이라고 하십니까!"

복만의 날카로운 외침에 입술 끝을 미미하게 올려 웃어 보인 치우가 래 미를 응시했다.

"오랜만이네요."

래미의 눈썹이 한껏 위로 치켜 올라갔다.

"하…… 진짜. 지금이 한가하게 인사나 나눌 땐가요? 이게 도대체 무슨 짓이에요!"

분노 가득한 음성으로 소리를 지른 래미는 이내 훅, 숨을 들이켜고서 마음을 진정시켰다.

과거에 이모를 사랑했건, 어머니를 예뻐했건 지금은 그런 감상에 빠져 있을 때도 아니었고, 눈곱만치도 그러고 싶지 않았다.

래미는 복만에게로 시선을 돌렸다.

"복만 씨, 흥분하지 마. 일단 여기서 나가야 해. 루이 씨 상태가 우선이야."

그제야 복만이 표정을 굳히고서 고개를 끄덕였다.

"루이 씨, 일어날 수 있겠어요?"

그때까지도 작정한 듯 움직임은커녕, 한 마디도 하지 않고 있던 루이가 복만에게로 시선을 주었다.

"복만."

"네, 네. 주인님."

"지금 래미 데리고 루나로 가 있어. 내가 목적이니 너나 래미를 저지하지는 않을 거야."

생각지도 못한 말에 복만은 물론이고 래미까지 아연실색했다.

"그게 무슨 말이에요? 루나로 가라니."

루이의 눈동자가 래미에게로 옮겨갔다.

"네가 여기 있으면 내가 마음대로 힘을 못 써."

"당신 상태가 이런데, 힘을 쓴다고요? 안 돼요! 당신, 지금 안색이 말이 아니에요. 그러니까……."

래미의 말이 끝나기도 전에 루이가 그녀의 어깨에 손을 얹었다.

"시간 더 끌면 내가 힘들어져."

"하지만."

"나 믿고 복만과 같이 가."

입술까지 거뭇거뭇해지고 있는 루이의 상태로 인해 래미는 머리가 터질 것만 같았다. 이대로 루이를 두고 가는 게 과연 옳은 일인지 판단이 서지 않는다.

하지만, 시간을 끌었다가 루이가 정말로 힘들어지는 건 아닌지 걱정되어 심장이 타들어갈 것만 같았다.

어깨에 머물고 있는 루이의 손에 힘이 들어갔다.

"절대로 잘못되지 않을 테니까, 루나에서 봐."

잔뜩 흔들리는 눈동자로 루이를 응시하던 래미는 와락 그의 목을 끌어안았다.

"꼭 돌아와야 해요."

루이는 래미의 등을 토닥여주고는 이내 어깨를 밀어냈다. 눈짓을 하자, 복만이 고개를 끄덕이고서 래미의 팔을 끌어당겼다.

"가세요, 고객님. 주인님께서 다 생각이 있으신 거예요."

래미의 시선이 루이와 인희에게로 닿았다가 곧장 치우에게로 날아갔다.

"얼마 전까지는 당신에 대한 감정이 참 복잡했어요. 루이 씨나, 당신, 두 사람 모두 다치지 않았으면 싶었어요. 그런데, 이제는 모르겠어요. 수단과 방법을 가리지 않는 당신을 보니, 자꾸 안 좋은 마음이 드는군요."

표정 없는 치우의 눈썹이 미미하게 꿈틀거렸다.

"루이 씨 잘못되면, 평생 동안 강치우 당신 증오하고 원망할 거예요."

치우가 래미에게서 시선을 떼지 않은 채 미미하게 웃음을 보였다.

지독히도 쓰게만 느껴지는 웃음에 어떠한 감정을 이입할 틈도 없이, 래미는 복만의 손에 이끌려 밖으로 나갔다.

두 사람이 완전히 밖으로 사라지자, 치우는 작게 중얼거렸다.

"평생 나를 증오하고 원망한대도 어쩔 수 없어. 이미 내 손을 떠났거든."

치우의 차가운 눈이 시퍼레진 얼굴의 루이에게로 향했다.

"그래도 래미에게 네놈이 죽는 모습까지는 보이고 싶지 않았던 모양이지?"

"……."

루이는 대꾸 대신 시선을 들어 물끄러미 치우를 응시하다가 쿡, 웃었다.

치우의 한쪽 눈썹이 휙 위로 향했다.

"웃어? 죽어가면서도 허세를 부리는군?"

기막힌 얼굴을 하고서 치우가 말을 이었다.

"네가 지금 단순한 독에 찔린 줄 알고 여유로운 모양인데. 이봐. 대침에 묻어 있던 게 뭔 줄 알아?"

"헌터의 피겠지."

아무렇지도 않게 흘러나온 대꾸에 치우의 두 눈이 커졌다.

"헌터의 피라는 걸 알아?"

"내 몸에 치명상을 낼 수 있는 건 그것밖에 없으니까."

"아는데 웃음이 나온단 말이지?"

잠시 눈동자를 굴리던 치우가 이내 고개를 주억거렸다.

"뭐. 허무해서 웃음이 날 수도 있겠지. 400년 전 네가 죽인 그 헌터의 피가 이번에는 너를 죽일 테니까."

"400년 전 죽은 헌터의 피가 지금까지 남아 있는 게 신기하군."

"곧 죽을 텐데, 겨우 할 말이 그것뿐이야?"

이해할 수 없는 표정을 짓던 치우가 어깨를 으쓱했다.

"물론, 아주 극소량이지. 그거 구하느라 아주아주 애를 먹었다고."

미간을 찌푸리면서 말한 치우가 이내 싱긋이 미소를 보였다.

"물론, 이렇게 보람된 일에 쓸 수 있으니, 그 고생쯤은 아무것도 아니지만."

"흐음."

작게 한숨을 흘린 루이가 쓰윽 몸을 일으켰다. 그의 입술 끝이 슬쩍 올라갔다.

"어쩌나. 그 고생이 허무하게 됐는데."

"뭐?"

"보다시피, 난 멀쩡하거든."

"하. 끝까지 허세는. 헌터의 피가 몸속으로 침투했는데 멀쩡할 리가 있나."

코웃음을 치던 치우의 눈이 순식간에 동그랗게 떠졌다.

아닌 게 아니라, 방금 전까지 시퍼렇다 못해 까맣게까지 느껴지던 루이의 피부가 조금씩 하얗게 되돌아오고 있었기 때문이다.

"마, 말도 안 돼! 이런, 제길!"

이유 여부를 막론하고 일이 틀어졌음을 느낀 치우가 다급히 도망치려할 때였다.

"큭!"

순식간에 발끝부터 목까지 얼어붙는 바람에 치우는 손 하나 까딱할 수가 없었다.

"나를 여기까지 움직이게 해놓고 그냥 도망가면 재미없잖아."

음산하게 말한 루이가 손을 휘두르자 단단하게 얼어붙은 치우의 몸이 자석에 끌려가듯 한쪽 벽면에 쿵 하고 부딪쳤다.

"으윽."

어떻게 해서든 순간이동을 해보려 안간힘을 썼으나 도무지 몸에 힘이라고는 들어가지 않았다.

"내가 이 공간에 있는 한 절대 넌 거기서 못 벗어나."

음산한 루이의 음성에 치우는 거친 숨을 몰아쉬며 눈을 치떴다.

"어떻게 된 거지? 왜 너한테는 헌터의 피가 듣지 않는 거지?"

루이는 대답 대신 여전히 바닥에 쓰러져 있는 인희를 향해 손을 뻗었다.

"라프냐갸 트라르루 아므샤르트."

주문을 중얼거리며 손을 움직이자 인희의 몸이 공중으로 둥실 떠오르더니 벽에 붙어 있는 치우에게로 향했다.

"정신지배 풀어."

루이의 요구에 치우의 눈매가 가늘어졌다. 자신이 죽으면 래미 친구에게 걸렸던 정신지배는 자동으로 풀어지게 된다.

그런데도 일부러 정신지배를 거두어들이라는 건 지금 당장 그를 죽일 생각이 없다는 뜻이다.

"풀기 전에 질문부터. 어째서 너한테는 헌터의 피가 듣지 않는 거지? 헌터의 피는 단 한 방울일지라도 어둠의 힘을 쓰는 존재들에게 치명적이다. 그래서 위협을 느낀 너도 400년 전에 선수를 쳐 헌터를 죽인 게 아니었나? 그런데, 왜 지금은 멀쩡한 거지?"

"풀어. 안 풀면 그냥 죽일 거니까."

바늘 하나 들어갈 틈 없이 단호히 말한 루이가 손가락을 쭉 뻗었다. 그러자 송곳보다 더 날카로운 얼음이 쭉 뻗어 나와 곧장 치우의 미간을 쿡 찔렀다.

지금 정신지배를 풀지 않으면 그대로 머리를 뚫어버리겠다는 뜻이다.

치우는 모멸감에 입술을 꽉 깨물었다. 이 정도로 힘의 차이가 날 줄은 꿈에도 몰랐다.

하지만, 일단은 살아야 뒷일을 도모할 수 있다. 게다가 더 이상 인희에게 정신지배는 무의미했다.

치우는 인희의 머릿속에 떠도는 검은 기운을 거두었다. 루이는 손을 휘저어 공중에 떠 있던 인희를 침대에 안착시켰다.

"이제 대답해 봐. 왜 안 통하는 거지?"

"곧 죽을 텐데, 겨우 할 말이 그것뿐이야?"

치우가 했던 말을 그대로 되돌려 비꼰 루이가 가볍게 미소를 지었다.

"별거 아냐. 래미 덕분이지."

"뭐?"

루이는 주머니 속에서 무언가를 꺼내고서 손바닥을 펼쳐 보였다. 그의 손에는 노란 열매가 몇 알 놓여 있었다.

"그건!"

치우의 눈이 번쩍 뜨였다. 루이는 다시 열매를 주머니 속으로 넣었다.

"맞아. 유일무이하게 헌터의 피를 해독할 수 있는 빛의 눈물이지."

사실은 악마의 눈물이 더 정확한 명칭이었다. 눈물을 흘릴 줄 모르는 존재인 악마가 절체절명의 위기에 딱 한 번 눈물을 흘렸는데, 그 자리에 사악한 식물이 피어났다.

그 식물이 자라나 열매를 맺은 게 바로 이것이었다. 어둠의 존재들에게 극약인 헌터의 피를 해독한다 하여, 빛의 눈물로 불리게 되었다. 빛의 존재들에게는 눈물을 흘리게 만드는 물건이라 해서.

"그게 너한테 있었다고?"

"그러니까 헌터와의 싸움에서도 멀쩡했지. 난 네가 생각한 것보다 더 오래 살았거든."

기막힌 숨을 뱉어낸 치우가 믿을 수 없는 표정을 지었다.

"하. 아무리 빛의 눈물을 소유하고 있다 해도 이건 말이 안 돼. 내가 래미 친구를 시켜 네게 헌터의 피를 사용할 줄 미리 알고 준비해서 가져 왔다는 건가?"

"그럴 리가 있나. 헌터의 피가 아직까지 있다는 것도 몰랐는데."

"그럼, 도대체 어떻게!"

궁금증과 약이 올라 한껏 일그러진 치우의 얼굴을 보며 루이는 가만히 눈을 깜빡였다.

"래미 덕이라니까."

"무슨 개소리야!"

악에 받친 치우의 외침에 루이는 고개를 비딱하니 기울였다.

"사실을 말해줘도 그러는군."

정말 래미가 아니었다면, 대침에 찔리고 얼마 지나지 않아 그는 헌터의 피에 중독되어 죽었을 것이다.

그날, 헌터와 동일한 성분인 래미의 피를 먹고 죽기 일보직전까지 간 뒤부터 루이는 늘 하루에 한 번 그 열매를 먹었다.

입술을 잘근거리는 래미의 위험한 버릇으로 인해 언제 중독될지 모르니, 미연에 방지하기 위해 습관처럼 복용을 했다.

그 덕분에 지금도 무사할 수 있었던 것이다.

물론, 그 사실을 알 리 없는 치우로서는 의기양양하게 헌터의 피를 썼다가 실패를 맛보았지만.

"하. 지긋지긋하고 진절머리 나는 놈. 이번만큼은 죽일 수 있다 자부했는데, 빌어먹게도 피했군."

씹어 뱉듯이 말한 치우가 눈을 번뜩였다.

"이봐. 지금 나를 안 죽이는 이유가 뭐지? 능욕이라도 줄 참인가?"

"내가 그때 그랬잖아. 래미만 안 건드리면 고통스럽지는 않게 죽인다고."

무미건조하게 대꾸한 루이의 눈에 돌연 힘이 들어갔다.

"그런데, 래미에게 독을 썼더군. 절대 그냥은 못 죽이지."

광기로 번들거리는 루이의 안광을 마주한 치우가 순간적으로 숨을 들이켰다. 하지만, 치우는 이내 표정을 풀고서 어금니를 깨물었다.

"이봐. 내가 충고 하나 하지."

루이는 미간을 구기고서 치우를 향해 손을 뻗쳤다.

"넌 절대 도래미 옆에 있으면 안 돼. 너로 인해 래미의 눈에 피눈물 흘릴 날이 올 거야. 넌 절대 래미를……."

끝까지 말하지 못한 채 치우는 그대로 머리끝까지 얼어붙고 말았다.

"충고하지 마."

작게 혀끝을 찬 루이는 얼음 덩어리에 갇힌 치우에게로 휙 다가갔다.

"래미를 농락한 주제에 갑자기 걱정하는 척은. 너 때문에 래미가 새처럼 갇혀 지낸 시간이 얼만데."

루이의 입술 끝이 미미하게 올라갔다.

"이제 불안 요소는 다 사라졌군."

'그날' 호되게 당해서인지, 본성 쪽도 꽤나 래미 앞에서는 잠잠해졌고, 이렇게 강치우도 잡았다.

이제 거리낄 게 없는 것이다. 루이는 얼음덩어리가 된 치우에게로 가만히 손을 뻗쳤다.

래미와 복만은 한창 루나로 향하는 중이었다. 래미는 입술을 잘근거리며 초조하게 창밖만 응시했다.

루이 씨는 어떻게 되었을까. 낯빛이 말도 아니게 안 좋게 변했는데. 마치, 그날 갑자기 이상증세를 보였던 것처럼.

그런데, 정말, 무사히 루나로 돌아올까? 맞다. 인희! 인희는 또 무슨 죄야!

강치우 그 사람에게 내가 이모 조카라는 걸 말했어야 했나? 그럼, 상황이 조금 달라졌으려나.

어쩌면 말했다가 '그게 뭐?' 라는 대답이 돌아왔을지도 모른다. 이미 40년 전에 좋아했던 여자일 뿐이니까.

래미는 고개를 돌려 운전 중인 복만의 옆모습을 응시했다.

"복만 씨, 우리 정말 이대로 가면 되는 거야? 나, 걱정돼서 미칠 것 같아."

"거기 있어 봤자, 어차피 우린 아무 도움도 안 될 겁니다. 오히려 약점이 되어 주인님께 방해만 됐을 거예요."

"그런 거면 좋겠는데, 아까 루이 씨 상태가 너무 안 좋았어. 강치우 그 사람도 그걸 염두에 두고 우리를 안 잡은 것 같고."

"고객님. 너무 걱정하지 마세요. 주인님께서 다 생각이 있으셔서 그러신 걸 거예요."

"복만 씨는 루이 씨가 아무 탈 없이 돌아올 거라고 믿는구나?"

"그럼요. 주인님께서 루나에서 보자고 하셨으니까요. 그럼, 반드시 이행하실 거예요."

루이에 대한 무한한 복만의 믿음을 보니 래미 역시 조금이나마 마음이 누그러지는 듯했다.

그럼에도 걱정이 되는 건 어쩔 수 없다.

"나도 제발 그랬으면 좋겠어."

한숨을 내쉬고서 래미는 쓴웃음을 지었다.

"있잖아, 복만 씨. 루이 씨가 순간이동을 해서 오면 우리보다 빠르잖아."

"그렇죠. 비교도 안 되죠."

"우리가 루나에 도착했을 때 루이 씨가 거기 있으면 좋겠어. 그럼, 더 바랄 게 없겠어."

복만이 가만히 손을 뻗어 안심시키듯 그녀의 어깨를 가볍게 토닥여주었다.

그리고 잠시 뒤, 복만의 핑크 지프가 루나에 도착했다. 입구에 래미를 내려주고서 복만은 차고로 향했다.

"제발, 제발."

지금은 아무 생각도 할 수가 없었다. 그저, 루이만 무사했으면 하는 마음뿐이었다. 래미는 커다랗게 심호흡을 하고서 문을 열어젖혔다.

루나의 홀을 확인하는 순간, 그녀의 발걸음이 뚝 멎었다.

마치, 누군가 그녀의 간절한 소원을 이루어주듯 홀 한가운데 루이가 서 있었다.

"왜 이렇게 늦어."

평소처럼 무뚝뚝하게 말한 루이가 양팔을 벌렸다. 더 생각하고 말 것도 없이 래미는 달려가 루이의 품에 안겼다.

잠시 동안 루이의 체취를 들이마신 래미가 다급히 고개를 젖혀 얼굴을 살폈다.

"괜찮은 거예요? 어떻게 된 거예요?"

"보다시피 멀쩡해."

그는 평소처럼 우유빛깔 루이로 돌아와 있었다.

"인희는요? 내 친구는 어떻게 됐어요?"

"괜찮을 거야. 원래대로 되돌렸으니까."

그제야 래미는 폭풍 같은 숨을 흘렸다. 하지만, 그녀는 마냥 좋아만 하고 있을 수는 없었다.

래미는 조심스레 입술을 움직였다.

"강치우는요? 그 사람은 어떻게 됐어요? 설마……."

"안 죽였어."

"정말이에요?"

"응."

루이는 안도하는 래미의 머리를 어루만지며 부드럽게 웃어 보였다.

아직은.

36

이곳은 너무너무 어두컴컴했다. 빛 한 줄기 들어오지 않는 그런 곳이다.

그래서 답답하면서도 무서움이 일었다. 래미는 이곳에서 나가고 싶었다. 당장.

그런데, 몸이 굳어버린 것처럼 꿈쩍도 하지 않는다. 손가락 하나도 까딱거릴 수가 없다.

제발 움직여…….

그 순간이었다. 창백한 얼굴의 여인이 눈에 들어온 것은. 이제는 익숙한 얼굴.

이모? 이모 맞죠?

이모 가현으로 추정되는 여인이 래미를 바라보며 하염없이 울고 있었다. 이번에는 피눈물이 아니라, 안타까울 정도로 구슬픈 눈물이었다.

이모, 왜 울어요? 왜 늘 그렇게 슬픈 얼굴이에요? 내가 눈물, 닦아줄게요.

꼭 다가가서 눈물을 닦아주고 싶지만 그럴 수가 없다.

제발 좀 움직여. 으으, 움직이라고.

"으응…… 움직…… 으으……."

"래미?"

루이의 음성이 들려오고, 어깨를 가볍게 흔드는 손길에 래미는 번쩍 눈을 떴다.

곁에 누운 루이가 걱정스러운 표정으로 그녀를 응시하고 있었다.

"왜 그래. 악몽이라도 꾼 거야?"

루이의 물음에 래미는 숨을 몰아쉬며 눈을 깜빡였다.

"악몽은 아니고, 꿈을 꿨어요. 그냥 꿈을 꿨는데…… 흑……."

갑자기 주체할 수 없는 눈물이 흘러내리기 시작했다. 당황한 건 루이뿐만이 아니었다. 알 수 없는 서글픔으로 인해 래미 역시 황당할 따름이었다.

"이제 보니 우리 래미 순 울보네."

루이는 래미를 품으로 끌어당겨 안고서 가만히 등을 토닥였다.

"그러게요. 나 미쳤나 봐요."

그러면서도 쉽게 울음을 그치지 못하고 래미가 훌쩍이자 루이는 어쩐지 마음이 짠해졌다.

"무슨 꿈인데, 이렇게 슬프게 울까."

"……이모 꿈이요. 이모가 꿈에서 그렇게 우시더라고요."

"이모?"

"돌아가신 우리 이모요."

"돌아가신 이모가 있어?"

루이의 품 안에서 래미는 고개를 끄덕였다.

"응. 내가 태어나기도 전에 돌아가신 이모예요. 20대 중반에 돌아가셨대요."

"그럼 본 적도 없을 텐데 이모인 건 어떻게 알아."

"어릴 적부터 사진으로 많이 봐서 알아요."

래미는 가만히 한숨을 흘렸다.

"생전 이모 꿈은 꾼 적이 없었거든요. 근데, 얼마 전에 꿈에 나타나서 도
망가라고 그러시잖아요."

"왜."

래미는 어느새 울음을 그치고서 쿡, 웃었다.

"꿈인데 내가 어떻게 알아요. 그러고 나서는 한동안 안 꿨는데, 또 꿈에
보이네요. 오늘은 그냥, 하염없이 우시더라고요. 그래서 나도 감정이 격해
졌나 봐요. 아, 맞다."

래미는 슬쩍 몸을 떼어내고서 루이를 응시했다.

"나, 루이 씨한테 보여줄 거 있어요. 되게 놀라운 사실 하나 알려줄게요."

울음은 그쳤지만 눈가에 그렁그렁 눈물을 단 채 래미는 묘한 표정을 짓
고 있었다.

루이는 손을 뻗어 래미의 눈가에 묻은 눈물을 닦아냈다.

"뭔데."

"잠깐만요."

래미는 몸을 돌려 협탁 위 휴대전화를 집어 들었다.

"루이 씨도 깜짝 놀라서 뒤집어질 거예요."

"뭔데 그럴까."

루이는 한쪽 팔로 머리를 받치고서 상체를 비스듬히 세웠다.

잠깐 휴대전화를 들여다보며 만지작거리던 래미가 금세 액정을 눈앞에
내밀어보였다.

"이 사진 한번 봐 봐요."

래미에게서 휴대전화를 건네받고서 별다른 생각 없이 시선을 주던 루이는 순간적으로 들고 있던 걸 놓칠 뻔했다.

액정을 들여다보며 그대로 굳어 있는 루이를 보며 래미가 말을 이었다.

"루이 씨도 깜짝 놀랐죠? 나도 처음에 엄마한테 사진 받고 얼마나 놀랐다고요."

액정에서 시선을 떼지 않은 채 루이의 입술이 기계적으로 움직였다.

"네가 이 사진을 어떻게 가지고 있는 거야."

"사진 속 두 분이, 우리 엄마랑 이모거든요."

툭.

손에서 빠져나간 휴대전화가 이불 위로 떨어졌다.

루이의 눈동자가 래미에게로 향했다.

"이모……라고?"

"네. 어린 쪽이 우리 엄마 어렸을 때고요, 예쁜 아가씨가 우리 이모예요. 돌아가시기 얼마 전에 찍은 사진이에요."

래미를 응시하는 루이의 동공이 사정없이 흔들린다.

"루이 씨도 완전 놀랐죠? 나도 진짜 기막혔어요. 옛날에, 40년 전쯤에, 엄마랑 이모가 강치우 그 사람과 많이 친했대요."

떨어진 휴대전화를 들고서 래미가 설명을 했으나 루이는 아무런 대꾸도 할 수가 없었다.

아니, 머릿속이 정지해 버린 것처럼 아무런 사고도 할 수 없었다.

"더 기막힌 건, 그 강치우가 우리 이모를 좋아했대요."

루이의 입매가 딱딱하게 굳어졌으나, 래미는 그저 너무 놀랐기 때문이라고 여겼다.

"사실, 엄마한테 이 사진을 받고, 그 이야기를 들은 뒤로 강치우 그 사람에 대한 생각이 조금 바뀐 것 같아요. 그 사람이 내가 이모 조카인 걸 알면 다시는 나한테 해코지는 안 하지 않을까 하는 생각?"

래미는 곧바로 말을 이었다.

"루이 씨한테 보여줘야 하나 말아야 하나 했는데, 알고 있는 게 나을 것 같아서요."

"……."

루이는 여전히 대답 대신 뚫어질 듯 래미의 얼굴만 들여다보았다. 래미는 손을 들어 루이의 얼굴을 어루만졌다.

"루이 씨."

"응."

그가 겨우 대답했다.

"강치우 그 사람을 안 죽였다고 했잖아요. 어떻게 한 건지 나한테는 말해 줄 수 없어요?"

루이는 그저, 강치우를 죽이지만 않았다고 할 뿐, 끝까지 거기에 대해서 함구하고 있었다.

루이가 깊은 한숨을 흘렸다.

"그냥. 흑마법 세상에서 하는 방법으로 해결했다는 정도만 알고 있어. 맹세해. 절대 죽이지 않았어."

여전히 알 수 없는 대답에 래미는 조금 실망스러웠지만, 이내 고개를 끄덕였다.

"알았어요. 해치지 않았으면 됐죠."

래미는 여전히 휴대전화의 액정을 차지하고 있는 사진을 들여다보며 말했다.

"이따가 복만 씨한테도 이 사진 보여줘야겠어요. 아마 복만 씨도 깜짝……."

327

"안 돼. 그러지 마."

갑자기 루이의 얼굴과 말투에 정색이 실리는 바람에 래미는 속눈썹을 깜빡였다. 그제야 루이가 미안한 표정을 지었다.

"미안. 너무 의외라 조금 예민해졌나 봐."

"괜찮아요. 근데, 복만 씨한테 보여주면 안 되는 거예요?"

"복만인 나보다 강치우 더 싫어해. 안 보여주는 게 좋을 거야."

래미는 아, 하고 감탄사를 흘렸다.

"그렇겠네요. 원래는 그분이 복만 씨 주인이었다면서요. 그럴 수도 있겠네요. 충성심이 남다르니."

루이의 눈썹이 움찔, 굳어졌다.

"복만이 말해줬어?"

"네. 루이 씨가 지하에 갔던 날, 얘기해 주더라고요."

래미는 화면 가득 떠 있는 사진을 끄고서 말을 이었다.

"복만 씨한테는 절대 안 보여줄게요."

"그게 좋을 거 같아."

루이의 얼굴에 짙은 그림자가 드리워졌으나 래미는 알지 못했다.

"나 이따가 서점 갔다 올 거예요."

"……."

"루이 씨, 나 이따가 서점 갔다 온다고요. 이제 그래도 되는 거죠?"

"……."

계속해서 루이에게서 대꾸가 없자, 래미는 물론이고 함께 차를 마시던 복만까지 찻잔을 내려놓았다.

"주인님?"

"루이 씨?"

래미와 복만이 동시에 불러서야 찻잔을 만지작거리던 루이가 시선을 들었다.

영문을 몰라 어리둥절해 하는 두 사람을 보며 루이가 눈을 깜빡였다.

"왜. 무슨 말 했어?"

"나 이따가 서점 다녀온다고 두 번이나 그랬어요."

"그랬어?"

"네."

고개를 끄덕인 래미는 조금 걱정스러운 표정을 지어 보였다.

"루이 씨, 왜 그래요?"

"응?"

"오늘 하루 종일 멍해요. 그 사진, 음."

옆에 복만이 있어 잠깐 입을 닫았던 래미가 다시 말을 이었다.

"루이 씨 몸은 여기 있는데 영혼은 다른 데가 있는 것 같아요. 괜찮아요?"

루이가 작게 미소를 보였다.

"괜찮아. 서점 간다고?"

"응. 같이 갈래요?"

거의 반사적으로 루이의 얼굴에 곤란한 기색이 어리자, 래미는 웃음을 흘리며 고개를 내저어 보였다.

"아이고. 농담이에요, 농담. 낮에 잠깐씩 산책하는 것도 식은땀 줄줄 흘리는 사람을 데리고 서점을 어떻게 가요. 학생들 방학이라 사람들 완전 바글거릴 텐데. 루이 씨 기절이라도 하면 내가 그 감당을 어떻게 해요. 으, 생각만으로도 아찔하네."

루이가 조금 멋쩍은 표정을 지었다.

"심심하면 복만 데리고 갔다 와."

"놉!"

단호히 외친 래미가 입술을 움직였다.

"서점에서는 심심할 틈이 없어요. 원래 혼자 잘 다니기도 했고요."

"복만이 무거운 책도 잘 들어줄 텐데."

"많이 안 살 거라서 괜찮아요."

"그래. 그럼, 다녀와."

두 사람의 대화에 복만이 불쑥 끼어들었다.

"아니, 제 의견은 물어보지도 않고 두 분이서 저를 데려가니 마니, 하십니까? 참 나, 저 무시하시는 겁니까?"

래미가 쿡쿡 웃으며 복만을 돌아보았다.

"복만 씨는 뭐 읽고 싶은 책 없어?"

"사다 주시게요?"

"응. 말해 봐. 간 김에 있으면 사다 줄게. 너무 무거우면 들고 오기 힘드니까 두 권 정도만."

복만이 눈을 반짝반짝 빛내며 눈동자를 굴리더니 손뼉을 짝 쳤다.

"맞다. 하룻밤 사 주세요. 그거 있으면 사다 주시겠어요?"

순간적으로 래미는 마시던 차를 고스란히 뿜을 뻔했다.

"뭐, 뭐, 뭘 사 달라고?"

"하룻밤 사 주세요, 라는 제목이에요."

래미는 저도 모르게 벌어지려는 입술을 간신히 추슬렀다.

"그, 그런 제목이 있어?"

"넵. 제가 인터넷 사이트에서 봤던 글이거든요."

2

"이, 인터넷 사이트?"

"네. 유료 웹소설 사이튼데 직박구리 닷컴인가 그럴 거예요."

으악! 확실한 확인 사살에 래미의 등 뒤로 식은땀이 줄줄 흘러내린다. 그걸 알 리 없는 복만은 관음차를 홀짝이며 계속 말했다.

"조금 봤는데 재미있더라고요. 근데, 화면으로 보니까 눈이 아파서요. 연재도 끝난 것 같은데, 책으로 나왔는지는 잘 모르겠어요. 혹시나 있으면 사주세요."

"제, 제목이 조, 조금 야하네? 복만 씨 그, 그런 거 좋아해?"

"네. 저 야한 거 완전 좋아하거든요. 왜요?"

너무도 아무렇지 않은 대꾸에 오히려 래미의 얼굴이 시뻘게졌다.

아아. 너도 남자였구나. 그래, 수컷이었지.

야아! 그래도 야한 걸 좋아한단 말은 좀 가려서 해야 한다고! 아무 데서나 그러면 다들 너 이상하게 본다고!

래미는 목구멍까지 치민 말을 겨우 삼켰다.

"아, 아냐. 있으면 사 줄게."

"아싸, 고맙습니다!"

고마울 것 없단다. 그거, 절대 책으로는 출간하지 않는 거거든.

"혹시, 없을 수도 있으니까 다른 것도 말해 줄래?"

"음. 하룻밤 사 주세요가 없으면, 별에서 온 대물? 그걸로 부탁드릴게요."

"콜록, 콜록!"

급기야 래미는 사레가 들려 미친 듯이 기침을 뿜어냈다.

"괜찮아?"

루이가 등을 토닥이며 물 한 잔을 내밀었다. 그것을 받아 마신 래미는 겨우 기침을 진정시켰다.

"괘, 괜찮아요."

안 괜찮아, 안 괜찮다고! 제기랄! 사이트를 옮기든가 해야지!

별에서 온 대물은 그녀가 하룻밤 사주세요, 전에 연재했던 글이었다. 뜻밖의 복만의 취향에 래미는 뜨끈뜨끈 달아오른 얼굴로 커피를 마저 홀짝였다.

그런 래미를 응시하는 루이의 눈동자가 하염없이 어둡게 꺼진다.

오후 무렵, 래미가 외출한 뒤 루이는 지하로 향했다. 지하의 제일 깊숙한 곳, 아할리만의 심장이 봉인되어 있는 곳이었다.

벽으로 막힌 결계를 넘어 안으로 들어가자 끊어질 듯 끊어지지 않는 거친 호흡 소리가 루이의 귀를 잡아챘다.

루이는 엄지와 중지를 딱, 교차시켜 어두운 공간에 불을 밝혔다.

거미줄에 걸린 나비처럼, 한쪽 벽면에 몸이 붙은 채 옴짝달싹 못 하고 있는 치우가 있었다.

"으으…… 으으으……."

루이를 본 치우가 눈을 치뜨며 입을 움직이려 했으나 한 마디도 말이 되어 나오지 않았다.

치우는 루이의 어둠의 기운에 머리부터 발끝까지 봉해진 상태였다.

저벅저벅 공간 중앙에 놓인 테이블 앞으로 간 루이는 치우를 향해 휙 손을 내저었다.

"헉, 헉……."

치우의 입을 막고 있던 봉인이 해제되었다. 잔뜩 초췌해진 얼굴로 치우가 경멸감 가득한 웃음을 머금었다.

"무슨 일로…… 여기까지 행차하셨을까. 곱게 죽이지는 않을 테니, 뭐, 고문이라도 하러 오셨…… 으윽."

루이의 손가락에서 뻗어 나온 얼음송곳이 곧장 치우의 어깨를 뚫고서 벽에 박혔다. 고통으로 인해 얼굴을 일그러뜨린 와중에도 치우의 눈에는 독기가 가득했다.

루이는 한 발짝 앞으로 다가갔다.

"내가 묻는 말에 제대로 대답해 주면 고통스럽지 않게 죽여주겠다."

"하! 네 뜻대로 해줄 것 같냐?"

루이는 흐음, 숨을 내쉬었다.

"대답해 주지 않으면 너를 드나르드스에 가두고 입구를 파괴해 버린다."

어지간한 고통에도 눈 하나 깜짝 않던 치우의 얼굴이 그대로 굳었다.

드나르드스에 갇혀 나오지 못하면 죽음보다 더 큰 어둠의 고통 속에서 영영 떠돌아야 한다.

죽은 것도, 산 것도 아닌 상태로 몇천 년, 아니, 몇억 년을 살아야 할지 모른다.

오히려 죽는 것이 축복일 정도로 끔찍한 곳이었다.

"어차피 드나르드스는 더 쓸모가 없어서 파괴해도 상관없거든."

가쁜 숨을 몰아쉬며 치우는 루이를 노려보았다.

"어때, 대답할 마음이 생겼나?"

"내가 거짓말이라도 하면 어쩌려고 그러지?"

루이는 대답 대신 곁에 있는 테이블에 손을 올렸다. 그러자, 거짓말처럼 테이블 위에 아주 오래되고 낡아빠진 나무 상자가 쑥 나타났다.

"설마, 아할리만의 심장이 봉인된 상자?"

"그렇다."

설마 자신 앞에서 루이가 아할리만의 심장을 불러낼 줄은 몰랐기에 치우의 눈이 한껏 커졌다.

루이는 상자에 손을 대고서 어둠의 힘을 주입했다. 이내 상자가 열리더니, 이내 까만 기운에 둘러싸인 아할리만의 심장이 공중으로 떠올랐다.

"저, 저게 아할리만의 심장? 흡!"

아할리만을 마주한 치우의 입에서 신음이 흘러나왔다.

믿을 수 없게도 아할리만이 내뿜고 있는 기운이 너무도 강렬해 온몸이 쪼개질 것 같은 통증이 일었기 때문이다.

"제, 제기랄."

아할리만의 심장이 쿵쾅쿵쾅 펌프질을 해댈 때마다, 안구가 터질 것만 같아 눈도 제대로 뜰 수가 없다.

그런 치우를 보며 루이가 비웃음을 흘렸다.

"왜. 아할리만의 심장을 훔쳐가겠다고 그렇게 당당히 말하더니."

"빌어먹을!"

"계약자여, 나 여기 나와 있다."

심장이 불쑥 끼어들었다. 둘이서 잡담 그만하고 본론으로 들어가라는 뜻이다.

"지금부터 내가 저자에게 질문을 할 것이다. 만약, 저자가 거짓을 말하거든 그대로 드나르드스에 가두어라."

더없이 가혹한 말에 치우의 얼굴이 일그러질 대로 일그러졌다.

"좋다. 진실과 거짓만 가려내면 되는 것이니, 때가도 간단히 가져가겠다."

"뭘 가져가겠나."

"네 수명 중 100년을 가져가겠다."

"그렇게 해."

놀라거나 말거나 아할리만의 심장이 불쑥 치우의 눈앞으로 이동했다.

"으읏. 저리 꺼져!"

하지만, 그를 집어삼킬 듯 아할리만의 심장은 치우의 눈앞을 맴돌았다. 루이의 시선이 치우에게로 향했다.

"들었지? 제대로 답하지 않으면 넌 그대로 드나르드스에 갇힌다."

"……제기랄."

"래미에게 네 사진이 있다. 너와 박가현 자매가 함께 찍힌 사진."

치우의 입매가 미미하게 떨렸다.

"래미가 그걸 가지고 있다고?"

"래미, 박가현의 조카가 맞아? 네가 래미 모친의 기억을 조작한 건지 묻고 있는 거야."

치우는 핏발이 설 정도로 눈을 치떴다.

"내가 나현에게 그딴 짓이나 할 것 같아!"

소리를 지른 치우가 돌연 입술 끝을 올려 음산한 미소를 머금었다.

"잘 들어라, 이 개자식아. 래미는 네가 산 채로 심장과 혀를 뜯어먹은 가현의 조카다. 래미는 제 이모를 뜯어먹은 놈과 만나고 있는 거라고."

슬픈 진실을 알리듯 아할리만의 심장은 그냥 쿵쾅거리기만 할 뿐, 치우를 드나르드스로 보내지 않았다.

창백할 정도로 하얀 루이의 얼굴이 더없이 무표정해진다.

▷　　▷　　◆　　◁　　◁

자정이 지나고 새벽이 가까워졌지만, 루이는 잠을 이룰 수가 없었다.

'잘 들어라, 이 개자식아. 래미는 네가 산 채로 심장과 혀를 뜯어먹은 가현의 조카다. 래미는 제 이모를 뜯어먹은 놈과 만나고 있는 거라고.'

'이모를 잔인하게 뜯어먹은 놈이, 래미를 위한답시고 나를 죽이겠다니, 완전 코미디 아니야? 지나가던 개가 비웃을 일이지. 래미가 과연 그 충격적인 사실을 알고도 지금처럼 네 곁에 있을까?'

'넌 래미를 사랑할 자격이 없는 놈이야. 아무리 네놈이 쓰레기라도 래미에게만큼은 일말의 양심이라는 게 작용하겠지. 넌 래미 옆에 있으면 안 되는 놈이라고.'

환청처럼 계속해서 그를 괴롭히는 치우의 음성으로 인해 도무지 잘 수가 없다.

평범한 사람들과 달리 잠을 제대로 못 잔다고 해서 크게 문제 될 건 없었지만, 눈을 뜨고 있는 시간이 길면 생각이 너무 많아진다.

불면증 때문이 아니라, 머릿속을 마구잡이로 휘젓는 생각들로 인해 그는 괴로웠다.

턱!

갑자기 배에 무언가 얹힌 느낌에 루이는 움찔, 상념을 깼다.

루이의 시선이 배로 향했다. 뽀얗고 가느다란 래미의 종아리가 떡하니 그의 배에 놓여 있었다.

심각한 머릿속과 달리 루이의 입에서는 피식, 웃음이 흘러나왔다.

"도래미, 잠버릇 하나는 축구 선수라니까."

래미는 숨소리 하나도 안 내고 잘 것 같았지만, 예상 외로 잠버릇이 예술이었다.

잠꼬대는 기본이고 가끔 작게 코도 곤다. 저 작고 예쁜 발로 사정없이 하이킥을 날리고서 아무 일도 없다는 듯 계속 잠만 잘 때도 있다.

루이는 배에 놓인 부드러운 종아리와 작은 발을 잠시 어루만지다 다시 이불 속으로 넣어 주었다.

그는 쌔근쌔근, 깨지 않고 자는 래미의 얼굴을 들여다보았다.

"너를 어쩌면 좋지."

그리고 나는.

루이는 손을 뻗어 래미의 볼을 조심스레 쓸었다.

"왜 하필 너는 박가현의 조카인 거지?"

그는 래미를 놓기 싫었다. 아니, 놓을 수가 없었다. 지금으로선 이 예쁜 얼굴을 안 보고 살 자신이 없다.

손을 거두어들인 루이는 가슴이 타들어갈 것 같은 답답증에 몸을 일으켰다.

독한 술이 너무도 절실했다. 물론, 취할 리는 없겠지만.

식물들이 가득한 방. 루이는 온갖 약초의 향을 맡으며 잎사귀들을 손질 중이었다.

조금이나마 마음의 안정을 찾기 위해. 어지러운 갈등의 돌파구를 찾기 위해.

"루이 씨."

바로 지척에서 그를 부르는 래미의 음성이 들려왔다. 루이는 속으로 한숨을 삼키고서 뒤를 돌아보았다.

조금 부루퉁한 표정을 짓고 있는 래미가 시야에 들어왔다.

그 모습마저 사랑스러워 품으로 당겨 버리고 싶다. 하지만 아무 일도 없었던 것처럼 욕심을 채울 수가 없다.

"오늘은 산책 안 해요? 하루 종일 여기만 있을 거예요?"

"응. 오늘은 혼자 나갔다 와."

대답이 마음에 들지 않는 듯 즉각적으로 래미가 눈을 새침하게 떴다가 이내 원래대로 돌렸다.

"알았어요. 안 그래도 마트 가야 해서요."

고개를 끄덕인 루이는 다시 몸을 돌려 잎사귀를 살폈다. 래미가 바짝 옆으로 다가와 다시 말을 붙였다.

"나, 내일 해준이네 아파트에서 인희랑 저녁 먹을 거예요. 해준이 퇴원했거든요."

해준이란 말에 즉각적으로 그의 표정이 싸늘하게 가라앉았다.

"응. 그렇게 해."

어차피 지해준은 래미와 같은 공간에 단둘만 있는다 해도 아무것도 할수가 없을 테니까.

"그리고 곧 크리스마슨데 이브 날 저녁에 복만 씨랑 셋이서 파티 할까요?"

"그래. 그러자."

시선조차 마주치지 않고 하는 대꾸에, 하아. 래미가 숨을 푹 내쉬었다.

뒤이어 그녀가 작정한 듯 쑥, 손질 중인 잎사귀 앞을 가로막고 섰다. 루이는 손 멈출 수밖에 없었다.

래미는 잔뜩 걱정스러운 얼굴이 되어 있었다.

"루이 씨. 요즘 무슨 고민 있어요?"

"생각할 게 있어서."

절대 말할 수가 없는 고민. 래미에게는 더더욱.

"흐음. 표정과 행동은 나 미친 듯이, 심각하게 고민 중이다, 이렇게 표출하고 있는데 겨우 생각만 한다고요?"

"……"

"말해주기 싫구나? 알았어요."

다행히도 래미는 더 묻지 않고 고개를 끄덕였다. 미미하게 한숨을 흘린 루이는 래미를 물끄러미 응시하다 말문을 열었다.

"너, 새해 되면 집으로 들어갈래."

전혀 생각지 못한 말이었는지 래미의 얼굴에 당혹스러움이 스쳤다.

"왜, 왜요?"

"그게 좋을 거 같아서."

그녀는 조금 붉어진 얼굴을 문지르며 이내 대꾸했다.

"어, 음. 맞다. 이제 그래도 되는 거죠. 그래요. 그래야죠. 집을 계속 비워 놓을 수는 없는 거니까요. 나도 새해부터는 다시 집중해서 일도 해야 하고요."

그러고서 래미는 서운함을 감추지 못하는 표정으로 더듬, 더듬 말을 이었다.

"아, 참. 나 엄, 엄마랑 통화해야 되는데 깜빡했네요."

그녀는 몸을 돌려 허둥지둥 발걸음을 옮겼다. 그런 그녀의 뒷모습을 응시하는 루이의 가슴이 베인 것처럼 쓰라려 온다.

울컥. 형언할 수 없는 복잡한 감정이 치밀어 올랐다.

루이는 성큼 걸음을 떼어 막 복도로 나가려는 래미의 팔을 붙잡고 휙 돌려세웠다. 놀란 래미가 눈을 동그랗게 뜨고서 그를 올려다보았다.

"루이 씨."

루이는 그녀의 양팔을 꽉 움켜쥐고서 성마르게 물었다.

"넌 내가 어떤 놈이라도 계속 곁에 있을 수 있어?"

"왜 그래요. 무슨 일이 있긴 있군요?"

"말해 봐. 내가 어떤 놈이라도 상관없어?"

"……"

영문을 몰라 잔뜩 흔들리는 눈동자로 루이를 바라보던 래미가 이내 어이없는 듯 웃었다.

"그 질문, 너무 늦었다고 생각 안 해요? 그건 당신이 어떤 놈인지 몰랐을 때, 진작 물었어야죠. 이미 어떤 놈인지 다 아는데, 뭘."

"내가 어떤 놈인데."

"흑마법사요. 천 살도 훌쩍 넘은 조상님뻘이죠. 100일마다 한 번씩, 변태 식인종이 되니까 각별히 주의를 해야 하고요."

그렇게 대답한 그녀가 비딱하니 그를 응시했다.

"뭐, 그것보다 더 스릴 넘치는 비밀이 또 있는 거예요?"

"사람도 많이 죽였지."

"옛날에 그랬다면서요. 그것도 알고 있고요. 당신을 흑마법사로 만든 악마가 사람 먹는 걸 좋아했다면서요. 근데, 이제는 안 그러잖아."

심각하고 어두운 그와 달리 래미는 전혀 문제가 될 게 없다는 표정이었다. 루이의 입술에 쓴웃음이 걸렸다.

"만약 나한테 죽은 사람 중에 네가 아는 사람이 있어도 지금처럼 편안하게 말할 수 있을까."

가만히 눈동자를 굴린 래미가 이내 헉, 숨을 들이켰다.

"혹시, 내 조상님 중에 혹시 당신 때문에 돌아가신 분이 계실까 봐 지금 이러는 거예요? 어머, 그럼, 좀 문제가 달라지는데."

"……"

굳어 있는 루이의 얼굴을 빤히 들여다보며 눈썹을 파닥거리던 그녀가 이내 부드러운 표정을 지었다.

"음. 있잖아요. 내 친할아버지, 할머니는 두 분 다 정정하게 살아계시고요. 외가 쪽 할머니, 할아버지는 나 되게 어렸을 때 두 분 다 병환으로 병원에서 돌아가시는 거 봤어요. 더더 윗대 어른들은 얼굴도 모르고 뵌 적도 없어서 어떻게 돌아가셨는지 모르고요. 어쩌면 까마득한 윗대에는 루이 씨때문에 돌아가신 분들이 계실지도 모르겠네요. 근데요."

쉴 틈 없이 긴 말을 이어나간 래미는 잠시 멈추고서 숨을 돌렸다.

그러곤 말간 눈으로 루이와 시선을 마주쳤다.

"난 모르잖아요. 모르는 게 잘못일 수도 있겠지만, 이 문제만큼은 내가알아낼 수가 없는 거니까요. 그러니까, 괜한 걱정은 하지 않는 게 어때요?"

그 순간, 지금껏 루이의 머릿속에서 팽팽히 줄다리기를 하고 있던 생각의 실이 툭, 하고 끊어져 버렸다.

루이는 그대로 래미의 팔을 끌어당겨 품에 가두었다.

"어, 이건 갑자기 무슨 전개예요. 방금 전까지 무뚝뚝함의 극치를 보여주더니."

그는 래미가 답답함을 느낄 정도로 꽉 껴안고서 목덜미에 얼굴을 묻었다.

그래. 래미는 모른다. 그러니, 앞으로도 모르게 하면 된다.

알량한 양심 따위가 언제부터 있었다고.

▷ ▷ ◆ ◁ ◁

다음날 저녁, 해준의 아파트.

띵동띵동. 벨소리가 울린다. 해준의 가슴이 설렘으로 인해 마구잡이로 뛰기 시작했다.

"래, 래미 왔나?"

아까 출발한다고 전화가 왔으니 얼추 지금쯤 도착할 때가 됐다.

후욱 심호흡을 하고서 인터폰을 확인하자 예쁜 래미의 얼굴이 화면에 잡혔다.

귀까지 찢어질 것 같은 입을 겨우 추스르고서 해준은 버튼을 눌러 문부터 열어주었다. 두꺼운 문이 열리고 래미가 모습을 나타냈다.

"야, 램! 오랜만……."

잔뜩 반갑게 그녀를 맞이하던 해준은 표정을 굳히고서 우뚝 멈추었다.

"응. 오랜만…… 너 얼굴이 왜 그래? 다친 곳 아픈 거 아냐?"

당황한 래미가 놀라 다가오자 해준은 흠칫, 했지만 억지로 표정을 폈다.

"아, 아냐. 깁스한 다리를 잘못 짚었나 봐."

그는 목발을 짚으며 조금씩 뒤로 물러났다.

"어, 어서 와."

해준은 겨우겨우 웃으며 래미를 맞이했다.

"오는 길에 통화했는데 인희도 거의 도착할 때 됐대."

래미의 말에 고개를 끄덕인 해준은 조금씩 더 뒤로 물러났다. 한동안 잊고 있었던 심장의 통증이 또다시 시작됐다. 래미가 곁에 오니 거짓말처럼 반응이 오고 있었다.

'이게 도대체 어떻게 된 일이지? 왜 또 이러는 거냐고!'

해준은 래미가 보고 싶어 오늘만 손꼽아 기다렸다.

아침부터 몇 번이나 머리를 손질했으며, 불편한 다리로 이 옷, 저 옷 맞춰 보며 거울 앞을 서성거렸다.

그런데, 래미 가까이로 갈 수조차 없다니. 도대체 이 일을 어떻게 받아들여야 할지 환장할 노릇이었다.

잠시 뒤, 인희가 도착하고 본격적으로 식사 준비가 시작되었다. 물론, 준비라고 해봤자 배달된 음식들을 식탁에 펼쳐 놓는 것뿐이지만.

"이렇게 셋이 같이 뭉치는 게 얼마 만이냐?"

인희가 맥주잔을 가져와 식탁 위에 놓으며 말했다.

"그러게. 너무 좋다. 앞으로는 자주 좀 만나자."

래미의 대꾸에 인희가 어이없는 표정을 지었다.

"야, 너만 시간 잘 빼면 돼. 한번 보자고 하면 이리 빼고 저리 빼고. 하여튼 젤 비싼 척이지."

"앞으로는 안 그래. 이제는 자주 만나고 그러자."

"어디 두고 보지 뭐."

여전히 못 믿겠다는 얼굴로 말한 인희가 슬쩍 미간을 구겼다.

"아니, 근데 지해준은 방에 잠깐 뭐 가지러 간다더니 왜 이렇게 안 나와? 야! 지해준! 넌 손님들한테 일을 시켜놓고 뭐 하냐?"

하지만, 안에서는 아무런 대꾸가 없다.

"어디 아픈 거 아냐? 아까부터 표정이 별로 안 좋던데."

"램, 족발 포장 좀 뜯고 있어 봐. 내가 가볼게."

"그래, 알았어."

인희가 하던 것을 멈추고 해준의 방으로 향하자 래미는 혼자 남아 나머지 음식들을 다 펼쳤다.

그런데도 둘 다 나올 기미가 없어, 래미는 생맥주가 담긴 병을 따고서 쪼르르 제 잔에 따랐다.

"아니, 이것들은 방에만 들어가면 안 나오네? 꿀을 발라 놨나. 혼자 다 먹고 있어야지."

맥주잔을 들어 올리고서 한 모금 마시려는데, 욱, 속이 메슥거려왔다.

"뭐지? 맥주 냄새가 왜 이래?"

냄새를 맡기 위해 잔으로 코를 갖다 대자 즉각적으로 역한 기운이 확 치받혔다.

"읍. 뭐야, 이거 상했잖아. 뭐 이런 걸 팔아?"

래미는 인상을 잔뜩 찌푸리고서 잔을 내려놓았다. 배달한 곳에 다시 전화를 해서 교환을 해야 할 것 같아 래미는 주방을 나섰다.

"얘들은 무슨 얘기를 하느라 이렇게 안 나와?"

작게 중얼거리며, 해준에게 배달지 전화번호를 묻기 위해 방으로 향했다.

막 방문 앞에 도착한 래미의 발걸음이 멈칫했다. 두 사람의 대화 소리가 들려왔기 때문이다.

"야, 래미만 근처에 있으면 심장이 아프다는 게 말이 돼?"

"김인희, 목소리 낮춰."

"램 주방에서 음식 포장 까고 있어서 괜찮아."

"하아. 나도 미치겠다. 교통사고 나고 병원에 있을 때부터 이 증상이 생겼거든. 일시적인 건 줄 알았는데, 오늘 또 그런다. 래미 오니까 누가 내 심장을 잡고 비틀어대는 것 같아. 후우."

"그럼, 래미 없을 때는 괜찮았어?"

"아무렇지도 않았어."

"그냥, 막 빨리 뛰는 걸 네가 착각하고 있는 거 아냐?"

"야. 내가 구분도 못 하겠냐? 너무 아파서 돌겠다고."

"기막혀, 진짜. 얼마나 아픈 건데?"

"내 얼굴에 식은땀 봐봐."

래미는 잔뜩 굳은 얼굴로 숨을 몰아쉬었다. 그녀만 가까이 있으면 심장이 아프다니.

혹시, 또 강치우가 뭔가 주술이라도 걸어놓은 게 아닌가 싶어 소름이 확 돋았다.

"세상에. 이게 말이 돼? 도저히 못 참을 정도야?"

"후우. 이, 일단 여기나 주방이나 아픈 건 같으니까, 나가자. 래미 기다리겠다."

방 안에서 대화를 끝내자 래미는 다급히 발뒤꿈치를 들고서 주방으로 향했다. 그녀가 식탁 의자에 앉자마자 인희와 해준이 방 밖으로 나왔다.

"둘이서 무슨 비밀 이야기를 하느라 이제 나와?"

"아, 아니. 해준이 조금 아프대서. 봐주느라."

의료계에 몸담고 있지도 않으면서 그렇게 둘러댄 인희가 곧장 화제를 전환했다.

"뭐야, 램. 너 혼자 맥주 마시고 있었어?"

"아, 참. 이 맥주 상했어. 냄새가 너무 안 좋아. 전화해서 교환해 달라고 해야 할 것 같아."

"어, 그래? 맥주도 상해?"

인희가 빠르게 식탁으로 다가와 잔에 담긴 맥주를 코로 맡아보곤 이내 살짝 홀짝였다.

"음?"

"그치, 상했지?"

대답 대신 인희는 나머지를 벌컥벌컥 마저 다 들이켰다.

"캬, 맛만 좋은데?"

"어, 그, 그래? 분명 냄새가 이상했는데."

"그럼, 내 입이 이상한가?"

인희가 다른 잔에 맥주를 조금 더 따르고서 저만치 서 있는 해준에게로 가져갔다.

"네가 한번 마셔서 봐봐."

"야, 나 술 마시면 안 되는데."

"상했는지 확인만 해봐."

고개를 끄덕인 해준이 살짝만 맛보고서 래미를 바라보았다.

"나도 괜찮은데? 전혀 상한 것 같지 않은데?"

두 사람의 반응에 래미의 얼굴에 당황스러운 기색이 스쳤다. 이상하다. 분명히 역했는데.

"내가 오늘 술이 안 받으려고 그런가 봐. 콜라나 마셔야겠다."

래미가 조금 어색하게 웃으며 말하자 인희가 어이없는 표정을 지었다.

"오랜만에 만났는데, 하나는 아파서 못 마시고, 하나는 안 받아서 콜라나 마신다 그러고. 혼자만 술 마시게 생겼구만?"

"대신 해준이랑 내가 열심히 안주 먹여줄게. 그치, 해준아?"

그러고서 래미는 해준을 바라보았다. 눈이 마주친 해준이 새하얗게 질린 얼굴에 억지로 웃음 비슷한 것을 끌어 담았다.

래미는 속으로 한숨을 삼켰다. 아무래도 오늘 저녁은 빨리 일어나야 할 듯싶었다.

그녀가 있는 게 해준에게는 고문일 테니까.

래미는 피곤한 얼굴로 택시에서 내렸다. 아직 9시도 안 됐지만 컨디션이

346 2

안 좋다는 핑계를 대고 와버렸다. 인희와 해준은 조금 잡는 듯하더니 못 이긴 척 그녀를 보내주었다.

즐거웠어야 할 친구들과의 식사 자리가 가시방석에 앉았다 오는 것처럼 불편했다. 도대체 강치우는 왜 해준에게까지 마수를 뻗쳤는지 알 수가 없다.

터덜터덜, 루나로 들어서자 홀을 서성이고 있던 루이가 보였다. 인기척에 그가 움직임을 멈추고서 돌아보았다.

"왜 여기 있어요."

"너 기다렸지."

"나 올 때까지 여기 있으려고 그랬던 거예요?"

"응."

그 대답에 두말 않고 래미는 뛰다시피 다가가 루이의 품으로 파고들었다.

루이의 단단한 팔이 그녀를 감싼다.

"생각보다 일찍 왔네."

"……"

대답 없이 안겨 있던 래미가 잠시 뒤 몸을 떼고서 그를 올려다보았다.

"강치우 때문에 있을 수가 없었어요."

"응?"

"지해준한테 이상한 걸 걸어놨나 봐요. 나만 근처에 있으면 아프대요."

순간적으로 그의 눈썹이 흠칫, 했다.

"그래서 더 있을 수가 있어야죠. 도대체 그 사람은 무슨 생각으로 내 주변 사람들을 다 건드린 거죠? 정말, 화가 나서 미칠 것 같아요."

잔뜩 인상을 찡그렸던 래미는 이내 표정을 폈다.

"루이 씨가 고쳐줄 수는 없어요?"

"⋯⋯."

"안 되는 거예요?"

"⋯⋯나중에 한번 확인해 볼게."

"고마워요."

무미건조한 그 말에도 래미는 안도의 숨을 푹 흘리고서 다시 그의 품으로 파고들었다.

그녀를 마주 껴안는 루이의 얼굴에 음울한 기운이 진하게 드리워졌다.

그래. 모든 잘못은 강치우가 안고 가면 된다.

래미는 그렇게만 알면 되는 것이다.

너를 위해. 아니, 나를 위해. 우리 둘을 위해.

루이는 품에 안긴 래미가 혹여나 고개를 들어 지금 자신의 표정을 볼까 봐 더욱 힘주어 작은 등을 껴안았다.

37

해준의 아파트에서 별로 한 것도 없고, 술도 한 잔 마시지 않았는데 래미는 피곤함을 느꼈다.

귀찮았지만 꾸역꾸역 메이크업을 지운 뒤 대충 샤워를 하고 나온 그녀는 쓰러지듯 침대로 직행했다.

먼저 침대에 있던 루이가 아무렇게나 누운 그녀의 자세를 바로 해주고 이불을 목까지 끌어당겨주었다.

"운동을 너무 쉬었나 봐요. 체력이 말이 아니네요. 몸이 너무 무거워요."

"그렇게 피곤해?"

"응."

그렇게 대답한 래미가 루이에게로 시선을 주었다.

"그러니까, 오늘은 그냥 잠만. 건드리면 바로 다른 방으로 갈 거예요. 아니다. 새해까지 기다릴 것 없이 그냥 지금 바로 짐 싸서 집으로 갈 거야."

루이는 엄포를 가장하고 있는 날카로운 가시에 그대로 쿡 찔려 버렸다. 그는 작게 헛기침을 했다.

"새해 되면 집으로 가라는 게 많이 서운했던 모양이군."

"아아뇨? 하나도 안 서운해요."

완벽히 정색을 하고 대꾸한 래미가 이내 눈을 감았다.

"그냥……."

한숨과 함께 말끝을 늘인 그녀는 여전히 눈을 감은 채 중얼거렸다.

"그냥…… 올해 마지막 저녁에 출발해서 가까운 밤바다라도 보러 가면 어떨까 생각하고 있었거든요."

"바다?"

"응. 바다. 루이 씨는 낮 싫어하니까, 밤바다."

래미는 졸리듯 작게 하품을 하고서 말을 이었다.

"루이 씨랑 같이 바다 보면서 새해 맞이하면 좋을 것 같았거든요. 그런데 새해가 되면 나가라니…… 이 사람, 나와는 너무 다른 생각을 하고 있구나 싶어서 조금 기운이 빠졌달까요……. 음, 뭐, 딱히 서운하거나 그런 건아니에요. 어차피…… 루이 씨가…… 갈 거란 생각은…… 나도 안 했는데……."

조금씩 말을 늘이고, 또 조금씩 끊어서 이야기하던 그녀가 끝맺음을 맺지 못한 채 그대로 잠의 세계에 빠져들었다.

루이는 그런 그녀를 가만히 응시하며 작게 중얼거렸다.

"밤바다 정도면 뭐."

어둠이 깊숙이 침투한 밤이었다. 침대에 걸터앉은 루이는 곤히 잠들어있는 래미의 얼굴을 들여다보았다. 살굿빛 은은한 조명으로 인해 자는 모습이 그림처럼 예쁘다. 그는 조금 전까지도 치열했던 갈등을 완전히 끝냈다. 양심의 가책 같은 건 저 깊숙이 처박아 두기로 했다.

루이는 이불 밖으로 삐죽이 나와 있는 래미의 손을 움켜쥐었다.

"미안."

낮게 중얼거린 그는 아까부터 들고 있던 대침으로 래미의 엄지를 쿡 찔렀다. 어지간히 피곤했는지 래미는 마치 혼절한 것처럼 꼼짝도 하지 않는다.

래미의 피가 충분히 묻어나자 루이는 박혔던 대침을 뽑아냈다. 잠시 피가 묻은 침을 바라보던 루이는 이내 방 안에서 자취를 감추었다.

루이가 도착한 것은 아할리만의 심장이 있는 곳이었다. 어둡던 공간을 밝히자 처참한 몰골로 벽에 매달려 있던 치우가 눈을 들었다.

치우는 맹수처럼 번들거리는 안광으로 루이를 노려보며 바싹 마른 입술을 비틀었다.

"이봐, 아무리 잡아 놨어도…… 하루에 한 번씩 들여다보긴…… 해야 하는 거 아냐? 하도 네놈한테 이를 갈다 보니…… 이제 정이 들 지경이거든."

"……"

루이는 대꾸 대신 저벅저벅 다가갔다.

가까이 다가간 루이의 손에 들린 대침을 발견한 치우가 눈썹을 세웠다.

"그 대침은 뭐냐. 그걸로 고문이라도 하게?"

이죽거리는 치우를 물끄러미 응시하던 루이가 입을 열었다.

"양심의 가책 같은 건 느끼지 않기로 했지."

"웃기고 있네. 느낄 양심이라는 게 네놈한테도 있었냐?"

"과거도 묻을 거고."

중얼거리는 듯한 루이의 낮은 음성에 치우는 비틀고 있던 입술을 딱딱하게 굳혔다.

과거를 묻는다는 건, 그를 죽이겠다는 뜻이니까.

"너, 이 악마 같은 새끼. 기어코."

감정이 격해진 치우가 이를 악물었다.

"나를 죽인다고 해서 래미가 박가현의 조카가 아닌 게 되냐?"

"상관없어. 어차피 래미만 모르면 되니까. 그러려면 너를 죽일 수밖에 없고."

"네놈이 그렇지. 인간의 도의 같은 건 눈곱만치도 없는."

"어쩔 수 없잖아. 내가 그만큼 래미를 원하니까."

치우의 얼굴이 사납게 일그러졌다.

"이 새끼야! 그럼, 래미는 무슨 죄로 이모를 뜯어먹은 놈과 살을 맞대야 하는 거냐? 네놈이 그토록 원하는 래미는 무슨 죄냔 말이다!"

헉헉, 가쁜 숨을 몰아쉰 치우가 루이를 똑바로 응시하며 말을 이었다.

"네놈은 죄 없이 끔찍하게 죽임을 당한 가현뿐만 아니라, 래미의 인생까지 벼랑 끝으로 몰고 있는 거야.

"알아."

"알면서도 욕심을 채우겠다니, 나로서도 더 이상은 어쩔 도리가 없네. 내 능력이 이것밖에 되지 않아 한스럽군."

씹어 뱉어 말한 치우는 잠시 동안 공허한 웃음만 흘렸다. 그런 그를 가만히 응시하던 루이가 말문을 열었다.

"죽이기 전에 하나 알려주지."

"……."

치우가 허공만 바라볼 뿐 다른 반응을 보이지 않았지만 루이는 계속 말했다.

"복만은 네가 알던 그 녀석이 맞아."

텅 빈 치우의 눈동자가 흠칫, 흔들리더니 이내 루이에게 박혔다.

"방금 뭐라고 했지?"

"네가 알던 그 복만이 맞다고."

"……네 애완견이 가현이 키웠던 그 녀석이라고?"

루이는 고개를 끄덕였다.

"내 한쪽 눈을 아할리만에게 대가로 주고 지금의 모습이 됐지."

"말도 안 돼. 그런데, 그 녀석이 다시 만난 나를 반가워하지 않고 원수 보듯……."

믿을 수 없는 표정으로 말하던 치우가 이내 헛웃음을 뱉어냈다.

"아아. 알 만하군. 네놈이 기억을 바꾸었겠지. 가현을 죽인 게 네놈이 아니라 난 것처럼."

"아니. 난 복만의 기억을 건든 적 없어."

"개소리하네. 네가 안 건드렸는데 복만이 날 그렇게 볼 리 없지."

"마음대로 생각해. 난 사실을 말해준 것뿐이니까."

루이는 애써 변명할 필요가 없기에 그렇게 대꾸하고 말았다.

치우는 눈에 잔뜩 핏발을 세우고서 커다랗게 웃어 젖혔다. 허탈하고 허무해 웃음밖에는 나오지 않았다.

"제 원래 주인을 뜯어먹은 놈 밑에 붙어서 주인님, 주인님, 하고 있는 그 녀석 삶도 참 가엾군."

"……."

"내게 이런 이야기를 해주는 이유는, 네놈에게도 털끝만큼의 양심은 있다는 걸 알려주고 싶어 그런 모양인데. 천만에. 두 여자뿐만 아니라, 녀석의 생까지 멋대로 주무르면서도 눈 하나 깜짝 않는 네놈이 난 더 역겨워졌다."

비난 가득한 치우의 말에 루이는 씁쓸하게 웃었다.

"알아, 그것도."

루이는 한 발짝 더 가까이로 다가갔다.

"뭐. 어차피 네놈이…… 나를 살려줄 거라는 건 기대도 안 했지. 살 만큼 산 내가 죽음이 두려울 리도 없고."

치우가 킥, 웃었다.

"이제 가현을 만날 수 있을 테니, 나름 설레기도 하고. 그런데, 네놈 손에 죽는 건 참 기분 더럽군."

미련 따위는 눈곱만치도 없는 얼굴을 한 치우가 이내 눈을 감았다.

"죽여라. 이제. 네놈과 같은 공간에 있는 것도 질린다."

루이는 말없이 가지고 온 대침을 치우의 팔뚝에 쿡 찔러 넣었다.

조금의 망설임도 없이.

"흡."

안색이 변해가는 치우를 두고서 루이는 이내 몸을 이동시켰다.

다시 침실로 온 루이는 래미를 살폈다. 그녀는 여전히 기절한 듯 잠에 빠져 있었다.

루이는 손을 뻗어 래미의 얼굴을 조심스레 어루만졌다.

"이제 너와 나 사이에 걸림돌은 없어."

무겁디무거운 표정으로 중얼거린 루이는 저벅저벅 한쪽 벽면을 차지하고 있는 진열장으로 갔다.

루이는 찰랑거리는 액체가 든 파란 병을 집어 들었다. 지금 그에게 절실한 건 단 몇 시간의 수면이었다. 아무 생각도 할 수 없게.

그는 늪의 저주가 든 파란 병을 기울여 손등에 한두 방울 떨어뜨리고서 혀로 핥았다.

병을 다시 진열장에 올려놓고 그는 래미 곁으로 가 누웠다.

래미는 또다시 어둡고 습한 공간에 있었다.

그녀는 주변을 둘러보았다. 두꺼운 고서적들로 빼곡히 들어찬 책장들이 스멀스멀 시야에 들어왔다.

익숙한 광경에 루나의 지하라는 것을 직감했다.

음…… 이곳은 늘 기분이 안 좋아. 그런데, 여긴 왜…….

다시 주변을 두리번거릴 때였다.

이모가 지하 깊숙한 곳에 서서 그녀를 바라보고 있었다. 여전히, 아니, 그전보다 훨씬 더 구슬프게 눈물을 흘리며.

이모? 거기서 뭐 하세요? 왜 계속 그렇게 슬픈 얼굴로 내 앞에 나타나는 거예요?

대답 대신 이모는 마치 따라오라는 듯 고개를 끄덕이고서 안쪽으로 향했다. 그 모습이 너무 다급하게만 보인다.

래미는 홀린 듯 이모를 뒤따랐다. 꼭 그래야만 할 것 같아서.

그녀가 따라가자 이모의 움직임이 더욱 빨라졌다.

어디 가는 거예요…… 어디로…….

휙휙 어지러이 공간이 스쳐 지나가고 래미는 지하의 제일 구석에 당도해 있었다.

막힌 벽 앞에 선 이모가 그녀를 가만히 응시하다 이내 휙 벽 안으로 사라졌다.

같이 가요…….

입 밖으로 나오지 않는 말을 중얼거리며 래미는 이모가 그랬던 것처럼 벽 안으로 뛰어들었다.

더 음침하고 매캐한 공간…… 그리고 그곳에는…….

"헉."

래미는 숨을 몰아쉬며 눈을 번쩍 떴다.

낮은 조도의 취침등만 켜진 어두운 방 안은 아직 한밤중임을 말해주고 있었다. 옆을 보자 루이는 잠들어 있는 상태였다.

래미는 이마에 송골송골 맺힌 식은땀을 훔치고서 멍하니 천장을 응시했다.

"그 공간에 있던 건 분명, 강치우였어."

거의 초주검 상태로 갇혀 있는. 꿈이었음에도 너무 생생해서 잠이 확 깬 지금도 정확하게 기억이 났다.

꼭 그곳에 강치우가 있다는 것을 이모가 꿈을 통해 알려주는 것처럼 생각되는 건 왜일까.

먼젓번에 꿈에 나타나 도망가라고 했던 건, 지금 가만히 생각해 보면, 루이가 무섭게 변할 거라는 암시가 아니었나 싶기도 하고.

궁금증과 함께 이상한 기분이 자꾸만 든다.

정말로 그곳에 죽기 일보직전인 상태의 강치우가 있다면?

그렇게 생각하니 오싹 소름이 돋아 오른다.

하지만, 예전 드나르스에 들어가기 위해 갔을 때도 거긴 사방이 벽으로 막혀 있을 뿐, 다른 공간은 없었다.

"루이 씨, 자요?"

혹시나 해서 불러보았지만 그는 깊게 잠들었는지 전혀 반응이 없었다. 하긴. 그녀가 강치우의 행방을 묻는다고 해서 가르쳐줄 루이도 아니었다.

래미는 몸을 일으켜 침대 밑으로 내려섰다. 근처에 둔 휴대전화를 들고서 그녀는 조용히 침실 밖으로 나갔다.

복도로 나온 그녀는 후우, 심호흡을 하고서 발걸음을 옮겼다.

"직접 가서 보는 게 제일 확실하겠지. 그냥, 단순한 꿈이라는 것만 확인하면 되는 거니까."

너무 궁금해서일까 지하가 무섭다는 생각도 들지 않는다. 어쩌면, 안타깝게 울던 이모의 모습이 무겁게 심장을 짓누르고 있어서 그런지도 몰랐다.

마치, 홀린 것처럼 래미는 지하로 향했다.

얼마 지나지 않아 래미는 지하의 제일 깊숙한 곳에 당도했다. 그녀는 사방이 막힌 벽을 쓰윽 눈으로 훑었다.

"흐음. 역시 여기에 다른 공간은 없잖아. 그래. 꿈은 꿈일 뿐이지."

고개를 내저은 래미는 드나르드스가 있던 반대편으로 걸어갔다.

"꿈에서는 이쪽 벽 안에 밀실 같은 어두운 공간이 있었는데."

그러고서 벽에 슬며시 손을 갖다 대는 순간이었다.

래미의 눈이 화등잔만 해졌다.

"벽이 아니네?"

믿을 수 없게도 딱딱한 벽이 아니라 허공처럼 아무것도 느껴지지 않는다.

놀라기도 잠시, 머리를 스치는 불길한 생각에 래미는 벽처럼 보이는 허공 속으로 걸음을 옮겼다.

안은 최소한의 불이 켜진 밖과 달리 완전히 암흑천지였다.

"헉……헉……."

금방이라도 끊어질 듯한 가쁜 호흡 소리가 그녀의 귀를 후벼 판다.

래미는 비명을 지르기 일보직전이었다.

"누, 누, 누, 누구 있어요?"

궁금해서가 아니라, 거의 본능적으로 내뱉고서 래미는 급히 휴대전화의 플래시 기능을 켰다.

공간을 비추어 보던 그 순간, 그녀는 심장이 멎는 듯했다. 마치, 거미줄에 걸린 나비처럼 강치우가 벽면 한쪽에 붙어 있었다.

"강치우 씨!"

경악스럽게 외친 래미는 허겁지겁 그에게로 다가갔다. 플래시 불빛에 비친 치우는 눈조차 제대로 뜨지 못한 채 신음만 흘리고 있었다.

믿을 수 없을 정도로 바짝 야윈 얼굴은 새파랗게 질려 있었고, 말라비틀어진 입술은 이미 까맣게 물들어 있었다.

휴대전화를 들고 있는 래미의 손이 사정없이 떨린다.

세상에, 맙소사! 죽지는 않았다더니, 사람을 빛도 안 들어오는 곳에 가두어 놓고 이 지경을 만들어 놨을 줄이야!

"강치우 씨, 정신 좀 차려 봐요. 내 말 들려요?"

하지만 치우는 숨조차도 겨우겨우 내쉴 뿐 전혀 반응을 보이지 않았다. 그 숨도 금방이라도 끊어질 것처럼 위태위태했다.

"어떡해, 어떡하지?"

어찌해야 할지 몰라 래미는 입술을 잘근거리며 발만 동동 굴렸다.

아무리 강치우일지라도 사람이 눈앞에서 죽어가고 있는 걸 보니 심장이 타들어갈 것만 같았다.

문득, 루이와의 일이 섬광처럼 머리를 스쳐 지나갔다.

"잠깐, 잠깐만 있어 봐요! 금방 올게요. 꼭 버티고 있어요!"

치우가 못 들을 수도 있지만 그렇게 외친 래미는 곧장 내달렸다. 지금 치우의 증상은 그때의 루이와 너무도 흡사했다.

어쩌면 그 열매로 치우도 고칠 수 있을지 모른다는 기대를 안고 식물의 방으로 질주했다.

예상치 못한 루이의 잔혹성을 엿본 것 같아 머리가 너무 복잡했지만, 지금은 치우를 살리는 게 우선이었다.

"제발 내가 갈 때까지 무사해야 할 텐데."

식물의 방에서 노란 열매를 하나 딴 래미는 다시 치우가 있는 곳으로 향했다.

마치, 그녀의 바람을 듣기라도 한 듯 치우는 아직 숨을 연명하고 있었다.

휴대전화의 불빛을 비추며 래미는 작은 열매를 치우의 입 안으로 밀어 넣었다.

"그거, 삼켜야 돼요."

하지만, 치우는 기력이라고는 하나도 남아 있지 않은 것처럼 머금고 있기만 할 뿐이었다.

이를 악문 래미는 치우의 얼굴을 눌러 입을 열었다. 그녀는 혀끝에 맴돌고 있는 열매를 손가락으로 저 안쪽 깊숙이 밀어 넣었다.

"삼켜요. 제발, 제발 좀 삼키라고요!"

정신없이 외치며 벽에 매달린 그의 몸을 마구 흔들 때였다.

꿀꺽. 치우의 목울대가 힘겹게 움직임을 만들어냈다.

하아. 커다랗게 숨을 내쉰 래미는 벽에 기대고서 미끄러지듯 주저앉았다. 그녀가 할 수 있는 건 여기까지였다.

이제 그 열매의 효과가 나타나기를 바랄 뿐이었다.

"으음…… 지금 내가 살아 있는 건가."

생각을 하다 깜빡 잠이 든 모양이었다. 허스키한 음성에 래미는 눈을 번쩍 떴다.

벽으로 휴대전화의 불빛을 비추자 치우가 눈살을 찌푸려 보였다.

"정신이 들어요? 살았군요!"

"도래……미?"

래미는 몸을 일으켜 치우와 마주 보고 섰다. 래미를 본 그는 정말로 놀란 얼굴이었다.

"네가 어떻게 여기에…… 아니, 어떻게 된 일이지?"

치우는 전혀 기억을 못 하고 있었다. 하긴. 사경을 헤매고 있었으니 그럴 만도 했다.

"내가 당신 살렸어요."

"내가 여기 있는 건 어떻게 알고."

"우리 이모가 나를 여기로 보내셨거든요."

덤덤한 대답에 치우의 눈이 한껏 커졌다. 치우는 도무지 이해가 안 가는 듯 어리둥절한 얼굴이었다.

"그게 무슨 뜻이야. 가현이 나를 살리다니."

이제 치우의 말투는 여자 도래미가 아니라, 가현의 조카를 대하듯 완전히 편안해져 있었다.

"안 믿겠지만, 이모가 꿈에 나타났어요. 강치우 씨가 여기 있다고 계속 암시해 주더라고요."

"꿈…… 꿈이라니……."

"그러고 보니, 내가 아니라 이모가 당신을 살린 거네요. 이모가 꿈에 안 나타나셨으면 여기에 와 볼 생각은 전혀 하지 않았을 테니까요."

치우는 잔뜩 흔들리는 눈동자로 래미를 응시했다.

"내가 가현과 알았던 사이인 건 언제 알았어?"

"오래되지 않았어요. 사진으로 보고 엄마한테 들은 게 전부예요."

"그렇군."

"이모랑 많이 친했다면서요."

치우의 입술이 씁쓸함을 담고 살짝 휘었다.

"내가 많이 좋아했어."

"그것도 들었어요. 엄마한테."

치우는 복잡한 표정으로 고개를 끄덕였다. 래미는 손가락으로 치우의 몸을 가리켰다.

"근데, 거기 계속 그렇게 매달려 있어야 하는 거예요? 못 내려와요?"

"못 움직여. 네 애인이 그 징그러울 정도로 강한 힘으로 완벽하게 나를 봉쇄해 놨거든."

"그럼, 도망도 못 가겠네요."

"그런 셈."

허탈한 한숨을 흘리는 래미에게 치우가 묘한 미소를 보였다.

"그래도 안 죽고 살았잖아. 어떻게 된 건지는 모르겠지만 고마워. 은혜, 잊지 않을게."

래미는 심각한 얼굴로 작게 고개를 내저었다.

"나한테 정말로 고마움을 느낀다면, 여기서 그만 멈춰 줘요. 루이 씨와 당신 사이에 무슨 원한이 그렇게 큰 건지 난 몰라요. 부탁이에요. 이제 그만해요."

갑자기 치우의 입술 사이로 버석거리는 웃음이 튀어나왔다.

"그만두라니…… 가현의 조카가 그런 말을 하다니……."

모래 알갱이가 튀어나올 것처럼 건조하기 그지없는 소리로 인해 래미는 마음이 착잡했다.

"주제 넘는다는 거 알아요. 그치만 당신도 너무 하잖아요. 루이 씨의 연인을 죽이고도 모자랄 만큼 그 사람이 그렇게 잘못했나요?"

치우의 입술에 걸려 있던 웃음기가 싹 가셨다.

"내가 누굴 죽여? 루이의 연인을 죽여?"

"발뺌할 셈인가요?"

"기가 차는군. 발뺌이라니. 있지도 않은 그놈의 여자를 내가 무슨 수로 죽일 수가 있어?"

어…… 이건 또 무슨 소리지?

전혀 예상치 못한 전개에 래미의 얼굴은 당황스러움 그 자체였다.

"아주 오래전에 두 사람 사이에 원한이 있었던 게 아닌가요? 그래서 당신이 그 앙갚음으로 루이 씨의 연인을 죽였고……."

래미는 숨을 훅 들이마시고서 뚫어져라 치우를 응시했다.

"방금, 루이 씨한테 연인이 없다고 했어요?"

"내가 알기로는 없어. 그러니까, 난 그놈의 있지도 않은 연인을 죽인 적이 없다고."

래미는 더더욱 혼란스러워졌다. 그 혼란스러움에 박차를 가하듯 치우의 말이 쏟아졌다.

"그리고 아주 오래전의 원한이 아니야. 내가 루이를 알게 된 건 40년 전이었을 뿐이야."

"40년 전의 일이라고요?"

"맞아. 그놈이 네 이모 가현을 죽이면서 생긴 원한이지."

순간, 래미의 머릿속이 일시정지 버튼을 누른 것처럼 정지되고 말았다.

▷ ▷ ◆ ◁ ◁

커튼 틈을 비집고 밝은 햇살이 침실로 쏟아져 들어왔다. 루이는 늪의 저주 덕에 이제야 눈을 떴다.

어쩐지 개운한 기분에 꼭 새로운 아침을 맞이하는 것 같다. 몸을 옆으로 굴린 루이의 얼굴에 의아한 빛이 떠올랐다.

곁에 있어야 할 래미가 보이지 않는 것이다. 동시에, 찌릿찌릿 몸에 이상 기운이 감지되었다.

아할리만의 심장이 있는 결계에 허락되지 않은 누군가가 침입해 있다는 신호.

늪의 저주 때문에 전혀 인지하지 못했던 그 신호가 이제야 느껴지는 것이다. 강치우는 그가 직접 어둠의 기운으로 봉해 두었기에 침입자가 아니었다.

"설마."

루이의 표정이 굳었다가 이내 펴졌다.

"별걱정을 다하는군. 래미가 거길 어떻게 알고 가겠어."

하지만, 침입자의 정체는 알아야겠기에 루이는 지하로 휙 몸을 날렸다. 아할리만의 밀실에 도착한 루이는 정말, 순간적으로 너무 당황스러워졌다.

익숙한 래미의 향이 곧장 그의 후각에 느껴졌기 때문이다.

다급히 밀실의 불을 밝힌 루이는 그대로 심장이 철렁, 내려앉는 기분을 맛보았다.

바닥에 주저앉은 래미가 멍하니 허공을 응시하고 있었기 때문이다.

게다가 이미 죽었을 거라 여긴 강치우는 멀쩡히 살아 있다.

"래미, 네가 어떻게 여기를……."

마치, 영혼이 빠져나간 것 같은 텅 빈 눈을 한 래미가 그에게로 고개를 돌렸다.

"……."

그녀는 인형처럼 눈을 깜빡이며 그를 응시하기만 할 뿐 아무런 말도 하지 않았다.

루이는 형언할 수 없는 참담한 기분이었다. 강치우에게 모든 것을 전해 들은 게 분명했다.

그러니, 저렇게 무기력한 눈으로 그를 바라보고 있는 것이다.

"그때 그래서 그랬던 거군요. 당신에게 죽은 사람 중에 우리 이모가 포함되어 있어서."

갈라진 음성으로 래미가 겨우 말했다.

확실히 다 들었다는 뜻이다. 루이의 싸늘한 눈이 곧장 치우에게로 날아갔다.

"네가 감히."

"걱정 마. 가감 없이 있는 그대로만 사실대로 말한 것뿐이니까."

머릿속이 터질 것만 같은 노기가 루이의 속에서 휘몰아친다.

"그나마, 자비를 베풀어 조용히 보내려 했더니."

씹어뱉듯 말한 루이는 손가락을 뻗었다. 그리고서 곧장 심장 쪽으로 힘을 내쏘려는 순간이었다.

"안 돼요!"

날카롭게 외친 래미가 몸을 일으켜 그에게로 다가왔다. 래미가 내밀어진 루이의 손을 꽉 움켜쥐었다.

하지만, 일이 뜻대로 되지 않은 노기와 래미가 모든 사실을 알게 되었다는 참혹함이 더해져 루이의 안광은 광기로 번들거렸다.

"이러지 마. 비켜."

"못 비켜요."

"네가 안 비켜도 저놈 죽일 수 있어."

낮고 조용했으나 화기로 가득 찬 말에 래미의 반듯한 이마가 구겨졌다.

"또 사람을 죽인다고요? 과거에 원치 않게 사람들을 해친 걸 후회하는 줄 알았는데 아니었어요?"

루이의 눈썹이 흠칫, 모아졌다.

"……그것과는 달라."

"다르긴 뭐가 달라요? 종류가 다른 살인이 있나요? 살인은 살인일 뿐이에요!"

성마르게 외친 그녀는 이내 목소리를 낮추었다.

"저 사람, 피해자예요. 당신 때문에 좋아하는 여자를 처참히 잃었다고요."

"……."

"그런데, 당신은 고작 내게 그 사실을 알렸다고 저 사람을 죽이려고 하네요. 더군다나 그 여자, 내 이모인데요."

힐난이 꾹꾹 담겨 힘이 들어간 말투에 루이의 동공이 흔들린다.

"더 이상, 살인은 안 돼요. 상대가 누구일지라도."

여전히 루이의 손을 꼭 움켜쥔 채 래미는 치우에게로 시선을 돌렸다.

"강치우 씨, 약속해 줄 게 있어요."

치우는 조금 불안한 표정을 짓긴 했으나 고개를 끄덕였다.

"복만 씨는 아무것도 몰랐으면 좋겠어요."

"뭐?"

"나만 힘들면 되는 거잖아요. 그러니까, 이 모든 사실은 나만 알았으면 해요."

치우의 얼굴이 사정없이 일그러졌다.

"설마, 가현을 죽인 놈과 이대로 계속 지내기라도 하겠다는 뜻이야?"

"그건 내가 알아서 해요!"

곧장 커다랗게 되받아친 래미는 입술을 깨물고서 작게 울먹였다.

눈물이 튀어나오려는 것을 간신히 누른 그녀는 잔뜩 충혈된 눈으로 치우를 노려보듯 응시했다.

"지금 내가 몰랐어도 될 사실을 알려준 강치우 씨 당신에게 고마울 것 같나요?"

원망이 가득 담긴 래미의 음성에 치우의 입매가 그대로 굳어졌다.

"내가 감당해야 할 감정 같은 건 싸그리 무시하고서 그 엄청난 사실을 말해준 게 강치우 씨의 선택이듯, 내 선택은 내 몫이에요!"

싸늘하게 외친 래미는 이내 몇 번 심호흡을 하고서 감정을 눌렀다. 급격히 피곤함이 느껴져 머리까지 어지러웠다.

"그러니까, 약속해 줘요. 복만 씨는 이 일, 몰랐으면 해요. 상처 받는 건 나 하나로 충분하니까요."

움푹 꺼져버린 래미의 눈을 착잡하게 응시하던 치우가 가만히 고개를 끄덕였다.

"……약속하지."

래미는 무미건조하게 루이를 응시했다.

"저 사람 이제 그만 보내줘요. 당신에게 더 실망하기 싫어요. 그러니까, 제발요."

표정은 없지만 거뭇거뭇해진 눈 밑과 발갛게 핏발이 선 눈동자는 지금 래미가 얼마나 힘들어하고 있는지 말해주고 있었다. 그녀는 당장이라도 쓰러질 것처럼 위태위태했다.

결국, 루이는 고개를 끄덕일 수밖에 없었다. 그는 손을 휘둘러 치우를 봉쇄하고 있던 힘을 거두어 들였다.

벽에 붙어 있던 그가 바닥으로 무너져 내렸다. 그런 그를 차갑게 응시하며 루이가 입술을 움직였다.

"지하의 결계도 해제시켰다. 가."

잔뜩 굳어버린 몸을 겨우 일으킨 치우가 세상 다 산 얼굴을 하고 있는 래미에게로 시선을 주었다.

"미안. 정말, 너한테는 미안해. 약속은 지킬게."

가라앉은 음성으로 말한 치우는 이내 공간 밖으로 사라졌다.

기력이 완전히 바닥난 상태라 치우는 겨우, 1층의 홀까지밖에 순간이동을 하지 못했다.

그마저도 하고 나니 당장 쓰러질 것만 같았다.

"후우…… 죽을 것 같네."

잠시 숨을 고르는데 바로 옆에서 기척이 느껴졌다.

"다, 다, 당신이 여긴 어쩐 일입니까!"

뒤이어 복만의 목소리가 들려왔다.

치우의 고개가 돌아갔다. 눈을 동그랗게 뜬 복만이 당장 물어뜯을 기세로 그를 바라보고 있었다.

힘든 것도 잊고 치우의 입술이 비스듬하게 위로 향했다.

너무 반가운 마음에 당장 녀석을 끌어안고 싶었지만, 기운도 없는 지금 그랬다가는 물어뜯길 것 같아 참아야만 했다.

"예전에도 그렇게 나만 보면 짖더니."

아련한 눈으로 경계심 가득한 복만을 응시하던 치우가 이내 작별을 고했다.

"반가웠다. 잘 살아라, 복만."

치우는 마지막 힘을 끌어모아 완전히 루나에서 자취를 감추었다.

혼자 남게 된 복만은 잔뜩 어리둥절한 얼굴로 헛웃음을 흘렸다.

"뭐야, 도대체 어떻게 된 일이야. 맞다, 주인님께 알려야지!"

복만은 허겁지겁 2층으로 뛰어올라갔다.

복만이 주인님을 찾기 위해 2층으로 간 그 시각, 루이와 래미는 아직 아할리만의 방에 있었다.

"강치우 씨를 보내줘서 고마워요. 강치우 씨가 살아 있어야 내가 이모한테 조금이라도 덜 미안할 것 같거든요."

"미안해. 다 내 잘못이야. 생각이 짧았어. 내 불찰이야."

안타까운 마음에 루이는 래미에게로 손을 뻗었다. 하지만, 그녀는 슬쩍 그의 손을 밀어냈다.

"루이 씨, 지금은 나 그냥 내버려 둬요. 머리가 너무 아파요."

"……."

래미는 한 손을 이마에 얹고서 발걸음을 옮겼다. 루이를 스쳐 지나 밀실 밖으로 나간 그녀는 멍하니 전진했다.

루이는 몇 걸음 뒤에서 말없이 래미의 뒤를 따를 수밖에 없었다.

"어? 두 분 어디 갔다 오셨어요?"

2층으로 가자, 침실 앞 복도에 있던 복만이 쪼르르 다가왔다.

"참, 참! 방금 그놈이! 강치우 그놈이!"

다급히 외치던 복만은 루이가 작게 고개를 내저어 보이는 바람에 말을 멈추었다.

뭔가 아주 이상했다.

도래미 고객님은 꼭 영혼이 빠져나간 듯한 얼굴이었고, 주인님은 마치 세상을 다 잃은 듯한 표정이었다.

심상치 않은 분위기를 보니, 무슨 일이 있다는 걸 직감했다. 이럴 때는 빠져주는 게 상책이었다.

"아, 아무것도 아닙니다! 저는 밖에서 볼일 좀 보고 오겠습니다."

고개를 꾸벅 숙여 보인 복만은 그대로 자리를 비켜주었다.

침실로 들어선 래미는 저벅저벅 걸어 원래 자신이 쓰던 침대로 들어갔다. 루이가 다가와 대충 덮고 있는 이불을 목까지 끌어당겨 주었다.

래미는 그런 루이에게서 등을 돌려 누우며 눈을 감았다. 래미의 행동에 루이는 심장에 커다란 칼날이 박힌 것 같은 통증을 느꼈다.

래미의 목소리가 희미하게 흘러나왔다.

"조금 자고 일어날게요. 너무 피곤해요. 자고 일어나서 얘기해요."

"그래. 자."

래미는 루이의 말이 다 끝나기도 전에 이불을 머리끝까지 덮었다.

루이는 처음으로 가슴이 무너져 내리는 기분을 맛보았다.

머리카락 한 올도 보이지 않게 덮인 이불이 마치, 단절된 래미의 마음을 대변해 주고 있는 듯해서.

래미는 그날 오후가 되어서야 눈을 떴다. 마치, 혼절한 것처럼 한 번의 뒤척임 없이 깊은 잠을 잤다.

루이는 석상처럼 움직이지 않고 계속 그녀의 자는 모습만 바라보고 있었다.

가만히 눈을 뜬 래미는 곁에 서 있는 루이를 바라보았다.

"계속 그렇게 있었어요?"

"……응."

상체를 일으킨 래미는 기지개를 쭉 켜고서 말했다.

"루이 씨, 나 배고파요."

마치, 아무 일도 없었다는 듯한 래미의 행동에 루이는 눈을 조금 크게 떴다가 퍼뜩 대답했다.

"어, 그래. 뭐 해줄까. 뭐가 먹고 싶어?"

"음…… 북엇국에 밥 말아서 먹고 싶어요."

"그래, 알았어. 조금만 기다려."

루이가 침실 밖으로 나가자 래미는 다시 침대에 누워 천장을 응시했다. 그녀의 눈동자가 심각하고 복잡하게 얽힌다.

잠시 뒤, 식사 준비를 끝낸 루이가 침실을 찾았다.

"가자. 밥 차려 놨어."

"응. 가요."

래미는 언제 심각한 표정을 짓고 있었냐 싶게 밝은 미소를 보이고서 침실을 나섰다.

식탁 앞에 앉은 래미는 루이가 차려준 것들을 하나도 남기지 않고 다 비웠다.

평소라면 그 모습에 더없이 뿌듯함을 느낄 루이였지만, 지금은 불안하고 안타깝기 그지없다.

감정을 삭이고 있다는 게 확연히 느껴졌으니까.

래미는 마치, 며칠 굶은 사람처럼 한 마디도 하지 않고 허겁지겁 음식들을 다 먹고서야 겨우 입을 열었다.

"예전에 엄마한테 들은 적이 있어요. 이모가 장장 2년 동안이나 짝사랑하던 사람이 있었다고요. 그게 루이 씨 당신이었네요."

루이는 대꾸 없이 무거운 표정만 지었다.

"나 있죠. 되게 나쁜 사람인가 봐요."

"……."

"이모가 그렇게 되신 게 너무 충격적이고 슬프면서도, 머리 한쪽에서는 무슨 생각을 하고 있는지 알아요? 아, 다행이다. 그래도 이모와 루이 씨가 연인 사이가 아니어서 참 다행이다. 아주 잠깐이지만, 이모가 그렇게 되신 것보다 두 사람 사이에 아무 일도 없었다는 사실에 안도를 한 거죠. 나, 너무 끔찍하고 이기적이지 않아요?"

래미의 자책에 루이는 가슴이 따끔거려 돌아버릴 지경이었다.

"그러지 마. 그냥, 나한테 화를 내."

래미가 허탈한 웃음을 흘렸다.

"……화가 ……안 나요. 가슴이 답답해서 죽을 것 같고, 머리는 터질 것 같은데…… 화는 안 나요. 이모가 불쌍한데 울음도 안 나요. 나 정말 나쁜 사람 맞죠?"

"래미야."

래미는 창백한 얼굴을 손으로 문지르고서 루이를 응시했다.

"루이 씨."

"응. 말해."

"강치우 씨를 통해 들은 거 말고, 루이 씨에게 직접 듣고 싶어요."

루이의 입매가 움찔, 굳었다.

"기왕 알게 됐으니, 다른 사람이 아닌 루이 씨가 말해 줘요. 강치우 씨는 당신을 흉악한 살인자라고 했지만, 난 당신이 그런 사람이 아니라는 거 알아요. 이모가 그렇게 되신 건, '그날'이었기 때문인 거죠?"

루이는 덤덤히 고개를 끄덕였다.

"왜 그런 일이 있었는지 나도 알아야겠어요. 말해 줘요."

래미의 확고한 마음을 읽은 루이의 얼굴이 씁쓸함으로 물들었다.

루이는 박가현이라는 여자를 처음 만났던 때를 떠올렸다.

38

쿵쿵쿵!

―계십니까? 계세요?

요란하게 대문을 두들기는 소리와 커다란 여자의 음성이 한꺼번에 밀려
들어 왔다.

진한 묵향에 취해 난을 치고 있던 루이의 손이 멎었다.

쿵쿵쿵쿵!

―아무도 안 계세요?

연이어 들려오는 소음에 루이는 가만히 고개를 갸웃거렸다.

이곳은 작은 마을에서도 훨씬 더 산 쪽으로 들어와야 겨우 볼까 말까 한
외딴집이었다.

산 밑이라 한낮에도 음산해서 사람의 발걸음이라고는 거의 없는 그런
곳이다.

쿵쿵쿵쿵쿵!

계속되는 시끄러운 소리에 루이는 붓을 내려놓고서 몸을 일으켰다.

─해정아, 안에 없니? 선생님이야!

해정? 선생님? 아무래도 잘못 찾아온 모양이다. 정원을 거쳐 높은 담으로 둘러싸인 입구로 간 루이는 철컥, 대문을 열었다.

"해정아, 선⋯⋯."

대문을 여는 동시에 소음이 뚝 멎었다. 그리고 대문을 두드리는 자세를 하고서 멍하니 서 있는 젊은 여자가 눈에 들어왔다.

사람과 시선을 마주했던 게 마지막으로 언제였더라.

아마, 이삼 년은 된 듯싶다.

"누구?"

마지막 대화는 5년도 넘은 것 같고.

"누구냐니까."

주술을 걸지도 않는데, 잔뜩 얼이 빠진 얼굴로 루이를 바라보던 여자가 그제야 퍼뜩 정신을 차렸다. 위로 들어 올렸던 손을 내리고 여자가 말문을 열었다.

"어, 어, 그게, 저는 해정이 반 담임인 박가현입니다. 해정이가 며칠 동안 등교를 안 해서요. 무슨 일이 있는 건 아닌지 너무 걱정이 돼서 찾아왔어요."

"그런 사람 여기 안 사는데."

"예?"

"여긴 나 말고 없는데."

가현은 잔뜩 당황한 표정을 지으며 퍼뜩 손에 들린 종이로 시선을 내렸다.

"어? 여, 여기 이 주소가 해, 해정이네로 되어 있는⋯⋯."

"저 아랫마을. 잘못 왔어."

종이의 주소를 슬쩍 본 루이가 말을 자르며 가르쳐 주자 가현이 눈을 들었다. 눈이 마주친 그녀는 다시 정신이 나간 사람처럼 멍하니 루이를 응시했다.

입술까지 스리슬쩍 벌어진다.

왜 이러는지 알 수가 없어, 루이는 미간을 살짝 구긴 채 아래쪽으로 턱짓을 했다.

"저 아랫마을이라고."

"⋯⋯네에. 그렇군요."

대답하고는 있지만 여전히 눈동자는 그를 향한 채 꼼짝도 하지 않는다.

"해 지면 산짐승 내려오는데."

그제야 그녀가 흡, 입술을 추스르며 정신을 차렸다.

"어머, 정말요? 조심해야겠네요. 고맙습⋯⋯."

가현의 인사가 끝나기도 전에 루이는 대문을 쾅 닫고서 몸을 돌렸다.

난을 마저 그리기 위해.

하얀 얼굴에 어리바리, 멍한 표정을 짓고 있는 가현과의 첫 만남이었다.

진작부터 이부자리에 누웠지만, 가현은 좀처럼 잠을 이룰 수가 없었다. 잘못 찾아간 주소지에 있던 그 남자를 잊을 수가 없어서.

생전, 그렇게 사람 같지 않게 잘난 남자는 처음이었다.

"나현아, 자니?"

"아니, 아직 안 잤는데, 이제 자려고."

나현의 음성에 졸음이 듬뿍 묻어 있었지만, 가현은 계속 말했다.

"있지, 넌 첫눈에 반한다는 걸 믿니?"

"아니."

심드렁하게 대꾸한 나현이 번쩍 눈을 떴다. 나현은 몸을 뒤척여 옆에 누운 가현을 바라보았다.

"설마, 언니 첫눈에 반한 사람 생긴 거야?"

"모, 몰라. 나도."

"어, 근데, 말은 왜 더듬어? 수상한데."

"그게 있지. 오늘 되게 묘한 남자와 마주쳤다?"

"잘생겼어?"

"어, 응. 아주. 되게 많이."

서슴없는 언니의 대답에 나현이 입을 턱 벌렸다.

"언니가 그렇게 말할 정도면 정말 잘생겼다는 거 아냐!"

평소, 그 잘생긴 치우 아저씨한테도 그냥저냥, 밉지는 않게 생겼다고 말하는 언니이기에 놀라움은 배가 되었다.

"응. 잠깐 사람이 아니라고 생각할 만큼 예뻤어."

"음, 혹시 여자 아니었어?"

"야아, 아니야."

정색하는 언니의 반응에 나현이 쿡쿡 웃고서 입을 열었다.

"그 남자와 마주친 첫 느낌이 어땠는데?"

가현은 작게 숨을 들이켰다.

"심장이 쿵, 떨어지는 느낌이었어. 머리는 한 대 맞은 것처럼 멍하면서 아무 생각도 안 나더라."

"그럼, 첫눈에 반한 거 맞네, 맞아."

가현은 얼굴을 확 붉히며 가만히 천장을 응시했다. 하얀 천장에 이름도, 나이도 모르는 그 남자의 얼굴이 환상처럼 둥둥 떠다닌다.

"언니, 그럼 치우 아저씨는?"

"……"

가현은 잠시 말문이 막혔다.

같은 학교에서 교편을 잡고 있는 강치우 선생님이 그녀에게 마음이 있다는 건 주변 사람이면 다 알고 있는 사실이었다.

표정과 행동에 너무 티가 나 모르려야 모를 수가 없다. 하지만, 가현은 그런 치우에게 미안하기만 할 뿐, 별다른 감정을 느끼지 못했다.

"치우 선생님은 그냥 좋은 동료일 뿐이야."

일축한 가현은 다시 그 남자의 얼굴을 떠올렸다.

막 사춘기에 접어든 나현이 호기심 가득한 목소리로 뭐라고 떠들어댔지만, 가현에게는 아무것도 들리지 않았다.

그저, 그 남자와 마주했던 그 장면만이 머릿속을 맴돌 뿐이었다.

▷　▷　◆　◁　◁

가현과의 두 번째 만남은 며칠 뒤, 루이가 혼자 바둑을 두고 있을 때였다.

쿵쿵쿵쿵, 역시나 무작정 대문을 두드리는 소리에 루이는 밖으로 향했다.

대문을 열자 며칠 전의 그 어리바리가 태어난 지 한 달이나 됐을까 싶은 작은 새끼 백구 한 마리를 품에 안고서 생글거리고 있었다.

"안녕하세요? 저, 기억하시죠? 그때, 주소를 잘못 찾아왔었잖아요."

당연히 기억이야 하고 있다. 몇 년 만에 사람과 마주한 건 이 여자가 처음이었으니까.

"무슨 일로."

딱딱하기 그지없는 말에 가현은 작게 헛기침을 하고서 다시 미소를 지었다.

"그때 친절하게 그 주소가 저 아랫마을이라는 것도 알려주시고, 늦으면 산짐승이 내려온다는 말씀도 해주셔서 제가 위험에 처하지 않았잖아요. 그래서 감사의 인사 정도는 드려야 할 것 같아서요."

그렇게 말한 가현이 백구를 안고 있는 다른 쪽 손을 쓰윽 내밀었다. 손에는 알록달록 포장지에 쌓인 자그마한 상자 하나가 들려 있었다.

"이거, 홍차인데요. 아주 향이 좋아서 가져왔어요. 그, 그냥 감사의 인사로 생각하시면 돼요."

루이가 표정 없는 얼굴로 물끄러미 바라보고만 있자 가현은 다짜고짜 그의 손에 상자를 쥐어주었다.

그러고서 스스로의 행동에 깜짝 놀란 듯 얼굴을 완전히 시뻘겋게 붉히고서 고개를 꾸벅 숙여 보였다.

"보, 볼일 다 봤으니 저는 이만 가보겠습니다. 안녕히 계세요. 복만아, 우린 그만 가자."

강아지를 양손으로 단단히 안은 그녀는 이내 몸을 돌려 뛰기 시작했다.

물끄러미 그 뒷모습을 보던 루이는 고개를 갸웃거리며 대문을 닫았다.

"이걸 왜 주러 온 거지?"

조금 어리둥절한 표정으로 집 안으로 걸음을 옮긴 루이는 손에 들린 상자로 눈을 내렸다.

잠시 그것을 응시하던 루이는 이내 화르륵, 포장지 채로 상자를 태워버렸다.

그는 낯선 사람이 주는 건 입에 대지 않으니까.

그 후로 가현은 잊을 만하면 루이를 찾아왔다.

잔뜩 얼굴을 붉힌 채로 찾아와 횡설수설 말을 쏟아내기 일쑤고, 불쑥 선물이랍시고 뭔가를 쥐어주고 허겁지겁 도망가기도 했다.

루이는 그런 가현을 굳이 저지한다거나, 주술을 걸어 못 오게 하지는 않았다. 제 발로 다니는데 구태여 뭐 하러 막겠는가.

한 번씩 찾아오는 가현이 딱히 귀찮다는 생각도 들지 않았다. 사실, 무료하던 참에, 가현으로 인해 조금이나마 덜 심심해졌다고나 할까.

물론, 불쑥불쑥 찾아오는 가현이 귀찮아지면 언제든 가차 없이 저지할 테지만.

▷　▷　◆　◁　◁

처음, 팔에 안고 왔던 강아지가 짐승처럼 큰 덩치를 자랑할 만큼 시간이 지났다. 1년 넘게 시간이 흐르는 동안 루이와 가현 사이에도 아주 작은 변화가 있었다.

조금 더 대화가 늘었다는 것. 아주 가끔 집 안에서 함께 바둑을 두거나, 체스를 한다는 것 정도. 그리고 가현이 가져온 것을 처음처럼 태워버리지는 않는다는 것.

흔히들 말하는 '친구' 라는 개념이 조금씩 루이에게 스미고 있었다.

그러던 어느 날이었다.

평소처럼 불쑥 나타난 가현의 손에는 뚜껑 없는 작은 상자가 들려 있었다.

그 안에는 당장이라도 죽을 것처럼 널브러진 새끼 병아리 몇 마리가 있었다.

"우리 반에 조금 독특한 녀석이 있는데요. 얼마 전에 이 병아리들을 선물로 주더라고요. 근데, 오늘 퇴근하고 가보니 모두 이렇게 다 늘어져 있네요."

슬픈 얼굴의 가현과 달리, 루이는 순간 이런 생각을 했다.

그런데, 이걸 왜 나한테 가지고 왔지?

루이가 전혀 감정 없는 얼굴로 병아리를 바라보는데, 갑자기 가현이 눈물을 글썽거렸다.

"내가 너무 무책임해서 병아리들이 이렇게 됐나 봐요. 조금 더 잘 돌봤어야 하는데. 금방 죽을 것 같아요."

그때 처음으로 루이는 뭔가 도움이 되고 싶다는 생각을 했다.

루이는 가만히 병아리들을 바라보다 쓰윽 손가락을 가져갔다. 한 마리씩 쓰다듬으며 병아리에게 검은 기운을 조금씩 주입했다. 그러자, 거짓말처럼 병아리들이 하나둘 기운을 되찾기 시작했다.

"어, 어? 병아리들이 움직이기 시작했어요!"

가현은 믿을 수 없는 표정으로 눈을 커다랗게 떴다.

"아니, 어떻게 이런 일이……."

"자고 있다가 깬 거겠지."

태연한 루이의 거짓말에 가현은 속눈썹을 깜빡이며 고개를 갸웃거렸다.

"병아리들이 자고 있었다고요?"

"그런 거겠지."

믿기지 않아 얼떨떨하니 눈망울만 굴리던 가현은 이내 함박웃음을 짓고서 기뻐했다.

루이는 묘한 기분이었다. 늘 죽이기만 했지, 생명을 살리는 건 처음이었기에 뿌듯하다고 할까.

그리고 그 뒤부터였다. 가현이 주야장천으로 노란 옷만 입고 다닌 게.

정말 어울리지 않았으나 루이는 거기에 대해서는 함구했다. 개인의 취향이고 개성인데 그가 뭐라고 하겠는가.

루이가 같은 부류의 존재를 느낀 건 가현을 알게 된 지 1년 정도가 지났을 때부터였다.

그 존재가 집 근처를 맴돌고 있다가 사라진다는 것을 알고 있었지만, 루이는 별다른 반응을 보이지 않았다.

위협이 느껴질 정도로 거대한 힘을 가진 것도 아니었고, 딱히 그의 영역에 침범하지 않았으므로 그다지 신경 쓸 필요가 없었다.

가현을 알고 지낸 지 2년이 되어 가도록 그는 그렇게 루이 주변을 어슬렁거렸다.

그러던 어느 날, 그가 자신의 존재를 드러냈다. 루이의 정원에 예고도 없이 발을 들인 것이다.

100일, 그날 외에는 딱히 결계를 치지 않기에 조금의 힘도 들이지 않고 그는 루이의 영역으로 침범을 했다.

곧장 정원으로 나간 루이가 공격을 감행하려 하자 놈이 다급히 손을 내저었다.

"잠깐, 잠깐! 싸우러 온 거 아냐!"

루이는 손에 집결시킨 힘을 풀지 않고서 한쪽 눈썹을 세웠다.

"멋대로 침입해 들어와 놓고 싸우러 온 게 아니라고?"

"아, 그건 미안해! 네가 하도 안 나와서 내가 들어올 수밖에 없었거든."

전혀 싸울 의사가 없음을 알리듯 뒷짐을 진 그가 말을 이었다.

"음, 나는 강치우라고 해. 이미 알고 있겠지만, 난 너처럼 어둠의 힘을 사용하고 있고."

"그런데."

"저, 저기, 나는 박가현 선생과 같은 학교에서 근무하고 있어."

"그래서."

"음, 너한테 물어볼 게 있어서 말이지. 음, 흠. 가, 가, 가현과는 어떤 사이인지 궁금해서."

전혀 예상치 못한 물음에 루이는 설핏 미간을 모았다.

"저, 저번부터 묻고 싶었는데, 네가 도통 나올 기미를 안 보여서 부득이하게 들어오게 됐어. 가, 가현과는 어떤 사이야? 남자 대 남자로서 묻는 거니까 솔직히 답해 주면 좋겠어."

이런 질문은 처음 받는 것이기에 루이의 입에서 실소가 튀어나왔다.

"아무 사이 아닌데."

"뭐?"

치우가 눈을 동그랗게 떴지만, 루이는 이내 표정을 굳혔다.

"그러니까, 한 번만 더 멋대로 침입하면 사지를 찢어버린다."

말을 끝내자마자 루이는 손에 집결시켰던 힘을 그대로 치우에게로 내쏘았다.

"헉!"

예상보다 훨씬 빠르고 강한 힘에 치우는 곧장 정원에서 자취를 감추었다.

고요해진 정원에 잠시 서 있던 루이는 안으로 걸음을 옮겼다.

혼비백산하여 멀찍이 이동을 한 치우는 심장이 떨어질 지경이었다.

"이토록 빠르고 강한 공격이 가능하다니. 뭐 저렇게 괴물 같은 놈이 다 있지?"

찰나의 사이로 이렇게 피했기에 망정이지, 조금만 더 늦었더라면 분명, 큰 피해를 입었을 것이다.

놀라기도 잠시, 치우는 팔짱을 낀 채 근처를 서성였다. 도무지, 가현과 아무 사이도 아니라는 놈의 말이 믿기지 않는 것이다.

"아니, 아무 사이도 아닌데 왜 가현이 그놈 집에 수시로 찾아가는 건데?"

게다가 가현은 언제부턴가 너무 어울리지 않게 노란색만 입고 다닌다.

마치, 누군가의 취향에 맞추듯이.

한 번씩 찾아온 가현이 놈의 집에 들어갔다가 시간을 보내고 나오는 것을 볼 때면 심장이 찢어질 것만 같았다.

도대체 뭘 하고 나오는지는 생각조차 하기 싫었다.

"젠장. 물어볼 걸 그랬나. 아냐, 아냐. 내 입으로 그걸 어떻게 물어. 그런데 왜 저놈은 아무 사이가 아니라고 그러지?"

가현을 보면 딱 사랑에 빠진 여자 그 자체인데 저놈은 아무 사이 아니라니, 치우는 더더욱 가슴이 답답해졌다.

그러고 보면 일여 년 정도를 염탐한 결과 이놈은 수상해도 너무 수상했다. 집 밖으로 나오는 꼴을 못 봤다는 것이다.

게다가 평소에는 경계라고는 전혀 하지 않다가 석 달 정도마다 한 번씩 꼬박꼬박 결계를 친다.

그저, 일반 사람들에게만 통할 정도의 약한 결계이기는 하지만, 분명 뭔가 있다는 뜻이다.

"음. 보통 놈이 아니니, 절대 힘으로 알아내지는 못하겠고. 어떻게 한다……."

머리를 긁적이며 멀찍이서 놈의 집을 응시하고 있던 치우는 이내 몸을 이동시켰다.

▷　　▷　　◆　　◁　　◁

"이제 여기 찾아오지 마."

루이와 마주 보고 차를 마시던 가현은 조금도 예상치 못한 청천벽력 같은 소리에 그대로 굳어버렸다.

"그, 그게 무슨⋯⋯."

"사람 들락거리는 거 귀찮아서 그래."

가현은 잠시 얼이 빠진 채로 아무런 대꾸도 하지 못했다.

며칠 전 복만과 함께 이곳을 왔을 때도 전혀 그런 기미를 보이지 않았다.

여기만 오면 순한 양이 되는 복만의 머리를 처음으로 쓱쓱 쓰다듬어 주기까지 했었다.

그런데, 갑자기 귀찮다니.

"거짓말이죠? 나 놀리려고."

"아닌데."

무표정한 얼굴의 루이를 보니 숨이 콱 막혀 온다.

"가, 갑자기 왜 내가 귀찮아졌어요?"

"갑자기 귀찮아졌는데 이유가 있어?"

찻잔을 들고 있는 가현의 손이 부르르 떨려 왔다. 손만큼이나 입술도 경련을 일으킨다.

"그러니까, 앞으로 찾아오지 마. 지겨워."

가현의 커다란 눈에 눈물이 그렁그렁 맺히고, 이내 하얀 얼굴 위로 흘러내렸다. 하지만, 루이는 감정이라고는 한 자락도 없는 얼굴로 차를 마셨다.

  루이의 집을 나온 가현은 무작정 걸었다.

  루이 앞에서는 그렇게 눈물이 나오더니, 밖으로 오니 거짓말처럼 눈물샘이 말라버렸다. 대신, 여기 쿵, 저기 쿵 아무 데나 부딪치기 일쑤다.

  "아, 씨! 똑바로 안 보고 다녀?"

  "죄송합니다."

  부딪친 행인에게 멍하니 허리를 굽혀 보인 가현은 계속 전진했다.

  집까지 버스로 한 정거장이니 도착할 때쯤이면 가출한 것 같은 정신도 되돌아오겠지.

  길다면 길고 짧다면 짧은 2년. 늘 그녀 혼자만의 일방통행이었다는 것쯤은 충분히 알고 있었다.

  그럼에도 그 2년을 견딜 수 있었던 건 루이에게 여자가 없어서였다.

  어쩌다 알게 된 말동무 정도로 여길지라도 그녀를 딱히 밀어내지 않아서였다. 그런데, 이제 그마저도 못 하게 생겼다.

  그나마 품고 있었던 한 줄기 희망마저 완전히 꺼져버린 것이다.

  "유일한 낙이 그 사람 찾아가는 거였는데…… 이제 어떻게 살지…….."

  얼굴을 스쳐 지나가는 찬바람처럼, 서늘하기만 하던 루이의 얼굴이 잊히지 않는다.

  가현을 보내고 난 뒤 루이는 잠시 정원을 서성였다.

  마음이 심란한 건 더 이상 바둑을 같이 둘 상대가 없어서다.

더 이상 체스를 같이 둘 상대가 없어서다.

더 이상 세상 돌아가는 이야기를 해줄 상대가 없어서다.

아주 어렴풋이 짐작하게 된 우정이라는 감정을 가차 없이 접어야 해서다.

그럼에도 가현을 내친 건 옳은 선택이었다. 강치우가 눈앞에 나타난 순간 깨달았다. 2년. 잠시 동안의 유희를 접어야 할 때라는 것을.

가현은 그녀의 세상에 살아야 될 사람이고, 그는 자신만의 세계에 살아야 하는 부류인 것이다.

매일매일 같은 시간에 마시던 차를 더 이상 못 마시게 된 것 같은 허전함이 일었으나 루이는 이내 마음을 닫았다.

"슬슬 여기도 떠나야겠군."

며칠 뒤면 그날이 다가온다. 조금 예민해진 시기니, 그날이 끝나면 곧바로 이동을 할 참이었다.

▷　▷　◆　◁　◁

"너, 어디 아파?"

쉬는 시간, 교무실로 온 치우가 핼쑥한 얼굴의 가현을 보고 물었다. 다음 수업 준비를 하던 가현이 새치름하게 눈을 떴다.

"학교에서는 너라고 부르지 말랬죠?"

"미안. 습관이 돼서."

전혀 미안하지 않은 말투로 대꾸하자 가현이 폭풍 같은 한숨을 내쉰다.

"무슨 한숨을 그렇게 땅이 꺼져라 쉬어? 누가 보면 박 선생 실연이라도 당한 줄 알겠……."

조금 장난스러운 치우의 말이 끝나기도 전에 가현의 눈에서 눈물이 주르륵 흘러내렸다.

치우보다 더 당황한 듯 가현이 퍼뜩 손수건을 꺼내 눈물을 찍어냈다. 그런 가현을 보는 치우의 기분이 묘해졌다.

그 수상한 놈과 가현 사이에 뭔가 있었던 게 틀림없다. 그것도 아주 부정적인 쪽으로.

'궁금하다, 궁금해.'

치우는 정말로 궁금해서 돌아버릴 것만 같다.

"박 선생, 수업 마치고 나랑 저녁 먹을래?"

"내가 강 선생님과 저녁을 왜 먹어요."

새침하게 대꾸한 가현이 물끄러미 그를 응시하며 덧붙였다.

"술이면 몰라도."

"술?"

"술이나 한 잔 사줘요."

한 번도 본 적 없는 가현의 술타령에 치우는 눈만 끔뻑일 뿐이었다.

그날 저녁, 치우와 가현은 사진관에서 그리 멀지 않은 대폿집에 자리를 잡고 앉았다. 기름 냄새가 진한 파전을 앞에 두고 가현은 묵묵히 막걸리 몇 잔을 내리 마셨다.

"천천히 마셔. 안주도 먹어가면서. 빈속에 너무 무리하는 거 아냐?"

치우의 만류에 가현은 조금 달아오른 얼굴로 씁쓸한 웃음만 흘렸다. 이렇게 슬프고 우울해 보이는 가현은 처음이었다.

치우가 가현을 알게 된 건 몇 해 전이었다. 그때도 치우는 국민학교에서 교편을 잡고 있을 때였다.

사진관에 사진을 찍으러 갔다가 작고 당돌한 꼬맹이 하나를 알게 되었다. 사진관 집 둘째 딸 나현이었다.

"와, 아저씨, 거인처럼 진짜 크다."

사진관에서 그를 본 나현의 첫 마디였다.

아이들을 좋아하는 치우와는 달리, 아이들은 190센티의 장신에다 날카롭게 생긴 그를 그다지 좋아하지 않았다.

"아저씨, 나 서울 구경 좀 시켜주면 안 돼요? 거인 같이 커서 재미있을 것 같은데."

그 당돌한 꼬맹이는 까만 눈을 깜빡이며 겁도 없이 치우를 보고 그렇게 말했었다.

사진사였던 나현의 부친이 혼비백산해서 말렸지만, 치우는 기꺼이 꼬맹이의 양쪽 귀를 꽉 틀어막고서 '서울 구경'을 시켜주었다.

우와, 우와 하며 신나하던 나현과 달리, 철없는 딸 때문에 사진사가 어찌나 민망해 하던지.

그것을 계기로 치우는 사진관 집 식구들과 친분을 쌓아가게 됐고, 큰딸 가현과도 알게 되었다.

조금 더 뒤, 가현이 그가 다니는 국민학교에 새내기 선생으로 부임해 오면서 친분이 더 두터워졌다.

아니, 그때부터 지금까지 치우 혼자 일방적으로 가현을 좋아했다. 그처럼 아이들을 좋아하고, 단아한 가현에게 저절로 마음이 가고 만 것이다.

"흠. 술 한 잔 들어갔으면, 이제 무슨 일인지 얘기 좀 해봐. 그렇게 죽을 것 같은 얼굴만 하고 있지 말고."

긴 속눈썹을 깜빡이며 가현이 물끄러미 치우를 바라보았다.

"오빠."

388 2

학교 밖에서 가현이 부르는 호칭이었다.

"왜, 인마."

"오빠, 나 좋아하죠?"

치우는 쿨럭, 기침을 뱉어냈다.

"야, 그게 무, 무슨 말 같지 않은 소리야?"

가현은 발갛게 달아오른 얼굴로 피식 웃었다.

"주변 사람들은 진작 다 알고 있는데 오빠 혼자 아닌 척하는 거 알아요?"

치우는 진심으로 당황하고 말았다. 전혀 티를 낸 적이 없는데, 주변 사람들은 다 알고 있다고?

치우는 막걸리 사발을 들어 한 방울도 남김없이 들이켜고 내려놓았다.

"……미안해요."

"뭐, 뭐가 인마."

"오빠와 같은 마음이 아니라서요. 다른 사람, 좋아하거든요."

시큰. 가현이 그 음산한 놈에게 마음이 있다는 걸 이미 알고 있지만 가슴이 아팠다.

"연애, 했었니?"

그동안 차마 물어볼 수 없었던 질문을 드디어 해버렸다. 가현이 쓸쓸한 얼굴로 고개를 내저었다.

"혼자 좋아하다가 차였어요."

그래서 놈이 그때 그렇게 대답한 거였다.

정말, 그놈은 가현과 아무 사이가 아니라고 생각했으니까.

"2년 동안 그 사람 곁을 맴돌았어요. 그런데, 그 사람과 고작 해본 게 뭔 줄 알아요?"

치우의 얼굴에 절로 긴장감이 돌았다. 그놈의 집에서 뭘 하면서 시간을 보내고 나오는지 늘 궁금했기 때문이다.

"바둑 두고 차 마시는 게 다였어요. 남녀가 한 공간에 있는데, 겨우 그런 거나하고 있었다고요."

고백하듯 중얼거린 가현이 스스로가 생각해도 기가 막힌 듯 허탈한 웃음을 터트렸다.

그런 가현의 마음과는 달리 치우는 너무너무 다행이었다.

"그런데, 이제 오지 말래요. 귀찮아졌다고, 지겹다고 찾아오지도 말래요."

더더욱 다행스러웠다. 이제 가현이 놈을 찾아가는 일은 없을 테니까.

하지만, 다음 순간 가현의 입에서 뱉어진 말에 치우는 심장이 멎는 듯했다.

"숨을…… 쉴 수가 없어요. 죽을 것만…… 같아요. 너무너무 힘이 들어서……."

좀처럼 속내를 드러내지 않는 가현은 그 뒤로 계속 굵은 눈물만 하염없이 흘렸다.

통금에 가까워진 시간, 가현의 집 근처 골목이었다.

"미안해요. 오빠 앞에서 할 말들이 아니었는데. 술에 취해 잠깐 제정신이 아니었나 봐요. 정말 미안해요."

이제 조금 술이 깬 가현은 미안함과 민망함이 뒤섞인 얼굴이었다.

자신을 좋아하는 사람 앞에서 다른 남자를 좋아한다는 고백을 했으니, 얼마나 마음이 불편하겠는가.

"고백은 해봤어?"

가현은 어색하게 웃었다.

"아뇨. 그 사람, 너무 차가워서 그럴 엄두도 못 냈어요. 그랬다가 바로 거절당할까 봐서요."

하긴, 아무리 어둠의 힘을 쓴다지만, 그놈은 정말 한겨울의 시베리아 벌판 같긴 했다.

"고백은 한번 해봐야 하지 않아?"

"네?"

가현의 눈이 동그랗게 커졌다.

"고백이라도 해본 다음에 차였어야, 확실히 차인 거라고 하지."

"하, 하지만 분명 지겹다고……."

"바둑 두고 그딴 것만 했다면서. 그것만 하면 지겨울 수도 있지."

"……."

가현은 말문이 막혀 속눈썹만 깜빡였다.

"그리고 어차피 오지 말랬다면서. 기왕 그렇게 된 거 고백은 해봐야 미련도 없을 거 아냐."

"……."

치우는 잔뜩 흔들리는 눈동자를 하고 있는 가현의 어깨를 토닥였다.

"들어가. 통금 시간 다 돼가."

가현이 고개를 끄덕이고는 몸을 돌렸다.

치우는 힘이 잔뜩 빠진 어깨를 하고서 걷는 가현의 뒷모습을 미동 없이 응시했다.

가현이 이내 집 안으로 사라지자 치우는 흐음, 숨을 들이켰다.

"젠장. 나 바보 멍청이 아니냐? 고백하라는 소리는 뭐 하러 하냐? 어이그, 이 한심이. 답답이. 이러니까 짝사랑만 하고 앉았지."

하지만, 가현이 너무 힘들어하니, 치우로서도 그렇게밖에 해줄 말이 없었다.

힘든 마음을 이용해 가현에게 접근하는 건 내키지 않았다. 그럼에도 스스로가 한심스러워 절로 한숨이 흘러나왔다.

잠시 어둡고 텅 빈 골목을 응시하던 치우는 통금 시간이 되기 전에 몸을 이동시켰다.

그로부터 며칠 뒤였다. 그날만큼은 여느 날보다 가현의 표정이 밝아보였다.

"오빠, 나 고백 한번 해보려고요."

치우는 순간적으로 얼굴이 딱딱하게 굳으려는 것을 간신히 참았다.

지금은 날이 너무 밝아 미세한 표정 변화도 가현이 읽어낼 것이다.

"그래? 잘 생각했어. 뭐든 도전하고 보는 거지."

가현은 그런 치우를 물끄러미 응시했다.

"그런데, 오빠는 왜 도전 안 해요?"

치우는 마른침을 꿀꺽 삼켰다.

왜 한 번도 나한테는 고백 같은 거 안 하는지 돌려 묻는 것이다.

당황스러운 심정을 감추려 겨우 무표정을 고수하고 있는데, 가현이 말을 이었다.

"아마, 거절당할 거예요. 그 사람, 루이 씨는 나를 여자로 안 보거든요. 2년 동안 맴돌면서 느낀 거예요. 아마, 그냥, 친구쯤으로 생각하고 있는 듯해요. 뭐, 이것도 그냥 나 혼자 생각이지만요."

"으음."

"오빠 말 듣고 며칠 동안 생각해 봤는데요. 고백도 안 해보고 거절당하는 건 너무 바보 같아서요. 그 2년의 시간이 너무 아깝고 억울해서 고백은 해보고 차일래요."

그렇게 말하고는 있지만, 가현은 어느 정도 미련을 버렸는지 편안한 얼굴이었다.

조금 남은 미련까지 털어버리려는 것이겠지.

"오빠."

"응."

"나 차이고 나면, 오빠도 도전 한번 해볼래요?"

순간, 치우의 심장이 쿵 하고 내려앉았다.

"나 되게 못됐다. 차이고 나면 도전하라니."

그럼에도 치우의 가슴은 마구 요란하게 뛰어댔다.

"언제…… 차일 건데?"

"오늘 저녁에 퇴근하고 나면 차이죠, 뭐."

그러고서 그녀는 예쁘게 미소 지어 보였다.

정말 가현은 그날 저녁 루이의 집을 다시 찾았다. 노란 원피스에 긴 코트를 입은 가현은 루이의 집 앞에서 한참이나 제자리걸음만 하고 있었다.

멀찍이서 그 모습을 지켜보고 있는 치우로서는 난감하지 그지없었다.

하필, 가현이 중대한 결심을 하려는 때에 루이의 집에 미세한 결계가 드리워져 있는 것이다.

"맞네. 먼젓번 결계를 석 달 전쯤 봤으니, 지금쯤 또 결계를 칠 때가 됐네."

미간을 찌푸리고서 날짜를 계산한 치우는 어떻게 해야 하나 고민에 빠졌다.

결계 앞에 선 가현은 계속 제자리걸음만 하고 있었다. 마치, 집이 저만치 멀리 있는 것처럼.

스스로가 그러고 있다는 것도 자각을 하지 못한다.

"이 자식은 뭐가 구려 자꾸만 결계를 치는 거야?"

결국, 치우는 가현이 볼 수 없도록 루이의 집 지붕으로 몸을 이동시켰다.

결계에 흐르는 힘 자체는 그다지 강한 게 아니어서 치우는 어렵지 않게 해체를 시켰다.

계속 헛걸음질만 하던 가현이 그제야 발을 멈추고서 대문을 두드렸다.

쿵쿵쿵쿵. 쿵쿵쿵쿵.

마음을 단단히 먹은 가현이 시끄럽게 두드렸으나 안은 잠잠하기만 하다.

가현이 결심을 굳혔을 때 일이 진행되기를 바랐던 치우는 어둠의 힘을 이용해 대문도 슬쩍 열어주었다.

그것이 인생 최대의 실수인 줄도 모른 채.

"응? 대문이 그냥 열리네?"

고개를 갸웃거리면서도 가현은 이내 대문 안으로 들어섰다.

가현이 정원을 거쳐 집 안으로 들어가는 것을 보고서야 치우는 다시 멀찌감치 몸을 이동시켰다.

조심스레 현관문을 열고 집 안으로 들어간 가현은 너무 공간이 어두워 조금 겁이 났다.

"저, 나 왔어요. 루이 씨, 없어요?"

불을 켜기 위해 더듬더듬 벽을 짚어나가는데 뭔가 스산한 기분이 들었다.

아무리 2년 동안 드나들었다 하더라도 멋대로 이렇게 들어오는 건 예의

가 아니었지만, 기왕 온 거 이대로 발길을 돌릴 수는 없었다.

"루이 씨, 집에 없어요?"

그렇게 묻는데, 손끝에 스위치가 느껴졌다. 반가운 마음에 가현은 퍼뜩 불을 켰다. 그리고 어둠에 휩싸인 공간이 밝아지는 순간이었다.

눈앞에 서 있는 믿을 수 없는 존재로 인해 가현은 그대로 심장이 멎고 말았다.

긴 은발, 새빨간 눈동자.

"루, 루, 루이 씨?"

잔뜩 얼이 빠진 채로 더듬거리고 있는 가현을 응시하는 루이의 입술이 비스듬히 위로 올라갔다.

치우는 마을 쪽으로 나와 주머니에 손을 찔러 넣은 채 바닥만 툭툭 차고 있었다.

어쩐지 조바심이 나기도 하고, 조금은 설레기도 하고, 뭔가 불안하기도 한 복잡한 마음으로 가현이 나오기를 기다리고 있을 때였다.

"어, 선생님?"

또랑또랑한 목소리가 치우의 귀를 잡아챘다.

"어, 선생님 맞으시다!"

고개를 돌린 곳에는 그가 가르치고 있는 반 아이가 모친과 함께 서 있었다.

"아이고, 선생님, 안녕하세요?"

아이 모친이 허리를 반 이상이나 꺾으며 인사를 건네 왔다.

"아, 네. 선영 어머니, 안녕하세요?"

치우 역시 퍼뜩 손을 빼고서 예의 바르게 인사를 나누었다.

"선생님께서 여기까지는 어쩐 일이세요?"

"예에, 볼일 좀 보고 가는 길입니다."

대충 둘러대는데 선영이 덥석 치우의 팔을 끌었다.

"선생님, 그럼, 저희 집에서 저녁 드시고 가세요. 엄마, 괜찮죠?"

"어머, 그러세요, 선생님. 언제 식사 한번 대접해 드리려고 했는데 마침 잘 됐네요."

"아, 아닙니다. 괜찮습니다."

난감함에 치우가 곧장 거절을 했지만, 모녀는 물러서지 않았다.

"선생님, 저희 집에 가서 저녁 드세요. 네? 얼른요오."

"선생님, 그렇게 하세요. 자꾸 거절하시면 제가 민망합니다."

잠시 잠깐, 이 모녀에게 정신지배를 걸까 하다 치우는 관두었다.

어린아이에게 할 짓도 아니었고, 가만히 생각하니 청승맞게 이러고 있는 것보다는 뭐라도 하는 게 나을 것 같아서였다.

퍼뜩 먹고 나오면 뭐가 어떻게 되든 결론이 나 있겠지.

"그럼, 폐 좀 끼치겠습니다."

"아유, 폐라니요. 선생님 입맛에 맞으려나 모르겠네요."

"하하. 저 아무거나 다 잘 먹습니다."

그렇게 치우는 못 이기는 척 모녀를 따라갔다.

저녁을 먹고 나온 치우는 곧장 루이의 집 쪽으로 향했다. 아까와 달리 집 안에는 불이 환하게 켜져 있다.

"가현이는 차이고 갔으려나? 갔겠지? 시간이 이렇게 지났는데."

잠시, 대문 앞을 어슬렁거리던 치우는 이내 안으로 발을 들였다.

현관에 가까워지자 희미한 피 냄새가 코끝에 감겨 왔다.

피, 냄새? 왜 피 냄새가······.

뭔가 이상한 기분. 섬뜩할 정도로 나쁜 기분이 확 일었다.

혹시 가현이 아직 있을지도 몰라 순간 이동은 못 하고 치우는 현관문을 열고 실내로 들어섰다.

순간, 안에서 펼쳐진 광경에 치우는 온몸의 피가 거꾸로 솟고, 심장이 멎는 듯했다.

널따란 거실 한구석에 피를 뒤집어쓰고서 처참하게 죽어 있는 여자의 시신이 눈에 들어왔기 때문이다.

"가현아!"

눈이 뒤집히고 머릿속은 온통 새하얘진 채로 치우는 가현에게로 몸을 날렸다.

그녀는 아주 끔찍한 모습으로 죽어 있었다. 심장은 뜯긴 것처럼 텅 비어 있었고, 입술에는 온통 피범벅이었다.

"으윽! 이게 도대체 어떻게, 어떻게 이런······."

도무지 믿기지 않는 상황에, 가현의 몸을 끌어안고서 오열을 터트리고 있을 때였다.

"네가 결계를 깨고 저 여자를 들여보냈나 보군?"

으득, 치아를 악다물고서 휙 시선을 준 곳에는 은발을 펄럭이고 있는 살인귀가 있었다.

가현의 것이 분명한 시뻘건 선혈을 입과 손에 묻히고서.

"이, 이 개자식이!"

부들부들, 눈이 확 뒤집힌 채로 곧장 공격을 했지만 치우는 도리어 루이의 힘에 눌려 그대로 정신을 잃고 말았다.

아침이 밝아오고, 루이가 제정신으로 돌아왔을 때는 이미 돌이킬 수 없는 최악의 상황이었다.

아니, 눈앞에 펼쳐져 있는 광경을 루이는 도무지 믿을 수가 없었다. 자신의 짓이 분명한 가현의 죽음과 그의 힘에 억눌려져 널브러져 있는 강치우까지.

표정을 굳힌 루이는 시간의 눈물을 찍어 허공에 문양을 그렸다.

"에스르바르데 커드랏 아이할리만."

주문을 외우자 지난밤 이곳에서 일어났던 일이 모조리 눈앞에 펼쳐졌다.

하필 '그날' 인 어제, 생각지도 못하게 가현이 집 안에 들어온 것.

그로 인해 깨어난 본성이 가현을 처참히 죽음에 이르게 만든 것.

그리고 뒤늦게 들이닥친 강치우를 힘으로 눌러놓은 것까지.

루이의 차가운 눈이 바닥에 엎드린 자세로 기절해 있는 치우에게로 향했다. 루이는 손가락을 뻗어 기운을 내쏘았다.

"흡!"

팔을 관통당한 치우가 신음을 흘리며 깨어났다.

"왜 그랬어. 왜 결계를 깨고 저 여자를 들여보냈지?"

감정이라고는 눈곱만치도 없는 음성에 치우는 퍼뜩 고개를 들었다. 악귀의 얼굴을 확인하는 치우의 눈에 살기가 화륵 피어올랐다.

한쪽 팔을 관통 당한 아픔 따위도 느끼지 못한 채 치우는 몸을 일으켰다.

"왜 그랬냐고? 지금 그게 말이냐, 이 개자식아!"

처절하게 외친 치우는 곧장 손에 힘을 집결시키고서 루이에게 쏘았다.

칼날처럼 날카로운 기운이 피하지 않고 가만히 서 있는 루이의 얼굴 한쪽을 아슬아슬하게 스치고 지나갔다.

금세 상처가 벌어지고 새빨간 피가 볼을 타고 흘러내린다.

"넌 왜 그랬냐. 너 좋다는 여자를 왜 저렇게 만들었어!"

화산처럼 타오르는 분을 이기지 못한 치우가 흡사 악마와도 같은 얼굴로 루이에게 덤벼들었다.

하지만, 바짝 거리만 좁혔을 뿐, 치우는 루이의 몸에 손끝 하나 대지 못했다. 루이가 친 바리케이드에 부딪쳐 저만치 뒤로 튕겨났기 때문이다.

중심을 잡은 치우가 눈에 불을 켜고 다시 힘을 집결시키려는 찰나였다. 해일처럼 거대한 힘이 확 치우를 덮쳐 왔다.

엄청난 기운을 맞닥뜨린 치우는 미처 피하지도 못한 채 뒤로 무너졌다. 뒤이어 강철처럼 단단하고, 송곳처럼 뾰족한 얼음 조각들이 일제히 치우를 향해 쏟아져 내렸다.

"크윽!"

머리와 목을 제외한 치우의 신체 곳곳에 날카로운 얼음송곳들이 퍽퍽 박혔다.

표정 없는 얼굴로 아무렇지도 않게 공격을 감행한 루이가 쑥 다가왔다. 루이는 있는 힘껏 자신을 노려보는 치우의 목을 발로 콱 밟았다.

치우를 내려다보는 루이의 안광이 무섭도록 날카롭게 번뜩였다.

"왜 그랬냐고? 네가 결계를 해체시키고 저 여자를 안으로 들여보냈기 때문이지."

"으으…… 개소리 마라…… 그걸…… 변명이라고 지껄이고 있는 거냐?"

"네놈이……."

루이는 가만히 숨을 들이켜 터질 듯 팽배해진 분노를 조절하고서 말을 이었다.

"네놈이 그런 짓만 하지 않았어도 저 여자가 저렇게 되지는 않았을 거다."

치우의 입에서 쿡쿡, 광기 가득한 웃음이 튀어나왔다.

"……살인은 했지만…… 네 탓은 아니다? 네놈한테 고백하겠다고…… 찾아온 가현 탓이고, 그 마음을…… 존중해준 내 탓이다? 크크크! 개수작 부리지마, 이 개새끼야. 네가 해놓은…… 짓을 보고나 지껄여!"

루이의 붉은 입술이 공허함을 담고서 휘어졌다.

"그렇지. 과정이야 어떻든 박가현을 저 지경으로 만든 건 내가 맞으니까."

자조적으로 중얼거린 루이의 까만 눈동자에 힘이 꾹 들어갔다.

"하지만, 나를 다시 살인귀로 만든 네놈은 절대 용서할 수가 없다."

"다시? 꽤나…… 사람을 많이 죽였나 보군? 아니, 먹었다고 해야겠지?"

목을 거세게 밟히고, 얼음조각에 뼈와 살이 뚫려 숨이 컥컥 넘어가면서도 치우는 악에 받친 말들을 쏟아냈다.

루이는 치우만큼이나 참혹하고 암담한 마음을 누르며 한 손에 검은 기운을 응집했다.

그대로 치우의 심장을 꿰뚫으려는 순간, 루이는 멈칫했다.

제 손으로 죽인 가현의 얼굴이 환영처럼 눈앞을 스쳐 지나간 탓이다.

마치, 더 이상의 살인은 하지 말라는 듯이. 아니, 이 사람을 살려달라고 하듯이.

형언할 수 없는 착잡함으로 인해 루이의 얼굴이 더없이 어둡게 굳어졌다.

루이가 갑자기 멈추어 있는 사이, 치우는 사력을 다해 온몸의 힘을 끌어올렸다.

치우는 치아를 악물고서 투툭, 투둑, 투툭. 몸에 박혀 있는 얼음송곳들을 튕겨 내기 시작했다.

멍하니 허공을 응시하던 루이의 시선이 와 닿자, 치우는 그대로 기운을 내쏘았다.

퍽!

루이의 가슴팍에 정통으로 공격이 적중했다. 루이가 뒤로 주르륵 밀려 나자, 치우는 곧장 가현에게로 몸을 날렸다.

"네놈은 반드시 내가 죽인다!"

처절하게 외친 치우는 가현의 시신과 함께 그 자리에서 자취를 감추었다.

따라잡고자 마음만 먹으면 충분히 잡을 수 있었지만, 루이는 못 박힌 듯 그 자리에서 움직이지 않았다.

그냥 보내주기 위해 조금 전의 공격도 맞아준 것이니까.

루이는 허탈하고 공허한 눈으로 그저, 허공만 응시했다.

치우가 가현을 안고서 이동한 곳은 인근의 산속이었다.

혹시, 놈이 따라올 거라는 걱정을 할 틈도 없이, 치우는 가현의 시신을 끌어안고 한참이나 오열을 했다.

이 말도 안 되는 상황이 악몽이길 바랐지만, 시간이 지날수록 싸늘하게 굳은 가현의 시신이 끔찍한 현실을 되새겨줄 뿐이었다.

얼마나 시간이 흘렀는지도 모른 채 짐승처럼 울부짖고 있을 때였다.

"컹! 컹! 컹! 컹!"

커다랗게 개가 짖는 소리가 들려왔다.

텅 빈 치우의 눈이 기계처럼 돌아갔다. 치우의 시선이 닿은 곳에는 사납게 짖어대고 있는 백구 한 마리가 있었다.

가현이 기르던 복만이었다.

어떻게 여기까지 온 건지 모르겠으나, 지금 치우는 개 따위를 신경 쓸 틈이 없었다.

"컹! 컹! 컹!"

평소에도 자신만 보면 짖어대는 녀석이 오늘따라 더 시끄럽게 느껴진다.

치우는 휙 기운을 내쏘아 녀석을 그대로 잠재워 버렸다.

한겨울의 산속이지만, 얼마 지나지 않아 깰 테니 얼어 죽지는 않을 것이다. 아니, 개 따위를 걱정할 마음의 여유 같은 건 이미 한 자락도 없었다.

치우는 가현을 안은 채 몸을 일으켰다.

"가자, 가현아."

쇠를 삼킨 것처럼 쉬어버린 음성으로 중얼거린 치우는 다시 순간이동을 했다.

밤새 들어오지 않은 딸을 걱정을 하고 있을 가현의 가족들을 돌보아야 했으므로.

어둠이 내려앉은 밤. 루이는 잠시나마 정이 들었던 곳을 떠나기 위해 정리를 시작했다.

여기서 쓰던 것들을 모조리 어둠의 기운으로 흔적도 없이 녹이고 있을 때였다.

—끼잉, 끼잉.

밖에서 희미한 소리가 들려왔다. 어쩐지 익숙한 소리에 루이는 밖으로 몸을 날렸다.

대문 앞, 잔뜩 얼어붙은 땅바닥에 복만이 뻣뻣하게 굳은 채 사력을 다해 신음을 흘리고 있었다.

산속에 있다가 내려온 듯 온몸에는 마른 가지들과 흙투성이였다.

루이는 가만히 자세를 낮추어 복만의 머리를 쓱쓱 쓰다듬었다. 녀석은 추위에 몸이 굳어가면서도 루이를 알아보고서 하얀 꼬리를 마구 흔들어댄다.

"너, 나랑 같이 살래?"

거의 충동적으로 뱉어 놓고 루이는 한숨을 흘렸다. 어쩌면, 가현에 대한 미안함과 죄책감 때문인지도 몰랐다.

루이는 차갑게 식어가는 복만을 품에 안아 들고서 안으로 걸음을 옮겼다.

가현은 뜯어 먹혀 죽은 게 아니라, 심장마비로 인해 세상을 떠난 걸로 되었다.

가족 및 병원 관계자 모두를 세뇌시키고, 장례까지 무사히 치른 뒤 치우는 다시 루이가 사는 곳을 찾았다.

하지만, 루이는 이미 그곳을 떠나고 없었다.

몇 년 동안 추적을 해보았으나, 어디로 숨어버렸는지 흔적조차 찾을 수가 없었다.

몇 년의 시간을 허탈하게 허비하고 치우가 다시 사진관으로 왔을 때는 남은 가현의 식구 역시 이사를 가고 난 뒤였다.

마음만 먹으면 찾을 수 있었지만 치우는 그러지 않았다. 가현의 가족을 대할 때마다 가슴만 찢어질 테니까.

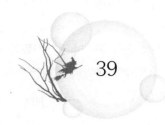

39

모든 정황을 알게 된 래미의 마음은 복잡하기 그지없었다.

치우에게서 들은 이야기. 그리고 루이에게서 들은 이야기. 두 사람 모두의 관점을 합쳐보니, 양쪽 다 피해자인 것만 같다.

루이에게 가해자의 굴레를 씌우기가 괴롭고, 정말로 치우는 피해자이기만 한 걸까 싶은 마음.

'결계를 함부로 해체시키고 이모를 집 안으로 들여보낸 건 강치우 당신이잖아요.'

아마, 눈앞에 치우가 있었으면 그렇게 반박했을지도 모른다. 그럼에도 루이가 이모를 죽였다는 사실은 변함이 없다.

치우가 좋아하는 여자를 루이의 손에 잃은 것 역시 변치 않는 진실이듯.

모든 걸 다 알고 나니, 루이의 그날이 되기 전, 이모가 꿈에 보였던 것도 이해가 되었다.

혹여, 조카가 자신처럼 될까 봐 꿈에서나마 도망가라고 한 건지도 몰랐다. 그런 사태까지는 벌어지지 않았지만, 그날의 루이는 확실히 위험하니까.

"변명으로밖에 안 들릴 거라는 거 알아. 하지만, 정말 박가현이 그렇게 된 건 내 뜻이 아니었어."

더없이 어둡게 가라앉은 얼굴로 루이가 중얼거리듯 말했다.

"나도 알아요."

대답하는 래미의 음성과 표정에 서글픔이 묻어났다.

뭐랄까. 가해자는 없고 모두 다 피해자인 것만 같아서.

이모는 참혹하게 죽었지만, 도무지 원망의 대상은 찾을 수가 없다. 아니, 누구를 원망해야 할지 알 수가 없다. 그래서 본 적도 없는 이모가 더 가엾게 느껴지는 건지도 몰랐다.

"내가 저지른 짓이니 그 어떤 비난도 감수할 각오가 돼 있어. 하지만, 너를 놔주고 싶은 마음은 없어."

건조하지만 확고한 뜻이 담긴 루이의 말에 래미는 씁쓸한 표정을 지었다.

"그것도 알아요. 그래서 강치우 그 사람을 죽이려 한 거겠죠. 그 사람이 죽어야 과거의 일이 묻히고, 내가 영영 모를 테니까."

"끔찍하고 이기적이라고 해도 상관없어. 내 마음이 그래. 내 결심은 안 변해."

"……."

래미는 까만 루이의 눈을 응시하며 그저, 쓴웃음을 짓고 말았다. 끔찍하고 이기적인 건 그녀 자신이었으니까.

충격적인 사실을 알았음에도 그녀 역시 루이와 헤어지고 싶지 않았다.

이 남자 없이는 그녀도 살 수가 없을 것 같다.

웃기게도 이모가 가여운 건 가여운 거고, 그녀 인생은 그녀만의 것이니까.

하루하루가 빠르게 지나갔다.

파티를 꿈꾸던 크리스마스는 구렁이 담 넘어가듯 날짜조차 인지하지 못한 채 그냥 지나가 버렸고, 어느덧 새해가 코앞이었다.

래미의 일상은 크게 달라진 게 없었다. 지금까지와 다름없이 잘 먹고 잘 자면서 지냈다.

너무 심하게 잘 먹고, 너무 심하게 잘 잔다는 게 문제라면 문제일 정도로.

어쩌면, 이모를 그렇게 만든 사람과는 한순간도 같이 있을 수 없음을 밝히고 짐을 싸서 나가는 게 정상적인 건지도 모른다.

하지만, 래미는 그러지 않았다. 아니, 그러고 싶지 않았다. 복잡한 생각 대신, 지금은 마음이 시키는 대로 하고 싶을 뿐이었다. 무엇보다 그녀가 그런 식으로 나가버리면, 남겨진 루이의 상처가 너무 클 것 같아 그러기도 힘들었다.

하지만, 이따금씩 가슴에 돌덩이가 얹힌 것처럼 답답한 건 어쩔 수 없었다. 이모 가현과 그녀의 사이를 잇고 있는 어머니만 떠올리면 죄책감이 느껴지기에.

그녀가 어머니의 딸인 이상, 평생 감내하고 살아야 할 감정인 것이다.

"아아, 낼모레면 또 한 살 더 먹는군요!"

점심식사 도중, 복만이 탄식처럼 내뱉었다. 사건의 전말을 전혀 모르는 복만은 늘 밝고 명랑했다.

"복만 씨한테도 나이 개념이 있어?"

"당연하죠. 물론, 저한테는 해당 사항 없지만요."

앞뒤가 안 맞는 말에 래미는 눈을 깜빡였다.

"그게 무슨 뜻이야?"

"친구들요. 저는 주인님 덕에 아무리 시간이 지나도 이 모습 그대로지만, 친구들은 한 해 한 해 나이를 먹고 늙어가거든요. 그래서 엘리자베스도 무지개다리를 건넌 거고요."

"아."

생각지도 못한 답에 래미는 안타까운 한숨을 흘렸다. 래미는 곁에 앉은 루이를 물끄러미 바라보았다.

"왜."

그녀의 시선을 받은 루이가 부드럽게 물었다.

"아니에요, 그냥."

싱겁게 말했지만, 래미의 마음은 그랬다. 그녀가 없어도 복만이 곁에 있는 한 루이가 그렇게 외롭지는 않을 거라고.

래미는 미역국에 반 공기쯤 남은 밥을 모조리 말고 마시다시피 홀홀 먹었다.

"요즘, 고객님께서 정말 잘 드십니다?"

"그러게. 요새 식욕 폭발이야."

멋쩍게 웃은 래미는 국에 만 밥을 완전히 비우고서 복만을 바라보았다.

"복만 씨, 국 남은 거 있어?"

"네, 아직 많이 있는데, 더 드릴까요?"

국이 남았다는 말에 래미의 화색이 확 밝아졌다.

"괜찮아. 내가 떠다 먹으면 돼."

"아닙니다. 물도 가지러 가야 해서요. 제가 갖다 드릴게요."

"고마워. 음…… 그럼, 밥도 조금 더 부탁해."

"하하, 네. 알겠습니다."

복만이 조금 놀란 얼굴로 웃으며 이내 의자를 뒤로 빼고서 몸을 일으켰다.

조리대로 가는 복만의 뒷모습을 보던 래미는, 문득 루이의 시선을 느끼고서 고개를 돌렸다.

"왜요?"

"⋯⋯아니."

조금 전 래미가 그랬듯 루이 역시 싱거운 대꾸만 했다.

복만이 금세 국에 밥을 말아서 가져오자 래미는 눈을 빛내며 먹기 시작했다.

"⋯⋯."

루이가 그런 그녀에게서 시선을 떼지 못했지만, 래미는 정말 맛있게, 그것까지 홀딱 비웠다.

잠시 뒤, 래미는 설거지를 하기 위해 싱크대 앞에 섰다. 복만의 만류에도 극구 팔을 걷어붙이고서 설거지를 시작했다.

루이는 팔짱을 낀 채 조금 뒤에 서서 물끄러미 그녀를 응시했다.

요즘 래미는 지나치게 아무렇지 않은 척하는 모습이었다. 멍하니 생각에 잠겼다가도 그나마 복만이 말을 걸면 애써 쾌활하게 응한다.

지켜보는 사람이 더 힘들 정도로 태연함을 가장하고 있다.

루이가 튀어나오려는 한숨을 삼키려 할 때였다.

"욱! 우욱!"

갑자기 헛구역질을 한 래미가 손에 쥐고 있던 것들을 떨어뜨렸다.

"왜 그래. 무슨 일이야."

심장이 철렁 떨어질 정도로 놀란 루이가 황급히 다가가자 그녀는 팔로 입술을 틀어막고서 빠르게 내달리기 시작했다.

침실로 간 래미는 곧장 욕실로 뛰어 들어갔다. 변기 뚜껑을 올린 채 그녀는 조금 전에 먹은 걸 그대로 쏟아냈다.

"괜찮아?"

뒤따라온 루이의 걱정 가득한 물음과 등을 토닥이는 손길에 래미는 그제야 민망함을 느끼고 얼굴을 확 붉혔다.

급히 물을 내린 뒤 세면대에서 몇 번이나 입을 헹구고서 그녀는 뒤를 돌아보았다.

"괘, 괜찮아요."

눈물범벅에다 순식간에 창백해진 얼굴로 래미는 겨우 대꾸했다.

"정말 괜찮아? 이런 적 없었잖아."

"갑자기 너무 급하게 먹어서 그런 것 같아요. 진짜 괜찮아요."

래미가 너무 안쓰러워 루이가 손을 뻗어 얼굴을 만지려 하자, 그녀는 그 손길을 슬쩍 피했다.

구토를 하고 난 직후라 그가 가까이 다가오는 게 너무 꺼려졌기 때문이다.

"양치하고 나갈게요. 설거지 좀 부탁해요."

"……그래."

허공에 멈춘 손을 씁쓸히 거두어들이고서 루이는 욕실을 나섰다.

루이가 완전히 나가자 래미는 이마에 손을 얹었다. 이런 꼴사나운 모습까지 보이게 되다니. 갑자기 왜 이러는지 알 수가 없다.

한숨을 흘린 래미는 이내 치약과 칫솔을 집어 들었다.

짙은 어둠이 내려 앉은 밤, 루이는 곤히 잠들어 있는 래미의 얼굴을 들여다보았다.

요즘, 래미는 눈에 띌 정도로 많이 먹는데다, 혼절한 것처럼 깊은 잠에 빠져 있기 일쑤다.

그럼에도 래미의 얼굴은 초췌하기 그지없다. 그것이 무슨 의미인지 생각해 보고 말 것도 없었다.

래미는 그 때문에 힘든 것이다.

어머니의 언니. 자신의 이모를 끔찍하게 죽인 상대와 매일 마주 보고 있는 것이 괴로운 것이다.

티를 내지 않으려 꾸역꾸역 먹고, 잠만 자는 거다. 어쩌면 현실에서의 도피인지도 모른다.

오늘은 급기야 구토까지 하는 래미를 보고 나니, 루이로서는 속이 타들어갈 지경이었다.

아니, 이러다 래미가 잘못될 수도 있겠다 싶어, 심장이 무너지는 심정이었다. 그는 래미의 얼굴을 가만히 어루만졌다.

"내가 너를 망치고 있는 걸까."

그렇게 묻고 있지만, 이미 루이도 알고 있었다. 자신의 욕심이 래미를 벼랑 끝으로 내몰고 있다는 사실을.

루이의 입술에 쓴웃음이 희미하게 걸렸다.

"나만큼 최악의 연인도 없겠지."

래미가 원하는 것 중 어느 하나도 제대로 해준 적이 없다.

여느 연인들이 다 하는 평범한 데이트는커녕, 단순한 바깥 외출마저도 꺼리기 일쑤였다. 그럼에도 래미는 서운한 감정을 비치지 않는다.

그런데, 이제는 그것만으로 모자라 이모를 죽인 원수이기까지 했다.

허울 좋게 래미를 위하는 척하지만, 사실은 모두 다 그의 욕심만 채우고 있는 것일 뿐이다.

그래도 루이는 래미를 놓을 수가 없다.

괴로움에 지친 래미가 먼저 이별을 고하지 않는 한 절대로.

"시간은 내 편이지. 인간은 망각의 동물이고."

루이는 고개를 숙여 래미의 얼굴에 부드럽게 입술을 눌렀다.

조금씩 시간이 흐르면 래미의 상태도 나아질 것이다.

▷　　▷　　◆　　◁　　◁

12월의 마지막 날이 아침이 희끄무레 밝아왔다.

루이는 래미의 기분을 조금이나마 풀어주기 위해 계획을 세웠다. 오늘 저녁에 출발해서 밤바다를 보러 가는 것이다. 바다의 바람을 쐬며 래미와 함께 새해를 맞이할 참이었다.

먼젓번, 래미가 그러고 싶다고 한 걸 그는 잊지 않고 있었다.

루이는 아직 한밤중처럼 자고 있는 래미의 얼굴을 조심스레 어루만지다 이내 몸을 일으켰다. 래미가 좋아하는 메뉴로 아침 식사를 준비하기 위해.

요즘 래미는 삼시세끼를 모조리 한식으로 먹는다. 따끈한 국만 있어도 두 공기는 뚝딱 해치웠다.

또 구토를 하는 건 아닌가 걱정이 되기도 했지만, 못 먹고 골골거리는 것보다는 훨씬 나았다. 마음이 불안정할 테니, 이해 못 할 것도 아니고.

'마음이 안정되면 안 그러겠지.'

오늘은 무슨 국을 끓일까 고민하며 루이는 주방으로 향했다.

"오늘 저녁에 바다 보러 갈래."

습관이라도 된 것처럼 밥을 국에 말아 먹던 래미는 눈을 들었다.

"바다요? 오늘 저녁에?"

"응. 밤바다 보고 싶다고 했잖아."

래미는 잠깐 고개를 갸웃거리다 눈을 동그랗게 떴다.

"그걸 기억하고 있었어요?"

"뭐. 그냥."

래미는 별거 아닌 듯 어깨를 으쓱하는 루이를 놀라운 눈으로 응시했다. 그저, 지나가는 말로 한 건데, 이렇게 기억하고 있었을 줄이야.

거기다 정말 가자고 할 줄은 꿈에도 몰랐다.

"음, 나야 가면 좋긴 한데, 루이 씨는 안 좋아하잖아요."

"네가 좋아하니까."

뒤이어, 마치 결심이라도 한 듯 루이의 음성이 이어졌다.

"이제부터라도 네가 좋아하는 거, 나도 좋아해 보도록 노력하려고."

래미의 심장이 쿵, 하고 내려앉았다. 이번 한 번쯤이 아니라, 앞으로도 그녀와 같이 발맞춰 나가겠다는 뜻이다.

"어, 어, 사람이 갑자기 변하면 죽는다던데."

"그럼, 계속 지내왔던 대로 살까."

"루이 씨는 흑마법사라 해당 사항 없을 거예요. 변해도 돼요."

래미의 즉각적인 대답에 루이는 희미하게 웃음을 머금었다. 루이는 손을 뻗어 래미의 얼굴을 부드럽게 어루만졌다.

"앞으로 잘할게. 내 곁에 있는 걸 절대 후회하지 않게 해줄게."

놀랍기도 하고 감동스럽기도 하고 어쩐지 짠하기도 하고, 여러 가지 복잡한 감정이 한꺼번에 확 몰려왔다.

들고 있던 숟가락을 놓고 몸을 일으킨 래미는 그대로 루이의 목을 껴안았다.

"응. 믿을게요."

결코 입에 발린 말을 할 남자가 아니란 걸 잘 알고 있기에.

루이의 곁에 있는 한, 그녀가 어머니 박나현의 딸인 이상, 짊어지고 가야 할 돌덩이가 여전히 가슴을 묵직하게 짓누르고 있었지만, 잠시 잊기로 했다.

그날 저녁, 래미는 조금 들뜬 기분으로 외출 준비를 마쳤다. 간만에 화장을 하고 옷도 예쁘게 차려입었다.

루이와 장거리 외출은 처음이라 모든 걸 떠나서 설레었다.

거울을 보며 머리부터 발끝까지 마지막으로 체크하고서 래미는 몸을 돌리던 래미는 깜짝 놀랐다.

팔짱을 낀 채 루이가 문 입구에 기대어 서서 그녀를 응시하고 있었다. 어쩐지 그 눈빛이 뜨겁게 느껴져 래미는 조금 발갛게 얼굴을 붉혔다.

"언제부터 그러고 있었어요?"

"조금 전. 머리 만지고 있을 때부터."

"그럼, 꽤 됐잖아요. 기척을 하지."

"그냥. 거울 앞에서 꾸미고 있는 게 너무 예뻐서."

그의 칭찬에 기분이 좋아졌지만 래미는 새치름하게 눈을 떴다.

"안 꾸미면 안 예쁘다는 뜻?"

"그럴 리가 있나. 내 눈에는 네가 제일 예쁜데."

"그렇죠. 누구 애인인데요."

래미가 장단에 맞춰 장난스럽게 대꾸하자 루이도 옅은 웃음을 머금었다.

"준비는 다 한 거야?"

"네. 이제 가면 돼요."

래미는 한쪽에 둔 핸드백을 챙겨 들고서 걸음을 옮겼다.

루이의 시선을 받으며 복도로 나오자 싱글벙글 콧노래를 부르며 복만이 다가왔다.

"이제 출발하면 되는 건가요?"

"응. 근데, 복만 씨가 나보다 더 신나 보여."

"당연하죠! 저는 바다를 실물로 보는 건 처음이거든요. 완전 신납니다!"

"어, 정말?"

"하하, 네. 제가 바다 보러 갈 일이 뭐 있었겠어요?"

"그렇구나. 오늘 가서 실컷 보면 되겠다."

잔뜩 신난 얼굴로 복만이 크게 고개를 끄덕이고서 앞장섰다. 어쩐지 뿌듯해져 래미의 얼굴도 밝아졌다.

하지만…….

복만의 애마인 핑크 지프는 출발한 지 채 5분도 되지 않아 길가에 멈추었다.

래미가 허겁지겁 내리고 루이가 그 뒤를 따랐다. 놀란 복만 역시 토끼 눈을 하고서 차에서 내렸다. 구석진 곳으로 간 래미는 다급히 허리를 숙였다.

"욱!"

지금껏 살면서 단 한 번도 겪어본 적 없는 어마어마한 멀미가 래미를 덮친 것이다.

"괜찮아? 왜 자꾸 이러는 거야."

루이가 굽히고 있는 그녀의 등을 두드렸지만 래미는 창피함을 느끼지도 못한 채 괴로움에 시달렸다.

차라리 뭐라도 토해내면 좋을 텐데, 계속해서 헛구역질만 난다.

잠시 동안 그러고 있던 래미는 증상이 조금 가라앉아서야 눈물만 그렁그렁 단 채 상체를 세웠다.

"……갑자기 안 하던 멀미가 나네요. 나 생수 좀 줄래요?"

그 잠깐 사이, 그녀보다 훨씬 초췌해지고 어두워진 얼굴을 하고서 루이가 생수병을 가져다주었다.

헛구역질이었지만, 돌아서서 몇 번이나 입 안을 헹군 다음 래미는 몸을 돌렸다. 루이가 손을 뻗어 래미의 눈가를 적시고 있는 눈물을 닦아 주었다.

"진짜 멀미일 뿐인 거야?"

긴장과 걱정으로 인해 루이의 음성은 더없이 낮게 가라앉아 있었다.

래미는 창백한 얼굴로 고개를 끄덕였다.

"멀미 맞아요. 차에 탔더니 속이 뒤집히더라고요. 참으려고 했는데, 안 되네요."

하지만 굳은 루이의 표정은 펴질 줄 몰랐다.

"진짜 멀미 맞아요. 봐요. 내리니까 멀쩡하잖아요."

그렇게 말한 래미는 한 손을 이마에 짚고서, 혼비백산해 있는 복만을 바라보았다.

"복만 씨, 미안해서 어떡하지? 오늘은 바다 못 볼 것 같아. 차만 봐도 속이 울렁거려서 안 되겠어."

"지금 바다가 대순가요? 고객님, 괜찮으신 거죠?"

"응. 미안해. 나중에 컨디션 좀 좋아지면 그때 꼭 가자."

"네, 네. 바다 그까짓 거 안 봐도 그만인데요, 뭐."

루이가 복만의 어깨를 가볍게 토닥였다.

"차 가지고 먼저 가 있어. 난 래미와 걸어갈게."

"아, 넵. 알겠습니다."

복만이 곧 지프를 몰고 사라지자 래미는 그제야 잔뜩 속이 상한 얼굴이 되었다.

"미안해요. 루이 씨가 어려운 결심을 해줬는데 이렇게 돼 버렸어요."

"뭐가 미안해."

희미하게 노기 섞인 루이의 말투에 래미는 눈을 동그랗게 떴다.

"루이 씨."

"네가 나한테 왜 미안해하는 건데. 너를 힘들게 만든 건 난데 왜 네가 미안해."

딱딱하게 말한 루이는 이내 한숨을 흘렸다. 그는 지나가는 사람들이 흘 긋거리는 것쯤은 아랑곳 않고 래미의 어깨를 끌어당겼다.

잠시 동안 부서져라 그녀를 안고 있던 루이가 작은 어깨를 밀어내고서 시선을 맞추었다.

"미안한 건 나야. 네가 아니라고. 그러니까, 내 앞에서 미안하다는 말하지 마."

"……"

마음이 쓰려와 래미가 대꾸 없이 바라보고만 있자 루이는 그녀의 손을 움켜쥐었다.

"가자."

래미는 루이의 손에 이끌려 걸었다. 차로 5분 정도의 거리라 루나까지는 걸어서도 그리 멀지는 않았다.

또각또각 굽 소리를 내며 걷는데 루이가 우뚝 멈추었다.

영문을 몰라 그녀가 바라보자 루이가 쓰윽 자세를 낮추었다. 래미는 속눈썹을 깜빡였다.

"왜요?"

"업혀."

전혀 생각하지 못한 루이의 행동에 래미의 입술이 턱 벌어졌다. 사람들의 시선을 끔찍하게도 싫어하는 사람이 대로 한가운데서 업히라니.

"지, 지금요?"

"높은 굽 신어서 불편할 거 아냐."

"그래도 갑자기 이러는 건 좀."

"계속 이러고 있는 게 더 그렇지 않아?"

그렇지 않아도 지나가는 사람들의 이목이 두 사람에게로 쏠리고 있었다. 어쩔 수 없이 래미는 루이의 등에 업힐 수밖에 없었다.

자세를 세운 루이가 긴 다리로 성큼성큼 걷기 시작했다.

흘끔거리는 사람들의 시선이 여전히 끔찍하게 신경 쓰이기는 했으나, 루이는 래미의 몸 상태가 더 걱정이었다.

지금 래미는 언제 쓰러져도 이상하지 않을 정도로 창백한 얼굴이었으니까.

"나 하나도 안 무겁죠?"

래미의 너스레에도 루이는 웃을 수가 없었다. 정말, 요즘 그렇게 먹는 게 다 어디로 갈까 싶을 정도로 가벼웠으니까.

래미는 루이의 목을 끌어안고서 등에 얼굴을 묻었다. 조금 편해지니, 이 추위에 또 금세 몸이 나른해지고 졸음이 몰려온다.

'없던 멀미에 심심하면 졸리고 식욕은 폭발하고 왜 이러는지 모르겠네.'

순간 래미의 뇌리에 심장이 멎을 만큼 놀라운 단어가 번뜩 스치고 지나갔다.

임신.

하지만, 이내 래미는 머릿속을 비웠다. 그녀는 얼마 전에 생리를 했다. 평소보다 양이 줄긴 했어도 분명 있었다. 루이와 함께 지내는 동안 생리를 걸렀던 적은 한 번도 없었고.

아마도, 너무 엄청난 일을 알게 된 스트레스가 이렇게 표출되고 있는 건지도 몰랐다.

분명 아니긴 하지만, 래미는 문득 기분이 묘해졌다. 루이와 그녀의 합작품으로 탄생한 2세는 과연 어떨까, 하는 생각이 머리를 스쳤다.

그저, 상상해 보는 것만으로도 어쩐지 기분이 벅차고 가슴이 뭉클해진다.

루이처럼 독특하려나. 아님, 그녀처럼 평범하려나.

아무래도 이 험한 무한 경쟁의 시대에서 살아남으려면 뭐라도 능력을 가지고 있는 게 좋지 않을까.

아니, 아니다. 평범하게 나와 열심히 사는 게 낫겠지.

우리 2세는 누구를 더 닮으려나. 음, 아들이면 루이를 닮았으면 좋겠고, 딸이면…… 그래도 루이 씨 닮으면 좋겠다.

분하지만 이 사람이 훨씬 더 예쁘긴 하니까. 거기까지 열심히 생각하던 래미는 조금 어이가 없어 웃고 말았다.

'지금 내가 무슨 말도 안 되는 망상을 하는 거야.'

지금은 한가하게 몽상이나 할 때가 아니었다. 게다가 덜컥 임신을 한다 해도 문제였다. 현실의 벽이 너무 커다랗게 두 사람 앞에 놓여 있었으니까.

애써 상상을 털어버리던 래미는 문득 궁금해졌다. 루이는 아기를 어떻게 생각하는지.

"루이 씨."

"응."

"루이 씨는 아기 어떻게 생각해요?"

"아기?"

웬 뜬금없는 소리야, 하듯 루이의 음성이 조금 올라갔다.

"그건 왜."

"그냥 궁금해서요. 사람들 많은 곳은 안 좋아하는데, 아이는 어떤가 싶어서요."

"시끄럽고 지저분하고 정신없지."

그녀의 말이 끝나자마자 흘러나온 대답이었다.

래미는 헛웃음을 흘리고 말았다. 이토록 직접적인 표현이라니. 정말 싫은 모양이었다.

"왜 웃어?"

"아뇨. 그냥…… 딱 루이 씨다운 반응이다 싶어서요."

래미는 웃음기를 지우고서 가만히 눈을 감았다. 어차피 그녀와는 상관없는 이야기였으니까, 그녀는 모든 생각을 접었다.

일정한 루이의 발걸음 소리가 마치 자장가처럼 듣기 좋아 꾸역꾸역 졸음이 밀려든다.

아무 생각 없이 꾸벅꾸벅 졸고 있는 래미와 달리 루이의 가슴 속은 퍼렇게 멍이 들고 있었다.

루이는 잠에 빠진 래미를 침대에 내려놓았다. 잠시 깬 그녀가 미간을 찌푸리고서 슬그머니 눈을 들었다.

"어, 벌써 도착했어요?"

"응. 편하게 자."

"……나 화장 지워야 되는데……."

래미가 무거운 몸을 꾸역꾸역 일으켜 앉았다. 루이는 그녀가 입고 있는 외투를 벗겨 내고서 다시 눕혀 주었다.

"내가 지워줄 테니까, 그냥 자."

놀란 눈으로 말가니 그를 바라보던 래미가 고개를 끄덕이고서 눈을 감았다. 정말 졸려서 못 견디겠다는 듯 그녀는 잠의 나라로 빠져들었다.

루이는 화장대로 가 클렌징 제품을 집어 들었다. 그러곤 래미보다 더 꼼꼼하고 부드럽게 메이크업을 지우기 시작했다.

화장을 지우자 눈 밑으로 길게 드리워진 다크서클이 못내 안타까운 루이였다.

▷　▷　◆　◁　◁

새해 아침이 밝았다. 한겨울이라 아직 해도 뜨지 않았건만 래미는 일찍 눈을 뜰 수밖에 없었다.

지이이잉. 지이이잉. 지이이잉.

협탁 위에 놓인 휴대전화가 아침 일찍부터 울려댔기 때문이다.

꾸물꾸물 눈을 뜬 래미는 더듬더듬 손을 뻗어 휴대전화를 집어 들었다. 한껏 찌푸린 눈에 '어마마마'가 깜빡여대고 있었다.

래미는 번쩍 눈을 떴다.

"맞다. 오늘 새해 첫날이지! 아침 일찍 전화 드린다는 걸 깜빡했다."

몸을 굴려 건너편 침대를 보자, 이미 일어난 루이는 자리를 비우고 없었다.

래미는 퍼뜩 전화를 받았다.

"네, 엄마. 안녕히 주무셨어요?"

—그래. 딸도 잘 잤어?

"네. 새해 복 많이 받으세요."

—그래. 딸도 새해 복 많이 받아. 어이구, 내가 먼저 전화해서 그런가 엎드려 절 받는 기분이다.

"아니에요. 방금 막 딱, 전화를 드리려고 핸드폰을 쥐는데 엄마가 전화하신 거예요."

—그런 거치고는 너무 늦게 받던데?

귀신같이 말한 어머니가 쿡쿡 웃자, 래미도 멋쩍게 웃고 말았다.

"아빠는요?"

—어. 잠깐만.

아버지가 전화를 바꿔 받았다.

—딸, 아빠야.

"네, 아빠. 아빠도 새해 복 많이 받으세요."

—오냐. 우리 딸도 복 많이 받고.

남들이 보기에는 유별나다 싶겠지만, 부모님이 시골로 간 뒤로는 늘 통화로나마 새해 덕담을 나누었다.

다시 어머니가 전화를 바꾸어 받았다.

—엄마, 조금 있으면 아빠랑 출발할 거야.

"네? 어디로요?"

—서울. 오늘 엄마 친구 딸 결혼식이 있거든.

"오늘요? 1월 1일에도 결혼식이 있어요?"

그때, 달칵, 소리가 들리고 나갔던 루이가 침실로 들어왔다. 래미가 퍼뜩 검지를 세워 '쉿' 신호를 보내자 루이가 작게 고개를 끄덕였다.

　—요즘에는 그렇게도 한다니까, 뭐. 아무튼 결혼식만 참석했다가 바로 내려갈까 싶어서 너한테는 말 안 했어. 근데, 아침에 무슨 바람이 불었는지 네 아빠가 기어코 너 본다고 집에 들르시겠대.

　"그, 그럼요. 당연히 서울 오셨으면 저 보고 가셔야죠. 그냥 가시려고 그러셨어요?"

　—11시 예식이니까 끝나고 집으로 가면 오후쯤 되겠다.

　"네, 엄마. 운전 조심히 하시고요."

　—그래, 이따 보자꾸나.

　어머니와의 통화를 끊자 루이가 다가왔다.

　"어머니와 통화한 거야?"

　"네. 오늘 아빠랑 같이 집에 오신대요."

　"지금?"

　"아뇨. 이따 오후쯤 도착하실 거예요."

　"그럼, 아침 먹고 가. 내가 데려다 줄게."

　잠시 잊고 있었던 식욕이 다시 스멀스멀 피어오른다.

　"아침 메뉴는 뭔데요?"

　"새해잖아. 떡국."

　"어, 정말요? 나 떡국 귀신이거든요."

　루이가 손을 뻗어 그녀를 일으켜주었다.

　"나 씻어야 되는데."

　"먹고 씻어."

　그 한 마디에 래미는 못 이긴 척 루이의 손에 이끌려 다이닝룸으로 직행했다.

래미는 정오가 조금 덜 된 무렵에 집으로 왔다.

먼젓번 어머니의 급습 때보다야 훨씬 여유가 있지만, 그래도 청소 등 대충이라도 해야 할 것들이 있었다. 그때 그 아찔했던 순간만 생각하면 아직도 식은땀이 날 지경이었으니까.

그녀를 데려다준다는 명목으로 함께 온 루이가 저번처럼 집 안을 따끈하게 데워 주었다.

"그만 가요."

"응."

하지만, 루이는 아쉬운 듯 머뭇거렸다.

"언제 올 거야?"

"음, 글쎄요. 아마도 오늘은 주무시고 내일 가실 것 같아요."

그렇게 대답해 놓고 래미는 어이없는 표정을 지었다.

"누가 보면 한 몇 년은 떨어져 있는 줄 알겠네요."

"부모님 가시면 전화해. 데리러 올게."

"그럴게요."

루이는 래미를 당겨 잠시 품에 안았다가 놓아주었다.

"갈게."

"응. 가요."

겨우 하루 떨어져 있을 뿐인데도 얼굴에 아쉬움을 잔뜩 달고서 루이는 이내 집 안에서 사라졌다.

저런 남자와 어떻게 헤어져 살 수가 있을까.

어쩌면, 끝까지 놓지 않을 루이의 집념을 누구보다 더 잘 알기에, 충격적인 사실을 알았음에도 그와 헤어질 생각조차 못 하는 건지도 모른다.

텅 빈 거실에 우두커니 있던 래미는 이내 집이 비었던 흔적을 없애기 위해 움직였다.

래미의 부모님은 오후 무렵에 집에 도착했다.

사실, 어머니의 얼굴을 마주하고 이모의 일이 자꾸 떠오르면 어쩌나 걱정이 많이 됐었다.

하지만, 다행스러운 건지, 그녀가 이기적인 건지 크게 마음이 쓰이지는 않았다. 요즘 너무 몸이 나른한 덕에 정신까지 조금 느슨해져서 그런 건지도 몰랐다.

여러모로 그녀에게는 다행이었다.

간만에 어머니가 차려준 저녁을 먹은 뒤, 올 때 한 박스 사온 귤을 꺼내놓고 세 가족은 도란도란 이야기꽃을 피웠다.

"세상에. 신부가 어쩜 그렇게 예쁜지. 눈을 못 떼겠더라니까?"

"그러셨어요?"

"에이. 화장 안 한 우리 래미 얼굴이 훨씬 더 예쁜데요. 뭘."

아버지의 너스레에 래미와 나현이 못 말리겠다는 표정으로 웃었다. 하지만 곧 래미를 바라보는 나현의 얼굴은 조금 아쉬움으로 물들었다.

"하긴. 우리 래미가 드레스 입고 신부화장을 했으면 훨씬 더 예뻤겠죠."

"오늘 신부가 스물여섯이었나?"

"그쯤 됐을 거예요. 해순이 딸이 래미보다 두 살인가 어리거든요."

"허허. 그럼, 우리 래미도 갈 때가 됐는데."

부모님의 대화에도 래미는 별다른 반응을 보이지 않고 열심히 귤을 까먹었다.

정말, 귤이 너무 맛있었기 때문이다.

"얘, 무슨 귤을 그렇게 먹니? 밥 먹은 지 얼마나 됐다고."

"아, 귤이 맛있어서요."

"별일이네. 어렸을 때부터 귤은 잘 안 먹더니."

"그러게요? 오늘 귤은 맛있네요?"

아무 생각 없이 하나를 더 집어 들고 까는데 옛 생각이 난 아버지가 웃으며 말했다.

"왜, 당신도 귤 좋아했잖아요."

"제가요? 나 신 거 딱 질색하는 거 알면서."

"지금이야 그렇죠. 기억 안 나요? 래원이 녀석 가졌을 때 앉은 자리서 귤을 그냥 스무 개는 먹었던 거."

"어머, 그러고 보니 그랬네요. 속이 뒤집어지면서도 귤을 입에 달고 살았죠? 그때 까먹은 귤 때문에 아직도 손이 노랗다고 당신이 놀리고 그러잖아요."

부모님의 대화에 래미가 아, 하며 귤을 입에 넣는데, 순간적으로 정적이 감돌았다.

갑자기 나현의 시선이 화살처럼 그녀에게 박힌 것이다.

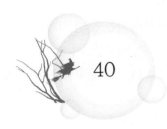

40

　갑자기 화살처럼 박혀 온 나현의 시선에 래미는 하마터면 씹고 있던 귤을 그대로 뿜을 뻔했다.

　지금 어머니가 무슨 생각으로 그녀를 보는지 뻔했기에, 래미는 어버버 입술을 벌린 채 눈만 깜빡였다.

　차마, 경석 앞에서 딸을 추궁할 수 없는 나현만큼이나, 래미 역시 아버지 앞에서 뭐라 말을 할 수가 없어 난감하기만 했다.

　"왜 이렇게 조용해졌지?"

　원래 조금 둔한 편인 경석은 갑작스러운 고요함에 고개를 갸웃거리며 티브이를 틀었다.

　티브이에서 결혼을 한 여자 연예인이 화사한 얼굴로 말했다.

　[제가 큰 애를 임신했을 때 그렇게 귤을 많이 먹었지 뭐예요. 그때 얻은 별명이 귤 귀신이에요, 귤 귀신.]

　래미나 나현의 표정이 삽시간에 굳었지만, 경석은 허허허, 웃었다.

　"저 여배우가 당신이랑 똑같은데요? 귤 귀신이라네. 허허허허."

나현의 얼굴이 더더욱 어두워지자, 래미는 필사적으로 고개만 내저어 보였다.

경석이 다시 리모컨을 꾹꾹 눌렀다가 멈추었다. 이번에는 아주 앳된 얼굴의 미혼모가 갓난아이를 안고 있는 장면이 나왔다.

[미혼모를 바라보는 사회의 시선이 어떤 건지 잘 알고 있어요. 그래도 저는 포기 안 하고 우리 아기 잘 키우려고요. 도움 주시는 분도 계시고……]

첩첩산중에 나현의 눈매가 싸늘해진다. 너무 기가 막히고 억울해 래미는 어이없는 웃음만 흘렸다.

밤이 깊어지고 경석이 완전히 코를 골고 잠이 들어서야 모녀는 거실에 마주 보고 앉았다.

"아까는 네 아빠 앞이라 티를 못 냈는데. 너, 솔직히……"

"아니에요. 아니에요, 엄마."

나현의 말이 끝나기도 전에 래미가 부정했다. 하지만, 나현의 표정은 누그러질 줄 몰랐다.

"진짜 아니야?"

"저 얼마 전에 생리했어요. 진짜 아니라고요."

"생리가 확실해?"

"어우, 생리가 확실하고 아닌 게 어디 있어요. 제가 제 몸을 몰라요? 그리고 이런 일이 속인다고 해서 속여질 사항도 아니잖아요."

잔뜩 억울함이 묻어 있는 래미의 단호한 말에 그제야 나현은 날카로운 기세를 조금이나마 눌렀다.

"아니, 엄마가 래원이 가졌을 때 그랬거든. 분명 생리를 했는데, 몸이 너무 무거운 거야. 세상에, 10주가 넘어서야 임신했다는 걸 알았지 뭐니."

"그런 경우도 있어요?"

"그래, 얘. 착상혈인가 뭔가 그게 나온 건데, 그때는 몰라서 철석같이 그걸 생리로 알았지 뭐니."

"착상혈요?"

"어. 그것 때문에 생리로 착각했었지. 졸음이 그냥, 미친 듯이 쏟아지고 먹는 건 또 어찌나 땡기던지. 아마, 그런 증상들이 없었으면 병원에 가볼 생각도 안 했을 거야. 그때 멋모르고 감기약 같은 거라도 먹었어 봐. 어휴, 지금 생각해도 아찔하다, 얘."

이제 나현의 얼굴은 편안하게 풀어졌으나 반대로 래미의 심장은 조금씩 쿵쾅대기 시작했다.

지금 그녀의 증상이 어머니와 똑같았으니까.

'설마'라는 단어가 머릿속에 쑥 박혀 들어와 그녀를 마구잡이로 흔들어 댄다.

점점 굳어지려는 얼굴을 억지로 펴고서 시종일관 태연한 척하느라 식은땀이 날 지경이었다.

다행히 나현은 얼마 지나지 않아 길게 하품을 했다.

"얘, 엄마 졸려. 너도 그만 들어가서 자. 내일은 아르바이트 가야 하지?"

"네, 네. 주무세요."

나현이 안방으로 향하자 래미 역시 후다닥 제 방으로 들어왔다. 문을 닫는데 폭풍 같은 한숨이 튀어나왔다.

래미는 한 손을 식은땀이 맺힌 이마에 얹은 채 방 안을 서성였다.

"아니야. 그럴 리가 없어. 분명 생리가 맞았는데. 분명 생리였다고……."

하지만, 그녀의 음성에는 힘이라고는 하나도 없었다. 혹시나 착상혈일까 봐.

책상 위에 올려둔 휴대전화를 집어든 래미는 폭풍 검색에 들어갔다. 그녀와 비슷한 상황들이 빼곡히 화면을 뜨자, 래미는 정신이 아찔해질 지경이었다.

다음 날 아침, 래미는 알람 소리에 맞춰 일부러 일찍 일어났다. 몸과 눈꺼풀이 천근만근 무거웠지만 사력을 다해 잠에서 깼다.

혹시나 루나에서처럼 퍼질러 자다가 또다시 어머니의 의심을 살까 걱정이 되었기 때문이다,

갑자기 스스로의 증상을 되돌아보기 시작하니, 그녀는 극도로 신경이 쓰였다.

대충 머리를 묶고 거실로 나가자 향긋한 냉잇국 냄새가 기분 좋게 후각을 자극했다. 진작 일어난 나현이 식탁에다 아침을 차리고 있었다.

"안녕히 주무셨어요?"

"어, 그래. 일어났니?"

래미는 쿵쾅거리는 심장을 달래며 어머니에게로 다가갔다.

"와. 향긋해. 냉잇국이네요?"

"응. 어제 귤 사면서 같이 사왔지. 국만 푸면 되니까, 가서 아버지 모시고 나와."

"네."

경석을 데리고 나오자 나현이 국 세 그릇을 떠서 밥그릇 옆에 놓고 있었다.

식탁 앞에 앉으니, 또다시 식욕이 확 돌고 입 안에는 침이 고인다.

마음 같아서는 마구잡이로 음식들을 입 안에 쓸어 담고 싶었으나, 래미는

최대한 느릿하게 식사를 했다.

두 그릇 먹고 싶은 걸 겨우 한 그릇으로 참으며.

래미의 부모님은 점심식사를 한 다음에야 집을 나섰다. 늘 부모님과 이별의 시간이 오면 마음이 짠했지만, 오늘은 그럴 겨를도 없었다.

부모님의 차가 동네에서 멀어지자마자 래미는 약국으로 향했다. 안면을 익힌 가까운 약국은 차마 가지 못하고 조금 멀더라도 낯선 곳으로 걸음을 움직였다.

공휴일이라 문을 연 곳이 없으면 어쩌나 했는데 다행히도 영업을 하는 데가 있었다.

"저, 저…… 이, 임신 테스트기 하나 주세요."

젊은 남자 약사에게 그렇게 주문하는데 너무 민망해서 래미는 귀까지 시뻘게졌다.

죄지은 사람처럼 말은 왜 이렇게 더듬더듬 흘러나오는지 알 수가 없다.

약국에 몇 있는 손님들이 죄다 그녀만 보는 것 같아서 온몸이 오그라들 지경이었다.

정작 약사는 태연하게 물건을 내미는데 래미는 완전히 뻣뻣하게 굳은 채로 계산을 치르고 나왔다.

곧장 집으로 돌아온 래미는 생전 처음 보는 테스트기의 사용법을 숙지하고서 화장실로 들어갔다.

"……."

테스트기를 응시하는 래미의 동공이 하염없이 흔들렸다. 순간적으로 눈앞이 캄캄해져 와 래미는 겨우 벽에 기대어 섰다.

두 줄이었다. 그것도 아주 선명한 두 줄이 떡하니 테스트기에 그어져 있다.

임신이 맞다는 뜻이다.

래미는 잠시 동안 아무런 사고도 할 수 없었다. 머릿속이 멍한 게 마치, 꿈속을 헤매고 있는 것만 같다.

테스트기를 변기 수조 뚜껑에 올려놓고서 래미는 거실로 나왔다. 바닥에 앉은 그녀의 입술 사이로 뜨거운 한숨이 흘러나왔다.

"그렇게 징후가 있었는데도 전혀 이럴 거라는 생각을 못 하다니. 나 정말 바보네, 바보야."

생리라고 철석같이 믿고 있었던 건 착상혈이 맞는 모양이었다. 그간의 증상들을 그저, 스트레스 때문이라고 단정 지었다니. 기가 막힐 지경이었다.

일단, 병원에 가봐야 모든 게 명확해질 테지만, 아무래도 오늘은 공휴일이라 진료를 하는 곳이 없을 것만 같았다.

래미는 가만히 아랫배에 양 손바닥을 대어 보았다.

배가 나온 것 같지도 않고, 특별한 느낌이 있는 것도 아닌데 너무너무 기분이 이상했다.

기쁨과 슬픔이 함께 밀어닥치다니. 이런 묘한 감정은 정말로 난생처음이었다.

이 순간, 하필이면 루이와 나누었던 대화가 떠올라 래미는 모래처럼 버석거리는 웃음을 흘렸다.

루이 씨는 아기 어떻게 생각해요?

시끄럽고 지저분하고 정신없지.

"왜 하필 차고 넘치는 대화 중에 그것만 떠오르는 거야."

갑자기, 허공에 떠 있는 그녀를 현실이 쑥 끌어당기는 느낌에 래미는 자신의 방으로 향했다.

더 많은 복잡한 생각들이 휘몰아쳤지만, 지금은 애써 머릿속을 비웠다. 침대로 들어간 래미는 이불을 머리끝까지 뒤집어쓰고서 눈을 감았다.

마음이 심란해서 미칠 것 같은데, 희한하게도 그녀는 금세 잠에 빠져들었다.

지이이잉. 지이이잉. 지이이잉.

침대맡에 둔 휴대전화가 진동을 하는 바람에 래미는 어렴풋이 잠에서 깼다. 침실이 컴컴한 걸 보니 어느새 밤중인 모양이었다.

휴대전화 액정에 루이의 이름이 깜빡여 대고 있다.

갑자기, 뭔가 감정이 왈칵 솟는다. 형언할 수 없을 정도로 복잡 미묘한 감정의 소용돌이였다.

래미는 애써 마음을 누르며 전화를 받았다.

"네, 루이 씨."

—통화 괜찮아?

"응. 괜찮아요."

—부모님은 아직 안 가셨어?

래미는 잠시 숨을 몰아쉬다 가까스로 대답했다.

"네. 내일 가신대요."

거짓말은 하고 싶지 않았지만 그렇게 대꾸하고 말았다.

지금은 머리가 너무 복잡해 혼자 있고 싶었다. 그리고 내일 날이 밝으면 병원에도 가봐야 하고.

수화기를 타고 한숨 비슷한 소리가 흘러나왔다.

—흐음. 그래. 알았어.

"잘 자요."

—너도. 잘 자.

진한 아쉬움이 묻어 있는 루이의 음성을 뒤로하고 래미는 통화를 끝냈다. 조심스레 몸을 일으킨 래미는 방 안을 밝히고서 주방으로 향했다.

밥 때가 지났다고 마구마구 신호를 보내오고 있었기 때문이다.

래미는 일부러 조금 먼 곳까지 이동해서 산부인과를 찾았다. 동네에서는 도저히 산부인과를 찾을 엄두가 나지 않았으니까.

접수를 해놓고 로비에 앉아 있으니, 참 희한하게도 배가 부른 임신부에게만 시선이 갔다.

애정 가득한 눈빛을 주고받는 부부들을 보니 부럽기도 하고, 한편으로는 내 일이 아닌 것처럼 쓸쓸하기도 하고.

동그랗게 부른 배로 뒤뚱뒤뚱 걷는 그녀를 루이가 곁에서 지켜주는 상상을 하고 있을 때였다.

"도래미 님."

그녀를 호명하는 소리에 래미는 정신을 차렸다. 긴장으로 인해 숨을 커다랗게 들이마신 래미는 간호사를 따라 진료실로 들어가 검사를 받았다.

"축하합니다. 임신 맞아요. 7주 되셨네요."

초음파 검사를 하며 의사가 환하게 웃었다.

"태아 위치도 좋고, 심장박동도 아주 우렁차네요. 여기 보이시죠?"

심장이 뛸 때마다 화면에 반짝반짝거리는 게 보인다.

순간, 래미는 감정이 격해져 왈칵 눈물이 나오려는 것을 겨우 삼켰다. 테스트기로 확인을 했을 때와는 완전히 기분이 달랐다.

휠씬 더 감격스럽고 비교할 수 없을 만큼 임신 사실이 실감 났다.

정말로 루이와 그녀의 2세를 배에 품고 있는 것이다.

잠시 뒤, 진료를 마치고 래미는 루나가 아닌 집으로 돌아왔다.

확실히 임신임을 두 눈으로 확인하고 나니, 어젯밤에는 저만치 밀어두었던 현실이 그녀를 덮쳐왔기 때문이다.

래미는 병원에서 받아온 산모수첩과 태아 사진을 물끄러미 응시했다. 혼전임신에다, 앞으로 점점 배가 불러올 거란 사실 같은 건 두 번째였다.

부모님이 많이 실망하고 힘들어하실 테지만, 금세 받아들이실 것이다.

문제는 다른 사람이 아닌 루이였다. 루이가 아기의 존재를 어떻게 받아들일지가 당장 직면한 가장 큰 문제였다.

그리고 그에 못지않은 근심이 아기의 미래였다. 아기에게 온전한 가정을 만들어줄 수 있을까, 잘 키울 수 있을까, 좋은 엄마가 될 수 있을까, 하는 등의 별별 생각들이 머릿속을 다 휘젓고 다닌다.

한참을 오도카니 앉아 있던 래미는 이내 몸을 일으켰다. 이러고 걱정만 하고 있는다 해서 문제가 해결되는 건 아니다.

뭐가 됐든 부딪치고 봐야 했다.

래미는 집만큼이나 익숙한 루나의 건물 앞에 잠시 멈추어 섰다. 갑자기 또 하나의 걱정거리가 생겼다.

아이의 육아는 어디서 해야 하지? 여기서? 아님, 집에서?

어쩌면, 부모님 댁이 될지도 모르겠다. 루이가 아이의 존재를 부정하면 짐 싸들고 갈 참이었다.

그녀는 그럴 각오까지 되어 있었다.

래미는 이틀 사이 더 초췌해진 얼굴을 하고서 루나의 문을 열어젖혔다.

풍경 소리가 나자 홀을 서성이고 있던 루이가 뚝 걸음을 멈추고서 그녀를 돌아보았다.

"늦었다."

짤막한 말이었지만, 루이의 얼굴은 반가움으로 가득했다.

"계속 여기 있었어요?"

래미는 입구에 서서 한 발짝도 움직이지 않고 물었다.

"응."

당연하지 않느냐는 듯 대답을 한 루이가 성큼 걸음을 옮기자 래미는 다급히 외쳤다.

"잠깐만요. 거기 딱 서요."

영문을 몰라 어리둥절한 얼굴을 하면서도 루이가 딱 멈추었다.

"왜. 무슨 일 있어?"

래미는 마른침을 삼켰다.

"난 혼자 끙끙 앓고 고민하는 거 별로 안 좋아해요. 그거 되게 미련하다는 거 짝사랑을 오래해서 잘 알거든요."

'짝사랑'이라는 단어에 루이의 눈매가 슬며시 가늘어졌다. 그가 팔짱을 끼고서 그녀를 응시했다.

"무슨 말을 하려고 이럴까."

래미는 바짝 마른 입술을 혀로 축이고서 말했다.

"오는 동안 고민을 되게 많이 했어요. 당신한테 어떻게 말해야 하나. 루이 씨가 안 좋게 받아들이면 어쩌나, 별별 생각이 다 들었어요. 그래도 혼자 미련 안 떨려고요."

점점 더 알아들을 수 없는 말에 루이의 한쪽 눈썹이 위로 올라가려는 찰나 래미는 툭 내뱉었다.

"나 임신했어요."

루나로 오는 내내 안 나오면 어쩌나 싶어 연습했던 단어가 생각 외로 덤덤히 쑥 흘러나왔다.

"……."

잠시, 홀에는 정적이 흘렀다.

"나, 아이 가졌다고요."

래미는 혹시 루이가 잘 못 들은 건 아닌가 싶어 한 번 더 말했다.

"……."

잘 못 들은 게 아닌 모양이었다. 루이는 이번에도 아무런 반응을 보이지 않았다.

뭐지, 뭘까. 이 반응은.

루이가 이렇게 무반응을 보일 거라고는 조금도 예상하지 못한 탓에 래미는 급격히 당황스러워졌다.

뒤이어 무서운 감정이 래미를 급습했다. 어쩐지 지금 루이가 부정적인 감정을 꾹 참고 있는 것처럼 느껴져서.

그래서 한 마디도 하지 않는 것처럼 느껴져서.

갑자기, 심장이 철렁 내려앉고 온몸의 핏기가 모조리 말라버리는 기분이었다.

휘청. 어지럼증이 일었지만 래미는 이를 악물었다. 거친 숨을 몰아쉬며 래미는 다급히 몸을 돌렸다.

순간적으로 이곳을 나가야 한다는 생각밖에는 없었다. 너무 참혹하고 끔찍한 기분에 그녀는 아무런 사고도 할 수가 없었다.

막 문을 밀고 나가려는 찰나였다. 억센 팔이 다급히 래미의 허리를 낚아채고서 휙 돌려세웠다.

굳은 루이의 얼굴이 시야에 들어오는 순간, 래미는 눈앞이 캄캄해져 왔다.

래미는 어렴풋이 눈을 떴다. 이제는 자신의 방만큼이나 익숙한 침실의 천장이 희미하게 시야에 들어왔다.

"정신이 들어?"

낮고 탁한 루이의 음성이 귀를 잡아채자 래미는 조금 가물가물하던 정신을 차렸다. 그리고 이렇게 침실에 누워 있기 전까지의 상황을 머릿속에 떠올렸다.

래미는 느릿하게 고개를 돌렸다.

루이가 침대 옆에 의자를 바짝 대고 앉아, 그녀의 손을 양손으로 꼭 감싸 쥐고 있었다.

걱정 가득한 루이의 얼굴을 물끄러미 응시하며 그녀는 입을 열었다.

"나, 임신했어요."

"알아."

"제대로 들었네요."

버석거릴 정도로 건조하게 말한 래미는 여전히 루이에게 잡혀 있는 손을 힘주어 빼냈다.

그녀는 상체를 일으켜 앉으며 말을 이었다.

"그런데, 아까는 왜 계속 못 들은 척했어요?"

원망 섞인 질문에 루이의 표정이 한껏 가라앉았다.

"못 들은 척한 거 아냐. 너무 놀라서 정신이 멍해졌어."

"아."

짧게 감탄사를 흘렸지만 래미의 기분은 전혀 나아지지 않았다.

"내가 임신한 게 그렇게 놀랄 일이었어요? 매일 밤 나를 안았으면서?"

힐난이 꾹 담긴 물음에 루이는 탄식과도 같은 짙은 숨을 뱉어냈다. 그의 까만 눈동자가 더없이 어둡게 가라앉았다.

"그럴 수밖에. 어둠의 기운을 쓰는 존재들은 2세를 만들 수가 없으니까."

조금도, 꿈에도 예상치 못한 말에 래미의 눈이 커다랗게 떠졌다.

"그게…… 무슨 뜻이에요?"

루이의 입술에 미미하게 쓴웃음이 걸렸다.

"불멸의 삶을 영위하는 대가로 포기해야 하는 것들 중 하나지."

기가 막히고 믿을 수가 없어 래미의 입술마저도 턱 벌어졌다.

이제야 임신 소식을 알렸을 때, 반응이라고는 손톱만치도 보이지 않고 굳어 있던 루이의 모습도 어느 정도 이해가 갔다.

아기를 가질 수 없는 사람에게 임신 사실을 알렸으니, 얼마나 놀랐겠는가.

찰나 동안 속눈썹만 깜빡이던 래미가 금세 표정을 추스르고서 눈을 치떴다.

"혹시, 그래서 나를 의심……."

"아냐. 절대."

그녀의 말이 끝나기도 전에 루이가 성마르게 내뱉었다.

"그럴 리가 없잖아. 내가 왜 너를 의심해. 상상조차 해본 적 없는 일이 일어나서 너무 놀라서 그랬던 것뿐이야."

서운함과 원망이 가득했던 마음이 훨씬 많이 누그러지긴 했으나 래미의 머릿속은 더욱 복잡해졌다.

"그럼, 천 년 넘게 살면서 아기의 존재에 대해서는 거의 생각해 본 적이 없겠네요?"

"불가능한 일이니, 한 번도 생각해 본 적 없어."

루이의 솔직한 대답에 래미는 가만히 한숨을 흘렸다. 착잡하고 심란했으나 그래도 끔찍할 정도로 기분이 바닥은 아니었다.

그 오랜 시간, 단 한 번도 상상하지 못한 일이 현실로 닥쳤으니, 루이 역시 그녀만큼이나 정신이 없기도 할 테니까.

"당황스럽고 얼떨떨하다는 거 알아요. 이해해요."

래미는 루이의 대답을 기다리지 않고 침대 밑으로 내려섰다. 그녀는 천천히 드레스룸으로 발걸음을 옮겼다.

도중에 현기증이 일어 잠시 멈추었으나 그녀는 금세 드레스룸에 당도했다. 아무래도 빈혈 약을 사 먹어야 할 듯싶었다.

래미는 드레스룸 한쪽에 걸려 있는 빨간 가방을 벗기고서 옷가지들을 차곡차곡 챙기기 시작했다.

갑자기 억센 손이 어깨를 파고든다 싶더니, 순식간에 그녀를 휙 일으켜 세웠다.

"뭐 하는 거야, 지금."

노기가 담긴 루이의 음성보다, 갑작스레 일으켜진 현기증으로 인해 래미는 미간을 찌푸렸다.

"이제 그렇게 나한테 힘쓰면 안 돼요."

순간, 눈썹을 움찔한 루이가 퍼뜩 그녀의 어깨에서 손을 떼었다.

"미안."

짤막하게 말했으나, 그는 적잖이 놀란 표정이었다. 루이는 당황스러움을 감추지 못한 채 이마를 쓸어 올리고서 가방을 가리켰다.

"갑자기 짐은 왜 싸는 건데."

"……."

래미는 대답 대신 루이를 물끄러미 응시하다가 쭈그리고 앉았다. 그녀
는 다시 주섬주섬 옷가지들을 챙기며 입술을 움직였다.

"아기가 태어나면, 지금까지와 달리 당신의 삶은 꽤나 많이 변하게 될
거예요."

"……."

"우선은 당장, 우리 부모님께 당신의 존재를 말씀드려야 해요. 아이의
아빠니까요. 어쩌면, 결혼식을 해야 할지도 몰라요."

"……."

"그리고 당신이 말한 시끄럽고 지저분하고 정신없는 그 존재가 당신의
생활을 완전히 바꿔 놓을 거예요. 밤낮없이 시끄럽게 울어댈 테고, 온 집안
을 쑥대밭으로 만들 거예요."

"……."

"같이 육아도 해야 하고, 정기적으로 병원에 가서 예방접종도 시켜야 해
요."

"……."

"아이가 자라면 유치원도 보내야 하고, 학교도 가야 해요. 아이를 위해
지금껏 당신이 끔찍하게 여기던 일들을 아무렇지도 않게 행해야 할지도 몰
라요."

쭈욱 쉼 없이 늘어놓는 동안 가져온 옷들을 다 가방에 넣은 래미는 쓰윽
몸을 일으켰다.

그녀는 한 마디도 하지 않고 듣기만 한 루이의 얼굴을 응시했다.

"아기가 태어나면, 싫든 좋든 그 모든 걸 감당해야 한다는 뜻이에요."

"……."

"하지만."

잠시 말을 끊고서 한숨을 흘린 다음 래미는 말을 이었다.

"난 당신에게 그런 삶을 강요하고 싶지 않아요. 아빠 노릇을 억지로 시키고 싶지도 않고요. 강요에 의해 아빠 노릇을 하는 건 아이도 원치 않을 테니까요."

"……."

"한 번도 생각해 본 적 없겠지만, 지금부터라도 아이의 존재, 아빠 노릇, 그리고 가족이라는 것에 대해 고민해 봐요. 당신이 감당하지 못하겠다고 해도 원망하지 않아요."

래미는 바닥에 있는 가방을 들어 올리고서 어깨에 둘러멨다.

"그렇다고 당장 거절하지는 말아요. 그럼, 내가 너무 비참할 것 같아. 적어도 며칠만이라도 고민해 줘요. 그동안 난 집에서 지낼게요."

덤덤하게 말을 끝낸 래미는 여전히 알 수 없는 무표정한 얼굴로 입을 꾹 봉하고 있는 루이를 잠시 바라보다 걸음을 옮겼다.

머릿속을 어지럽히던 생각들을 쏟아놓고 나니, 훨씬 기분이 편해졌다.

아직, 부모님이라는 벽이 남아 있고, 앞으로 갈 길이 험할 테지만.

침실을 거쳐 막 복도로 나오는 순간이었다.

휙, 루이가 그녀의 앞을 가로막고 섰다. 깜짝 놀란 그녀는 가슴께에 손을 얹고서 작게 숨을 몰아쉬었다.

"내가 감당 못 하겠다고 하면 혼자 키우기라도 할 참이야?"

서늘한 음성으로 그가 물었다.

"아뇨?"

예상치 못한 그녀의 대답에 루이의 한쪽 눈썹이 위로 향했다.

"나 혼자서는 감당 못 해요. 언제 아이를 낳아서 키워 봤어야 말이죠.

당신이 안 되겠다고 하면 곧바로 부모님 댁으로 갈 생각이에요. 뻔뻔스럽고, 부모님께 대못을 박는 짓이라는 거 알지만, 어쩔 수 없잖아요. 드라마나 영화에서처럼 사라져서 혼자 가족 몰래 키우는 거 난 자신 없거든요."

지극히 현실적인 말에 루이의 입에서 실소가 흘러나왔다.

그는 이내 쓱 손을 뻗어 래미의 등에 걸린 가방을 벗겨 내고서 바닥에 떨어뜨렸다.

루이의 행동에 래미의 심장이 요동쳐대기 시작했다.

"솔직히 지금 화가 나."

그는 진심으로 노기가 어린 얼굴이었다.

"내가 너한테 이 정도로 모자란 놈으로 보였나 싶어서."

래미의 동공이 사정없이 흔들린다.

"혼자 통보하고 가버리면 끝이야? 생각할 시간? 누가 그딴 거 달라고 했는데."

"난 당신한테 부담 주기 싫어요."

"그러니까, 왜."

"당신이 부담스러워하는 자체만으로도 비참할 것 같으니까요."

루이의 눈매가 슬그머니 가늘어졌다가 원래대로 되돌아왔다.

"난 부담스럽다고 한 적 없어."

래미의 눈이 커다랗게 떠졌다. 도대체 이 말을 어떻게 받아들여야 하나 갈피를 잡을 수가 없다.

아니, 조금씩 넘실대기 시작하고 있는 기대감을 그냥 풀어놓아도 되는지 걱정이 된다.

여전히 믿지 못하고 혼란스러워하는 래미의 얼굴을 들여다보며 루이는 한숨을 쏟아냈다.

"네가 무슨 걱정하는지 알아. 네 말대로 앞으로 내가 많이 바뀌어야 한다는 것도."

"……그럴 수 있어요?"

"한 번에 바뀌지는 못해. 하지만, 노력할게. 아빠 노릇 하도록."

래미는 마른침을 삼키고서 입을 열었다.

"임신한 동안 정기적으로 병원에 방문해야 해요. 당신이 아빠니까 같이 가야 하고요."

"알아."

"아이가 태어나면 기저귀도 같이 갈아야 하고, 목욕도 같이 시키고……음, 또……."

머릿속에 맴도는 것들을 뱉어내던 래미는 말끝을 맺지 못했다. 루이가 그녀의 어깨를 잡고 품으로 끌어당긴 것이다.

루이의 품에 안기니, 갑자기 왈칵 감정이 치솟아 울음이 터질 것만 같았다.

잠시 동안 그녀를 꽉 끌어안고 있던 루이가 이내 팔에 주었던 힘을 풀고서 시선을 내렸다.

"병원은 다녀온 거야?"

래미는 말 대신 고개만 끄덕였다. 루이가 이렇게 물어주니 감정이 더욱 복받쳐서.

그가 가만히 그녀의 등을 어루만진다.

"다음에는 같이 가."

이번에도 그녀는 고개만 끄덕였다.

"은근히 울보라니까."

어느새 울먹이고 있었던 모양이었다. 루이가 그녀의 얼굴을 감싸 쥐고서 엄지로 눈가를 훔쳐 주었다.

그간 걱정하고 전전긍긍했던 것들이 모두 현실이 아닌 것처럼 느껴지고 아득한 기분이 밀려든다.

눈을 몇 번 깜빡인 래미는 코를 훌쩍거리고서 말가니 그를 응시했다.

"사람이 갑자기 변하면 죽는다던데."

"난 흑마법사라 해당 사항 없다면서."

래미는 작게 실소를 흘렸다. 그런 그녀의 얼굴을 부드럽게 어루만지며 루이가 입을 열었다.

"너도 나와 약속 하나 해줘야겠어."

"뭔데요."

"혼자 고민하고 생각해서 결론 내리지 말기."

"음…… 그런 적 없는데."

루이의 눈썹이 매섭게 올라갔다.

"방금 전 생각할 시간 준다고 통보만 한 게 누구더라."

"그거야, 임신 사실 알렸을 때 루이 씨가 반응을 안 하니 너무 당황스럽고 화가 나서 그랬죠."

"내게 약점이 있어서 너무 놀라 그런 거라고 설명했는데도 가방부터 싼 건?"

갑자기 상황이 역전된 것 같아 래미는 삐질, 식은땀을 흘렸다.

"알았어요. 앞으로는 안 그럴게요."

그녀의 대답에 그제야 루이가 부드럽게 표정을 풀었다.

문득, 래미는 궁금증이 일어 루이를 빤히 응시했다.

"그런데, 이상하거나 신기하지 않아요? 어떻게 임신이 된 걸까요?"

루이는 잠시 동안 그녀의 눈을 들여다보다 중얼거리듯 작게 말했다.

"기적."

기적. 두 글자를 가만히 되뇌며 래미는 그의 가슴팍에 얼굴을 묻었다.

▷　　▷　　◆　　◁　　◁

"이모, 저 왔어요."

래미는 손에 들고 있던 꽃을 묘 앞에 내려놓았다. 늘 어머니가 들고 왔던 노란 꽃이 아니라 여러 색이 섞인 꽃다발이었다.

억지로 루이에게 맞추느라 좋아하는 척했던 노란색 대신, 그냥 예쁜 색으로.

꽃다발에 시선을 준 채 래미는 말을 이었다.

"……루이 씨도 같이 왔어요."

래미의 곁에 검은 슈트 차림을 한 루이가 말없이 비석을 응시하고 있었다.

이렇게라도 이모를 찾는 게 조금이나마 죄스러움을 더는 길인 것 같아 루이에게 먼저 제안한 것이다.

"이모, 화나신 거 아니죠? 나쁜 조카라고 서운해 하시는 거 아니죠?"

어머니 나현이 이곳에 오면 늘 혼잣말을 했던 것처럼 래미 역시 똑같은 행동을 하고 있었다.

"이모, 있죠. 올해 안에 할머니 되실 거예요. 아들이든 딸이든 건강하게 잘 키우면서, 잘 살게요. 이거, 이모한테 제일 먼저 말씀드리는 거예요. 그러니까, 언짢고 서운하시더라도 이해해 주세요."

평소라면 오글거려 절대 이런 짓은 못 할 테지만, 오늘만큼은 아무렇지도 않게 줄줄 흘러나왔다.

래미의 독백을 묵묵히 들으며 루이는 한동안 비석만 응시했다.

오래전의 일이기에 감정은 많이 희석되었지만, 그 역시 그때의 일만 떠올리면 가슴 한구석이 쓰렸다.

"래미, 행복하게 해줄게."

어스름이 질 무렵 진심을 다해 겨우 한 마디를 남기고서 루이는 래미와 함께 자리를 떴다.

"기분이 어때요? 난 아주 조금은 홀가분해진 것 같아요."

주차장으로 향하며 래미가 물었다.

"모르겠어."

딱 루이다운 대답에 래미는 픽 웃고서 정면을 응시했다. 조금 더 내려가니, 저만치 주차장에 세워진 핫핑크색 지프가 눈에 들어왔다.

차에 기대어 서서 기다리고 있던 복만이 래미와 루이를 발견하고 마구 팔을 흔들어 보였다.

여기가 누구의 묘인지 아무것도 모른 채 그냥 따라온 복만이 어쩐지 짠하게 느껴진다.

"복만 씨는 참 밝고 씩씩해요. 늘 저 모습을 지켜주고 싶어요."

복만을 향해 마찬가지로 손을 흔들어 보인 래미는 예전, 치우에게 다짐을 받기 참 잘했다는 생각이 들었다.

"복만 씨는 좋은 삼촌이 될 거예요. 그렇죠?"

루이가 긍정의 뜻으로 작게 미소를 지으며 그녀의 어깨를 토닥여 주었다. 지프 앞에 도착해 루이가 뒷좌석의 문을 열어주었다.

멀미 때문에 돌아갈 일을 걱정하며, 루이의 도움을 받아 막 차에 오르려던 래미의 움직임이 뚝 멎었다.

그녀의 시야에 주차장으로 들어서고 있는 은색 스포츠카가 포착되었다.

정확히는 스포츠카가 아니라, 운전석에 앉은 치우 때문이었다.

"어, 저 인간이 여기는 어쩐 일일까요?"

치우를 발견한 건 그녀뿐 아니었다.

복만이 단박에 경계심을 드러냈고, 루이의 표정은 변함이 없었지만, 입매는 한일자로 꾹 다물려 있었다.

이모를 만나러 온 모양이었다. 장례까지 치우가 다 치렀다고 했으니, 어쩌면 그동안 간간이 이모를 만나러 왔던 건지도 모른다.

래미는 루이를 돌아보았다.

"루이 씨, 나 강치우 씨와 잠깐 얘기 좀 하고 올게요."

"뭐? 안 돼."

아니나 다를까 루이의 눈썹이 단박에 올라갔다.

"저 사람 나한테 해코지 못 하는 거 알잖아요."

"하지만."

"5분이면 돼요."

그렇게 말한 래미는 더 허락을 구하지 않고 은색 스포츠카로 다가갔다. 기가 막혀 루이의 이마가 모아졌다.

"그만큼 통보하지 말랬더니."

팔짱을 끼고서 투덜거리기는 했으나, 루이는 더 그녀를 제지하지는 않았다.

"아니, 고객님을 저 인간과 그냥 만나게 두셔도 되는 겁니까?"

오히려 복만이 놀라서 길길이 뛰었지만, 루이는 그저 래미의 뒷모습만 응시했다.

말마따나, 강치우는 절대 래미한테 해코지를 못 할 테니까. 강치우와는 어쩌면 조금 더 나눌 대화가 있는 건지도 몰랐다.

게다가 루이는 래미의 심기를 거스르는 일 같은 건 조금도 하고 싶지 않았다.

 그 대화가, 조금도 예상치 못한 것임을, 경악할 만한 사안이라는 걸 루이는 전혀 짐작 못 하고 있었다.

41

　래미는 저만치 세워져 있는 은색 스포츠카 앞으로 다가갔다. 짧은 거리임에도 가는 동안 만감이 교차했지만, 그녀는 일부러 딱딱하게 표정을 굳혔다.

　치우와는 아직 해결해야 할 일이 남아 있다는 걸 조금 전, 그를 보고서야 깨달았다. 그간, 이모와 루이의 일이 너무 충격적이라 완전히 잊고 있었던 일이다.

　완전히 주차한 치우가 밖으로 발을 내디뎠다. 그는 곧 죽을 것 같던 그때와 달리 완전히 회복된 말쑥한 모습이었다.

　"안녕."

　이미 주차장으로 진입하면서 일행을 본 듯 치우는 덤덤한 얼굴로 래미에게 인사를 건넸다.

　"안녕 못 한데요."

　래미의 딱딱한 대꾸에 치우가 조금 멋쩍게 웃고서 다시 말했다.

　"이모 만나고 가는 길인가 봐."

"네."

치우는 저만치 떨어진 곳으로 흘끔 시선을 주었다.

핫핑크색 지프에 팔짱을 낀 채 기대어 서 있는 루이가 레이저를 발사할 수 있을 정도로 강렬한 눈을 하고서 노려보고 있었다.

"루이 놈까지 데려온 걸 보니, 헤어지지 않는 쪽으로 결론을 내린 모양이군."

씁쓸하게 중얼거리며 치우는 래미에게로 고개를 돌렸다. 래미 역시 루이 못지않게 눈을 매섭게 뜨고 있었다.

"돌아가신 분께는 죄송하지만, 나도 내 인생이 있으니까요. 루이 씨와 헤어진다고 해서 과거를 바꿀 수 있는 것도 아니고요."

"네 선택을 비난하고 싶은 생각은 없어."

"그럴 자격도 없잖아요."

시종일관 까칠한 래미의 대꾸에 치우는 작게 헛기침을 했다.

"음, 뭐. 그렇지. 내가 가현의 남편도 아니었고. 그럴 자격이 있는 건 아니지."

그럼에도 래미는 표정을 풀지 않고서 입술을 움직였다.

"이런 대화를 하러 온 건 아니고요. 내 친구한테 저주 걸었죠? 그거, 당장 가서 풀어요."

"네 친구한테 저주?"

"내 친구 지해준한테 건 저주 말이에요."

치우의 눈썹이 휙 위로 올라갔지만, 래미는 말을 이었다.

"사실, 이모나 과거 이야기만 놓고 생각하면 강치우 씨도 분명 피해자니, 안타까운 마음이 들긴 해요. 하지만, 강치우 씨의 목적을 위해서 내 친구들을 이용한 건 참을 수가……."

"이봐, 이봐. 잠깐, 잠깐."

가만히 듣고 있던 치우가 기가 막힌 표정으로 래미의 말을 끊었다.

"하, 이거 참."

완전히 어이없는 웃음을 흘린 치우는 미간을 찌푸리고 있는 래미를 똑바로 응시했다.

"내가 그, 기 센 네 친구를 이용한 건 맞아. 그건 부인할 수 없는 사실이고. 그런데, 지해준인가 하는 그 친구에게 저주를 건 기억은 전혀 없는데?"

"뭐라고요?"

"번지수를 대단히 잘못 찾아왔어. 그 친구에 관한 거라면……."

슬쩍 말끝을 흐린 치우가 루이가 있는 방향으로 턱짓을 해보였다.

"네 애인 놈한테 물어봐."

찰나 동안 속눈썹을 깜빡이던 래미는 이내 눈을 세모꼴로 떴다.

"설마, 지금 루이 씨에게 덮어씌우려고 수작 부리는 거면……."

"난 내가 한 건 했다고 하는 사람이야."

"루이 씨가 내 친구를 왜 건드려요? 건드릴 이유도 없는데."

"왜 이유가 없어? 그 친구가 너 좋아하니까 질투심에 그런 거지."

래미의 입에서 실소가 튀어나왔다.

"말도 안 되는 소리 하지 마요. 해준인 나 안 좋아해요."

"흐음. 전혀 몰랐던 모양이네?"

조금도 눈치채지 못한 것 같은 래미의 얼굴을 들여다보며, 치우는 슬그머니 눈을 가늘게 떴다.

"친구 사이를 어색하게 만들고 싶은 마음은 없는데 말이지. 그래도 난 누명은 벗어야겠거든. 그 친구가 너 좋아하는 거 맞아. 사실, 원래 내가 조종하려 했던 건, 그 기 센 친구가 아니라, 지해준이었거든. 그런데, 막상 병원으로 찾아갔더니, 어라, 이미 강한 저주가 걸려 있네? 머릿속을 조금 들여 다봤더니, 너 좋아하는 죄로 저주에 걸려 있더라고."

뜻밖의 사실에 래미의 동공이 순간적으로 확장되었으나 치우는 말을 이 었다.

"그 친구가 너한테 마음 있는 거 알고 네가 반경 안으로 가까워지면 통 증을 느끼게끔 해놓은 거지. 네 애인 놈이 말이야."

래미의 턱에 힘이 빠지고 입술이 벌어졌다.

"잘 생각해 봐. 내가 뭐 하러 그딴 웃긴 저주를 걸겠어? 기 센 친구에게 했던 것처럼 조종을 하면 또 모를까."

"……."

래미는 핏기가 싹 가신 얼굴로 숨만 몰아쉬었다. 사실, 강치우가 왜 하 필 해준에게 그런 저주를 내렸는지 의아하긴 했다.

저주의 내용도 루이를 위험에 빠트리거나, 그녀와 루이를 갈라놓는 데 에는 아무짝에도 쓸모없는 것이고.

순간, 머리를 스치는 생각에 래미는 눈을 번쩍 떴다.

"혹시, 인희를 조종했을 때, 해준이 붉은 오드아이의 악몽을 꾼다는 거 짓말한 것도…… 설마, 지어낸 게 아니라 사실이었던 건가요?"

"빙고. 잠재의식을 조종해 두어서 깨어나면 기억을 못 하긴 하지만, 그 친구가 그 악몽을 꾸는 거 맞아. 사고 직전 있었던 일이지."

맙소사. 래미는 충격을 받고서 이마에 손을 얹었다.

그러니까, 치우의 말에 거짓이 없다면, 루이가 사고를 일으켜 해준을 그 렇게 만든 데다, 저주까지 걸었다는 것이다.

래미는 너무 혼란스러워 어지러울 지경이었다. 해준이 그녀를 좋아한다 는 것도. 루이가 그런 짓을 했다는 것도.

래미는 잠깐 사이 퀭해진 눈으로 치우를 응시했다.

"해준이 나 좋아한다는 건 머릿속을 봤을 때 안 건가요? 그런 것도 보인단 말이에요?"

치우가 고개를 끄덕였다.

"지난 기억을 더듬으면 보이지. 기억을 조금 헤집었더니, 온통 네 생각밖에는 없더라고."

너무도 예상 밖이라 래미는 잠시 멍하니 허공을 응시했다.

불현듯, 또 하나의 기억이 떠오른다.

묘약! 루이가 준 묘약을 한 방울도 남기지 않고 해준 앞에서 먹었다.

48시간 내에 효과가 나타난다고 했지만, 분명, 그 시간 내에 해준이 조금도 반응을 보이지 않아서 까맣게 잊고 있었다.

만약, 뭔가 조금 어긋나서 그 후에 효과가 있었던 거라면? 그래서 그녀를 좋아하고 있는 거라면?

그런 생각이 순간 뇌를 잠식했지만, 래미는 이내 고개를 저었다.

묘약의 효과 때문에 해준이 그녀를 좋아하는 거라면, 루이가 저주를 걸리 없으니까.

저주 대신, 묘약의 효과를 없애고 말았겠지. 그럼, 해준은 언제부터 그녀를 마음에 담았단 말인가. 도무지 알 수가 없다.

복잡한 머리를 어떻게 해서든 정리하려 입술을 깨물고 있는데, 치우의 음성이 그녀를 현실로 끌어당겼다.

"네 친구를 교통사고로 내몰고 서슴없이 저주도 거는 놈이야."

"……"

"가현을 잔인하게 죽인 것처럼 너도 그렇게 만들 수 있는 놈이고."

"……"

"그런데도 헤어지지 않을 거지?"

래미는 잘근거리던 입술을 놓고서 작게 한숨을 흘렸다.

그녀는 갈색 눈동자를 치우에게 고정시키며 가만히 자신의 아랫배에 손을 갖다 대었다.

"그러고 싶어도 이제 못 헤어져요. 루이 씨와 나는 영혼으로 이어져 있거든요."

래미의 행동이 무엇을 뜻하는지 알 수 없어 치우의 얼굴이 의아함으로 물들었다.

치우 역시 어둠의 힘을 사용하는 쪽이니, 아기의 존재 같은 건 조금도 짐작하지 못할 것이다.

래미는 치우에게 희미한 미소를 보였다.

"오늘 다시 만나게 돼서 반가웠어요. 그리고 오해해서 미안해요."

"이렇게 만나기를 잘했네. 안 그랬으면 평생 나를 죽일 놈으로 생각하고 있었을 거 아냐."

래미는 수 초 동안 치우를 응시하다 입술을 움직였다.

"이모, 기다리실 거예요."

"······그래."

래미는 치우에게 고개를 숙여 보이고서 이내 몸을 돌렸다.

"잘 살라고 덕담은 못 해주겠어. 그래도 훼방은 안 놓을게."

등 뒤로 들려오는 치우의 음성에 래미는 걸음을 멈칫했다가 다시 움직였다.

그녀의 얼굴이 조금 편하게 풀어졌다가, 저만치 서 있는 루이를 보고서 확 굳어졌다.

래미가 다가가자, 루이는 대화의 내용에 대해서는 한 마디도 묻지 않고 차 문을 열었다.

루이에게 도움을 받아 지프에 올라탄 래미는 냉랭하게 정면만 응시했다. 루이 역시 차에 오르고 곧 지프가 출발했다.

올 때와 마찬가지로 루이는 래미의 어깨에 손을 둘러 그녀를 감쌌다. 오는 내내 멀미가 일어 루이에게 안기다시피 기대고 왔기 때문이다.

한데, 너무 충격적이고 기가 막힌 사실을 알게 되어서인지 래미는 멀미조차 잊었다.

루이가 손에 힘을 주어 래미를 자신 쪽으로 당기려 할 때였다.

"루이 씨."

"응."

"손 풀고 저쪽으로 뚝 떨어져서 앉아요."

"응?"

조금도 생각지 못한 차가운 래미의 말투에 루이는 눈을 깜빡였다. 여전히 정면을 바라보며 래미는 코트 주머니 속에서 휴대전화를 꺼내 들었다.

그녀는 무미건조한 얼굴로 해준에게로 통화를 연결시켰다.

―어, 램!

짧지만 해준의 목소리에는 반가움이 잔뜩 묻어 있었다. 괜히 자신 때문에 그 지경이 된 해준에게 미안함이 왈칵 밀려들었다.

"해준아, 지금 어디야?"

해준이라는 이름이 래미의 입에서 튀어나오자 루이가 즉각 입매를 굳혔다.

―당연히 집이지. 깁스한 다리로 싸돌아다니기나 하겠냐.

"그럼, 내가 네 아파트로 갈게."

―뭐? 지금?

"여기 분당이라서 시간은 조금 걸릴 거야."

—어? 어, 그, 그래. 네가 온다면야 나는 언제든 환영이지. 근데, 무슨 일 있는 거 아니지?

"응. 일단 가서 봐."

—그래, 알았다. 조심해서 와.

해준과의 통화를 끊자마자 날이 선 루이의 목소리가 날아들었다.

"네가 지금 그놈을 왜 만나."

하. 기막힌 웃음을 뱉어낸 래미는 휙 고개를 돌려 루이를 째려보았다.

"내가 해준이를 왜 만나는지 몰라요?"

"내가 어떻게 알아."

"당신이 해준이 교통사고 나게 만들고 저주 걸었잖아요."

그제야 루이의 눈썹이 움찔, 굳었다.

"어이가 없어서 정말. 세상에. 어떻게 사람을 그 지경으로 만들 수가 있어요? 그래놓고 내가 강치우 씨 짓이라고 오해할 때도 입을 꾹 닫고 한 마디도 안 했죠?"

말을 하다 보니 열이 확 올라 래미는 손부채질을 했다.

"지금 가서 해준이한테 걸린 저주부터 풀어요."

"싫은데."

곧장 흘러나온 루이의 대꾸에 래미는 입을 쩍 열었다.

"이 아저씨가 진짜! 아직도 반성을 못 하고 이러네? 우리 아기한테 부끄럽지도 않아요?"

루이가 새하얀 얼굴로 흡, 숨을 들이켰다.

"아기라뇨? 그게 무슨 말씀이세요?"

운전을 하던 복만이 눈을 동그랗게 뜨고서 연방 룸미러로 두 사람을 응시했다.

　너무 흥분하는 바람에 앞에 복만이 있다는 것을 망각해 버렸다. 래미는 눈을 질끈 감았다가 떴다.

　"호, 혹시, 고객님……."

　"어, 응. 복만 씨가 지금 짐작하는 거 맞아."

　"헉."

　복만이 적나라하게 신음을 흘리고서 커다랗게 외쳤다.

　"우, 우, 우와! 추, 추, 추, 축하드려요, 두 분!"

　복만은 정말로 놀란 듯 말까지 더듬거렸다.

　"고마워, 복만 씨."

　"우와, 와……."

　계속되는 복만의 감탄사에 웃음이 튀어나올 것 같았지만, 래미는 표정을 추스르고서 루이를 바라보았다.

　"당신이 왜 그렇게 졸렬하고 위험한 짓을 했는지 모르겠지만, 오늘 지해준한테 걸린 저주 풀면, 앞으로 거기에 대해서는 책임 같은 거 안 묻고 함구할게요. 만약 끝까지 고집을 피운다면."

　루이가 꿀꺽, 마른침을 삼키고서 그녀의 다음 말을 기다렸다.

　"멀찍이, 쥐도 새도 모르게 사라져서 혼자 아이 키우면서 살 거예요."

　루이가 무뚝뚝한 표정만 짓고 있자 래미는 미간을 찡그렸다.

　"대답 안 해요?"

　"……."

　"계속 이렇게 나오시겠다? 복만 씨, 차 좀 세워줘."

　"알았어. 풀게."

　결국 루이는 백기를 들 수밖에 없었다. 여전히 못마땅한 표정으로.

그러면서도 은근슬쩍 손을 뻗어 그녀의 어깨를 감싸려는 시도를 했다.

"손 풀고 절로 뚝 떨어져 앉으라고 했죠? 그 일에 대해서 더 말 안 한다고 했지, 화 푼다고는 안 했거든요? 거기다 당신은 반성도 안 하고 있잖아요."

래미의 한 마디에 루이는 깨갱, 꼬리를 말고서 뚝 떨어져 앉았다. 래미는 복만을 응시했다.

"복만 씨."

"넵, 고객님."

"조금만 더 밟으면 안 될까? 그 속도로 가다가는 내일 돼야 도착하겠다."

아닌 게 아니라, 래미의 임신 소식을 들은 직후부터 복만은 눈에 띄게 속도를 늦추고 있었다.

"안 됩니다! 원래 임신하시면 뭐든 조심해야 한다고 하잖아요! 빨리 가다가 급정거라도 하게 되면 어쩝니까? 절대 안전 운전해야죠."

완전히 정색하며 말한 복만은 더더욱 안전 운전을 실행했다. 옆에서 루이가 당연하다는 듯 고개를 끄덕였다.

래미는 급격히 밀려드는 피곤함으로 인해 한숨 대신 웃음만 흘렸다.

좌 복만, 우 루이. 뭔가에 꽂히면 브레이크가 안 걸리는 이 두 남자를 어떻게 컨트롤하며 살아야 할지 벌써부터 정신이 아득해진다.

▷　▷　◆　◁　◁

머칠이 지났다. 루이와 함께 분당에 다녀온 뒤로 래미는 빠르게 심신의 안정을 찾아가고 있었다.

이모를 만나고 와서인지 불편하기만 하던 마음도 조금 누그러졌다. 해준에게 걸렸던 저주도 그날 무사히 풀어, 다소나마 편안해진 것도 있었고.

물론, 해준의 마음을 생각하면 마냥 편하지는 않지만, 그녀는 끝까지 모른 척할 셈이었다.

막 샤워를 마치고 욕실 밖으로 나오던 래미는 티테이블에 앉아 있는 루이를 보고 픽 웃었다.

"또 그거 보고 있어요?"

"응."

루이가 보고 있는 것에서 시선을 떼지 않고 대답하자 래미는 고개를 절레절레 저었다.

"어이그. 닳아서 없어지겠네."

저벅저벅 다가간 래미는 루이의 손에 들린 것을 쏙 잡아 뺐다. 요즘 틈만 나면 루이가 보는 것은 초음파 사진이었다.

뭐가 그렇게 신기한지 종일 들여다보고 있다. 이렇게 래미가 빼앗지 않으면 뚫어질 때까지 볼 기세다.

사진을 뺏긴 루이가 조금 심술궂은 표정으로 래미의 허리를 감고서 끌어당겼다.

"어어, 나 화장품 발라야 한단 말이에요."

래미의 만류에도 루이는 그녀를 놓아주지 않고 무릎 위에 앉혔다. 곱게 눈을 흘기면서도 래미는 루이의 가슴팍에 얼굴을 기댔다.

"루이 씨, 있잖아요. 사실, 나는 아직도 내가 임신했다는 게 실감 안 나요. 아이가 태어나고, 우리가 가족을 이룬다는 것도요."

물 흐르듯 잔잔하게 흘러나온 래미의 말에 루이는 순간적으로 눈썹을 움찔했다.

"음. 가족?"

래미가 슬쩍 얼굴을 떼고서 싱긋이 웃어 보였다.

"그렇죠. 가족이죠. 서로에게 울타리가 되어주는 가족이죠. 좋은 일, 힘든 일 함께 겪을 가족요."

루이의 표정이 묘해졌다. 참 이상했다. 가족이라는 단어가 주는 느낌이 꽤나 생소했다. 엄마나, 아빠라는 단어만큼이나 어색하다고 할까.

아니, 아니다. 어색하고 생소한 것뿐 아니라, 뭔지 모를 허전한 감정까지 치밀게 만든다. 가슴 한구석이 휑할 만큼 공허한 기분이었다.

래미는 가만히 눈을 깜빡이며 루이를 응시했다.

"왜요. 가족이라고 그러니까 이상해요?"

"아니, 응. 조금."

"워낙 오랫동안 혼자 지내 왔으니까 그럴 수도 있겠네요. 이런 질문, 좀 그렇기는 한데…… 오래전, 루이 씨 가족은 어떤 분들이었어요?"

루이의 얼굴이 더욱 미묘해지자 래미는 퍼뜩 말을 덧붙였다.

"실수. 실수. 그냥, 못 들은 걸로 해요. 내가 괜한 걸 물었어요."

"기억이 안 나."

"네?"

"기억 안 나. 가족들. 있었던 것 같은데, 전혀 안 나."

정말로 모르겠다는 루이의 표정에 래미는 당황스러워졌지만, 애써 태연하게 그의 어깨를 쓰다듬었다.

"너무 시간이 많이 지나서 그런가 봐요. 하하, 나도 가끔 가족들 까먹고 그래요. 그러니까, 너무 신경 쓰지 말아요."

루이가 가만히 고개를 끄덕이자, 래미는 퍼뜩 화제를 바꾸었다.

"어…… 참, 루이 씨는 딸이 좋아요, 아들이 좋아요?"

"글쎄. 난 어느 쪽이든 상관없는데."

다행히도 루이가 래미의 등을 어루만지며 대답했다.

"피. 그렇게 말할 줄 알았어요."

"진짜로. 너 닮은 딸도 좋고, 너 닮은 아들도 좋고."

"음. 난 당신 닮은 아들 낳고 싶은데."

"왜?"

"가끔 자기가 얄밉게 굴면 아들 얼굴 꼬집어 주려고요."

"뭐?"

놀란 듯 루이의 음성이 조금 높아지자 래미는 어깨를 으쓱했다.

"그게 싫으면 잘하란 말이에요."

루이가 쿡쿡, 듣기 좋은 웃음소리를 흘렸다.

"지금부터 잘해볼까."

그렇게 말한 루이는 양팔로 가녀린 허리를 꼭 끌어안고서 래미의 얼굴
에 잔잔히 입술을 눌렀다.

"어어, 잠깐, 나 화장품 발라야 하는 데에……."

그녀의 볼멘 불만은 금세 입술을 점령한 루이로 인해 누그러들고 말았
다.

"후우. 할 수 있다, 할 수 있다."

래미는 휴대전화를 들고서 연방 심호흡을 했다. 이제는 부모님께 모든
사실을 말씀드리기 위해서다.

통화 버튼을 꾹 누르고서 휴대전화를 귀에 대자 루이가 그녀의 한 손을
꼭 잡아 주었다.

―어, 딸.

평온한 어머니의 음성이 오늘따라 저승사자의 그것처럼 느껴진다.

"엄마, 저녁은 드셨어요?"

―그럼, 먹었지. 넌?

"저도 방금 먹었어요."

괜한 안부만 묻는 데도 심장이 벌렁벌렁거려 왔다.

"아빠는요?"

―옆에 계셔. 같이 티비 봐. 왜, 바꿔 줄까?

"아뇨, 아뇨. 저…… 엄마."

―응?

으흠, 작게 목소리를 가다듬고 래미는 입술을 움직였다.

"있잖아요, 엄마. 저 소개시켜드릴 사람이 있어요."

―뭐? 그 루이 씨?

"네. 맞아요."

―그래, 언제 같이 집으로 와. 같이 밥 한번 먹게.

단순히 남자친구를 소개시키는 거라고 여겼는지 나현의 목소리는 그다지 변함이 없었다.

"음, 그게…… 두 분이 서울로 오셔야 할 것 같아서요."

―아니, 왜? 남자친구 소개 한번 받자고 엄마, 아빠가 서울까지 가야 돼?

"당연히 저희가 찾아봬야 하는데, 제가 지금 몸 상태가 좀 그래서요."

사실, 멀미만 아니었다면 이렇게 전화가 아니라, 직접 집으로 가서 대면 상태로 말했을 것이다. 한데, 이놈의 멀미 때문에 도무지 집까지 갈 엄두가 나지 않았다.

이모의 묘에 다녀오면서 고생했던 걸 생각하면 지금도 진저리가 쳐졌다. 게다가 아이한테도 안 좋을 것 같고.

─지금 그게 무슨 말이니? 몸 상태라니…….

순간, 나현의 음성이 뚝 멈추고 침묵이 흘렀다.

매도 먼저 맞는 게 낫다고, 그 고요함을 못 견딘 래미는 눈을 질끈 감은 채 입 밖으로 뱉어냈다.

"저, 임신했어요."

어마어마한 말을 날렸건만 여전히 수화기 저편은 침묵 상태였다. 작게 심호흡을 한 래미는 다시 입술을 움직였다.

"엄마, 저……."

─잠깐만 기다려. 내가 전화할게.

래미의 말을 끊으며 딱딱한 음성이 흘러나오더니 사정없이 통화가 단절되었다.

귀에 대었던 휴대전화를 내리는 래미의 얼굴이 잿빛이 되고 말았다.

"화, 많이 나신 모양이군."

래미의 어깨를 다독이며 루이가 낮게 가라앉은 목소리로 말했다.

루이가 개입한다면 이런 문제쯤이야 아무렇지 않게 해결할 수 있었지만, 그건 래미가 전혀 원하는 게 아니었다.

물론, 루이 역시 자신의 힘으로 이 일을 풀어나가는 게 옳지 않다는 것을 충분히 알고 있었다.

아무리 사람들과의 교류를 하지 않아 대하는 법이 서툰 루이라 할지라도.

게다가 래미는 자신의 부모님은 그녀가 가장 잘 아니, 스스로의 힘으로 설득하기를 원했다.

"화가 나셨다기보다, 충격이 더 크실 거예요."

힘없이 말한 래미는 어머니의 전화를 기다리는 동안 만감이 교차했다. 이렇게 전화로 말씀드리는 게 너무 무리한 방법이었나 보다.

멀미든 뭐든 무리해서라도 찾아뵙고 말씀을 드리는 건데.

아니, 아니다. 임신 초기인데 그러다 아이가 잘못되기라도 하면 어떻게 해?

자책과 자기 합리화를 번갈아가며 하고 있을 때, 나현이 전화를 걸어왔다.

진동 소리가 두 번을 넘기기 전에 래미는 퍼뜩 전화를 받았다.

"네, 네. 엄마."

—후우.

대답 대신 짙은 한숨 소리가 시릴 정도로 차갑게 래미의 귀에 파고들었다.

—네 아빠 때문에 잠깐 요 앞 슈퍼에 간다고 나왔다. 네 아빠 앞에서 이런 통화를 할 수는 없잖아.

"죄송해요."

—하아, 나 참.

나현은 기가 막히는지 연달아 한숨을 흘려댔다.

—먼젓번 서울 갔을 때, 그때 내가 괜한 의심을 한 게 아니었지? 밥도 한 그릇 뚝딱 해치운 애가 안 먹던 귤을 그렇게 잘 먹는데 의심이 안 될 수가 있어? 그런데, 뭐? 눈을 요래 뜨면서 아니라고 딱 잡아뗐지?

나현의 힐난에 래미는 급격히 민망함이 밀려들었으나, 곧장 대답했다.

"그때는 정말 몰랐단 말이에요. 엄마 속이려고 그런 거 아니에요. 금방 거짓말이라는 거 들통 날 텐데 뭐 하러 그러겠어요? 그때는 진짜, 정말 몰랐어요."

—터진 입이라고 말은 참 잘하지. 내가 내 몸을 몰라요? 이러면서 눈을 동그랗게 뜰 때는 언제고? 왜, 이제야 네 몸에 대해 아셨어요?

"엄마도 래원이 임신하셨을 때 모르시다가 10주나 돼서 아셨다면서요."

—어머, 세상에 기가 막혀서! 얘, 너랑 나랑 같니? 같아?

꼬박꼬박 지지 않고 하는 래미의 대꾸에 나현이 버럭 소리를 질렀다. 래미 역시 마음과는 다르게 말하고 만 스스로를 자책하며 한숨을 흘렸다.

"죄송해요. 제가 조금 예민해서요."

—기막혀, 기막혀. 시집도 안 간 딸내미한테 이런 말이나 듣고 있고.

"가면 되잖아요. 순서가 뭐 그렇게 중요한데요."

또 마음과 달리 뾰족하게 대꾸한 래미는 슬그머니 전화기를 귀에서 떼었다.

이번에는 정말로 커다란 소리가 귀를 덮칠 것 같았기에.

—그놈이 결혼하겠대?

하지만, 나현의 목소리는 차분하게 흘러나왔다. 물론, 욕설이 섞이긴 했지만.

래미는 눈을 깜빡이며 다시 휴대전화를 귀에 붙였다.

"당연하죠."

—하긴. 그러니까 소개를 시키겠다고 전화를 한 거겠지.

결혼을 한다고 해서인지 나현의 목소리가 처음보다는 훨씬 많이 누그러졌다.

—뭐 하는 사람이야? 다 큰 딸 연애에 간섭하는 건 아닌 것 같아 궁금한 것도 꾹 참았는데, 이제는 그럴 필요 없잖아.

루이의 신분도 '놈'에서 '사람'으로 격상되었다.

"골동품상회 하고 있어요."

—뭐, 고물 모아 놓고 파는 거 아니고?

처음 인희에게 얘기했을 때와 똑같은 반응에 래미는 푹 웃음을 터트렸다.

—넌 이 상황이 재밌나?

"아뇨. 그냥, 엄마 표현이 재밌어서요. 고물 아니고, 골동품이에요."

—하긴. 지금 고물이고 골동품이고 따질 때가 아니지.

체념 섞인 목소리로 말한 나현이 다시 질문을 던졌다.

—그때 얼핏 보니, 인물이 훤하긴 하던데. 부모님은 다 살아계셔?

"아뇨. 두 분 다 일찍 돌아가셨대요."

그 일찍이, 흔히 생각하는 그런 의미는 아니었지만 딱히 거짓말은 아니라 그렇게 대답했다.

혹시 그걸로 또 꼬투리를 잡는 건 아닌가 괜스레 조바심이 인다.

—뭐. 흔한 시월드는 안 겪겠구나.

다행히도 나현이 덤덤히 넘어가자 래미는 안도의 한숨을 흘렸다.

그리고 잠시 침묵이 흘렀다.

나현이 그 고요함 속에서 무슨 생각을 하고 있을지, 어떤 마음인지, 래미로서는 알 길이 없었다.

형언할 수 없이 복잡하고 답답할 거라는 것만 짐작할 뿐.

얼마 지나지 않아 억겁 같기만 하던 침묵이 끝났다.

—얼마나 됐어?

별거 아닌 질문인데도, 순간적으로 래미는 왈칵 감정이 치받혀 올랐다.

어머니가 아이에게 관심을 가져주는 게 고마워서인지도 모른다.

어쩌면, 임신과 출산을 먼저 겪은 같은 여성으로서의 존경심 때문인지도 몰랐다.

침을 꾹 삼켜 감정을 누르고서 래미는 입을 열었다.

"조금 있으면 8주로 접어들어요."

—멀미 말고 다른 입덧은 안 해?

"네. 괜찮아요. 잘 먹고 잘 자고 그래요."

—귤, 잘 사다주니?

"귤뿐만 아니라, 뭐든지 다요. 제가 원하는 게 있으면 뭐든 다 해주는 사람이에요."

찰나 동안 간격을 두었다가 나현이 나직이 말했다.

—그러면 됐지, 뭐. 그거보다 더 중요한 게 어디 있다고.

그 한 마디에 래미는 세상을 다 얻은 것만 같은 기분이었다.

—네 아빠한테는 아무 말 안 하고, 그냥 너, 결혼할 사람 소개 받으러 간다고 할 테니까 그렇게 알아. 사실대로 말했다가는 이 밤에 당장 서울로 출발할 양반이니까.

"네, 네. 그럼, 언제 오실 거예요?"

—시간 끌 필요 뭐 있니? 결혼식도 최대한 빨리해야 할 텐데, 그전에 보는 게 좋겠지. 말 난 김에 간만에 미용실 가서 머리도 손질해야 하니 내일은 안 되겠다.

"그냥 오셔도 돼요."

—싫어, 애. 첫 대면부터 꾀죄죄하게 체면 구길 일 있니? 암튼 내일은 그렇고 모레로 하자.

"네. 편하실 대로 하세요."

—집으로 가면 되지?

"네. 집으로 오셔서 저랑 같이 가시면 돼요."

―그래. 알았다.

나현과의 통화를 끝낸 래미는 소강상태에 접어든 태풍처럼 전화기를 든 채 멍하니 눈만 깜빡였다.

"집으로 오시겠대?"

래미의 말만으로 대충 상황을 짐작한 루이의 얼굴도 조금 편안하게 풀어졌다.

"응, 오시겠대요."

입가에 미소를 담뿍 머금고서 고개를 끄덕인 래미는 이내 와락 루이의 품에 안겼다.

"나, 있죠. 따박따박 말대꾸를 하긴 했어도 진짜 긴장이 많이 됐었거든요. 하아. 꼭 산더미처럼 쌓인 숙제를 막 끝낸 기분이에요."

루이가 그녀의 등을 감싸며 부드럽게 어루만졌다.

"언제 오신대?"

"모레요. 모레 일찍 집에 가 있으려고요. 부모님 모시고 올게요."

"응. 그래. 아침에 데려다 줄게."

래미가 아기 새처럼 품으로 파고들자 루이가 팔에 힘을 주어 그녀를 껴안았다.

"고생했어."

루이의 가슴팍에 얼굴을 묻고 있던 래미가 풋, 웃음을 터트렸다.

"고생은 이제부터 시작인데요, 뭐."

의미심장한 말에 루이가 어리둥절한 표정을 지었으나, 래미는 웃음 섞인 한숨을 흘렸다.

"복만 씨, 내 말 잘 들어. 루이 씨도 잘 듣고요."

래미는 루이와 복만을 앞에다 앉혀 놓고 비장한 표정을 지었다. 말 잘 듣는 학생처럼 루이와 복만이 고개를 끄덕이자 래미는 말을 이었다.

"내일이면 우리 부모님께서 오실 거야."

"고객님 부모님께서요?"

"응. 그래서 복만 씨한테 궁금한 게 있어. 부모님 오시면 식사를 할 건데, 복만 씨만 좋다면 함께 자리를 하고 싶어."

"제, 제가요? 제가 그래도 돼요?"

"당연히 되지. 조금 있으면 복만 씨도 삼촌 소리 들어야 되는데."

복만의 눈이 한껏 커졌다.

"사, 사, 사, 삼촌이요? 제가요?"

"그럼, 아기한테도 주인님이라고 부르려고?"

"작은 주인님이요."

그럴 줄 알았지만, 직접 들으니 절로 한숨이 흘러나온다.

"지금이 무슨 계급 사회도 아니고, 밤톨만 한 아기한테 주인님이 뭐야. 복만 씨는 삼촌 소리 안 듣고 싶어?"

복만은 여전히 얼떨떨한 얼굴로 눈을 끔뻑끔뻑거리더니 침을 꿀꺽 삼켰다.

"다, 당연히 듣고 싶죠."

"삼촌으로 불리려면 당연히 주인님이라는 소리는 빼야겠지?"

"그, 그거야 그렇지만……."

래미는 복만에게서 시선을 거두고 루이를 응시했다.

"복만 씨가 우리 아이한테 삼촌이 되려면 루이 씨의 도움도 필요해요."

"흐음. 아빠를 주인님이라 칭하는 상대를 삼촌이라고 하기는 우습겠군."

루이가 대충 알아들은 듯 고개를 끄덕이자 래미의 얼굴이 확 밝아졌다.

　"그렇죠! 우리 부모님 앞에서 주인님, 주인님 하는 것도 정말 난감한 일이고요. 그래서 내가 제안 하나 할까 해요. 루이 씨."

　"응."

　"지금부터 복만 씨한테 주인님 대신, 형님이 되는 건 어때요?"

　이미 래미가 이야기를 꺼낼 때부터 어렵지 않게 짐작했기에 루이는 별다른 거부감을 보이지 않았다.

　"나는 아무래도 상관없지. 처음부터 난 복만이 뭐라고 부르든 신경 안 썼으니까."

　"역시, 우리 자기는 마음도 넓다니까."

　래미는 루이의 볼에 쪽, 소리가 나게 입술을 맞추고서 복만에게로 고개를 돌렸다.

　"자, 이제 복만 씨만 결정 내리면 돼."

　"그, 그러니까, 저보고 주인님을 형님이라고 부르라는 말씀이신 거죠?"

　복만은 조금도 예상치 못한 일인 듯 잔뜩 당황스러운 얼굴이었다.

　"응. 요즘 세상에 주인님이 뭐니, 주인님이. 우리 부모님께도 루이 씨 동생으로 소개할 거거든."

　"하, 하지만 제가 어떻게……."

　"그럼, 계속 노예를 자처하고 살겠다는 거야?"

　"저는 한 번도 제가 노예라고 생각한 적은 없는데요."

　"그런데 주인님이라고 부른단 말이야?"

　"그거야 처음부터 그렇게 불렀으니 입에 붙어서 그런걸요."

　래미는 묘한 표정을 지어 보였다.

"살아온 날보다 앞으로 살날이 더 많은데 지금부터라도 바꿔 보면 어떨까?"

"저, 저는……."

여전히 복만이 갈피를 못 잡자 래미는 작게 미소를 지었다.

"주종관계 말고 이제, 진짜 가족이 되는 거야. 나는 고객님이 아니라, 형님의 아내인 거고. 그리고 태어날 이 아이는 복만 씨의 조카가 되는 거고. 어때, 복만 씨는 가족이 되는 게 싫어?"

"어우, 그럴 리가요!"

곧장 내뱉어놓고 복만은 조금 민망한 얼굴로 머리를 긁적였다.

주인님보다야 형님이 낫고, 고객님보다야 형님의 아내라는 관계가 더 좋지만, 감히 그렇게 되어도 좋은지 혼란스러운 것이다.

그때였다. 루이가 복만의 어깨를 가볍게 툭툭 두들겼다.

"형님이라고 불러."

복만이 너무 놀라 입을 턱 벌렸다.

"예? 제, 제가 주인님을 어떻게……."

"싫으면 나가든가."

어버버, 열렸던 복만의 입술이 탁 닫혔다.

달콤과 살벌이 공존하는 루이의 명령에 복만은 그제야 자그맣게 기어들어가는 소리를 냈다.

"노, 노력하겠습니다."

시뻘겋게 달아오른 복만을 바라보는 래미의 마음이 한결 편안해졌다.

한동안 귀까지 붉히며 어쩔 줄 몰라 하는 복만으로 인해 래미와 루이는 시선을 맞추며 싱긋이 웃었다.

나현은 아침 일찍부터 시내에 있는 목욕탕에 들러 때 빼고 광내느라 정신이 없었다.

지금껏 살면서 아이들의 이성 친구를 만나본 적이 한 번도 없었기에 벌써부터 긴장이 되고 있었다.

래원이 녀석은 운동에 빠져 통 이성에 관심이 없었고, 래미는 래미대로 누군가를 사귀는 걸 본 적이 없었다.

설령, 자기네들끼리 가볍게 만남을 가졌다고는 해도 집으로 데려온 적은 없었으니, 이번 만남이 그녀 인생에 있어 처음이었다.

세상에, 그 첫 만남이 덜컥 임신까지 한 뒤일 줄이야.

생각하면 할수록 기가 차고 한숨이 새어 나왔지만, 어쩌겠는가. 이미 쏘아진 화살인 것을.

덜렁 임신만 시켜놓고 나 몰라라 하는 게 아니라, 둘이 같이 가정을 꾸리겠다니, 그것만큼은 참으로 다행한 일이었다.

아닌 말로 일 저질러 놓고 도망가거나, 둘이 공모해서 불법 시술이라도 받으면 어쩌느냔 말이다. 생각만으로도 끔찍해서 소름이 돋는다.

물론, 절대 남편 경석에게는 한 마디도 할 수가 없다. 당장, 그놈 죽인다고 쌍심지를 켜고서 날뛸지도 모를 일이니까.

사실, 어제 래미에게 결혼할 사람이 생겼다는 말을 전하자마자 무척이나 서운한 표정을 지었으니까.

"웃긴 양반이라니까, 진짜. 해순이 딸 결혼식 때만 해도 우리 래미도 갈 때가 됐는데, 해놓고서는. 막상 간다니까 표정이 싹 변하기는."

나현은 목욕탕에서 때 빼고 광낸 다음, 미용실로 향했다. 이 부근에서는 유명한 미용실이라 그런지 평일임에도 꽤나 사람들이 많았다.

차례를 기다리며 차를 홀짝거리며 앉았는데, 미용실 통유리 밖으로 익숙한 인물이 지나가는 게 나현의 눈에 들어왔다.

"어머, 강원후 씨, 아냐?"

반가운 마음에 나현은 몸을 일으켜 미용실 밖으로 향했다.

"원후 씨!"

나현의 부름에 긴 다리로 벌써 저만치 가던 치우가 우뚝 걸음을 멈추고서 뒤를 돌아보았다. 나현을 발견한 그가 얼굴에 미소를 지으며 성큼 다가왔다.

"안녕하셨습니까."

"아유, 오랜만이에요. 그러고 보니 새해 인사도 못 나눴네요. 새해 복 많이 받아요."

"하하, 고맙습니다. 새해 복 많이 받으십시오."

"고마워요. 어디 가는 길이었나 봐요?"

치우가 작게 웃음을 머금었다.

"네. 집 내놓으려고요."

"아니, 왜요?"

"아, 일 때문에 좀 멀리 가게 됐습니다."

"그렇군요. 어디로 가는 거예요?"

치우는 잠시 침묵을 지키다 입을 열었다.

"외국으로요. 아마, 한동안은 못 돌아올 것 같습니다."

"어머, 세상에. 멀리도 가네요."

"그렇게 됐습니다."

치우가 슬쩍 미용실을 보더니 다시 나현에게로 시선을 돌렸다.

"머리 하러 오셨나 봐요?"

"아, 네. 우리 딸이 곧 결혼을 할 것 같아서요. 내일 사위 될 사람 만나러 가거든요."

순간, 치우의 눈이 동그랗게 커졌다.

"결혼요?"

"네. 연애한다는 건 알았는데 갑자기 결혼까지 한다네요."

그 은둔형 성격에 결혼이라는 것까지 할 줄은 꿈에도 몰랐기에 치우로서는 너무도 뜻밖이었다. 하지만, 이내 치우는 표정을 추슬렀다.

"하하. 축하드립니다."

"아유, 축하는 무슨요. 덜컥 임신부터 해가지고……."

하소연처럼 말하던 나연이 아차, 싶어 퍼뜩 입을 다물었으나 이미 치우는 듣고 말았다.

"그, 그게 정말입니까?"

치우의 물음에도 나현은 민망함에 어쩔 줄 몰랐다.

"아유, 내가 늙었나 봐, 진짜. 할 말이 있고 안 할 말이 있지. 아무래도 원후 씨가 치우 아저씨랑 너무 닮아서 내가 가끔 헷갈리나 봐요. 어휴, 이게 무슨 망신이람."

"아, 아닙니다. 요즘 그런 거 따지나요. 흠도 아니죠. 그리고 제가 누구한테 소문내고 다닐 것도 아니고요. 축하드립니다."

나현이 열심히 손부채질을 하며 어색하게 웃었다.

"그, 그렇죠?"

"네, 그럼요."

조금이나마 진정이 된 뒤에야 나현은 아련한 표정으로 치우를 올려다보았다.

"그동안 반가웠어요. 멀리 나간다니 아쉽네요."

"네. 저도 많이 아쉽습니다."

"그래요. 건강 조심하고요. 혹시나 한국 들어오면 연락 줘요. 차라도 한 잔 하게요."

"네, 알겠습니다. 건강하세요."

짧은 인사를 나눈 뒤 나현은 잔뜩 아쉬운 얼굴로 미용실로 들어갔다.

치우는 잠시 못 박힌 듯 서 있다 이내 뒤돌아섰다.

'그러고 싶어도 이제 못 헤어져요. 루이 씨와 나는 영혼으로 이어져 있거든요.'

얼마 전 가현을 찾았을 때 래미가 아랫배를 어루만지며 했던 말이 귓가를 맴돈다.

도무지 그때는 이해가 되지 않았는데, 나현의 말을 듣고 나니 비로소 수긍이 간다.

아니, 솔직히 어리둥절했다. 그와 마찬가지로 루이 역시 2세의 생성은 불가능한 일이니까.

지금껏 단 한 번도 어둠의 기운을 사용하는 존재가 2세를 봤다는 소리는 들어본 적도 없다.

"불가능을 가능으로 만들다니. 뭐, 사랑의 힘이라는 건가."

씁쓸하게 말한 치우는 천천히 발걸음을 옮겼다.

이제 완전히 과거의 기억들을 지우고자 마음먹으며.

42

"바로 저 건물이 루이 씨가 운영하는 골동품상회예요."

부모님을 모시고서 반 발짝 앞서 걷던 래미가 코앞으로 가까워진 루나를 가리켰다.

"어머, 건물이 크고 예쁘네? 뭐, 고물상은 아니네."

빅토리아풍의 세련된 건물을 응시하며 저도 모르게 감탄사를 날리던 나현은 슬그머니 눈을 가늘게 떴다.

나현의 매서운 눈이 그대로 딸의 뒤통수로 날아가 꽂혔다.

집과 이렇게 가까운 거리에 있으니 매일 연애나 하다 덜컥 애가 들어섰나 싶어서.

나현의 따가운 시선이 닿은 줄도 모른 채 래미는 나풀나풀 입구로 먼저 뛰어갔다.

"저, 저, 저 조심하지 않고. 힐은 또 왜 신었담."

나현은 구두까지 신은 채 조심성 없이 뛰어대는 래미를 향해 혀끝을 차다가 경석의 의아한 시선을 받고서 입을 닫았다.

그사이 앞장선 래미는 루나의 두꺼운 문을 열었다.

입구 가까이에서 서성거리던 루이와 덩달아 잔뜩 긴장하고 있던 복만이 동시에 걸음을 뚝 멈추었다.

"오셨어?"

"응. 바로 뒤에 오고 계세요."

래미는 쪼르르 루이에게로 다가갔다.

"너무 긴장하지 말아요. 연습했던 거 알죠?"

"응."

고개를 끄덕인 루이는 습관처럼 래미의 얼굴을 감싸고서 조금 진하게 입술을 눌렀다가 놓아주었다.

막 안으로 들어서던 경석이 딸의 애정행각에 당황하여 작게 헛기침을 했다.

나현은 슬그머니 눈을 흘기면서도 두 사람의 모습이 너무 예뻐 내심 미소가 지어졌다.

"루이 씨, 우리 부모님이세요."

래미의 소개에 루이는 작게 숨을 들이켜고서, 래미와 연습했던 대로 공손히 허리를 숙였다.

"처음 뵙겠습니다. 한루이입니다."

래미와 연습했던 대로 루이는 차갑지 않게, 정중한 톤으로 성까지 다 붙여 인사를 했다.

"만나서 반가워요. 래미 엄마예요."

숙였던 허리를 바로 하며, 나현을 응시하는 루이의 눈동자가 아주 미세하게 흔들렸다.

가현의 동생이자, 래미의 어머니인 나현을 마주하는 기분은 참으로 복잡

미묘했다. 뭐라 형언할 수 없는.

"이쪽은 래미 아빠예요."

나현의 말에 겨우, 루이의 시선이 옆에 선 경석에게로 옮겨졌다.

"반가워요. 래미 아빠 도경석입니다."

경석이 불쑥 손을 내밀자 루이는 또다시 허리를 숙이며 공손히 손을 잡았다. 순간, 찌릿, 손바닥에 흐르는 강렬한 전류로 인해 루이는 가만히 눈을 깜빡였다.

이 느낌은…… 분명, 아주아주 오래전에 느껴본 적 있는 것이었다.

뇌리에 벼락이 꽂힌 듯했지만, 루이는 곧 상념을 지웠다.

"저도 뵙게 돼서 반갑습니다. 먼 길 와 주셔서 고맙습니다."

살면서 이렇게까지 누군가에게 허리를 굽혀 본 게 언제인지 기억조차 나지 않는다. 그래서 래미와 지난밤 얼마나 연습을 거듭했는지 모른다.

처음에는 어색하고 이상해서 연습하는 것조차 잘되지 않더니, 조금 해 보니 몸에 착착 맞아떨어지는 게 나름 할 만했다.

한 치의 흐트러짐도 없이 예의를 차리는 루이에게 미소를 보인 래미는 부모님께 복만도 소개시켰다.

"엄마, 아빠, 이쪽은 루이 씨 동생, 복만 씨예요."

나현과 경석의 시선이 루이 뒤쪽에 서 있는 복만에게로 향했다. 언제 긴장하고 있었냐 싶게 복만은 차분한 얼굴로 인사를 했다.

"처음 뵙겠습니다. 저는 복만이라고 합니다."

나현이 같이 인사를 하며 풋 웃음을 터트렸다.

"형제인데 이름이 극과 극이네요. 한쪽은 글로벌하고 한쪽은 아주 토속적이고."

모두 가볍게 웃었지만, 복만은 형식적으로만 입가를 올릴 뿐 웃을 수가 없었다.

연방, 대화 소리가 이어지는데 복만은 웅얼, 웅얼 희미하게만 들렸다.

래미의 어머니 나현 때문이었다.

분명, 오늘 처음 보는 건데 이상하게도 아련하고 그리운 느낌이 드는 건 왜일까. 갑자기 그 옛날, 사진관집 주인님들이 떠오르는 건 왜일까.

너무 오래전이라 얼굴도 달라졌을 테고, 이제는 냄새조차 기억나지 않는데.

그런데, 그간 꾹꾹 묻어두었던 그리움이 희한하게도 래미의 어머니를 보는 순간 치밀고 말았다.

도무지 왜 이런 감정이 넘실거리는지 알 수가 없다.

"엄마, 아빠 2층으로 가요. 루이 씨가 식사 준비해 놨거든요."

다행히 래미가 앞장서며 나현과 경석을 이끌고 움직이자, 복만은 뒤에서 한숨을 흘렸다.

남몰래 괜스레 엄지로 눈물 한 방울을 찍으며.

래미를 따라 다이닝룸으로 가는 내내 나현과 경석은 감탄을 금치 못했다.

집이 좋아도 너무 좋았고, 넓어도 너무 넓었다. 골동품 상회가 꽤나 잘 되는 모양이었다. 식탁 앞에 도착한 나현과 경석의 입이 턱 벌어졌다.

기다란 식탁에 마치 뷔페처럼, 육해공 진귀한 음식이 쭉 늘어져 있는 게, 보통으로 준비한 게 아니었다.

"세상에, 뭘 이렇게 거창하게 준비를 했대. 출장 요리사라도 불렀나 봐. 안 그래도 되는데."

나현의 말에 래미가 어깨를 으쓱해 보였다.

"아닌데. 이거 루이 씨가 다 준비한 거예요."

"응?"

나현과 경석의 눈이 동시다발로 루이에게로 향했다.

"아니, 요리도 할 줄 알아요?"

"그냥. 조금 합니다."

나현이 느끼기에 참으로 겸손한 대답이 아닐 수 없었다.

다섯 사람의 점심식사는 래미 덕에 어색하지 않게 진행되었다. 미리 루이에게 부모님이 없음을 말해 두었기에, 식사 내내 일절 거기에 대해서는 함구했기 때문이다.

경석은 그다지 말수가 많은 편이 아니었고, 나현 또한 루이가 내 사위려니 생각하고 있었기에, 좋은 면만 보려 노력했다.

아니, 저 인물에, 이 재력에, 게다가 입이 떡 벌어질 정도로 요리 잘하는 사위라니, 점수가 팍팍 올라간다.

까맣게 어두워진 밤, 경석을 안방에 재워 놓고 래미와 나현은 식탁에 뜨거운 보리차를 한 잔씩 앞에다 두고 이야기 삼매경에 빠져 있었다.

"사람이 조금 냉해 보이고, 싹싹한 쪽은 아닌 것 같은데, 진중하고 실없어 보이지 않아서 좋더라."

"맞아요. 빈말 못 하는 사람이거든요."

나현은 점심식사 내내 래미를 챙기던 루이의 모습을 떠올리며 피식 웃었다.

"그래도 너한테는 잘하는 거 보니 마음이 놓이더라."

"네. 그쪽으로는 마음 놓으셔도 돼요. 둘만 있을 때는 완전 더 잘하거든요."

"그래, 그럼 됐지, 뭐. 둘이 알콩달콩 잘 살면 부모한테 그것만큼 효도가

480 2

어디 있겠어."

보리차를 후 불어 한 모금 홀짝인 나현이 말을 이었다.

"참. 그 동생도 참 마음에 들더라. 싹싹하고 어쩜 그리 생글생글 잘 웃는
지. 딱 아들 삼았으면 좋겠더라."

"네. 참 착해요. 해맑고."

"그래. 구김살이 없어 보여 더 좋더라. 복만이라는 이름도 정겹고. 옛날
에 엄마 어릴 적에 키웠던 진도견이 있었는데, 복만이라고 불렀거든."

"하하, 재미있네요."

래미는 뜨거운 머그잔을 만지작거리며, 전혀 몰랐던 것처럼 웃어 보였
다.

그 복만이 지금 이 복만이라는 걸 어머니가 알게 되면 어떤 반응을 보일
까. 펄쩍 뛰시려나. 반가움에 얼싸안고 우시려나.

그러고 보면, 정말 연이라는 게 있긴 있나 보다. 사람이든 견공이든.

"결혼식은 어떻게 할 거니?"

나현의 질문에 래미는 미미하게 움찔, 했다. 나올 질문이 나온 것이다.

"음, 엄마랑 아빠만 괜찮다고 하시면 저희는 간소하게 했으면 좋겠어
요."

사실, 루이가 전적으로 그녀에게 맞춰 주고는 있었지만, 아직까지는 사
람들로 가득한 곳은 무리라는 걸 래미도 잘 알고 있었다.

축복 받고 행복해야 할 결혼식에서 신랑을 괴롭힐 수는 없는 노릇이었
다. 게다가, 신랑 측 하객이 없는 것도 문제고.

머그잔의 손잡이만 계속 만지작거리며 눈치 보기를 잠시, 나현이 입을
열었다.

"간소하게 해. 루이, 부모님도 안 계신다 그러고, 또 친척도 없다면서.

괜히 우리 쪽만 우르르 몰려가서 결혼식 하는 것도 모양이 그렇잖니."

머그잔에 박혀 있던 래미의 시선이 나현에게로 향했다.

"서운하지 않으시겠어요? 말이 간소하게지, 정말, 가족만 모시고 식사 정도만 할 거예요."

"서운하지 않다면 거짓말이겠지. 아마, 아빠도 서운할 거야. 그래도 어쩌겠어. 두 사람 결정이 그런 거면 따라야지. 그리고 결혼식 성대하게 했다고 다 잘 사는 것도 아니고."

나현이 팔을 뻗어 가만히 래미의 손을 꼭 쥐었다.

"그냥, 아무 생각도 하지 마. 두 사람만 잘 살면 돼. 엄마 아빠는 그거면 돼. 아무것도 바라는 거 없어."

"고마워요, 엄마."

괜스레 코끝이 찡해져 와 래미는 콧물만 훌쩍였다.

래미 모녀가 도란도란 이야기를 나누는 시간, 루이는 지하의 제일 안쪽 아할리만의 심장이 봉인된 공간에 있었다.

루이에 의해 소환된 아할리만의 심장은 그 어느 때보다 우렁차게 펌프질을 해댄다.

"계약자여, 무슨 일로 나를 불렀는가."

"먼젓번 네게 래미가 헌터의 환생이냐고 물은 적이 있다."

"그렇다."

"너는 아니라고 답을 했었고."

"그렇다."

"헌터가 아니면, 혹시 환생한 헌터의 핏줄인 건가?"

질문을 받은 아할리만이 찰나 동안 거세게 쿵쾅쿵쾅 울려대다 조금 잠잠해졌다.

"그렇다."

뒤이어 흘러나온 대답에 루이는 작게 실소를 흘렸다.

오늘 래미의 부친인 경석을 만나 악수를 나누었을 때 내심 짐작은 하고 있었지만, 그래도 충격적이었다.

이제야 확실해졌다. 어째서 래미가 헌터의 환생도 아닌데 피가 그토록 위협적이었는지, 흑마법이 통하지 않았는지.

래미가 헌터의 환생인 경석의 피를 이어 받아 그런 것이다.

"인연 한번 징글징글 하군."

쿡쿡, 낮게 조소를 흘린 루이는 다시 질문을 던졌다.

"현재 헌터의 환생은 자신이 헌터의 환생이라는 걸 자각하고 있나?"

심장이 불끈불끈 울리더니 이내 답을 내놓았다.

"그렇지 않다. 어둠의 존재들이 세상을 혼돈에 빠뜨리지 않는 이상, 자각은 하지 않는다."

그나마 다행스러운 말에 루이는 안도의 한숨을 내쉬었다.

래미의 부친이 아무리 헌터의 환생이라 할지라도 자각을 하지 않는 이상, 평범한 사람일 뿐이니까.

물론, 평생 조심하면서 살아야 할 테지만, 래미와 태어날 아이를 위해서라면 충분히 감내할 수 있었다.

"자, 이제 피가를 가져가겠다."

아주 오랜 과거에서부터 현재에 이르기까지 이어지고 있는 인연에 대해 생각할 틈도 없이 아할리만의 심장은 제 할 말을 했다.

"잠깐. 하나 더."

"말하라."

"……."

루이는 아할리만의 심장을 응시하며 잠깐 머뭇거렸다.

"없으면 대가를 가져가겠다."

"……예전, 내 본성을 보름 동안 가두어 두는 대가로 내 기억을 가져간다고 했었다."

"그랬다."

"혹시, 그게 내…… 가족……에 대한 기억인가?"

그렇게 질문하면서도 루이는 가족이라는 단어가 주는 느낌에 가슴이 싸했다.

사실, 오늘 루나에 래미의 부모가 방문했을 때, 서로를 아끼는 단란한 그들을 보는 내내 기분이 묘했다. 그건, 래미의 부친이 헌터일 거라는 짐작과는 별개의 감정이었다. 분명, 공허한데, 뭔가 울컥 치받쳐 오를 것 같은 그런 느낌이었다.

"그렇다."

복잡한 루이의 기분과는 달리 심장의 대답은 간단명료했다.

루이는 음, 한숨을 내뱉었다. 먼젓번 래미와 가족에 대한 대화를 나눌 때부터 조금 예상은 했었다. 가족에 대한 기억이 희미해진 게 아니라, 마치, 까맣게 지운 것만 같이 아무것도 생각나지 않았으니까.

"왜 후회가 되느냐."

"……."

잠시, 말없이 있던 루이는 이내 고개를 내저었다.

"아니. 이제 가족이 생겼으니까 됐어."

진심이었다. 그에게는 래미가 있고, 또한 두 사람의 분신이 배 속에 자라고 있다. 그거면 충분했다. 어색하고 낯설지만, 지금부터 가족이라는 단어에 적응해 볼 참이었다.

"자, 더 없으면 대가를 받겠다. 가벼운 질문이니, 대가 또한 가볍게……."

"내 수명을 가져가라."

"이봐, 계약자여. 아무리 너라도 수명이 무한하지는 않다."

"상관없으니, 수명을 대가로 가져가."

"좋다. 그렇게 하지. 네 멋대로 대가를 바꾸었으니, 200년을 가져가겠다."

루이는 의미심장한 미소를 지으며 고개를 끄덕였다.

이제 수명 같은 건 아무래도 상관없었다. 어쩌면 머지않은 때에 길고 길었던 이번 생을 마감해야 할지도 모르니까.

그게 40년 후가 될지, 50년 후가 될지는 몰랐지만, 확실한 건 래미가 세상을 떠날 때, 그도 함께 생을 끝낼 거라는 것이다. 래미의 피만 있다면 언제든 가능했다. 래미가 없는 세상은 그에게 무의미했다.

래미는 다음 날 오후 무렵, 부모님을 보내고 난 뒤 다시 루나로 돌아왔다.

"루이 씨, 나 왔어요. 또 여기서 나 기다렸나 보네."

홀을 서성이던 루이는 밝은 얼굴로 들어서는 래미를 보자, 괜스레 가슴 한쪽이 시큰해졌다.

래미가 환생한 헌터의 딸이라는 것쯤은 아무래도 상관없었다.

래미에게로 다가간 루이는 조금 성마르게 그녀를 품으로 끌어당겼다.

"와, 누가 보면 한 몇 년 떨어져 있다가 만나는 줄 알겠네요. 내가 그렇게 보고 싶었어요?"

래미가 킥킥, 장난스럽게 웃으며 루이의 허리에 팔을 둘렀다.

"응. 많이."

루이는 래미가 생을 마감할 때까지 그녀를 아껴주고 또 아껴줄 것이다.

그날 밤, 루이는 곤히 잠들어 있는 사이 슬금슬금 줄자를 들고 그녀의 치수를 재기 시작했다.

손이나 몸은 그녀의 사이즈를 정확히 알고 있었으나, 그가 직접 작업할 건 아니기에 정확한 치수가 필요했다.

임신을 해서인지 요즘 머리만 댔다 하면 잠에 빠지는 그녀기에 몰래 사이즈를 재는 것쯤이야 어렵지도 않았다.

머리부터 발끝까지 몇 번이나 실수 없게 사이즈를 재고서 기록한 다음 루이는 침실을 나섰다.

루이는 복도에 대기하고 있던 복만에게 사이즈가 적힌 종이를 내밀어 보였다.

"이 사이즈로 제작해 달라고 그래. 최대한 빨리."

"넵, 알겠습니다."

아주 중요한 임무를 받은 것처럼 복만은 비장한 표정으로 종이를 받아 들고서 밖으로 향했다.

▷　▷　◆　◁　◁

화창한 휴일, 래미는 간만에 집 근처 커피숍에서 인희와 마주 보고 앉아 있었다.

"인희야, 나 결혼해."

진한 커피를 호로록 마시며 인희가 그다지 놀랍지 않다는 표정을 지어 보였다.

"음. 그래? 언제?"

그 덤덤한 반응에 오히려 래미가 눈을 동그랗게 떴다.

"넌 내가 결혼한다는데 안 놀라?"

"혹시, 애인님 말고 다른 남자랑 결혼해?"

"내가 왜 우리 루이 씨 두고 다른 남자랑 결혼을 해."

인희가 어깨를 으쓱해 보였다.

"그럼, 놀랄 게 뭐 있다고. 그냥 만나고 있는 것도 아니고, 동거까지 하는 사인데, 언제든 결혼한다고 해도 뭐, 크게 놀랄 일은 아니잖아. 야, 솔직히 네가 애인님 집에서 산다고 했을 때 더 깜짝 놀랐지."

래미가 조금 민망하게 웃자 인희는 커피를 호로록 마시고서 물었다.

"부모님께 인사드리고 허락은 받았어?"

"응. 당연히."

"결혼, 언제 해?"

"다음 주 일요일."

"아아. 다음 주 일요…… 뭐? 다음 주 일요일? 일주일밖에 안 남았는데, 그렇게 빨리?"

마치, 만화의 한 장면처럼 인희의 표정이 빠르게 변했다.

"응. 기왕 하는 거 빨리하려고."

"야, 결혼식 하려면 준비할 것도 많잖아. 혼수에 신혼여행에 예식장에 드레스에, 언제 다 준비하려고?"

"가족끼리 오붓하게 식사 정도만 할 거라, 예식장이나 드레스는 필요 없어. 따로 청첩장도 준비 안 할 거니까, 너도 그냥 와."

"아. 그래?"

"응. 루이 씨 집에서 그대로 살기로 해서 혼수도 필요 없고."

"아아. 그렇구나. 하긴 요새는 간소하게들 많이 한다더라. 그럼, 신혼여행은 어디로 가게?"

래미는 조금 쑥스럽게 웃었다.

"못 가."

"왜?"

"내가 차만 타면 멀미가 심해서."

"웬 멀미?"

"그리고 괜히 무리하면서까지 여행 가고 싶지도 않고."

의아해 하는 인희를 보며 래미는 가만히 아랫배를 쓰다듬었다. 가만히 래미의 행동을 응시하던 인희는 순간, 눈을 왕방울만 하게 떴다.

"너, 서, 설마?"

"응. 이제 8주차 접어들었어."

"그래서 결혼을 빨리하는 거구나?"

"응. 배불러서 하기는 좀 그렇잖아."

"어머, 어머, 세상에. 램, 축하해!"

래미는 기분 좋게 웃었다.

"고마워."

"나 그럼, 이모 되는 거야?"

"응. 그렇지."

"세상에. 웬일이니, 웬일이야!"

친자매처럼 기뻐한 인희가 갑자기 양손을 모으고서 눈을 반짝였다.

"혹시, 아기 용품 다 마련했어?"

"아니, 아직. 천천히 준비해야지."

"있잖아, 있잖아. 아기 용품 고르러 갈 때 나랑 같이 갈래? 나, 그런 거 너무 해보고 싶었거든!"

래미는 어림 반 푼어치도 없는 얼굴을 해보였다.

"야. 내가 그걸 우리 루이 씨 두고 왜 너랑 하냐?"

"나 그거 진짜 해보고 싶었는데."

"그렇게 해보고 싶으면 선물 살 때 잘 골라봐. 내가 선물은 받아줄게."

"어우, 치사하고 뻔뻔스러운 것. 임신부라니 욕도 못 하겠고."

래미가 혀를 쑥 내밀고서 킥킥킥 웃자, 인희는 고개를 절레절레 흔들었다.

"품절녀에 곧 있으면 어머님에. 아무튼 지옥 속으로 들어가는 걸 축하한다, 도램."

"결혼도 안 해본 게 지옥 타령은. 고맙다."

인희가 문득 래미를 물끄러미 응시했다.

"해준이한테는 말했어?"

"아니. 너한테 먼저 말하는 거야. 해준인 다리가 그래서 불러내기도 그렇고 해서 전화로 말하려고."

고개를 끄덕인 인희는 조금 묘한 미소를 지었다.

"왜?"

"아니. 그냥. 지해준 아니면 평생 연애도 안 할 것 같던 애가 한 남자를 만나 결혼을 하게 되고, 또 아이의 엄마가 된다고 하니까, 인연은 따로 있는 거구나 싶어서."

"응. 따로 있나 봐."

덤덤하게 대답한 래미는 말 나온 김에 해준의 마음을 인희도 알고 있었는지 물어볼까 하다 관두었다.

괜히 긁어 부스럼 만들기가 싫어서.

나중에 조금 더 나이가 들고 난 뒤, 웃으면서 추억할 수 있을 때 그때나 넌지시 물어보기로.

▷　▷　◆　◁　◁

쏜살같이 시간이 흐르고 결혼 날짜가 바로 내일로 훌쩍 다가왔다.

래미는 오전부터 드레스룸에 박혀 내일 입을 만한 원피스를 살피고 있었다.

결혼식이라고 해봤자, 부모님과 할머니, 할아버지 그리고 인희, 해준과 함께 식사를 하는 게 전부였기에, 솔직히 래미는 드레스에 대한 욕심이 없었다.

배부르기 전에 치러야 하기에 시간이 너무 촉박한데다 그것 때문에 스트레스를 받는 게 싫어 일찌감치 드레스에 관한 건 접어두었다.

"음…… 이건 좀 너무 알록달록하고, 이건 너무 짧네."

한창 이것저것 고르고 있는데 뒤쪽에서 루이의 음성이 들려왔다.

"뭐해."

"아, 내일 입을 만한 원피스 고르느라고요."

뒤도 돌아보지 않고 말한 래미는 다시 말을 이었다.

"루이 씨, 아무래도 집에 갔다 와야 할 것 같아요. 여기는 마땅히 입을 만한 게 없는 것 같아요."

꺼낸 옷들을 옷걸이에 다시 걸어놓고 뒤로 도는 순간이었다.

래미의 움직임이 딱 멎었다. 뒤이어 눈이 커지고 입술이 턱 벌어졌다.

드레스룸 입구에 비스듬히 기대어 서 있는 루이의 손에 순백의 드레스한 벌이 들려 있었기 때문이다.

"그, 그게 뭐예요?"

그는 대답 대신 다가와 래미를 전신거울 앞에 세웠다. 그리고 들고 있던 드레스를 래미의 몸에 대어 보았다.

사랑스럽고 우아한 미니 웨딩드레스가 그녀의 몸 위에 펼쳐진다.

"와…… 너무 예뻐요. 아니, 그냥 예쁜 게 아니라 황홀할 정도 예뻐요."

래미는 무릎 위까지 떨어지는 풍성한 스커트의 벨라인 드레스가 너무도 아름다워 한동안 입을 다물지 못했다.

만족스러워하는 래미를 보는 루이의 입가에도 뿌듯한 미소가 감돌았다.

"세상에. 이걸 언제 준비한 거예요?"

거울 속 루이를 보며 래미는 여전히 얼떨떨한 표정을 지어 보였다.

루이는 흘끔 드레스룸에 빼곡히 걸려 있는 자신의 옷들을 가리켜 보였다.

"아주 오래전부터 내 옷을 제작해 주는 곳이 있어. 거기다 부탁을 했지."

사실은 무조건 오늘까지는 완성시키라는 명령을 내린 거지만.

"그럼, 여기 있는 옷 전부 다 수제 맞춤이에요?"

"응. 월계수 양복점이라고 있어."

"와."

여전히 입을 다물지 못하며 감탄을 연발하던 래미는 이내 몸을 돌려 루이를 바라보았다.

"나, 당장 이거 입어볼래요."

"응. 그래."

대답은 그렇게 하면서도 루이가 나가지 않고 버티고 서 있자 래미는 눈을 흘겼다.

"안 나가요?"

"그냥 있으면 안 될까."

"그래요, 그럼. 내가 밖에서 갈아입죠, 뭐."

태연한 래미의 대꾸에 루이는 졌다는 듯 양손을 들어 보이고서 이내 드레스룸 밖으로 나갔다.

루이의 뒤에다 혀를 쭉 내밀어 보인 래미는 두근거리는 심장을 달래며 드레스를 갈아입기 시작했다.

드레스 같은 건 아무래도 괜찮다고 생각했는데, 가슴 한구석에는 그렇지 않은 마음이 있었던 모양이다. 이렇게 들뜨고 신나는 걸 보니.

임신한 그녀를 배려해서인지 아름답고 화려한 디자인에 비해 입는 건 크게 어렵지 않았다. 게다가 딱 맞는데도 조이거나 하는 불편한 부분이 하나도 없이 편했다.

드레스를 다 입은 래미는 조심스레 밖으로 나갔다.

"루이 씨 어때요?"

그녀가 나오기만을 이제나저제나 기다리던 루이가 눈을 커다랗게 떴다.

적당히 파인 브이넥 드레스를 입은 그녀는 세상 그 누구보다 사랑스럽고 아름다웠다.

"예쁘다. 예뻐, 진짜."

미사여구라고는 못 하는 루이답게 딱 그 한 마디였지만, 래미는 뿌듯한 마음으로 웃었다.

"그럼요, 누구 와이프 될 사람인데요."

루이는 성큼 그녀에게로 다가가 작은 얼굴을 양손으로 감싸 쥐었다.

그리고 반듯한 이마에 지그시 입술을 눌렀다가 떼어냈다.

"평생, 지금 이 마음 변치 않고 너만 아낄게."

"응. 믿을게요."

서로를 바라보는 두 사람의 얼굴에 행복한 웃음이 가득 떠올랐다.

대망의 결혼식 날이 되었다. 루나의 1층 홀은 오늘만큼은 골동품상회가 아니라, 연회장으로 탈바꿈되어 있었다.

꽃으로 장식된 테이블이 놓였고, 한쪽에는 갖가지 요리는 물론, 와인바도 마련되어 있었다.

비록, 하객은 몇 되지 않았지만 루이가 정성 들여 준비한 결과였다.

래미의 가족을 비롯해 인희와 해준 그리고 복만이 설레는 마음으로 신랑 신부를 눈 빠지게 기다리고 있었다.

하지만 그중 단 한 사람만큼은 조금도 설레지 않았다.

아직도 결혼 소식이 꿈이었으면 좋겠고, 지금 이 현실이 환상이었으면 싶었다.

"야, 지해준. 표정 좀 풀어라. 가뜩이나 목발 짚고 있어서 우중충해 보이는데, 표정까지 그러고 있냐?"

인희가 옆구리를 쿡 찌르며 핀잔을 주자 해준은 그제야 얼굴을 폈다.

"내 표정이 뭐 어떻다고."

"죽을상인데. 정작 딸 시집보내는 아저씨는 얼굴이 밝은데 너만 죽을상인데?"

해준이 쿨럭, 헛기침을 하고서 억지로 입가를 올려 보였다.

"이럼 되겠냐."

"뭐, 그 정도면."

오케이 사인을 보낸 인희가 말을 이었다.

"래미가 그러더라. 인연은 따로 있는 것 같다고. 너도 이제 마음 접고 너 좋다는 쪽으로 한번 물색해봐."

"……."

해준은 대답 대신 씁쓸하게 웃고서 이내 고개를 끄덕였다.

인희가 위로하듯 그의 어깨를 툭툭 두들겨 주고서 2층으로 이어진 계단을 응시했다.

"근데, 이제 슬슬 내려올 때 되지 않았나?"

"그러게."

그렇게 생각하는 건 인희와 해준뿐만이 아니었다.

"두 사람, 왜 이렇게 안 내려와? 사돈총각, 내가 올라가 볼까요?"

나현의 물음에 정장을 멋들어지게 차려입은 복만이 빙긋이 미소를 지어 보였다.

"금방 내려오실 거예요. 조금만…… 아, 내려오시네요!"

복만의 외침에 모든 시선이 일제히 계단으로 향했다.

홀에 있는 모든 사람들의 입에서 감탄이 튀어나왔다.

예쁜 드레스를 입은 래미와 턱시도를 멋지게 차려입은 루이가 서로의 손을 맞잡은 채 계단을 내려오고 있었기 때문이다.

그림 같은 그 모습에 일제히 박수가 터져 나왔다. 그 순간만큼은 해준도 박수를 치지 않을 수가 없었다.

"내 딸이지만, 너무너무 예쁘네요. 우리 사위도 멋지고."

"나 닮아서 그렇죠. 나도 저 나이 때는 저랬잖아요."

"내 유전자랑 섞여서 래미가 좀 더 나은 것 같은데요."

나현과 경석의 대화에 모두들 웃음을 머금었다.

계단에 잠시 멈춰 선 래미와 루이는 서로를 마주 보며 진한 미소를 지었다.

평생 서로를 의지하며 사랑할 것을 맹세하며.

▷   ▷   ◆   ◁   ◁

"자기야, 나 왔어요."

외출을 했다가 돌아와, 막 침실 문을 열던 래미는 루이가 손가락 하나를 입에 댄 채 '쉿' 해보이는 바람에 금세 조심모드로 들어섰다.

갓 돌이 지난 말썽쟁이 아들 녀석이 루이의 한 팔에 안긴 채 쌔근쌔근 잠들어 있었다.

"세진이 언제부터 잠들었어요?"

"방금 막."

혹여 이 말썽쟁이가 깰까 봐 루이가 최대한 목소리를 낮추어 말했다.

깨어 있는 동안에는 온 집 안을 초토화시키고 다닐 정도로 에너지가 넘치는 녀석이라 곤란하기가 이를 데가 없었다. 거기다 잠투정은 어찌나 많이 하는지 무조건 안아서 재워야 했다.

등에 센서가 달려 있는 것처럼 바닥에 놓는 순간 기차 엔진급의 울음을 발산해 대니 안아서 재울 수밖에 없었다.

세진은 여느 아기들과 다를 바 없이 평범한 아이였다. 어둠의 힘이라는 게 악마와의 계약이 성립되어야 다룰 수 있는 것이기에, 유전은 불가능하니, 당연한 이치였지만.

그럼에도, 아빠를 꼭 빼다 박은 외모만큼은 어찌나 인형처럼 예쁜지 밖에라도 데리고 나갈라치면, 하나같이 감탄하지 않는 이들이 없었다.

외모가 전부는 아니었지만, 그래도 어느 부모가 자식 예쁘다는데 헤벌쭉하지 않겠는가.

세진이 더 깊게 잠들도록 가볍게 등을 어루만지며, 루이는 래미를 향해 턱짓을 해보였다. 못 말린다는 얼굴로 곱게 눈을 흘긴 래미가 다가가 발뒤꿈치를 들었다.

쪽! 소리가 나게 루이의 입술에 입을 맞추고 떨어지려 하자, 그가 자유로운 한 팔로 그녀의 허리를 감고서 더욱 진한 입맞춤을 시도했다.

"안 돼. 세진이 깨요."

"나도 안 돼."

요 며칠, 낮이고 밤이고 울어 젖히는 녀석 때문에, 부부 사이에 불이 붙을 겨를이 없었기에, 조금 빼던 래미 역시 이내 그의 입술을 받아들였다.

"으아아아아앙!"

자세가 조금 불편했던지 역시나, 세진이 화끈하게 훼방을 놓았다.

쿡쿡, 웃음을 흘린 두 사람은 쪽, 입술만 마주치고서는 떨어졌다.

"이 녀석, 언제쯤이면 혼자 알아서 잘 잘까."

한탄 섞인 루이의 말에 래미는 어깨를 으쓱했다.

"앞으로 몇 년 더 있어야 할걸요?"

몇 년은 더 부부 사이 생이별을 당할 생각에 루이는 눈앞이 까마득해졌다. 한숨을 푹 흘리고서 루이는 다시 세진을 고쳐 안고서 재우기 시작했다.

결혼 전 아이를 싫어한다던 루이는 아이가 태어나자 언제 그런 말을 했냐는 듯이 완전히 반대로 행동했다.

밤낮없이 울어대는 아이를 재우는 건 물론이고 기저귀 갈며, 목욕까지 직접 도맡아 했다. 덕분에 래미는 육아 스트레스는커녕, 오히려 시간이 남아돌 지경이었다.

그래서 요즘 이 사이트, 저 사이트에 열심히 연재 중이었다.

에로여신이 아닌, 도래미라는 이름을 걸고서 자극적이지 않은 잔잔한 이야기들을 써 나갔다.

사이트에 연재되는 수많은 글들 중 하나일 뿐이지만, 언젠가는 좋은 소식이 있기를 바라며.

"난 씻고 나올게요."

"응."

욕실로 들어가던 래미는 잠깐 걸음을 멈추고서 붕어빵처럼 똑같이 닮은 부자를 보며 싱긋이 웃었다.

저보다 더 아름다운 모습이 어디 있을까.

통화할 때마다 어머니, 나현이 했던 말이 떠올랐다.

'그것도 네 복이다.'

그랬다. 루이는 그녀 인생에 있어 복덩이였다.

▷　▷　◆　◁　◁

루이는 생애 처음 혼자 마트에 장이라는 것을 보러 왔다. 그간 간간이 래미와 함께 오긴 했으나 이렇게 혼자 온 건 처음이었다.

얼마 전, 둘째를 임신한 래미가 한밤중에 갑자기 딸기가 먹고 싶다고 한 것이다.

첫째 출산 후 근 6년 만의 임신이었다.

아무거나 잘 먹던 첫째 때와 달리, 이번에는 어찌나 입덧이 심한지, 뭐라도 먹어주는 게 고마울 지경이었다.

마침, 집에 딸기가 뚝 떨어지는 바람에 급한 대로 동네마트에 부랴부랴 딸기를 사러 나왔다.

여전히 사람들의 시선이 부담스럽기는 했으나 루이는 마트를 누비며 과일 코너로 향했다. 그런데, 밤이라 그런지 남은 딸기가 달랑 하나밖에 없다.

루이는 바람처럼 내달렸다. 그리고 팩을 낚아채는 순간이었다. 떡하니 루이와 동시에 누군가가 같은 팩을 꽉 움켜쥐었다.

"어, 이거 제가 먼저 찜했는데요."

하며 상대방이 놓으라는 듯 루이를 응시했다.

루이의 얼굴을 확인한 상대방이 눈을 동그랗게 떴다.

"어? 세진이 아버님 아니십니까?"

루이를 알아본 상대방이 입가를 올려 씨익 웃었다. 그러나 딸기팩은 절대 놓지 않는다.

"아, 예. 선생님."

루이는 떨떠름하게 대꾸하며 눈앞의 젊은 녀석을 보았다. 루이의 눈에 금세 못마땅한 기색이 어렸다.

세진의 유치원 선생님이었다. 유일한 남자교사로 어머니들에게 인기 만점이었다.

하지만, 루이는 이 젊은 녀석이 참으로 못마땅했다.

예쁜 건 알아가지고 래미만 보면 어찌나 생글생글 눈웃음을 치는지, 눈을 째버리고 싶은 심정이었다.

그럼에도, 세진의 담임이라 잘 봐달라는 차원에서 꾹 참고 있는 중이었다.

게다가 래미와는 약속을 했다. 위급한 일이 아닌 이상, 앞으로 힘을 쓰지 않기로.

"하하, 아버님. 이 딸기, 제가 먼저 집은 것 같은데요. 그만 놓으심이."

"아닌데. 내가 먼저 잡았는데."

담임의 입매가 굳었다가 이내 스르르 풀어졌다.

"요즘 제가 아이들한테 양보하는 법을 가르치고 있거든요. 그런 의미에서 아버님께서 먼저 실천하시는 게 어떻겠습니까?"

까고 있네.

예전 같았으면 거침없이 내뱉었을 말이었지만, 이 뺀질이는 아들놈의 선생이 아니던가. 무조건 참아야 했다.

"선생님."

"네, 네."

"저도 양보하고 싶은 마음이 굴뚝같습니다만, 제 아내 때문에 어쩔 수가 없군요."

"예? 그게 무슨 말씀이신가요?"

"제 아내가 얼마 전 세진이 동생을 가졌거든요. 입덧 때문에 통 먹지를 못하고 있습니다. 그나마 딸기는 좀 먹는……."

"어우, 그런 거라면 진작 말씀을 하시지 그러셨어요. 네, 네. 가져가세요. 세진이 어머님께서 얼마나 드시고 싶으시겠어요?"

루이의 말이 채 끝나기도 전에 담임이 딸기팩을 놓았다.

"얼른 가셔서 드리세요. 제가 양보해서 공수할 수 있었던 거라고 꼭 말씀드리시고요."

한 마디, 한 마디가 어찌나 얄미운지 눈을 확 찔러버리고 싶어 루이의 손끝이 미세하게 떨린다.

하지만, 참는다! 이놈은 세진의 담임이니까.

"그럼, 전 이만."

고개를 숙여 보이고서 뺀질이가 몸을 돌리자, 루이는 눈을 가늘게 뜨고서 후욱, 어둠의 기운을 내뿜었다.

"으앗!"

마치, 바나나를 밟은 것처럼 담임이 쭈욱 미끄러지더니 엉덩방아를 쿵 찧었다.

그제야 입가를 슬쩍 올려 미소를 짓고서 루이는 계산대로 몸을 돌렸다.

물론, 쓰면 안 되는 힘이지만 정신 건강을 위해 어쩔 수 없었다고 자기 합리화를 하며.

저택으로 돌아온 루이는 주방에 들러 딸기를 씻고 곧장 침실로 향했다.

"많이 기다렸지?"

문을 열자 래미가 침을 질질 흘릴 기세로 그를 기다리고 있었다.

"와, 딸기 좀 봐. 완전 싱싱해."

래미 입에 딸기를 넣어 주며 루이는 짐짓 미간을 구겨 보였다.

"딸기가 딱 이거 하나밖에 없더라고."

"그랬어요?"

"응. 근데 좀 웃긴 일이 있었어."

여전히 딸기를 흡입하며 래미는 이어지는 루이의 말을 들었다.

"아니, 내가 먼저 딸기를 집었는데, 갑자기 그 뺀질, 세진이 담임이 뒤늦게 가로채려고 하더라고."

"마트에서 최 선생님 만났어요?"

"응. 분명 내가 먼저 집었는데 자기가 먼저 잡았다고 우기는 거야. 너 먹을 거라고, 너 입덧 중이라고 말했는데도 절대 안 놓을 기세더라고."

루이의 말에 래미가 한쪽 눈썹을 세웠다.

"어머, 정말요? 그 선생님 그렇게 안 봤는데 되게 치사하다. 나 입덧 중이라고 그랬는데도 양보 안 했단 말이에요? 거기다 여보야가 먼저 잡았는

500 2

데도?"

"그렇다니까. 그래서 몇 번이나 부탁했더니 겨우 주더라."

"세상에. 고생했어요. 혼자 마트 가는 것도 힘들었을 텐데."

루이는 일부러 하아, 한숨을 내쉬어 보이고서 초췌한 표정을 지었다.

"괜찮아. 너를 위해서 이런 것도 못 해주겠어?"

한껏 감동스러운 눈으로 래미는 팔을 뻗어 루이의 목을 끌어안았다.

"난 진짜 자기랑 결혼 너무 잘한 거 같아. 세상에서 나만큼 행복한 사람도 없을 거예요."

루이는 흐뭇하게 웃으며 래미의 등을 부드럽게 어루만졌다.

"다시 태어나도 나 만날래?"

래미는 슬쩍 몸을 떼고서 고개를 끄덕였다.

"응. 당연하죠. 다음에도 이다음에도 또 자기 만나서 사랑하고, 결혼해서 살래요. 루이 씨는요?"

루이는 대답 대신 딸기 과즙이 묻은 래미의 입술을 가볍게 머금었다가 놓아주었다.

"뭘 물어봐. 당연한걸."

"시간이 더 지나서 얼굴에 주름 생기고 흰머리가 가득해도 지금처럼 나 사랑해 줄 거예요?"

"지금보다 더 많이 아끼고 사랑해 줄게."

"응. 믿어요. 루이 씨, 당신이 한 말이니까."

서로를 바라보는 래미와 루이의 입가에 잔잔한 미소가 감돌았다.

복만
이야기

　복만은 입을 턱 벌린 채 대형 장난감 가게 안을 서성이고 있었다. 곧 있으면 어린이날이라, 조카 세나에게 줄 선물을 사러 온 것이다.

　올해로 여섯 살이 된 둘째 조카 세나는 말도 또래보다 훨씬 잘하는데다, 얼마 전에는 한글도 깨우쳐 혼자서도 곧잘 책을 읽었다.

　게다가 아빠를 닮아 무뚝뚝하기 그지없는 세진과는 달리 어쩌나 애교가 많고 사랑스러운지 보는 것만으로도 근심이 사라졌다.

　"아아, 너무 많아서 도대체 뭘 사야 할지 감도 안 오네. 무슨 장난감들이 이렇게 많아?"

　작게 중얼거리며 복만은 세나가 요즘 어떤 것에 관심을 가졌는지를 부지런히 떠올렸다.

　문득, 생각 하나가 스쳐 지나갔다.

　"아, 맞다. 유치원 친구가 집에 드레스를 갈아입히면서 꾸미는 인형이 있는 걸 자랑했다고 그랬지? 그거 되게 부럽다고 했던 것 같은데."

　손바닥에 주먹을 가볍게 찍으며 복만은 인형 코너로 부지런히 발걸음을 옮겼다.

핑크핑크한 상자에 쌓인 인형들이 쭈욱 늘어진 것을 보며 복만은 머리가 아찔해지는 듯했다.

"와, 진짜 많구나. 진짜 많아. 이 중에서 도대체 어떤 거지?"

복만의 눈에는 다 거기서 거기인 거 같아, 조금 어리바리한 얼굴로 인형들을 훑고 있을 때였다.

"어머, 너 아직 살아 있었네? 그때 안 죽었구나?"

하이톤의 음성이 복만의 귀를 잡아챘다. 하지만, 이 장난감 가게에 자신을 아는 사람이 있을 리 없다고 여긴 복만은 여전히 고심을 하며 인형들을 살폈다.

툭툭.

손으로 추정되는 것이 그의 등을 가볍게 두드려서야 복만은 슬그머니 뒤로 돌아보았다.

복만의 어깨에 닿을락 말락 할 정도로 아담한 키에, 스무 살 초반 정도로 보이는 아주 젊은 여자가 눈을 반짝이고 있었다.

"안녕? 잘 지냈니?"

여자는 그를 아주 잘 아는 듯 인사까지 건네고 있었지만, 복만은 전혀 모르는 얼굴이라 의아한 표정을 지었다.

"누구십니까? 저 아세요?"

"당연히 알지. 나, 기억 안 나?"

여자의 되물음에 복만은 슬쩍 고개를 옆으로 기울였다가 똑바로 되돌렸다.

"아뇨? 모르겠는데요."

"으흠. 그럴 수도 있지. 좋은 상황은 아니었으니까. 아, 뭐라고 설명을 해야 되지?"

여자는 당황스러운 얼굴로 이마를 조금 긁적이다가 슬그머니 말을 이었다.

"그게, 거의 13년 전인지 14년 전인지 기억이 조금 가물거리기는 한데, 내가 언니들과 너네 집에 쳐들어갔었잖아."

"언니분들과 우리 집에 쳐들어왔었다고요?"

무슨 뚱딴지같은 소린지, 도통 감을 잡을 수가 없어 복만이 눈동자만 굴리는데, 여자가 툭 뱉었다.

"너 그때 개였잖아. 네가 지하 지킨다고 버티고 있어서 어쩔 수 없이, 언니들과 내가 공격을 했고."

"아!"

그제야 과거를 떠올린 복만의 머릿속이 확 트였다.

"이제 기억나?"

"네, 네! 기억나고 말고요. 그때 우리 주인님, 아니, 형님 집에 침입한 그 마녀들 맞죠?"

"오, 잘 기억하고 있네? 난 그중에서 제일 막내야."

"그럼요, 제가 기억력이 얼마나 좋은데요."

마녀가 덥석 복만의 손을 잡았다.

"이렇게 다시 만나게 될 줄은 몰랐는데, 진짜 반갑다아!"

"하하, 그러게요!"

"와, 개로 있을 때도 멋지더니, 사람 모습을 하고 있으니까 더 잘생겼구나?"

"제가 한 인물 하죠, 하하!"

마치, 친한 지기를 만난 것처럼 반가워하던 복만은 문득, 이상한 기분에 뚝 멈추었다.

복만은 맞잡고 있던 손을 뿌리치고서 정색을 해보였다.

"잠깐만요. 제가 그쪽을 왜 반가워해야 하죠? 그쪽과 언니분들 덕분에 황천길 갈 뻔했는데 말입니다."

"그, 그렇지? 그래도 난 네 걱정 되게 많이 했다? 언니들 명령을 거역할 수가 없어서 어쩔 수 없이 공격을 하긴 했지만, 내심 네가 무사했으면 싶었거든. 나 그렇게 나쁜 마녀 아니야."

하지만, 복만은 냉랭한 표정을 지었다.

"그렇다고 해도 반갑지는 않습니다. 제가 좀 바빠서요."

휙 몸을 돌리고서 복만은 다시 인형에게 집중했다.

"흐음. 생각보다 가격들이 높네. 형수님께서 안 사주신 이유가 있었구나."

래미 형수님은 아이들에게 고가의 장난감을 사주는 걸 일절 금하고 있었다.

어쩌면 복만이 어린이날 선물이랍시고 사 들고 들어가면 당장 반품하라고 할지도 모른다.

하지만, 어린이날임을 강조하며 어떻게든 세나에게 안겨줄 생각이었다.

까만 눈을 반짝이며 기뻐할 세나를 떠올리니 복만은 벌써부터 기분이 좋아졌다.

"어디 보자, 드레스 갈아입히는 인형이 어디 있지?"

혼자 중얼거리며 살피고 있는데, 다시 불쑥 하이톤이 끼어들었다.

"그거 한정판이라 지금은 안 나오는 건데?"

화들짝 놀란 복만은 조금 짜증스러운 얼굴을 하고서 돌아보았다.

"뭡니까. 왜 자꾸 제 곁에서 어슬렁거리시는 겁니까?"

"아, 아니. 난 그냥 도와주고 싶어서."

"죽자고 공격할 때는 언제고 이제 와서 뭘 도와준다는 겁니까. 참 나."

코웃음을 친 복만은 슬그머니 마녀를 내려다보았다.

"근데, 드레스 갈아입히는 인형이 한정판이라서 지금은 못 구한다고요?"

"응. 한정판이라 워낙 고가인데도 온라인이고 오프라인이고 구할 수가 없어."

복만은 한숨을 흘리고서 이마를 짚었다.

"아, 망했다! 꼭 세나한테 선물하고 싶었는데."

안타까운 마음이 얼굴에 고스란히 나타나는 복만을 물끄러미 응시하며 마녀가 묘한 표정을 지었다.

"흐음, 여자 친구한테 줄 선물이야?"

"예에? 무슨 말도 안 되는 소리를 하십니까? 저런 인형 받고 좋아할 성인 여자가 어디 있다고요. 여섯 살짜리 제 조카한테 어린이날 선물로 줄 생각이었습니다."

"그, 그래? 난 이런 거 되게 좋아하는데."

그러거나 말거나 복만은 고민에 빠졌다. 뭘 선물해야 세나가 좋아할지 감이 안 잡혔기 때문이다.

"꼭 드레스 갈아입히는 게 아니더라도 인형이면 다 좋아하려나? 아냐, 아냐. 아무거나 사줬다가 실망이라도 하면 어떡해."

혼잣말을 중얼거리는 복만을 보며 마녀가 픗, 웃음을 터트렸다.

"왜 웃습니까? 나는 심각해 죽겠는데."

"미안."

전혀 미안하지 않은 얼굴로 대꾸한 마녀가 커다란 눈을 깜빡였다.

"그거, 나한테 있는데 줄까?"

"예?"

"드레스 갈아입히는 인형 말이야."

"그게 그쪽한테 있다고요?"

"응. 한정판 발매하기 전부터 예약구매로 사뒀거든."

복만이 조금 미심쩍은 얼굴을 해보였다.

"애들이나 가지고 노는 걸 나이깨나 드신 분이 예약구매까지 해서 사셨다고요?"

"어, 응. 난 완구 모으는 게 취미거든. 우리 집에 있는데 그거, 가져갈래? 너한테 미안한 것도 있으니까, 너만 괜찮다면 주고 싶은데. 집도 여기서 가까워."

계속되는 마녀의 친절에 까칠하게 굴던 복만이 오히려 머쓱해져 헛기침을 했다.

"피, 필요하긴 하지만, 그걸 어떻게……."

"괜찮아. 난 다른 것도 많거든. 조카가 좋아할 거야."

조카가 좋아할 거라는 한 마디에 홀딱 넘어간 복만은 고개를 꾸벅 숙였다.

"그럼, 부탁드립니다."

마녀가 씨익 웃으며 복만의 팔을 잡아끌었다.

뒷머리를 긁적이며 복만은 마녀의 손에 이끌려 그녀의 집으로 향했다.

마녀의 집은 걸어서 가도 금방 도착할 정도로 완구점에서 얼마 멀지 않은 곳에 있었다. 낮은 울타리로 둘러싸인 마녀의 집에 들어선 복만의 입이 절로 벌어졌다.

장난감을 모으는 게 취미라더니, 이건 완전 광적인 수준이었다. 사방을 둘러싼 진열장에 완구들이 꽉 들어차 있었다. 한마디로 장난감 천국이었다.

　"와, 집이 아니라 무슨 완구점을 그대로 옮겨 놓은 것 같네요?"

　"응. 내 유일한 취미라서 그래."

　조금 쑥스럽게 말한 마녀가 방 안으로 들어갔다가 커다란 상자 하나를 들고 나왔다.

　"이거, 가져가면 돼."

　복만의 눈이 번쩍 뜨였다. 인형과 화려한 드레스가 가득한 게, 세나가 갖고 싶어 하는 게 맞는 듯했다.

　"정말, 이거 제가 가져가도 되는 건가요?"

　"가져가려고 따라왔으면서, 뭘."

　놀리는 듯한 마녀의 말투에 복만은 머리를 긁적였다.

　"그거야 그렇지만……."

　"괜찮으니까 가져가. 조카가 좋아할 거야."

　주술처럼 그 말에 복만은 넙죽 상자를 건네받았다. 상자를 한쪽 팔에 끼고서 복만은 슬쩍 집 안을 훑었다.

　"근데, 이렇게 장난감들이 많으면 어지럽지 않아요?"

　"아니? 이 아이들을 보면 행복하기만 한데?"

　"헐. 왜요?"

　"아아. 내가 친구가 없어서 그래. 내게는 이 아이들이 유일한 친구거든."

　"오래 사셨을 텐데 왜 친구가 없어요?"

　마녀의 얼굴이 조금 어두워졌다.

"바보야. 오래 살았으니까 없지. 예전 친구들은 이미 다 죽고 없다고. 그게 슬퍼서 이제는 친구 같은 거 안 만들어. 그건 너도 알 텐데?"

복만은 마녀의 마음이 충분히 이해가 되어 고개를 끄덕였다.

나이가 들어 친구들이 하나씩 무지개다리를 건널 때마다 가슴이 찢어지는 것만 같았으니까.

그렇다고 해도 그는 꾸준히 새로운 친구들과 어울렸다. 물론 모두 다 개 친구였지만.

얼마나 많은 아픔을 겪었기에 헤어짐이 두려워 친구를 사귀지 않을 정도일까.

복만은 가만히 손을 뻗어 마녀의 어깨를 토닥였다.

"외로웠겠네요."

"······."

마녀가 묘한 표정으로 복만을 응시하다 이내 작게 웃었다.

"이제 혼자가 익숙해서 괜찮아."

어쩐지 그 웃음이 더 쓸쓸하게 느껴져 복만은 짠해졌다.

자신이야 형님, 형수님에 조카들까지 있어 지금껏 외롭다는 기분도 못 느끼며 살았는데.

혼자가 익숙하다지만, 마음은 늘 휑하니까 장난감으로 집만 채우고 있는 것이다.

나쁜 마녀인데, 이상하게도 나쁘게 보이지 않고 안쓰러운 마음이 든다.

"그럼, 저랑 친구 하실래요?"

저도 모르게 그렇게 뱉어놓고 복만은 입을 쩍 벌렸다. 윽! 나 왜 이러지?

놀란 건 마녀도 마찬가지인 듯 동그란 눈이 더욱 커졌다.

"너랑 친구 하자고?"

"음, 그게…… 제가 정이 좀 많아서…… 하아."

한숨을 흘린 복만은 손바닥으로 뺨을 문지르고서 말을 이었다.

"가끔 외로울 때 연락하세요. 차 한 잔 정도는 같이 마셔줄 수 있거든요. 제가 먼저 죽을 걱정 같은 건 안 해도 되니, 친구로서 나쁘지는 않을 거예요."

"정말?"

"네."

마녀의 하얀 얼굴에 작게 홍조가 어렸다.

"난 초연이라고 해. 넌 이름이 뭐야?"

"복만입니다."

마녀, 초연이 풋 웃음을 흘렸다.

"이름 되게 토속적이다. 복을 많이 받으라고 복만이야?"

"아뇨? 향기 복, 일만 만. 만 가지 향기가 나는 삶을 살라고 복만입니다."

"와, 멋있다."

"제 첫 주인님이 지어주신 거예요."

어깨를 으쓱거리며 복만이 자랑스럽게 말했다. 초연이 자그마한 손을 쑥 내밀어 보였다.

"앞으로 잘 부탁해, 친구."

그 손을 물끄러미 바라보던 복만이 어색하게 마주 잡았다.

"저도 잘 부탁드립니다. 친구."

서로의 눈을 응시하며 둘은 멋쩍게 웃었다.

두 사람은 손을 놓지 않고, 한동안 시선도 떼지 않은 채 계속 서로를 마주 보았다.

미풍이 부는 따스한 봄날, 조금 특별한 존재들의 인연이 막 시작되려 하고 있었다.

아주 아주
오랜 시간
뒤의 이야기

한빛고교. 1학년 교실. 방금 막 등교를 한 사란은 입을 가리고서 커다랗
게 하품을 했다.

어젯밤 늦게까지 책을 읽느라 잠을 설쳤더니, 피곤해서 죽을 것만 같았
다.

"란, 또 밤새웠냐?"

뒤이어 등교한 단짝인 소연이 옆에 앉으며 말했다.

"응. 소설책이 너무 재미있어서. 12시까지만 본다는 게 4시까지 본 거
있지."

"어이그, 참 큰일이다. 고등학생이 공부도 아니고 소설책 본다고 날밤을
다 까고."

"몰라. 1학년 동안은 하고 싶은 거 실컷 할 거야. 그리고 내가 너보다 성
적은 더 잘 나오거든? 네 걱정이나 하시지?"

사란의 일침에 소연이 합, 입을 다물었다가 한숨을 푹 내쉬었다.

"그러니까. 내가 지금 누굴 걱정하고 있냐. 내 코가 석 잔데."

위로 차원에서 소연의 어깨를 두드려 주고 있을 때였다. 드르륵, 앞문이 열리는 소리와 함께 일순, 교실이 조용해졌다.

아침 조회를 하기 위해 담임이 들어왔기 때문이기도 하지만, 다들 입을 다물어버린 이유는 따로 있었다.

전학생으로 보이는 남학생이 담임을 뒤따르고 있었기 때문이다. 하지만, 그것도 이유의 전부는 아니었다. 그 남학생이 한 방에 소음을 잠 재워 버릴 정도로 미친 미모였기 때문이다.

"야, 야. 전학생인가 봐. 완전 장난 아냐. 저 피부 좀 봐. 기럭지 예술이다, 진짜."

소연이 목소리를 죽여서 하는 말에 사란은 마른침을 꿀꺽 삼켰다.

그 남학생과 정면으로 눈이 마주쳐 버렸다. 속을 알 수 없는 날카로운 눈빛이 마치 사란을 꿰뚫을 듯 응시하고 있다.

어색하게 눈을 깜빡이던 사란은 그 눈빛이 부담스러워 이내 시선을 내렸다.

"다들 조용."

이미 조용했지만 그렇게 말한 담임이 빈자리가 있나 책상들을 쭈욱 훑고서 말을 이었다.

"오늘은 전학생이 있다. 이름은 지선우고, 설원고에서 전학 왔다. 다들 촌스럽게 텃세 부리지 말고 잘 지내기를 바란다. 네 소개 직접 할래?"

담임의 물음에 전학생이 한 마디를 뱉어냈다.

"아뇨."

무뚝뚝하니 한 마디만 했을 뿐인데도 여학생, 남학생 할 것 없이 탄성을 뱉어냈다.

완전히 낮은 저음에 마치 꿀을 바른 것처럼 잘 정돈된 음성이었다.

"싫으면 말고. 너희끼리 차차 알아가는 것도 좋겠지. 저기 맨 뒷자리가 비었으니 거기 가서 앉아."

사란의 줄 제일 뒷자리였다. 전학생이 꾸벅 고개를 숙이고서 지정석으로 걸음을 옮겼다.

뚜벅뚜벅 걸음을 옮기는 동안 전학생, 지선우의 시선은 여전히 사란에게 닿아 있었다.

'왜 자꾸 나를 보는 거야.'

어쩐지 숨이 막히는 느낌에 이번에도 시선을 피하려 할 때였다.

하복의 짧은 소매 밖으로 드러난 팔을 서늘하고도 차가운 손이 가볍게 스치고 지나갔다.

오싹.

그 느낌이 너무 차갑고 생소해 사란은 심장이 멎는 것만 같았다.

놀란 눈으로 선우의 표정을 살피려 했지만 이미 선우는 제 자리에 당도해 있었다.

담임이 짧은 조회를 하는 것도 하나도 들리지 않았고, 뒤이어 수업이 시작되었지만 사란은 그것마저 귀에 들어오지 않았다.

강렬한 눈빛의 지선우가 너무도 신경 쓰였기 때문이다.

쉬는 시간이 되었다.

"나랑 잠깐 얘기 좀 할래."

귀를 잡아채는 묵직한 저음에 사란은 뒷머리가 비쭉 서는 듯했다. 고개를 돌리자 선우가 물끄러미 그녀를 내려다보고 있었다.

소연은 물론이고, 반 아이들의 시선이 일제히 사란에게로 모아졌다.

아아, 이런 시선들은 너무 부담스럽다.

"왜, 왜?"

"잠깐이면 돼."

마치, 사란이 오케이 할 때까지 있을 작정인 듯 선우는 떡하니 책상 옆에 버티고 서 있었다.

결국 사란은 고개를 끄덕이고서 몸을 일으켰다.

선우를 따라 교실 밖으로 향하는데 여기저기서 '오, 오' 하는 감탄사들을 날려댄다.

사람들에게 주목만 받으면 시뻘게지는 귀가 오늘따라 더더욱 달아오른다.

사란이 선우를 따라간 곳은 수업이 없어 텅 비어 있는 미술실이었다. 처음부터 미술실이 목적지가 아니라, 그저 조용한 곳을 찾다 보니 미술실이었다.

앞장서서 미술실로 들어선 선우가 휙 몸을 돌려 사란을 응시했다.

"너, 나 몰라?"

뜬금없는 물음에 사란은 미간을 슬쩍 찡그렸다.

알 리가 없다. 지금껏 살면서 이토록 사람 같지 않게 생긴 아이를 눈앞에서 마주한 건 처음이었으니까.

"모르겠는데. 넌 나 알아?"

"응. 알아."

곧장 흘러나온 선우의 대답에 사란은 눈을 동그랗게 떴다.

"나를 어떻게 알아?"

"꿈에서 봤어."

생각지도 못한 대답에 동그랗게 떠졌던 사란의 눈매가 슬쩍 가늘어졌다.

뭐지, 그냥 미친놈인 건가.

"미친놈이라고 생각하겠지. 그런데, 정말로 너를 꿈에서 봤어. 아주 어릴 적부터 꿔 왔던 꿈이거든. 넌 한 번도 내 꿈꾼 적 없어?"

사란의 입술이 턱 벌어졌다. 뭐 이렇게 괴상한 놈이 다 있지? 내가 본 적도 없는 네 꿈을 왜 꾸니?

"미안한데. 전혀 없는데."

"하아."

선우가 이마를 쓸어 올리며 한숨을 내쉬었다.

그 모습이 너무도 섹시해 사란은 잠시나마 이상한 놈이라는 걸 잊고서 속으로 감탄을 흘렸다.

"너도 나와 같은 꿈을 꾸고 있을 줄 알았는데."

자꾸만 계속되는 꿈 타령에 사란은 문득 궁금해졌다.

"도대체 무슨 꿈을 꾸는 건데?"

꿈 얘기를 하자 선우의 눈이 반짝 빛났다.

"너는 지금 딱 이 모습을 하고 있어. 꿈속의 모습과 너무 똑같아."

"내가 어떤 사람으로 나오는데?"

"이름은 도래미. 흑마법이 통하지 않는 여자였어."

응? 그, 그게 뭐야?

"나도 지금 모습과 똑같이 나오는데…… 이름은 루이. 음, 흑마법사였어."

사란의 얼굴에 황당한 기색이 어렸다. 역시, 미친놈이다! 웬 흑마법사?

"어이없겠지만, 진짜 꿈에서는 그래."

"아아, 그래."

심드렁한 사란의 반응에 선우가 퍼뜩 말을 이었다.

"그건 중요한 게 아니고."

"그럼, 뭐가 중요한 건데."

"꿈에서 우리 둘은 연인이었어. 서로를 아주 많이 사랑하는."

순간적으로 사란은 사레가 들려 기침을 하고 말았다.

"콜록! 콜록! 콜록!"

"괜찮아?"

선우가 다급히 그녀의 등을 토닥여준다.

얼굴이 시뻘게질 정도로 기침을 뱉어내는 와중에도 사란은 희한하게도 기분이 묘했다.

다정스러운 이 손길이 싫지 않다. 아니, 이상하게도 그립고 익숙하다.

어느 정도 기침이 가라앉자 사란은 자세를 곧추세우고서 선우를 응시했다.

"그래서 요점이 뭔데."

"어릴 적부터 꿈속에서 너를 봤어. 사실, 실존 인물이 아닐 거라고 생각했지. 그런데, 오늘 전학을 오고 보니 똑같이 생긴 네가 있었어. 정말 심장이 멎는 줄 알았어. 너라면 놀라지 않겠어? 꿈에서 본 건 아마 우리의 전생이 아닐까 싶기도 하고."

'전생 같은 소리 하네!'

사란은 기가 막혔지만, 가만히 눈동자를 굴릴 뿐 아무런 대꾸도 하지 않았다. 선우의 표정이 더없이 진지했기 때문이다.

"앞으로 너와 잘 지내고 싶어."

뒤이어 사란은 심장이 멎는 것만 같았다. 선우가 가만히 손을 뻗어 그녀의 머리를 쓰다듬었기 때문이다.

그대로 얼음이 되어버린 사란의 얼굴을 들여다보며 선우가 작게 미소

지었다.

"너 만나면 꼭 해보고 싶었어. 이렇게 머리 만지는 거. 꿈에서 이렇게 해
주면 되게 좋아했거든."

사란은 귀까지 시뻘겋게 달아오른 얼굴로 어쩔 줄 몰라 했고, 선우는 그
런 그녀를 보며 해맑게 웃었다.

싱그러운 여름, 인연의 끈이 다시 시작되고 있었다.

<통하지 않는 그녀 끝>

작가 후기

안녕하세요, 이경미입니다.

참으로 오랜만에 이렇게 지면을 통해 인사를 드립니다.

노히트 노런 이후 처음이니, 와, 3년이 훌쩍 지났네요. 시간이 빨리 흐른 다는 걸 더욱 절실히 느낍니다.

처음, 포털 사이트에 이 글을 연재하기 시작했을 때는 정말, 아주 가벼 운 마음이었습니다. 경쾌하게 쓰고 싶었거든요.

으앗! 근데, 회를 거듭할수록 가볍던 마음이 묵직해지고 말았습니다. 일 주일에 두 편 이상 꼬박꼬박 원고 마감을 지켜야 한다는 게 생각보다 힘들 더라고요.^^;

그래도 늘 댓글로 응원해주셨던 분들이 계셨기에 힘을 내서 마지막까지 마무리할 수 있었습니다. 이 지면을 통해 마음 깊이 감사의 인사를 드립니 다. 정말, 고맙습니다.

연재하는 내내 제게 기운을 불어넣어주셨던 조은세상 관계자분들과 신 팀장님! 정말 고맙습니다. 힘들 때마다 신 팀장님의 조언 덕에 탈 없이, 무사히 작업할 수 있었어요.

　그리고 빼놓을 수 없는 수호 작가님! 개떡 같은 가이드에도 찰떡같이 예쁜 삽화로 매 화마다 저를 감탄하게 만드셨죠. 고생 많으셨습니다. 고맙습니다!

　특별한 남자 루이와, 평범하지만 루이에게 만큼은 특별한 여자 래미, 그리고 복만의 이야기는 이렇게 끝을 맺었습니다.

　읽는 동안 미소를 지으셨다면, 루나에서의 이야기에 한 번이라도 가슴이 두근거리셨다면, 저는 그것만으로도 만족합니다. 짧지 않은 글, 끝까지 읽어주셔서 고맙습니다!

　다음 글로 인사드릴 때까지 몸 건강하세요!

　마지막으로, 제 마음의 든든한 응원단이신 우리 가족들께 감사의 인사를 드리며 후기를 마칩니다. 항상, 고맙습니다.

이경미 드림.